HORROR & THRILLER
BAND 160

NICHOLAS SANSBURY SMITH
ANTHONY J. MELCHIORRI

EXTINCTION CYCLE
DARK AGE
BUCH 1

Aus dem Amerikanischen von Michael Krug

FESTA

Die amerikanische Originalausgabe
Extinction Cycle: Dark Age 1 – Extinction Shadow
erschien 2019 im Verlag Great Wave Ink Publishing.

1. Auflage Mai 2021

Titelbild: Arndt Drechsler-Zakrzewski

ISBN 978-3-86552-924-4
eBook 978-3-86552-925-1

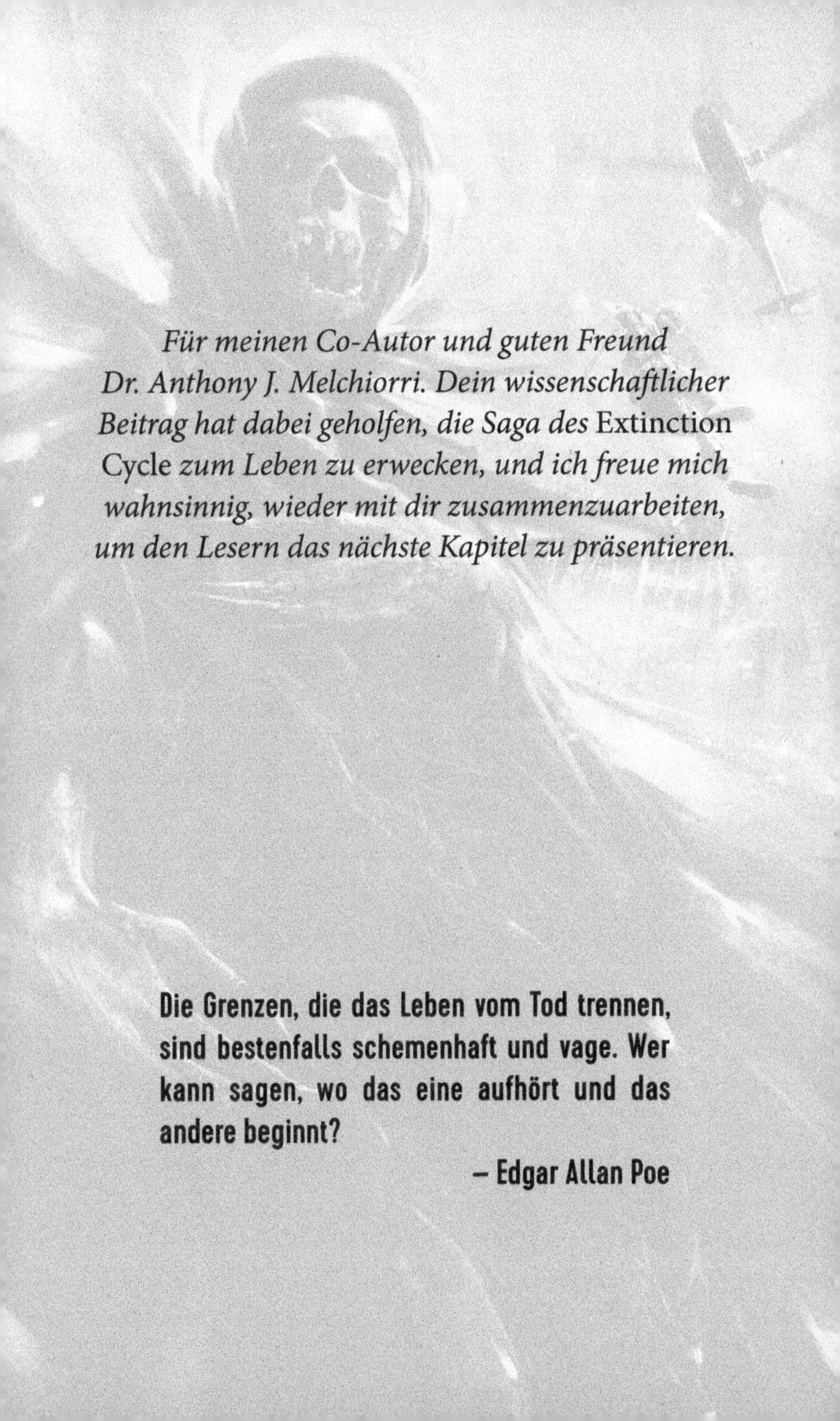

Für meinen Co-Autor und guten Freund Dr. Anthony J. Melchiorri. Dein wissenschaftlicher Beitrag hat dabei geholfen, die Saga des Extinction Cycle *zum Leben zu erwecken, und ich freue mich wahnsinnig, wieder mit dir zusammenzuarbeiten, um den Lesern das nächste Kapitel zu präsentieren.*

Die Grenzen, die das Leben vom Tod trennen, sind bestenfalls schemenhaft und vage. Wer kann sagen, wo das eine aufhört und das andere beginnt?

– Edgar Allan Poe

Einführung in den *Extinction Cycle*: Was bisher geschah …

Vom Schöpfer des *Extinction Cycle*,
Nicholas Sansbury Smith

Lieber Leser,
wenn du den *Extinction Cycle* noch nicht kennst, stehst du kurz vor dem Beginn einer völlig neuen Saga. Sie basiert auf der preisgekrönten, sieben Bücher umfassenden Reihe, die auf Amazon Top-Bewertungen erhalten hat und von der eine halbe Million Exemplare verkauft wurden. Kritiker beschreiben den *Extinction Cycle* als »*World War Z* und *The Walking Dead* treffen *The Hot Zone – Tödliches Virus*«. *Publishers Weekly* ergänzt: »Smith hat erkannt, dass man Zombie-Apokalypsen zum Wiederanfachen des Interesses daran lauter, länger und blutiger gestalten muss … Smith steigert die Katastrophe effizient im Verlauf der Seiten. Leser, die deftige Action mit jeder Menge Blut und Eingeweide mögen, finden davon jede Menge.«

Extinction Cycle: Dark Age ist die Fortsetzung der ursprünglichen Geschichte und spielt acht Jahre nach den Ereignissen von Buch 7, *Am Ende bleibt nur Finsternis*. Bevor du darin eintauchst, lies bitte diesen kurzen Überblick über die Reihe – so erfahren neue und alte Leser, was sie erwartet.

Im *Extinction Cycle* wollte ich mit authentischer militärischer Action und fundierter Wissenschaft sowohl Zombies als auch postapokalyptischen Szenarien einen packenden neuen Anstrich verleihen. Vergiss alles, was du über Zombies weißt. In dieser Geschichte entstehen sie nicht durch schwarze Magie oder auf sonstige übernatürliche Weise. Die Infizierten sind die Folge einer militärischen Biowaffe namens VX-99, die erstmals in Vietnam im Rahmen eines Regierungsprogramms zur Entwicklung von Supersoldaten eingesetzt wurde. Die Chemikalien in VX-99 aktivieren Proteine, die in schlummernden Genen codiert sind und Menschen von wilden Tieren unterscheiden – ein realer Prozess, der als epigenetische Veränderungen bekannt ist. Mit anderen Worten: Diese Waffe verwandelte Menschen in Monster.

Diese als Abartige bezeichneten Kreaturen werden zu perfekten Raubtieren, da sie sich nach den epigenetischen Veränderungen weiterentwickeln. Das Ergebnis im *Extinction Cycle* ist katastrophal, und die Infektion breitet sich weltweit aus. Regierungen und Militärapparate fallen, die Zivilisation bricht innerhalb weniger Monate zusammen. Während die Menschheit verzweifelt versucht, ein Heilmittel zu finden und die Monster zu besiegen, wird sie an den Rand der Ausrottung getrieben. Am Ende von Buch 7 hängt das Überleben der Menschheit am seidenen Faden.

Acht Jahre später haben sich die Überlebenden in den Vereinigten Staaten (mittlerweile die Alliierten Staaten genannt) in etwa 100 Außenposten niedergelassen. Die meisten dieser ummauerten Gemeinden liegen im Mittelwesten und an der Ostküste. Die Westküste ist aufgrund der schweren Kriegsschäden weitgehend verlassen. Präsidentin Jan Ringgold und ihre Administration haben unermüdlich am Wiederaufbau gearbeitet und die grundlegende Infrastruktur, die Agrarindustrie, die Fabrikation und das Energienetz wiederhergestellt.

Einige entscheidende Persönlichkeiten haben daran mitgewirkt, dass die Menschheit den großen Krieg gegen die Ausrottung überlebt hat. Sie treiben den Fortschritt auch in der Zeit danach voran. Team Ghost, ein Delta Force Team der Armee, war unverzichtbar dabei, den Krieg zu gewinnen und die Geißel der Abartigen zurückzudrängen. Die Männer sind unter der Führung von Master Sergeant Joe »Fitz« Fitzpatrick nach wie vor im Einsatz. Seit acht Jahren führen sie Missionen in Feindgebiet aus, jagen Abartige und retten menschliche Gefangene.

Zu den weiteren Helden dieser Ära gehören Captain Reed Beckham und Dr. Kate Lovato. Mittlerweile sind sie verheiratet und leben mit ihrem Sohn Javier Riley, Master Sergeant Parker Horn und dessen Töchtern im Außenposten Portland, Maine.

Mit dem Ende der Amtszeit von Präsidentin Jan Ringgold steht eine Neuwahl bevor – die der Wahlkandidat und amtierende Vizepräsident Dan Lemke aufgrund der enormen Fortschritte der aktuellen Regierung mühelos gewinnen sollte. Das Land erholt sich allmählich, und abgesehen von vereinzelten Angriffen durch Abartige und Plünderer sind die Außenposten sicher.

Die überlebenden Abartigen und die menschlichen Überläufer bleiben im Schatten, verhungern und sterben nach und nach aus. Zumindest denkt das Militär das … In *Extinction Cycle: Dark Age* wird sich zeigen, wie falsch man mit dieser Vermutung liegt.

Bitte anschnallen, es geht mit dem nächsten Kapitel des *Extinction Cycle* zurück in die Welt der Abartigen und der Helden, die sich ihnen in den Weg stellen. Herzlich willkommen zurück an alle alten Leser. Ich bin so froh, dass ihr mich ermutigt habt, zu dieser Geschichte zurückzukehren. Ich verspreche, es wird aufregend, dafür sorgen neue Wendungen – und einige eurer Lieblingsfiguren sind auch wieder dabei!

Neue Leser laden wir herzlich ein, sich auf dieses postapokalyptische Abenteuer einzulassen. Wir hoffen, dass euch die wissenschaftlichen Aspekte, die Action und die Charaktere in diesem wachsenden Universum gefallen.

Vielen Dank euch allen fürs Lesen. Bitte meldet euch gern bei Tony oder bei mir, wenn ihr Fragen habt oder einen Kommentar loswerden möchtet. Unsere Kontaktdaten findet ihr hinten im Buch.

Alles Gute.
Nicholas Sansbury Smith, *New York Times*-Bestsellerautor von *Hell Divers* und *The Extinction Cycle*
Anthony J. Melchiorri, Bestsellerautor von *The Tide*.

Als Übersicht listen wir hier die Lesereihenfolge
für die Welt des *Extinction Cycle* auf.

Staffel 1: *The Extinction Cycle* von Nicholas Sansbury Smith

Das Schlimmste der Natur und der Wissenschaft treibt die Menschheit in dieser preisgekrönten Bestseller-Reihe über die Mission eines Teams zur Rettung der Welt an den Rand der Ausrottung.

Vorgeschichte: Extinction Red Line
Buch 1: Verpestet
Buch 2: Mutierte Bestien
Buch 3: Krieg gegen Monster
Buch 4: Entartung
Buch 5: Von der Erde getilgt
Buch 6: Metamorphose
Buch 7: Am Ende bleibt nur Finsternis

Nebengeschichten zum *Extinction Cycle*

Das Universum des *Extinction Cycle* wächst mit Romanen, Novellen und Kurzgeschichten über heldenhafte Gefechte, die Verwandlung von Menschen in Bestien, hartgesottene Krieger, die gegen eine überwältigende Übermacht in den Kampf ziehen, und vielem mehr. All das stammt von einigen der führenden Stimmen des Genres postapokalyptischer Erzählungen. Diese Geschichten tragen sich während der ersten Staffel des *Extinction Cycle* zu.

Staffel 2: *The Extinction Cycle: Dark Age* von Nicholas Sansbury Smith und Anthony J. Melchiorri
Die Überlebenden dachten, der Zyklus der Ausrottung hätte geendet – aber in den Schatten lauern bösartige, intelligente Kräfte und schmieden Pläne, um den Zyklus wieder in Gang zu setzen und der Menschheit für immer den Garaus zu machen. Acht Jahre nach den Ereignissen von *Buch 7: Am Ende bleibt nur Finsternis* schließt sich Team Ghost mit neuen Helden zusammen und versucht zu retten, was von der Welt noch übrig ist.

Vorwort von D. J. Molles, *New York Times*-Bestsellerautor von *Unter Toten*

Vertrauen.

Müsste man in die Wildnis hinaus und sich dafür einen Führer aussuchen, würde man sich einen wünschen, dem man vertrauen kann. Man möchte sicher sein, dass er das Wetter präzise zu deuten vermag, die richtigen Wege auswählt und einen von A nach B bringt, ohne dass man von Stromschnellen mitgerissen oder von Wölfen gefressen wird oder giftigen Efeu als Klopapier benutzt.

Ein neues Buch in die Hand zu nehmen, ist so ähnlich. Man muss dem Autor so vertrauen, wie man einem Führer vertrauen würde. Man will sicher sein, dass der Autor seine Versprechen hält, einen in eine verrückte, von ihm erschaffene Welt eintauchen lässt, von A nach B bringt, dabei unterhält und ein paar Wendungen einbaut, damit es interessant bleibt.

Nicholas Sansbury Smith ist als ein solcher Führer ein Vollprofi, ein Veteran. Und die Wildnis, in die man sich begibt? Das Universum des *Extinction Cycle.* Die Reisegefährten? Team Ghost. Die Wege, die du beschreiten wirst? Haha! Es gibt da draußen keine Wege, Freunde. Diesmal stoßen wir in unbekannte Gefilde vor.

Extinction Shadow ist eine brandneue Fortsetzung der Bestsellerreihe *Extinction Cycle.* Und obwohl dich Smith in unbekanntes Terrain mitnimmt, kannst du dir sicher sein, dass er weiß, was er tut. Die Reise mag haarsträubend sein, aber er wird dich (größtenteils) in einem Stück ans Ziel bringen.

Wenn du zu *Extinction Shadow* greifst und bereits ein Fan der ursprünglichen Reihe bist, dann kannst du dich auf deine Lieblingscharaktere freuen – vielleicht ein Gebet für sie sprechen und dich an die schöne Zeit erinnern, die du beim Mitverfolgen ihrer Abenteuer in der anderen Reihe hattest. Mit dieser Reihe stürzt du dich mitten hinein ins Geschehen – Gnade gibt es keine, und die Überlebenschancen sind gering.

Keine Sorge, falls du völlig neu im Universum des *Extinction Cycle* bist! Du musst kein Experte für die Welt der ursprünglichen Reihe sein. Vertrau einfach deinem erfahrenen Führer. Durch eine Kombination aus rasanter Handlung, militärischem Realismus und glaubwürdiger Wissenschaft – was die Sache nur noch eine Spur gruseliger macht – liefert Smith sowohl für alte als auch für neue Leser ab.

Vertrau also deinem altgedienten Führer und begib dich in die Wildnis von *Extinction Shadow*. Aber vergiss nicht, rundum Ausschau zu halten. Und achte in der Luft auf den Geruch von faulendem Obst …

Viel Glück da draußen.
D. J. Molles, *New York Times*-Bestsellerautor der Reihe *Unter Toten*

1

Das Knistern eines Lagerfeuers war ein vertrautes Geräusch im Außenposten Turkey River. Da mittlerweile der Herbst angebrochen war, würde es noch häufiger zu hören sein. Der Rauch sollte Insekten fernhalten, was jedoch nicht immer funktionierte.

Master Sergeant im Ruhestand Cedric Long schlug nach einer Stechmücke an der Höhle, die früher sein linkes Auge beherbergt hatte. Prompt verschmierte er das verfluchte Vieh auf seiner Wange. Es war bereits randvoll mit Blut gewesen. Die winzigen Vampire erinnerten ihn an die Monster jenseits der Mauern. Die Monster, die ihm während des Krieges das Auge genommen hatten.

Abartige.

Die Folge eines Fehlschlags einer chemischen Waffe. Die ehemaligen Menschen, die sich in perfekte Raubtiere verwandelt hatten, würden viel Schlimmeres anrichten als ein Schwarm blutrünstiger Moskitos, sollten sie es in den Außenposten schaffen.

Aber das würde nicht passieren.

Nicht an diesem Abend und auch nicht an einem anderen Tag, an dem Cedric Wache hielt.

Der Außenposten Turkey River zählte zu den sichersten Gemeinden der nunmehr *Alliierte Staaten* genannten

Nation – dank der Männer, die vor Cedrics Ankunft hier gedient hatten. Durch seine Gegenwart war der Ort nur noch stärker geworden.

Das hatte ihm Commander Justin Bell gesagt, und Commander Bell war kein Lügner. Mittlerweile ging Bell auf die 40 zu, doch während des großen Krieges gegen die Ausrottung, der vor acht Jahren geendet hatte, war er ein junger Mann gewesen. Die Monster, die tief in den ehemaligen Vereinigten Staaten von Amerika lauerten, waren ihm alles andere als fremd.

Der Befehlshaber hatte gekämpft und geblutet, um für die Sicherheit dieses Außenpostens zu sorgen.

Cedric kniff in der Dunkelheit die Augen zusammen. Seit über drei Monaten hatte kein Angriff stattgefunden. Er wusste, dass die Abartigen immer noch in den Schatten hausten. Sorgen bereiteten ihm jedoch vor allem Menschen.

Banditen. Plünderer. Überläufer.

Wie man diese Leute auch nannte, sie wollten sich lieber etwas nehmen, das ihnen nicht gehörte, statt dafür zu arbeiten. Und die Bösartigsten unter ihnen hatten sich mit den Abartigen verbündet.

Viele Außenposten hatten weniger Glück als Turkey River, wo es durch das fruchtbare Land reichlich frische Nahrungsmittel und klares Wasser gab. Durch die reichen Vorräte wurde der Ort zur Zielscheibe – und zu einem politischen Brennpunkt.

Präsidentin Jan Ringgold war vor einer Woche mit Vizepräsident Dan Lemke vorbeigekommen. Da ihre zwei Amtszeiten fast vorüber waren, kandidierte Lemke als ihr Nachfolger. General im Ruhestand Mark Cornelius, Lemkes Gegner und Vorsitzender der Freiheitspartei, hatte sich für einen Besuch in einer Woche angekündigt.

Cedric saß an einem Picknicktisch in der Mitte des Gemeindegebiets und genoss ein spätes Abendessen aus Kartoffelbrei, Mais, Brot und Wasser aus dem angrenzenden Fluss, dem die Gemeinde ihren Namen verdankte.

Zwei Pick-ups parkten auf der gegenüberliegenden Straßenseite. Die Ladeflächen quollen beinahe über vor geerntetem Mais von den umliegenden Feldern. Die Lebensmittel innerhalb der Mauern reichten locker aus, um die 300 auf dem Areal lebenden Menschen zu ernähren. Der Löwenanteil an Getreide, Mais und Bohnen, die sie produzierten, wurde per Bahn zu den fast 100 anderen Außenposten in den Alliierten Staaten befördert.

Cedric dachte an die Massenmigration aus den westlichen Staaten zu Orten wie Turkey River vor mehr als acht Jahren. Damals hatte sich die Regierung auf Konsolidierung sowie Schutz und Wiederaufbau der Agrarindustrie im Mittelwesten und der Produktionsbetriebe an der Ostküste konzentriert.

Mittlerweile lebte der größte Teil der Bevölkerung in Gemeinden wie Turkey River. An den anderen Tischen um ihn herum aßen still die Familien derer, die diese Migration mitgemacht hatten.

Cedric saß allein und genoss seine Mahlzeit. Die Einsamkeit störte ihn nicht. Allerdings war es nicht immer so gewesen. In seinem früheren Leben hatte er sich auf gemeinsame Mahlzeiten mit seiner Frau und seinen Söhnen gefreut. Sie gab es inzwischen nicht mehr. Nur noch ihn. Abgesehen davon hatten die meisten Kinder hier Angst vor ihm und flüsterten hinter seinem Rücken über den »Piraten« mit der Augenklappe.

Auch das störte ihn nicht. Er war selbst mal ein Kind gewesen und konnte sich gut vorstellen, wie seine eigenen Jungs reagiert hätten. Sie hätten ihn mit seiner vernarbten Haut und dem fehlenden Auge vielleicht für ein Monster gehalten. Tatsächlich jedoch waren sie mit dem Wissen gestorben, dass es weitaus schlimmere Monster gab als einen entstellten alten Mann.

Die meisten der Kinder unter acht Jahren im Außenposten Turkey River hatten das Glück, dass sie noch nie die Kreaturen sehen mussten, gegen die Cedric gekämpft hatte. Bestimmt hörten sie die Schüsse und die einsamen Schreie von sterbenden Abartigen. Aber sie waren noch nie einem der von Schorf überzogenen, mit Fängen bewehrten Geschöpfe von Angesicht zu Angesicht begegnet.

Im Gegensatz zu seinen Söhnen.

Cedric verdrängte die schmerzlichen Erinnerungen. Seine Aufgabe bestand nicht mehr darin, Vater und Ehemann zu sein. Er war nur ein einfacher Soldat, der die Menschen beschützte, die hier lebten, und die Lebensmittel, die sie ernteten. Zumindest gab ihm das einen Sinn im Leben.

Eine Glocke bimmelte, als der Mond höher in den Herbsthimmel stieg. Cedric verschlang den Rest seines Abendessens. Er holte einen Flachmann aus seiner Schutzweste hervor und spülte es mit einem Schluck Whiskey hinunter.

Der Alkohol wärmte seine Eingeweide. Satt und entspannt stand er auf. Er griff sich seinen M4A1-Karabiner und trat mit einem halben Dutzend anderer Männer den

Weg zur nächtlichen Patrouille an. Das Team war nur ein Rädchen im Getriebe der Sicherheitsvorkehrungen des Außenpostens.

Zwei Soldaten bemannten die Kampfposition mit dem M240 vor dem Rathaus. Wachen liefen auf Flachdächern auf und ab, die Waffen vor der Brust, während sie die Blicke über den schlafenden Außenposten wandern ließen. Wohin Cedric auch sah, die Soldaten wirkten entspannt.

Es gab hier draußen nicht viel, was für Aufregung sorgte.

Die meisten Männer hatten außer kleineren Geplänkeln mit Plünderern seit Jahren keine Action mehr erlebt.

Verdammt, es war der beste Posten in Cedrics Laufbahn. Seitdem das Blutervirus zum ersten Mal um die Welt gerast war, hatte er verschiedenste Aufgabengebiete gehabt, von einem Kreuzfahrtschiff, das im ersten Jahr des Ausbruchs im Atlantik kreuzte, bis hin zum Sicherheitsdienst im Weißen Haus, das ins Greenbrier Hotel übersiedelt war.

Cedric hatte sogar Captain Reed Beckham, dessen Frau Dr. Kate Lovato Beckham und deren gemeinsamen Sohn Javier Riley bewacht, als der Junge noch ein Kleinkind war. Als Cedric das Rentenalter erreicht hatte, wurde er hierher versetzt.

»Turkey River ist eine moderne Ruhestandsgemeinde, mein Freund«, hatte Beckham gemeint und Cedric mit seiner Handprothese auf die Schulter geklopft. »Reichlich zu essen, gute Nachbarn und so friedlich, dass man sich am Nachmittag tatsächlich ein wohlverdientes Nickerchen genehmigen kann.«

Präsidentin Ringgold hatte Cedric sogar persönlich für seine Dienste gedankt. In der Woche darauf war er in einen Zug nach Nord-Iowa gestiegen.

Feld der Träume schien gar nicht so weit weg von der Wahrheit zu sein.

Cedric spielte mit dem Gedanken, seinen Flachmann erneut herauszuholen und sich einen zweiten Schluck Whiskey zu gönnen. Aber er war alt und klug genug, um zu wissen: Das Böse schlief nie. Die Abartigen mochten in letzter Zeit nicht angegriffen haben, aber jenseits der Mauern, der Wachtürme, der Stacheldrahtzäune, der Sensoren und der Minenfelder lauerten sie nach wie vor dort draußen.

Und warteten …

Cedric setzte den Marsch über den Hauptplatz und vorbei an den Häusern und Geschäften fort. Wie in den meisten Außenposten gab es auch in diesem alles vom Gemischtwarenladen bis hin zum Postamt mit Solarzellen, die man auf den meisten Dächern montiert hatte. Er ging an beiden Gebäuden vorbei und begab sich auf den Bürgersteig, um auf der schmalen Straße den Platz für einen Pick-up freizugeben.

Eine sechs Meter hohe Stahlmauer umgab die kreisförmig angelegte Gemeinde. Cedric verließ sie durch ein Tor, das zu einer Brücke über einen Bach führte. Auf der anderen Seite warteten sechs Soldaten. Zwei Deutsche Schäferhunde saßen auf den Hinterbeinen und konnten es kaum erwarten, mit den Nasen an die Arbeit zu gehen.

»Abend, Sarge«, grüßte ihn ein Private namens Malcom.

»Abend«, gab Cedric zurück.

Die Männer machten sich auf den Weg. Sie alle kannten den Ablauf. Das Alpha-Team ging nach rechts, das

Bravo-Team nach links. Jedes nahm einen Hund mit. Cedric bildete eine Ausnahme. Commander Bell hatte ihm als einer Art Einzelkämpfer eine eigene Route gegeben. Er marschierte auf die nächste Verteidigungslinie zu, mehrere Stacheldrahtzäune.

Auf der anderen Seite erfasste das Mondlicht ein Meer von Mais und Sojabohnen, gepflanzt in der fruchtbaren Erde jenseits der Minenfelder.

Das Tor an der Straße war geschlossen, da die Erntearbeiten für diesen Tag beendet waren. Niemand durfte nach Einbruch der Dunkelheit nach draußen, es sei denn, Commander Bell erteilte den Befehl dazu.

Wachtürme ragten über die Zäune auf, und Cedric hob die Hand in Richtung der Männer in Turm 4. Die beiden Soldaten dort waren ungefähr so alt wie er damals, als er vor über 40 Jahren ursprünglich in die Armee eingetreten war. Beide zu jung, um im Krieg gegen die Monster gekämpft zu haben.

Die Chancen standen gut, dass keiner der beiden je auch nur annähernd einem Abartigen von Angesicht zu Angesicht begegnet war. Cedric hingegen hatte Narben, die von seinen Kämpfen zeugten, darunter die leere Augenhöhle.

Er lächelte, als er daran zurückdachte, wie er die Bestie tötete, die ihm das angetan hatte. Wer hätte gedacht, dass eine Leuchtfackel so viel Schaden anrichten konnte, wenn man sie an der richtigen Stelle platzierte?

»Seht ihr mit Infrarot etwas?«, rief Cedric zu den Wachen hinauf.

»Negativ, Sarge, nur Hirsche.«

»Ach du Scheiße, dann sollten wir vielleicht jagen gehen«, gab Cedric zurück. Es war lange her, dass sie einen Hirsch auch nur aus der Ferne gesehen hatten. Wie die Menschen waren auch die Tiere von den Abartigen beinahe ausgelöscht worden.

Cedric setzte den Marsch entlang der Umzäunung fort, suchte die Umgebung auf der Außenseite nach aufblitzenden Bewegungen ab und schnupperte in der Luft nach dem Geruch von faulendem Obst, den die Bestien verströmten.

Die Abartigen hatten eine rasante Evolution und Anpassung auf ihrer Seite. Epigenetische Veränderungen hatten diese Ausgeburten der Hölle in perfekte Raubtiere verwandelt – sie konnten ihre Haut tarnen und im Dunkeln sehen. Einige hatten sich in Europa in furchterregende Kreaturen verwandelt, von gigantischen Käfern bis hin zu monströsen, fleischfressenden Würmern.

Die meisten dieser Bestien waren mittlerweile bloß noch Staub. Nur die erste Generation der Abartigen hatte die Munition und die Biowaffen überlebt, die von der Regierung entwickelt worden waren, um sie zu töten.

Amerika befand sich auf dem Weg zurück zur Normalität. Auch einige europäische Länder erholten sich allmählich. Über Südamerika, Afrika und Asien wusste Cedric zwar nicht viel, aber die spärlichen Neuigkeiten, die es nach Turkey River schafften, erfüllten ihn mit der Hoffnung, dass die Menschheit mit der Zeit zu voller Blüte wiederauferstehen würde.

Cedric ging eine Stunde lang, bis seine Gelenke allmählich zu schmerzen anfingen und die Kälte des Abends letztlich durch seine Kleidungsschichten drang. Er ließ das Gewehr auf dem Riemen hängen und rieb die Handschuhe aneinander.

Dann marschierte er weiter, ignorierte die Schmerzen im Kreuz und die hartnäckige Arthritis in den Fingern. Es machte ihm nichts aus, den Ruhestand mit dem zu verbringen, was er am besten konnte. Allerdings fragte er sich, wie viele Jahre ihm noch blieben, bevor ihn Commander Bell in irgendeinen langweiligen Wachturm versetzte.

Das wird so bald nicht passieren.

Als die Wirkung des Whiskeys nachließ, kroch ihm die Kälte in die Füße. Seine Zehen wurden nach und nach taub. Er fand einen Sitzplatz auf einer Schaukel, die am soliden Ast einer Eiche hing, überaus beliebt bei den Kindern, die im Ort lebten.

Cedric setzte sich und wackelte mit den Zehen, um das Blut zum Zirkulieren zu bringen. Er holte sein Funkgerät heraus und kontaktierte die Teams Alpha und Bravo. Beide hatten keinerlei Feindkontakt gesichtet. Als Nächstes ersuchte er um Berichte von den Wachtürmen.

Alles klar, lauteten die Rückmeldungen.

Eine weitere ruhige Nacht im Außenposten Turkey River.

Cedric stand auf und nahm den Weg zu seiner nächsten Zwischenstation in Angriff. Die Scheunen mochte er bei seinen Rundgängen immer am meisten.

Ein Farmer namens Will schlief auf einem Stuhl vor dem Scheunentor. Der Kopf war auf eine Schulter gesunken. Cedric räusperte sich und weckte den Mann.

Will schoss hoch und hob abwehrend eine Hand. »Was … Was ist los?«

»Bleib locker«, beruhigte ihn Cedric. »Ich schau nur nach dem Rechten.«

Will sah sich um, dann schien er sich zu entspannen und setzte sich wieder.

»Weiß deine Frau, dass du hier draußen bist?«, fragte Cedric.

Ein schiefes Grinsen breitete sich über Wills Züge aus. »Sie ist der *Grund,* warum ich hier draußen bin.«

Cedric schmunzelte. »Bist du wieder in die Hundehütte verbannt?«

»Besser als die Scheune, oder?« Will stand auf und streckte sich.

Cedric verkniff sich ein Lachen.

In einer so kleinen Gemeinde wusste jeder über die Angelegenheiten des anderen Bescheid. Daher galt es als gemeinhin bekannt, dass Will und seine Frau seit Monaten auf Kriegsfuß standen.

Ein Tumult aus den Pferchen lenkte Cedric ab, und Will begleitete ihn auf dem Weg zum Vieh. Die Tiere drängten sich alle in die Ecken ihrer Gehege.

Will spuckte einen Pfropfen Kautabak auf den Lehmboden.

»Was zum Teufel hat die denn so aufgescheucht?«, fragte er.

Cedric holte sein Funkgerät heraus. »Alpha, Bravo, tut sich bei euch was?«

»Negativ.«

»Negativ.«

Sämtliche Wachtürme meldeten dasselbe. Nichts auf Infrarot, keine Bewegung durch die Nachtsichtgeräte. Cedric wusste, dass sich die Abartigen manchmal der Erkennung entziehen konnten. Aber sie konnten weder den Minen noch den Zäunen ausweichen. Ebenso wenig waren sie gegen Kugeln gefeit.

Cedric richtete das Gewehr auf die Getreidefelder hinter den Stallungen und bedeutete Will mit einer jähen

Kinnbewegung, dass er in die Sicherheit des umzäunten Areals zurückkehren sollte.

»Geh nach Hause zu deiner Frau und verriegelt die Türen«, sagte er.

Will entfernte sich rückwärts von der Scheune, stolperte beinahe, drehte sich um und rannte los. Die meisten Männer hätten dasselbe getan, Cedric jedoch spannte die Kiefermuskulatur an und suchte die Felder nach Monstern ab.

Mondlicht erhellte die weißen Rotorblätter zweier gewaltiger Windturbinen, die sich in der Ferne drehten und den Außenposten mit Energie versorgten, indem sie Windenergie nutzbar machten.

Sein Funkgerät knisterte an der Weste, als er nach Feinden Ausschau hielt.

»Master Sergeant, was ist da draußen los?«, ertönte die barsche Stimme von Commander Bell.

»Bin mir nicht sicher, Sir. Irgendwas hat die Tiere verschreckt.«

»Kommen Sie zu mir auf die Brücke«, antwortete Bell.

Cedric fluchte.

So viel zu einer ruhigen Nacht.

Er lief zurück in Richtung der Brücke.

Als sich das Tor öffnete, kamen zehn weitere Männer und drei Hunde heraus. Von der Ostseite des Außenpostens ertönte das kehlige Gebell der anderen Deutschen Schäferhunde bei den Teams Alpha und Bravo. Eine Leuchtrakete schoss in den Himmel, explodierte über den Getreidefeldern und tauchte sie in einen roten Schein.

»Alle, die nicht in einem Wachturm sind, zurückziehen zur Brücke«, befahl Bell über Funk.

In den Türmen wurden Suchscheinwerfer eingeschaltet. Die Strahlen wanderten über die Felder, über denen die Leuchtrakete detoniert war. Die Stängel raschelten im Wind.

Bell, einen guten Kopf größer als fast jeder Mann auf der Brücke, trat vor die Gruppe hin. Alle fünf Hunde knurrten. Ihr Fell sträubte sich zu Borsten.

Cedric straffte den steifen Körper.

»Zeig dich, du verseuchter Mistkerl«, murmelte Bell.

Der Scheinwerfer von Turm 4 strich über das Feld. Cedrics Auge bewegte sich mit dem Licht. Der Wachmann hielt den Strahl plötzlich über einer Stelle des Maisfeldes an. Kurz darauf kehrten die Teams Alpha und Bravo mit ihren Hunden zurück.

»Commander, ich hab 'ne Wärmesignatur im Nordwesten, nahe dem Bereich, in dem ich vorhin einen Hirsch gesichtet hab«, ertönte die Stimme von Isaac in Turm 4. »Bin nicht sicher, was es ist.«

»Können Sie schießen?«, gab Bell zurück.

»Sir … ist ziemlich weit draußen.«

Bell kehrte zu den Männern auf der Brücke zurück. »Macht euch bereit. Ich will, dass ein Team mit Hunden rausgeht und nachsieht, sobald es tot ist«, sagte er. »Wenn's ein Abartiger ist, lasst ihr ihn dort. Dann versuchen wir morgen früh herauszufinden, woher er gekommen ist.«

»Und wenn's Wild ist?«, fragte Cedric.

»Dann kriegen wir ein feines Hirschsteak«, erwiderte Bell.

Bei der Äußerung schien sich die Stimmung der anderen Männer zu bessern.

»Geben Sie den Schuss ab, T4«, ordnete Bell über Funk an.

Ein Knall zerriss die Stille der Nacht.

Krähen stoben überall um das Gelände herum auf. Einen unheimlichen Moment lang bildete das Krächzen der Vögel das einzige Geräusch weit und breit.

»Ziel am Boden«, meldete Isaac über Funk.

»Guter Schuss, T4«, lobte Bell. Er ließ den Blick erneut über die ihn umstehenden Soldaten wandern. »Wer geht raus, um nachzusehen?«

Cedrics Hand schoss in die Höhe. »Ich gehe, Sir.«

»Wer noch?«, fragte Bell.

Die Männer mieden seinen Blick und sahen beschämt auf den Boden. Cedric konnte ihnen keinen Vorwurf daraus machen. Schon ein Abartiger genügte, um ein Team von Grünschnäbeln zu erledigen, und vermutlich fürchteten sie, dass sich da draußen mehr Bestien herumtreiben könnten.

»Malcom, Agan, Kelly, ihr begleitet Cedric. Nehmt zwei Hunde mit. Der Rest von euch zieht sich in die Anlage zurück«, ordnete Bell an.

Cedric führte die drei anderen Soldaten über die Brücke. Die Hunde zogen an den Leinen die Straße hinunter zum Haupttor. Sie blieben stehen, als sie den Wachturm erreichten, der das Minenfeld hinter dem Tor überblickte.

»Bist du sicher, dass du das Ziel erwischt hast?«, rief Cedric hinauf.

Isaacs Kopf tauchte oben auf. »Es rührte sich nicht, Sarge.«

Cedric blickte die Straße hinab, die durch die Maisfelder verlief. Ein Schauder ging durch seinen Körper. Er schrieb es der Kälte zu, sorgte sich jedoch, dass es Angst sein könnte.

»Weiter, Cedric«, befahl Bell. »Führen Sie Ihr Team raus und sehen Sie nach, was da los ist.«

»Ja, Sir«, erwiderte Cedric.

Sie entriegelten das Haupttor und schoben es auf.

Cedric führte das Team nach draußen und hörte, wie sich das Tor mit einem Klicken hinter ihnen schloss.

»T4, gib Bescheid, wenn sich die Wärmesignatur bewegt«, verlangte er über Funk.

»Verstanden«, meldete Isaac zurück.

»Gefechtsabstände, wachsam bleiben«, sagte Cedric. Dann trat er den Weg auf die Straße mit den Hunden an beiden Seiten an. Sie schnupperten am Boden und in der Luft, während ihre Schnauzen nach dem Gestank der verseuchten Bestien suchten, der an faulende Zitronen erinnerte.

Cedric hielt Ausschau nach Bewegung. Außer dem Wogen der Getreidestängel im Wind sah er nichts. Sie brauchten nur wenige Minuten zu dem Bereich, den der Scheinwerfer von Turm 4 erfasst hatte.

Das Team hielt vor der Reihe der Maispflanzen. Keiner der Hunde fletschte die Zähne oder knurrte.

Vielleicht wirklich bloß ein Hirsch, dachte Cedric. Er setzte das Gewehr an der Schulter an. Die anderen drei Soldaten folgten seinem Beispiel, richteten die Mündungen auf den Mais.

»Ich geh da nicht rein«, flüsterte Malcom.

Cedric spielte mit dem Gedanken, dem jungen Soldaten zu befehlen, sich zusammenzureißen und trotzdem reinzugehen. Stattdessen jedoch sagte er: »Dann bleib auf Position.« Er konnte kein verängstigtes Kind gebrauchen, das im Dunkeln hinter ihm Projektile abfeuerte.

Der böige Wind nahm zu, während sie dort standen. Er wehte heftig durch die Felder und drehte die Windturbinen schneller. Die Äste der Eichen in der Ferne schwankten und knarrten.

»Seht ihr das?«, fragte Kelly leise. Er zeigte auf die Spitzen der Stängel, die sich zu teilen schienen, als bewegte sich etwas zwischen ihnen hindurch.

»T4, hast du was auf Infrarot?«, fragte Cedric.

»Negativ.«

»Irgendetwas kommt da …«, sagte Kelly.

Cedric hob eine Hand. »Nicht schießen.«

Der Wind beruhigte sich, und die Maisstängel richteten sich auf.

»Ich geh rein«, kündigte Cedric an. »Agan, hast du den Mumm, mir zu folgen?«

Der große Mann nickte und betrat hinter Cedric das Feld. Sie ließen sich vom Scheinwerferlicht leiten. Die Stängel streiften kratzend ihre Haut am Hals und im Gesicht.

Durch die Lücken dazwischen sichtete Cedric etwas, das unter dem Schein des Lichts in Embryonalhaltung auf dem Boden lag.

Er richtete die Mündung seiner Waffe darauf und legte den Zeigefinger auf den Abzug.

Ein plötzliches Kreischen in der Ferne ließ ihn zusammenzucken.

»Da draußen ist noch einer«, flüsterte Agan.

Cedric bewegte sich auf die im Dreck liegende Gestalt zu. Seine Eingeweide krampften sich zusammen. Es handelte sich nicht um eine der Kreaturen – sondern um einen verdreckten Menschen. Blut hatte die Erde durchtränkt, aber der Mann schien noch am Leben zu sein, denn seine Rippen hoben und senkten sich langsam.

Agan ließ das Gewehr sinken.

Cedric setzte dazu an, über Funk Meldung zu erstatten. Ein weiteres schrilles Geheul hallte durch die Nacht.

Der Ruf eines Monsters.

»Hilf mir mit ihm«, sagte Cedric.

Gemeinsam trugen die beiden Soldaten den Verletzten zurück zur Straße, wo Malcom und Kelly mit den Hunden standen. Die Tiere kauerten dort mit dem Schwanz zwischen den Beinen.

»Reißt euch zusammen«, befahl Cedric den anderen Männern. »Da draußen ist nur eine dieser Kreaturen, und wir sind zu viert. Wenn ihr wegrennt, geht ihr drauf.«

»Scheiß drauf, das Risiko geh ich ein«, sagte Kelly.

Damit ließ er die Hundeleine los und machte sich aus dem Staub.

Aus dem Funkgerät drangen knisternd verwirrte Stimmen. Cedric ignorierte sie, als sie den Verwundeten vorsichtig hinlegten.

»Er ist schwer verletzt«, meinte Agan.

Ein weiteres Kreischen ertönte, diesmal aus der entgegengesetzten Richtung.

Da ließ sie auch Malcom im Stich und lief hinter Kelly her.

Die beiden zurückgebliebenen Hunde knurrten und bellten wild.

Schüsse knallten durch die Nacht. Aus dem Funkgerät dröhnten explosionsartig panische Stimmen.

»Agan, gib uns Rückendeckung«, sagte Cedric.

»Okay, Sarge.«

Cedric bückte sich und drehte den Mann vorsichtig um. Blut bedeckte seine Seite. Die Kugel hatte ihn knapp unter den Rippen getroffen. Der Unbekannte war jung, vielleicht Mitte 30 – Schlamm verkrustete seine Züge dermaßen, dass es sich schwer abschätzen ließ.

Cedric wusste, dass sie ihn nicht zurücktragen konnten. Aber er würde ihn auch nicht hierlassen. Sie mussten ihn auf die Beine hieven und bewegen.

Er schlug dem Mann mit einer behandschuhten Hand auf die Wange und versuchte ihn zu Bewusstsein zu bringen. Der Unbekannte zuckte vor Schmerz zusammen und atmete schwer.

»Du musst aufstehen«, sagte Cedric. Er presste eine Hand auf die Wunde und schaute zu Agan hoch.

»Du gibst uns auf dem Weg zurück zum Tor Deckung«, ordnete er an.

Agan nickte sofort.

Als Cedric dem Verwundeten auf die Beine helfen wollte, packte der Mann sein Handgelenk und drückte fest zu. Seine Augen wurden groß, als hätte ihn Wahnsinn umfangen.

»Es ist zu spät …«, murmelte er. »Ihr könnt nicht dorthin zurück …«

Weitere Schüsse fielen, und das Kreischen eines zweiten Abartigen ertönte.

Dann setzten die Schreie ein.

Cedric warf einen Blick über die Schulter zum Tor, wo Malcom und Kelly immer noch darauf warteten, wieder hineingelassen zu werden. In der Ferne detonierte eine Landmine. Die Explosion dröhnte wie die einer Granate.

Als Cedric zurück zu den beiden Soldaten am Tor schaute, waren sie verschwunden. Schatten rasten mit ihnen ins Feld. Ein menschlicher Schmerzensschrei erhob sich wie das Geheul des Windes.

Agan bewegte sich rückwärts. »Sarge«, flüsterte er.

Zwei Abartige kletterten an Turm 4 hinauf. Sie griffen aus entgegengesetzten Richtungen hinein und überraschten Isaac und den anderen Wachmann.

Die Bestien rissen die Soldaten heraus und warfen sie ins Minenfeld auf der anderen Seite des Zauns. Ein weiterer dumpfer Knall ertönte, als die beiden Männer in Stücke gesprengt wurden.

Die Bestien kletterten höher auf den Turm, bevor sie sich auf der Spitze hinkauerten. Dünne Haare wehten auf der bleichen Haut der Kreatur auf der linken Seite. Der Form der nackten Brust nach handelte es sich um ein Weibchen. Das Männchen auf der anderen Seite legte den Kopf in den Nacken und stimmte Geheul an.

Mehrere andere Abartige antworteten auf den Ruf.

»Wir müssen weg«, murmelte der Verwundete.

Cedric befreite sich aus dessen Griff und richtete sich auf. Im Inneren der Anlage kletterten Dutzende Monster auf die Dächer.

»W-wie …«, stammelte er. »Wie haben Sie es nach drinnen geschafft?«

»Ich bin von draußen gekommen … um zu warnen …« Der Verletzte zeigte in die entgegengesetzte Richtung des Außenpostens. »Ich wollte euch warnen«, wimmerte der Mann.

Cedric zögerte, während er versuchte, die Lage zu verarbeiten. Der Mann musste einer der Siedler sein, die versuchten, sich unabhängig von den Außenposten durchzuschlagen.

»Sarge, was machen wir?« Agans Stimme kippte vor Angst.

Die beiden Schäferhunde nahmen Reißaus und liefen in die Felder, so schnell sie konnten.

Von Grauen zeugende Schreie erfüllten die Nacht. Cedric malte sich aus, wie die Ungeheuer durch den Außenposten wüteten und die Menschen im Inneren der Anlage verschlangen.

»Sarge«, drängte Agan. »Was sollen wir tun?«

Zum ersten Mal in seiner Laufbahn tat Cedric, wofür er andere Männer immer verurteilt hatte. Er wandte sich vom Kampfgeschehen ab und folgte den Hunden in die Dunkelheit.

2

Im Morgengrauen spazierte Kate Lovato die Küste von Peaks Island in der Casco Bay in Maine entlang. Dieselbe Routine wie fast jeden Morgen. Das bescheidene Haus, das sie mit ihrem Ehemann Reed Beckham und ihrem achtjährigen Sohn bewohnte, lag nur 150 Meter vom Wasser entfernt – nahe genug, dass Beckham nichts gegen ihre morgendlichen Ausflüge einzuwenden hatte.

Als sie mit der Gewohnheit angefangen hatte, zum Wasser zu gehen, war er nicht begeistert davon gewesen. Ihr Leben vor Peaks Island war voll von Bedrohungen gewesen, und Beckham war in all den Jahren immer auf der Hut geblieben. Aber sie vertrauten einander, und es würde schon eines Wunders bedürfen, damit es einem Abartigen gelänge, die sicheren Barrieren der Insel zu überwinden.

Peaks Island lag mitten in einer sicheren Zone, umgeben von fortschrittlichen Sensoren, Soldaten, Matrosen und Freunden. Für den Fall, dass wirklich etwas passierte, bildete ein unterirdischer, versteckter Bunker im Gesundheitszentrum der Gemeinde, das gleichzeitig Kates Labor beherbergte, eine letzte Verteidigungslinie.

Sie ließ sich auf einer Bank nieder, um den orangefarbenen Sonnenaufgang am Horizont auf sich wirken zu lassen. Während sie einen Schluck aus ihrer dampfenden Tasse trank, schwelgte sie in diesem kleinen Vergnügen. Die vergangenen acht Jahre waren extrem schwierig gewesen. Aber trotz aller Widrigkeiten hatten sie begonnen, sich zu erholen und Basisgüter wie Kaffee zurückzugewinnen, der in Florida angebaut wurde. Schmeckte zwar nicht so gut wie die Bohnen aus Südamerika und Afrika, die Kate vor dem Krieg genossen hatte, aber unbestreitbar besser als nichts.

Dennoch erinnerte sie das Leben auf einer Insel ständig an Plum Island. Die geheimen Regierungslabors dort hatten den Ausgangspunkt für die von ihr mitentwickelte Biowaffe gebildet. Am Ende hatte die Waffe nicht nur Milliarden von infizierten Menschen getötet – sie hatte auch die Abartigen erschaffen.

Sie haben getan, was Sie tun mussten, Kate. Um uns zu retten – um die Menschheit vor dem Aussterben zu bewahren, hatte Präsidentin Jan Ringgold ihr vor über sieben Jahren vor Augen gehalten.

Die Schuldgefühle darüber, was ihre Forschung hervorgebracht hatte, nagten trotzdem immer noch an Kate.

Die meisten Länder kämpften sich nach dem Ende des Krieges mühsam aus völliger Anarchie. Sogar in den Alliierten Staaten flohen immer noch Menschen vor Armut, Hunger und Gewalt. Peaks Island und der Außenposten Portland nahmen nach wie vor fast täglich Flüchtlinge auf.

»Guten Morgen«, ertönte eine Stimme.

Sie drehte sich um und lächelte, als sie Beckham auf sich zukommen sah. Er trug ein graues Sweatshirt aus Armeebeständen und eine Tarnhose. Beckham hob die Prothesenhand, strich sich das dichte, lange Haar hinter ein Ohr zurück und nahm neben ihr Platz.

Diese Hand erinnerte daran, was Beckham vor über acht Jahren bei einem Säureangriff durch einen Abartigen neben einem Teil seines Beins verloren hatte. Aber trotz der künstlichen Teile seines Körpers war der Mann hinter den Prothesen noch genauso stark wie damals. Wahrscheinlich sogar noch stärker.

»Kaffee?«, fragte sie und bot ihm ihren an.

»Gern.«

Er trank einen Schluck und richtete den Blick aufs Wasser. Auf dem rechten Auge war er praktisch blind, hatte jedoch leichte Verbesserungen dank der Steroide und des pharmazeutischen Cocktails erzielt, den sie in ihrem Labor auf der Insel zusammengebraut hatte.

»Du bist früh auf«, stellte Kate fest.

»Mir geht 'ne Menge durch den Kopf.«

»Das Treffen mit Präsidentin Ringgold?« Kate rutschte dicht zu ihm, fühlte seine Wärme. »Hat sie dir gesagt, warum sie persönlich mit dir reden will?«

»Nein, aber mein Bauchgefühl sagt mir, dass es politische Gründe hat. Egal wie oft ich ihr sage, dass ich dafür nicht geschaffen bin, sie ermutigt mich immer wieder, noch mal darüber nachzudenken.« Beckham trank einen weiteren Schluck. »Ich glaube, sie will, dass ich gegen Senator McComb antrete.«

Kate zog die Augenbrauen zusammen. »Aber McComb ist doch ein Unterstützer von Ringgold, oder?«

»Anscheinend nicht so sehr, wie sie es gern hätte. Oder er unterstützt die Kandidatur von Vizepräsident Lemke für die Präsidentschaft nicht.«

»Mich überrascht, dass man dich nicht als Lemkes Kandidat für die Vizepräsidentschaft vorgeschlagen hat«, meinte Kate und scherzte damit nur halb. Das

Verfahren hatte sich geändert. Mittlerweile wurde der Vizepräsident erst nach der Wahl ausgewählt.

Beckham erwiderte nichts, war eindeutig tief in Gedanken versunken. Kate legte ihm eine Hand auf den Arm.

»Du hast genug für dein Land getan, Reed. Es ist nicht nötig, eine zweite Karriere in der Politik zu starten«, sagte sie.

So egoistisch es sein mochte, Kate war aufrichtig davon überzeugt. Allerdings hatte sie einen besonderen Mann, und sie wusste, dass vielleicht eine Zeit kommen könnte, in der er woanders als auf der Insel gebraucht würde.

»Was beunruhigt dich sonst noch?«, fragte sie, da sie spürte, dass ihm noch etwas auf dem Herzen lag.

»An den Grenzen ist die Lage ruhig ... *zu* ruhig.«

»Ruhig ist gut. Das bedeutet, dass die Abartigen allmählich sterben. Wir können in Frieden leben und uns auf den Wiederaufbau konzentrieren.«

»Mir macht die Ruhe eher Angst«, entgegnete Beckham. »Im Krieg bedeutet das in der Regel, dass der Feind etwas plant. Aber ich bin nicht nur wegen der Abartigen besorgt ... Da die Wahlen bevorstehen, bereitet mir auch Kopfzerbrechen, was nach dem Ausscheiden von Präsidentin Ringgold aus dem Amt geschieht.«

Er trank einen weiteren Schluck und hielt inne, um nachzudenken. »Ihr Vermächtnis und unser Land sind in Gefahr, wenn die Freiheitspartei die Macht übernimmt.«

»Wird sie nicht«, meinte Kate zuversichtlich.

Beckham gab ihr den Kaffeebecher zurück und stand auf. Seine Beinprothese knarrte dabei. »Ich würde da nicht so optimistisch sein. Laut den jüngsten Umfragen liegt General Cornelius um fast vier Punkte vor Vizepräsident Lemke.«

»In Umfragen gibt es immer Spielraum für Fehler«, sagte Kate. »Und der Vorsprung liegt deutlich innerhalb der Fehlertoleranz.«

»Na ja, es gibt noch andere Anzeichen dafür, dass es für die Neue Koalition Amerikas nicht gut aussieht.«

»Ich weiß«, räumte sie ein. »Vizepräsident Lemke hat fast so viele Feinde wie Präsidentin Ringgold. Vielleicht sogar mehr.«

Was Kate nicht überraschte, wenn man bedachte, dass der ehemalige Admiral der Marineflotte vor acht Jahren dabei geholfen hatte, das Land vom Widerstand gegen Tyrannei, kurz WGT, zurückzuerobern.

»Das größte Problem scheinen die Städte an der Grenze zu sein«, sagte Beckham. »Die Freiheitspartei schlägt die Einberufung aller Männer und Frauen im Alter zwischen 18 und 30 Jahren vor. Immer mehr Menschen sind der Meinung, wir sollten versuchen, uns die Städte zurückzuholen, statt den Abartigen zu überlassen, was einst uns gehört hat.«

Kate widerstrebte der Gedanke, noch mehr junge Männer und Frauen hinaus in den Fleischwolf zu schicken. Diejenigen, die inzwischen nach und nach volljährig wurden, waren während des Krieges noch Kinder gewesen. Sogar Parker Horns Töchter Tasha und Jenny hatten fast schon das diensttaugliche Alter erreicht. Der Sohn des ehemaligen Polizisten Jake Temper, Timothy, und der Sohn von Donna Tufo, Bo, könnten dem Militär bereits beitreten.

Ein Schauder durchlief Kate bei der Vorstellung, einer von ihnen könnte an die Front geschickt werden.

Eine Weile verfiel sie mit Beckham in Schweigen, während sie über die Auswirkungen der nur drei Monate entfernten Wahl nachdachte. Die Gebiete außerhalb der Sicherheitszonen hatte man nach dem großen Krieg aufgegeben und der Natur überlassen, während die Abartigen allmählich ausstarben. Einige menschliche Überlebende schlugen sich in den gesetzlosen Zonen durch. Sie zogen es vor, auf sich allein gestellt zu sein, statt in den Außenposten und Städten zu leben.

Wenn es nach dem Willen der Freiheitspartei ginge, würden diese Menschen gezwungen werden, die Grenzgebiete zu verlassen. Man würde die Städte ins Nirwana bomben und die jungen Menschen in den Kampf entsenden, wo sie wie in jedem anderen Krieg den Tod finden würden.

Aber die Menschheit stand immer noch am Abgrund, und die Nachkriegsgeneration, zu der Tasha, Jenny, Bo und Timothy gehörten, durfte nicht verschwendet werden.

Deshalb hatte Präsidentin Ringgold eine maßvollere Herangehensweise gewählt, indem sie Team Ghost und andere erfahrene Teams entsandte, um jegliche Abartigen auszuschalten, die eine Bedrohung für die Außenposten darstellten.

Fitz ist gerade da draußen, dachte Kate. *Und tut das, was er am besten kann – Abartige jagen.*

Beckham brach das Schweigen zwischen ihnen.

»Die Freiheitspartei gewinnt an Unterstützung, vor allem bei den Wählern in den Außenposten, die von Abartigen angegriffen werden«, sagte er. »Die Menschen haben Angst.«

»Sie sollten eher Angst vor Cornelius und der Freiheitspartei haben. Meiner Meinung nach ist sie im

Wesentlichen ein getarnter WGT. Die Leute vergessen wohl, dass uns der WGT fast Kopf und Kragen gekostet hätte.«

»Ich würde sie nicht unbedingt mit dem WGT vergleichen, aber ich weiß schon, was du meinst. Manche Dinge ändern sich nie, was?« Beckham schmunzelte. »Ich glaube, die Politik wird die Menschheit noch überleben. Die Leute werden noch in den Gräbern miteinander streiten. Dagegen lässt sich nichts unternehmen.«

Wieder wischte er sich das Haar zurück.

»Richtig. Aber wir können etwas gegen die langen Haare unternehmen.« Sie grinste.

»Irgendwie gefallen sie mir so, um ehrlich zu sein.«

Kate küsste ihn auf die Wange. »Was immer du willst, Liebster. Aber ich sehe das genauso: vorerst keine Politik. Okay?«

»Überhaupt nie Politik, wenn's nach mir geht.«

Sie beobachteten noch einige Minuten lang den Sonnenaufgang, bevor sie zu ihrem Haus zurückkehrten. Jake, der ehemalige New Yorker Polizist, schloss gerade die Tür seines Hauses und verabschiedete sich von seinem Sohn Timothy.

»Morgen, Jake«, rief Beckham hinüber.

»Guten Morgen!«, rief Jake zurück. Dann trat er den Weg zu seinem Posten auf dem Wachturm in der Nähe der Fähre an. Das Schiff wartete darauf, die Arbeiter am frühen Morgen in die lediglich fünf Kilometer entfernte Stadt Portland zu bringen.

Kate gefiel, dass sie die Insel nur selten verlassen musste. Sie unterrichtete hier an der Schule und betrieb ihr kleines Labor. Aufs Festland musste sie nur für Einkäufe oder zu Versammlungen im Rathaus.

Das Leben war gut.

Besser als seit Langem, wenngleich es überall noch schmerzhafte Erinnerungen an die alte Welt gab. Beckham blieb an einem Baum stehen, der für ein grünes Blätterdach über ihrem Garten sorgte. Er kniete sich ans Grab seines besten vierbeinigen Freundes.

»Er fehlt mir«, sagte der Veteran.

Kate legte ihm eine Hand auf den Rücken. »Apollo hatte ein gutes, langes Leben.«

Beckham nickte. »Er war ein treuer Hund. Der beste.«

»Ja, das war er.«

Beckham hob die Hand und wischte sich eine Träne aus dem Auge. Apollo war erst vor wenigen Monaten an Altersschwäche gestorben. Sie waren nicht sicher, wie alt er gewesen war, als er die Regenbogenbrücke überquerte, aber er entschlief friedlich, umgeben von Freunden und der Familie. Nun lag er neben der einzigen Hündin begraben, die er je geliebt hatte, einem freiheitsliebenden Weibchen, das er kennengelernt hatte, als sie hierhergezogen waren.

Kate legte einen Arm um Beckham, und zusammen gingen sie um das Haus herum in den Vorgarten. Eine Stimme rief ihnen von der anderen Straßenseite zu. Parker Horn, der nur eine Jogginghose trug, hob einen tätowierten Arm und winkte von seiner offenen Haustür.

Man erlebte selten, dass er so früh aufstand, aber Kate sah, was ihn nach draußen geführt hatte. Der große Kerl rauchte eine selbst gedrehte Zigarette, während Apollos Tochter und Sohn bellend aus Horns Haus kamen.

Ginger und Spark huschten über die Straße und steuerten auf Beckham und Kate zu. Die vierjährigen Schäfermischlinge gehörten Horns Töchtern Tasha und Jenny.

Beckham grinste, als er sich hinkniete, um mit den Hunden zu spielen. Es war schön, ihn so glücklich zu sehen. Kate hätte gern auch so empfunden, aber ihr Bauchgefühl ließ es nicht zu.

Irgendetwas veränderte sich an den Grenzen, und es lag nicht nur an den schemenhaft wahrgenommenen Abartigen. Da die zweite Amtszeit von Präsidentin Ringgold in wenigen Monaten enden würde, sah sich das Land mit der Ungewissheit einer neuen Führung konfrontiert.

Die Menschheit war der Ausrottung einmal knapp entgangen. Diesmal ließ sich nicht mit Sicherheit sagen, ob sie dem Schicksal erneut ein Schnippchen schlagen könnte, wenn sich die Wähler für Cornelius und seinen Weg zurück in den Krieg entschieden.

Master Sergeant Joe »Fitz« Fitzpatrick stand auf einem Hügel, der Ellicott City überblickte. Ulmen und Hornsträucher schillerten in spätherbstlichen Farben. Seine Laufprothesen aus Carbonfaser knarrten kaum hörbar, als er das Gewicht verlagerte, um sich für einen umfassenderen Blick zu drehen.

Es fiel ihm schwer zu glauben, dass er seine Beine aus Fleisch und Blut vor so langer Zeit im Irak verloren hatte – lange bevor der Albtraum der Abartigen über den Planeten hergefallen war.

Mittlerweile fühlten sich die Prothesen für ihn so natürlich an wie früher seine Muskeln und Nerven. Vielleicht sogar noch besser. Zumindest gut genug, um ihn bei Bedarf rasant in Richtung des Feindes zu befördern.

Irgendwo da draußen in den Schatten versteckte sich ein Alpha-Abartiger mit seiner Brut. Team Ghost hatte den Auftrag, ihn zu jagen und die drei Menschen zu finden, die von den Bestien aus dem knapp mehr als 30 Kilometer entfernten Außenposten Patapsco Valley entführt worden waren.

Es stand zu befürchten, dass die drei längst tot waren. Aber Team Ghost würde sie nicht aufgeben, bis sie gefunden wären. In den vergangenen acht Jahren hatten sie immer wieder Missionen in den Grenzgebieten und gesetzlosen Zonen durchgeführt, immer mit demselben Ziel: Abartige aufzuspüren und auszuschalten und von diesen Bestien verschleppte Menschen zu retten.

Ein loses Holzbrett an der Kirche neben ihm klapperte. Weiße Farbsplitter flogen wie Staub in einem Windstoß davon, der raschelnd an seiner Uniform zerrte.

»Apollo wäre begeistert von einem Tag wie diesem gewesen«, sagte Fitz.

Der Hund hatte sich vor einigen Jahren aus dem Einsatzgeschehen zurückgezogen, um seinen Lebensabend bei Beckham und Kate zu verbringen. Fitz hatte mit dem Gedanken gespielt, um Ginger oder Spark als Teammitglieder zu ersuchen. Aber ihnen war ein Leben als Haustier vorherbestimmt, nicht als Krieger. Außerdem hatten sich die Mädchen auf Anhieb in die beiden verliebt.

Schritte knirschten über den Kies, und Sergeant First Class Jeni Rico schloss sich Fitz an seinem Aussichtspunkt an. Sie lächelte, während sie Kaugummi kaute. Rosa Haarsträhnen lugten unter dem Rand ihres Helms hervor und wehten im Wind. Rico fand immer einen Weg, die Dinge sowohl im übertragenen Sinn als auch buchstäblich bunter zu gestalten.

Nachdem sie schon zuvor zusammen gekämpft hatten, waren sie seit acht Jahren auch ein Liebespaar. Bei all den

Kämpfen, all dem Kummer und den Verlusten hatten sie in ihrer Beziehung eine Art Ausgleich gefunden.

Allerdings sorgte sich Fitz jedes Mal, wenn sie hierherkamen, er könnte sie verlieren. Verluste kannte er nur allzu gut. Sie verfolgten ihn. Seine Brüder waren ihm durch Beschuss aus den eigenen Reihen in einem Krieg lange vor dem gegen die Abartigen genommen worden. Seine Eltern waren bei einem tragischen Autounfall ums Leben gekommen.

Im Verlauf der Jahre hatte er im Krieg gegen die Abartigen mehr Brüder und Schwestern verloren, als er zählen wollte. Jedes Mal wenn er daran dachte, dass Rico im Kampf fallen könnte, spürte er einen schmerzhaften Stich im Herzen.

Fitz hatte im Leben schon oft am Abgrund gestanden, vor allem zu der Zeit, als Beckham ihn in Fort Bragg gefunden hatte. Der Mann hatte ihn gerettet, indem er ihm eine Waffe und eine Aufgabe gegeben hatte. Von Rico hatte er sogar noch mehr erhalten.

An ihrer Seite verspürte er tatsächlich Optimismus – den Optimismus, dass es etwas gab, wofür es sich zu kämpfen lohnte. Sie hatte ihm beigebracht, nach einer besseren Zukunft zu streben, für den Rest der Welt und für sie beide.

Durch ihre gemeinsame Zeit konnte sie außerdem in ihm lesen wie in einem offenen Buch.

»Was ist los, Fitzie?«, fragte sie.

»Ich denke bloß gerade an Apollo.«

Rico schaute zum See und schmunzelte. »Weißt du noch, wie er uns mit dreckigem Wasser vollgespritzt hat, als er nach seinem letzten Einsatz in einen Sumpf gesprungen ist?«

»O ja«, sagte Fitz.

»Zumindest ruht er jetzt dort, wo Beckham und Kate sind«, meinte Sergeant Yas Dohi in seinem stoischen Tonfall. Der Navajo-Krieger strich über seinen grauen Kinnbart, den er wesentlich länger als früher beim Militär vorgeschrieben trug.

»Er hat sich seine lange Ruhe definitiv verdient, und ich bin froh, dass er seine goldenen Jahre an einem monsterfreien Ort genießen konnte«, meinte Rico.

Fitz nickte zustimmend. »Bin ich auch. Er war ein guter Junge.«

Der Hund hatte reichlich Monster gejagt, trotzdem trieben sich noch immer genug Bestien an Orten wie diesem herum – in apokalyptischen Landschaften, in denen bei jedem Schritt Gefahr drohte.

Telefonmasten standen schief, dazwischen hingen die Leitungen herab ins schlammige braune Wasser, das durch die Straßen floss. Ziegelsteinhäuser wiesen Fensterrahmen mit Glasscherben auf, die wie die gezackten Zähne von Abartigen anmuteten.

Fitz konnte sich noch daran erinnern, dass hier einst eine malerische Innenstadt existiert hatte. Perfekt für einen Tagesausflug, um die Antiquitätenläden und Boutiquen zu durchstöbern, bevor man eine Pause bei einem Bier und einem Sandwich in der Brauerei einlegte.

Wäre ein toller Ort gewesen, um Rico zu einem Date auszuführen, dachte er.

»Das ist also Ellicott City, was?«, sagte Specialist Justin Mendez und stellte sich neben Fitz.

Mendez' dichte schwarze Brauen wölbten sich wie Raupen. Er verstummte einen Atemzug lang.

»Heilige Scheiße«, entfuhr es ihm, als er sich ein Zielfernrohr ans Auge hob.

Fitz gab Team Ghost das Zeichen, sich zu ducken.

»Feindkontakt?«, fragte Fitz.

Mendez senkte das Gewehr. »Nein, Mann, ein 69er Mustang GT«, murmelte er. »Ist ’ne verdammte Schande, ein solches Prachtstück von einem Auto verrostet zu sehen.«

»Herrgott noch mal, Mann, du hast mir ’nen Mordsschrecken eingejagt«, klagte Rico und richtete sich wieder auf.

»Ich hatte mal so ’nen Wagen«, verriet Corporal Bobby Ace.

»Im Ernst?«, fragte Mendez.

Ace nickte. »Eigentlich ’nen 67er Camaro. Ist aber im Grunde dasselbe.«

»Ist es gar nicht, Alter.« Mendez schüttelte den Kopf und starrte Ace an.

Ace lachte, ein tiefes Rumoren, das aus seinem mächtigen Bauch aufstieg. Am Kinn trug er einen zottigen weißen Bart, geformt wie die Machete, die an seinem Gürtel hing. Runzeln bildeten Schluchten kreuz und quer über seine ledrige Haut.

Manchmal verblüffte Fitz, dass der Kerl mit den anderen mithalten konnte. Sein Alter und sein Gewicht hätten früher verhindert, dass er überhaupt für Delta Force infrage gekommen wäre. Heutzutage jedoch waren Männer mit seiner Kampferfahrung eine Seltenheit.

Team Ghost konnte sich glücklich schätzen, ihn zu haben.

Ace war ein Künstler mit seiner umgebauten Mossberg 500 Schrotflinte mit Magazinzuführung und besaß genau den Killerinstinkt, nach dem Fitz gesucht hatte. Er hatte den Corporal als Ersatz für Männer ausgewählt, die er bei einem Hinterhalt durch einen Alpha verloren hatte.

Männer wie Staff Sergeant Blake Tanaka und Sergeant Hugh Stevenson.

Fitz schüttelte die Erinnerung ab und konzentrierte sich auf das letzte Mitglied von Team Ghost. Specialist Will Lincoln hielt ein Sturmgewehr M4A1 quer vor der Brust. Er richtete Augen so dunkel wie seine Haut auf Fitz. Der dünne junge Mann war ungefähr zur selben Zeit wie Ace zum Team gestoßen.

Was ihm an Muskeln fehlte, machte er durch einen Verstand wett, der so schnell und scharf wie die Klauen eines Abartigen war. Außerdem sorgte er in düsteren Augenblicken für humorvolle Auflockerung und Musik.

»Ihr Mädels und eure Karren«, brummelte er.

»Mädels?«, hakte Mendez nach und zog eine Braue hoch.

»Ich verarsch euch bloß, Bruder«, sagte Lincoln. »Also, seid ihr bereit, mit der Jagd loszulegen, oder was?«

»Trinkt ein bisschen Wasser, wir brechen bald auf«, sagte Fitz.

Er ließ den Blick erneut über die Stadt wandern und war froh, dass man sie hierher statt nach Baltimore geschickt hatte. Im Vergleich zu der größeren Stadt war Ellicott City trotz der Überschwemmungen in einem vernünftigen Zustand geblieben. Die Stadtzentren Amerikas glichen überwiegend verfallenden Ödlandschaften, zerstört durch den Versuch, die Abartigen aus dem Land zu drängen, vor allem an der Westküste.

Die meisten ihrer Missionen fanden an Orten im Mittelwesten und an der Ostküste statt, da der westliche

Teil des Landes als fast vollständig verheert und verlassen galt.

Die Menschen gaben viele der großen Städte auf und überließen sie den jagenden Ungeheuern, die immer noch ständig nach frischem Eiweiß suchten. Team Ghost war das Gerücht zu Ohren gekommen, dass die Freiheitspartei noch mehr von dem zerstören wollte, was übrig war, auch Orte wie diesen, wo die Abartigen nach wie vor eine Bedrohung darstellten.

Fitz mochte Soldat sein, trotzdem hatte er durchaus eine eigene Meinung, die er Beckham bei ihrem letzten Gespräch mitgeteilt hatte. Ähnlich wie früher die Nationalparks mussten auch Orte wie dieser geschützt werden.

Er atmete tief durch, bevor er den Befehl erteilte.

Gib einfach alles, was du hast, dachte Fitz.

»Dohi, du übernimmst die Spitze. Ace, du bildest die Nachhut«, ordnete Fitz an. »Wachsam bleiben, Team Ghost.«

Das entsprach der üblichen Anordnung, denn Dohi war der beste Fährtenleser der Truppe, während Ace noch nie zugelassen hatte, dass sich jemand oder etwas von hinten an sie anpirschte.

Das Team brach auf – mittlerweile hoch konzentriert, da sie in das Gebiet der Abartigen vorrückten. Die Sonne stand noch hoch am Himmel, während sie sich tief geduckt und in der Nähe von Deckung vorwärtsbewegten, die Waffen an den Schultern angesetzt, die Blicke nach Feindkontakt suchend.

Langsam watete Dohi mit gespitzten Ohren und aufmerksamen Augen durch das knöchelhohe Wasser. Fitz blieb hinter ihm, achtete in den Räumlichkeiten von

Geschäften und an jedem Fenster auf Anzeichen von Feindkontakt. Tief im nächsten Geschäft sah er, wie Modeschmuck um den Hals einer Schaufensterpuppe das Sonnenlicht reflektierte.

»Verdammt«, fluchte Rico leise. »Im ersten Moment dachte ich, das wäre ein Mensch.«

»Nein. Aber *das da* war mal einer«, sagte Lincoln. Er hob das Gewehr und zielte auf die Stelle, die auf der anderen Straßenseite sein Interesse geweckt hatte. Die untere Hälfte eines menschlichen Skeletts hing aus einem Fenster. Schimmelpilze kletterten von der überfluteten Straße nach oben, als wollten sie die Überreste erreichen.

Fitz bedeutete dem Team, sich den Kadaver näher anzusehen. Als sie unter das Fenster im ersten Stock gelangten, stellte er fest, dass jegliches Fleisch vollständig verschwunden war. Zahnabdrücke zeichneten sich auf den trockenen Knochen ab. Einige der Knochen waren wie Zweige geknickt, und das Mark war aus ihnen gesaugt worden.

»Schätze, damit wissen wir, dass wir hier richtig sind«, meinte Rico nüchtern.

Fitz warf einen letzten Blick auf die skelettierten Überreste. Das war der schlimmste Teil beim Aufspüren von streunenden Abartigen. Team Ghost kam so gut wie immer zu spät, um noch jemandem zu helfen.

Aber sie würden die Ausgeburten der Hölle finden, die dafür verantwortlich zeichneten.

Nach den Berichten, die sie erhalten hatten, handelte es sich in diesem Fall um einen gerissenen Alpha. Schlauer als ein durchschnittliches Monster, wenn man bedachte, wie es ihm gelungen war, sich in den Außenposten Patapsco Valley und wieder hinaus zu schleichen, ohne dass ihn auch nur ein einziger der Wachleute ins Visier bekommen hätte.

Fitz gab Handzeichen, und das Team setzte den Weg zwischen den Ziegelsteingebäuden fort. Orangefarbene und braune Blätter flatterten über die Straße, landeten im Wasser und trieben in der leichten Strömung davon.

Der frische Herbstduft vermischte sich mit dem Geruch von Moder und Schimmel, der aus den Gebäuden drang. Aber Fitz nahm nicht den säuerlichen Mief von Abartigen wahr.

»Wir haben noch 'nen Dürren«, meldete Mendez. Er zeigte mit dem Gewehr auf eine zweite Leiche, die an einer Bank neben einem umgestürzten Mülleimer lehnte. Verwesende Fleischfetzen hingen von den Knochen.

»Sieht frisch aus«, meinte Dohi.

Die Worte entfachten einen weiteren Anflug von Beklommenheit in Fitz' Eingeweiden.

Offenbar hatte der Alpha auch in anderen Gebieten gejagt.

Je eher sie ihn töteten, desto sicherer würde diese Gegend sein.

Das Team setzte die Erkundung der Straße fort. Sie näherten sich dem Ende der kleinen, historischen Innenstadt. Eine Eisenbahnbrücke verlief sechs Meter über der Straße. ELLICOTT CITY stand in kantigen weißen Blockbuchstaben darauf.

Ein Güterzug war auf der Brücke entgleist und auf die Straße gefallen. Die umgestürzten Waggons fungierten wie ein Damm. Wasser strömte dagegen und sickerte langsam zwischen den mit Graffiti beschmierten Wagen hindurch. Zerbrochene Kisten und Stahlfässer türmten sich um den Zug herum.

Nicht nur Graffiti bedeckten sie. Dunkle Flecken, bei denen es sich um Blut handeln musste, überzogen die Seiten wie eine makabre Bemalung.

»Wir müssen ziemlich nah sein«, merkte Fitz an. »Bleibt konzentriert.«

Sie verteilten sich in Gefechtsabständen und zwängten sich zwischen den Waggons hindurch. Als Fitz auf der anderen Seite herauskam, strömte Wasser um seine Prothesen in Richtung des Flusses. Vor ihnen erstreckte sich eine weitere Brücke, die früher dem Straßenverkehr gedient hatte.

»Hört ihr das?«, fragte Dohi.

Fitz hob eine Faust, um den Rest der Mannschaft anhalten zu lassen. Er spitzte die Ohren und lauschte, um zu hören, was Dohi bemerkt hatte. Zwischen den Windböen nahm er einen leisen Chor von etwas wahr, das klimpernd aneinanderstieß. Die Geräusche erinnerten ihn an ein Windspiel. Nur nicht aus Metall, es hörte sich beinahe wie Holz an.

»Was zum Teufel ist das?«, flüsterte Rico.

Das Team rückte über die Brücke vor und bahnte sich den Weg um die darauf zurückgelassenen Autos herum. Die Windspielgeräusche wurden lauter.

Fitz legte den Kopf schief und lauschte erneut. Die Laute schienen unter ihnen zu ertönen. Er lehnte sich über den Handlauf und spähte nach unten. Ein Übelkeit erregender Anblick erwartete ihn. Unter der Brücke klapperten an Schnüren aufgehängte Knochen im Wind gegeneinander. Von den gebrochenen Rändern hingen rote Stränge, von denen sich Tropfen lösten.

Fitz brauchte Dohi nicht, um ihm zu sagen, dass es sich auch dabei um frische Überreste handelte.

Team Ghost hatte zwei der menschlichen Gefangenen gefunden.

Fitz ballte die Hand zur Faust und erstarrte, als in der Ferne ein Schrei purer Höllenqualen losbrach. Zu Beginn hörte sich das Geräusch beinahe animalisch an, doch gegen Ende erkannte man, dass es ein menschlicher Laut war. Da draußen lebte noch jemand. Vorläufig zumindest.

Dohi zeigte auf einen bewaldeten Bereich abseits der Straße, und Fitz eröffnete mit einem Nicken die Jagd auf den Alpha. Team Ghost würde nicht nach Hause zurückkehren, bevor diese Bestie erledigt wäre.

3

Präsidentin Jan Ringgold trank einen ausgiebigen Schluck von ihrem kalten Kaffee. Sie würde ihn an diesem Abend noch brauchen. Ihr gegenüber saß Vizepräsident Dan Lemke. Beide warteten angespannt auf die Ankunft ihres Stabschefs James Soprano im Büro der Präsidentin im Greenbrier.

Wenige Minuten später klopfte es, und die Tür öffnete sich.

»Guten Abend«, grüßte Soprano und steuerte mit einem Stapel Aktenordner auf Ringgolds Schreibtisch zu.

»Ich hoffe, Sie haben gute Nachrichten für mich«, sagte die Präsidentin.

»Ich habe noch nicht nachgesehen, Madam President.« Behutsam legte Soprano den Stapel auf ihrem Schreibtisch ab und trat einen Schritt zurück.

»Danke«, sagte sie zu ihrem Stabschef. »Wir melden uns in Kürze.«

Soprano verließ den Raum mit einem Nicken zu Ringgold und Lemke.

Die Präsidentin begann, die Mappen durchzusehen. Die meisten enthielten Informationen über ihre morgigen Besprechungen, aber sie stürzte sich direkt auf jene mit den jüngsten Umfrageergebnissen für die bevorstehende Wahl.

»Der Augenblick der Wahrheit«, sagte Ringgold. Sie atmete tief ein und schlug den Ordner auf. »Da haben wir's.«

»Und?«, fragte Lemke.

Ringgold lächelte.

Die Zahlen sahen gut aus. Besser als sie gedacht hatte. Fast sieben Punkte Vorsprung für ihre Partei, deutlich außerhalb der Fehlertoleranz.

»Vielleicht gewinnen wir die Sache ja doch noch«, meinte sie. »Unsere jüngsten Wahlkampfbemühungen scheinen den Stand weiter zu unseren Gunsten verbessert zu haben.«

Vizepräsident Dan Lemke lehnte sich auf seinem Stuhl nach vorn. Ringgold drehte die Mappe so herum, dass er den Inhalt lesen konnte.

»Das liegt daran, dass die Menschen viel haben, worüber sie froh sein können, Madam President«, sagte er. »Sie haben uns in diesen acht Jahren vom Abgrund zurückgeholt. Wir sind inzwischen weit davon entfernt, uns in Bunkern zu verstecken und bei jedem Angriff darum zu beten, einen weiteren Tag zu überleben.«

Die Präsidentin lehnte sich auf dem Stuhl leicht zurück und blickte durch das kugelsichere Fenster hinaus zu den Bäumen. Die Äste neigten sich im Wind, das Mondlicht tünchte ihre Rinde in einen weißen Schimmer, wodurch sie wie Skelettfinger wirkten. Ein Anflug von Kälte schlängelte sich durch Ringgolds Körper.

Heute Abend ist nicht der richtige Zeitpunkt, um kopfscheu zu werden, dachte sie.

Die Präsidentin genehmigte sich einen Moment, um sich angesichts der guten Neuigkeiten darüber zu freuen, was sie bisher erreicht hatte. Die Migration von der

Westküste und den Gebirgsstaaten während ihrer ersten Amtszeit war riskant gewesen, hatte sich aber gelohnt. Zusammengezogen auf einem konsolidierten Gebiet konnte sie ihre Bürger besser schützen und sich auf den Wiederaufbau wichtiger Infrastruktur konzentrieren, um sie am Leben zu erhalten.

Die Wirtschaft hatte Fahrt aufgenommen, die sich in letzter Zeit sogar beschleunigt hatte. Schlummernde Branchen waren wieder erwacht. Fabriken stellten Fahrzeuge sowohl für den militärischen als auch für den zivilen Gebrauch her. Ein altes GM-Werk hatte bereits 3000 neue Autos ausgeliefert – nur ein Bruchteil der früheren Produktion, aber ein Anfang.

Farmen und Obstplantagen überall in den Alliierten Staaten erzeugten wieder genug Lebensmittel, um alle Bürger im Land zu ernähren. Windturbinen und Solarenergie halfen beim Betrieb der Farmen. Die Regierung hatte sogar einen Teil des Stromnetzes wiederaufgebaut. Telekommunikationstechniker standen kurz davor, ein Mobilfunknetz wiederherzustellen, das die Nutzung persönlicher Handys ermöglichen würde.

In Texas liefen wieder mehrere Ölbetriebe und versorgten die expandierende Wirtschaft. Das Land nutzte alle zur Verfügung stehenden Ressourcen, um wieder auf die Beine zu kommen.

Bei einigen Dingen war sich Ringgold nicht sicher, ob sie zurückkehren sollten.

Soziale Medien zum Beispiel. Irgendwie gefiel ihr die Ruhe. Ohne soziale Medien verlief der Präsidentschaftswahlkampf so viel unkomplizierter.

Am deutlichsten ließ sich die Erholung des Landes daran ablesen, wie selten die Angriffe von Abartigen gegenüber früher geworden waren. Obwohl es die Bestien natürlich immer noch gab. Manche Menschen spekulierten sogar, sie könnten sich im Untergrund vermehren. Aber zumindest war ihre Zahl überschaubar und sie verursachten nur geringe Schäden, wenngleich es nach wie vor zu Verlusten an Menschenleben kam.

Lemke stand auf und zog seine Krawatte fest. Der Konteradmiral im Ruhestand hatte dabei geholfen, das Land vor dem WGT zu retten. Der Wechsel in die Politik war ihm nach seiner langen Militärdienstzeit überraschend leichtgefallen.

Mit dem dichten, gewellten Haar, seinen Grübchen und einem perfekten Lächeln besaß er das gute Aussehen eines Kennedy. Sein charmanter Ostküsten-Akzent beruhigte selbst erbitterte politische Gegner. Er wusste, wann es galt, ein Grinsen aufblitzen zu lassen oder keine Miene zu verziehen. Und vor allem war der Mann loyal und intelligent.

Der perfekte Anwärter, um das Land weiter voranzubringen.

»Sie werden einen verdammt guten Präsidenten abgeben«, meinte Ringgold. »Und ich werde es genießen, Ihnen im Ruhestand mit einem Mojito in der Hand zuzusehen.«

»Ich hoffe, Sie sind dann bereit, meine Anrufe entgegenzunehmen, auch während Sie an Ihrem Drink nippen«, erwiderte Lemke. »Wenn ich ein guter Präsident werde, dann verdanke ich das allein Ihnen.«

Ringgold lief beinahe rot an.

»Mir fällt außer Abe Lincoln kein Präsident ein, der in unserer Heimat einen so traumatischen Krieg bewältigen musste wie Sie«, fügte Lemke hinzu. »Und irgendwie sind wir aus allem trotzdem mit der Hoffnung auf eine bessere Zukunft hervorgegangen.«

»Oh, wie ich sehe, bereiten Sie schon Ihre nächsten Gesprächspunkte für die Wahlkampftour vor«, meinte Ringgold lächelnd.

Die Grübchen in Lemkes Gesicht wurden etwas breiter – bis er den Blick auf sein summendes Diensthandy senkte.

Jeglicher Humor in seiner Miene verpuffte schlagartig.

»Was ist?«, fragte Ringgold.

»Ärger, wenn ich raten müsste«, antwortete er. »General Souza vom Kommando für Spezialoperationen ruft nie an, um einfach nur zu plaudern.«

Ringgold erhob sich von ihrem Stuhl und kam um den Schreibtisch herum. Die Umfragewerte und die Aktenstapel für die Sitzungen des nächsten Tages waren schlagartig vergessen.

Lemke nahm den Anruf in der Mitte des Raums entgegen. Er stand hinter zwei um einen Couchtisch angeordneten Sofas.

»Was gibt's?«, fragte er Souza und runzelte die Stirn. Er warf einen Blick zu Ringgold, dann drehte er sich leicht weg und schüttelte den Kopf.

Das konnte nichts Gutes verheißen. Sie ging hinüber zu den Sofas, nahm aber nicht Platz. Zum Stillsitzen war sie zu nervös.

»Verstanden«, sagte Lemke. »Halten Sie mich auf dem Laufenden.«

Er ließ das Telefon sinken und steckte es langsam in die Tasche. Dann hielt er inne, als wäre er selbst nervös und zögerte, sich umzudrehen und der Präsidentin ins Gesicht zu sehen.

»Und?«, fragte Ringgold. »Was ist los?«

Lemke schüttelte erneut den Kopf. Der normalerweise so gefasste ehemalige Konteradmiral, der sich zum Politiker gemausert hatte, sah aus, als hätte er ein Gespenst gesehen.

»Der Vorposten Turkey River«, sagte er beinahe im Flüsterton. »Er ist nicht mehr erreichbar, Madam President.«

»Mir ist hier todlangweilig, Bruder«, klagte Horn leise. Er zupfte an der Manschette seines Jacketts. »Und ich hasse es, diesen dämlichen Anzug tragen zu müssen.«

»Geht mir genauso«, erwiderte Beckham. Sie standen in der Gästehalle des Weißen Hauses und trugen Anzüge, die dringend angepasst werden mussten.

Bei den meisten Wartenden handelte es sich um Geschäftsleute und Politiker, die während der Wiederaufbauphase aufgeblüht waren.

Mehrere von Ringgolds Sicherheitskräften beobachteten die Zivilisten in der Lobby mit Argusaugen. Beckham tat dasselbe. Es ließ sich schwer abschätzen, wer hier Freund und wer Feind war.

Ein Mann mit einem Walrossschnauzer stand mit dem Rücken an einer Marmorsäule. Er trug einen Cowboyhut, Lederstiefel und eine glänzende Gürtelschnalle. Sein Pistolenhalfter und die seiner beiden Leibwächter waren leer, da ihnen der Secret Service die Waffen abgenommen hatte.

»Gib dir den Chuck-Norris-Verschnitt da drüben«, flüsterte Horn. »Wer zum Teufel ist das?«

Beckham schmunzelte. »Wenn ich raten müsste, würde ich sagen S. M. Fischer, der Typ mit dem Öl.«

Er hatte gehört, dass sich der Ölmagnat während des Krieges mit einer Gruppe von Leibwächtern in seinem persönlichen Weltuntergangsbunker verschanzt und so überlebt hatte.

Im Gegensatz zu Beckham und Horn war Fischer wahrscheinlich nicht hier, um Präsidentin Ringgold zu beraten. Soweit Beckham gehört hatte, wollte Fischer der Präsidentin und dem Vizepräsidenten einige Fragen stellen.

Als einer der reichsten verbliebenen Männer im Land und Besitzer eines der größten Ölfelder wäre Fischers Fürsprache bei der Präsidentschaftswahl ein gewaltiger Vorteil für den Kandidaten, den er zu unterstützen beschloss.

Vielleicht sollte ich ihn ermutigen, die richtige Wahl zu treffen, ging Beckham durch den Kopf.

Bevor er die Idee gründlich überdenken konnte, öffnete eine kleine Latina in einem gediegenen Rock, einer Bluse und einem Anzugsjackett eine Tür auf der anderen Seite des Wartesaals. Beckham erkannte sie auf Anhieb. Elizabeth Cortez hatte zunächst als Mitarbeiterin von Präsidentin Ringgold angefangen und fungierte mittlerweile als Vizepräsident Lemkes Stabschefin.

»Mr. Fischer, die Präsidentin und der Vizepräsident sind bereit für Sie«, verkündete Cortez.

Fischer nahm den Cowboyhut ab, als er ihr in ein Büro folgte. Etwas mehr als einen Moment lang sah er Beckham an, vielleicht um ihn einzuschätzen.

Durch seine Prothesen und die Geschichten, die sich um ihn rankten – wahrscheinlich eher Mythen als Wahrheit –, erhielt Beckham oft solche Blicke. So gut wie jeder wusste darüber Bescheid, welche Rolle er im Krieg gespielt hatte. Außerdem war er der Ehemann der Frau, von der die Welt gerettet worden war. Oder zerstört, je nachdem, wen man fragte.

»Immer die Letzten auf der Liste«, brummelte Horn.

»Du weißt ja, wie der Hase läuft. Die Reichen und Mächtigen bekommen immer zuerst einen Platz am Tisch.«

»Jaja«, sagte Horn. »An manchen Tagen fehlt mir echt das Schlachtfeld gegenüber diesem langweiligen Scheiß. Dort konnte ich wenigstens was ausrichten und hab gewusst, was ich zu tun hatte.«

»Wir erfahren noch früh genug, was anliegt, und dann geht's direkt zurück nach Hause«, versprach Beckham. Er holte tief Luft. Ihm fehlten die brüderlichen Bande beim Dienst für das Vaterland. Nicht jedoch der Tod, der dabei drohte.

Ein Teil von ihm war froh, im Ruhestand zu sein und eine Familie zu haben.

Nacheinander wurden die anderen Personen in der Eingangshalle in die Büros der Präsidentin und des Vizepräsidenten geführt, während Beckham und Horn weiter warteten. Der nationale Sicherheitsberater Ben Nelson und James Soprano, Ringgolds Stabschef, öffneten ihre Türen und trafen sich mit weiteren Geschäftsleuten und anderen Politikern aus den Alliierten Staaten.

Der ehemalige General Cornelius würde dasselbe an seinem Heimatstandort tun, dem Außenposten Galveston in Texas. Die Gemeinde am Meer war zum Zentrum der Opposition geworden, der Freiheitspartei. Cornelius hatte dort sogar seine eigene Söldnerarmee mit über 2000 Soldaten aufgestellt. Sie kamen von überallher, eine bunte Mischung bewaffneter Militärdienstleister, ehemaliger US-Soldaten und Milizsoldaten von anderen Außenposten, die nach Galveston übergelaufen waren.

Dank Cornelius' strategischen Bündnissen mit ehemaligen Herstellern und Militärdienstleistern hatten seine Truppen Zugang zu den besten Waffen, gepanzerten Fahrzeugen und sogar Fluggeräten.

Cornelius hatte nicht nur vor, diese Streitkräfte aufzustocken und die Westküste und die verlassenen Städte zurückzuerobern, indem er im Fall seiner Wahl die Wehrpflicht einführte, er wollte auch Atomwaffen mit geringer Sprengkraft einsetzen. Seine Strategie würde mehrere Städte in radioaktive Krater verwandeln, obwohl es kaum Anzeichen dafür gab, dass sie mehr als Orte der letzten Ruhe für sterbende Abartige waren.

Beckham blickte zu einer weiteren Reihe von Türen. Sie führten zu dem Bankettsaal, in dem Kate und er vor acht Jahren geheiratet hatten. Seine Sorgen lösten sich in den glücklichen Erinnerungen an jene Nacht auf, die sie umgeben von so vielen Freunden und Mitgliedern der Familie verbracht hatten.

Aber er dachte auch an jene, die nicht lange genug überlebt hatten, um ihre Vermählung zu bezeugen. Vor seinem geistigen Auge tauchten die Gesichter von Captain Rachel Davis, all den verlorenen Seelen von Team Ghost, Feuerwehrfrau Meg Pratt, Sergeant José Garcia, Lieutenant Colonel Ray Jensen und so vielen anderen auf.

Egal wie oft er an seine Brüder und Schwestern dachte, ihre Gesichter und Stimmen verblassten zunehmend. Sein Geist glich wie sein schwindendes Sehvermögen einer weiteren Wunde aus dem Krieg. Erschwerend kam hinzu, dass Horn und er nicht mehr die jungen Männer waren, als die sie in Team Ghost gekämpft hatten.

Beckham war 42, Horn ging auf die 40 zu.

Eine weitere Tür öffnete sich auf der anderen Seite des Saals, und Beckham erhaschte einen Blick auf Präsidentin Ringgold im Besprechungsraum. Auch sie war gealtert, seit Beckham sie zuletzt gesehen hatte. Das war erst vor sechs Monaten.

Sie stand unter extremem Stress beim Versuch, das Land zusammenzuhalten und dafür zu sorgen, dass ihr Vermächtnis mit der Wahl von Vizepräsident Dan Lemke fortgesetzt wurde.

Der Admiral im Ruhestand verkörperte in Beckhams Augen die beste Hoffnung für eine strahlende Zukunft – eine Zukunft, über die er heute hier sprechen wollte.

Die Präsidentin schüttelte S. M. Fischer die Hand. Der Ölmagnat verließ das Büro und setzte seinen Cowboyhut auf, als er den Wartesaal betrat. Flankiert von zwei seiner Leibwächter kam er auf Beckham und Horn zu.

»Captain Beckham?«, fragte Fischer in einem gedehnten Südstaaten-Akzent, der dem von Horn ähnelte.

Horn trat mit erhobenem Kinn vor und verschränkte die Arme vor der breiten Brust.

»Ja«, antwortete Beckham.

Fischer streckte ihm die Hand entgegen. »S. M. Fischer. Freut mich, Sie kennenzulernen.«

»Dachte mir schon, dass Sie das sind«, erwiderte Beckham und schüttelte dem Mann die Hand.

»Ah, ich fühle mich geehrt, das zu hören«, sagte Fischer. Er warf einen Blick auf Horn. »Und wer ist Ihr Freund?«

»Master Sergeant Parker Horn«, stellte sich Horn vor und behielt die Arme vor der Brust verschränkt. Erst als Fischer auch ihm die Hand entgegenstreckte, ergriff er sie.

»Sind Sie beide hier, um Ringgold zu treffen?«, fragte Fischer.

»Wir sind hier, um die Präsidentin der Alliierten Staaten zu treffen«, stellte Beckham richtig.

Beckham wartete darauf, dass ihm Fischer den Grund nannte, warum er sich vorstellte. Weniger reden, mehr zuhören – das war die beste Strategie, die er sich über die Jahre angeeignet hatte, wenn er nicht sicher war, ob er jemandem vertrauen konnte.

»Sie ist schon eine beeindruckende Frau«, meinte Fischer. »Ich bin dankbar für die militärische Unterstützung, die sie meinem wachsenden Ölgeschäft gewährt hat. War hilfreich gegen die Abartigen, die meine Felder in Texas terrorisieren. Aber ich hoffe auf mehr, um diese Bedrohung ein für alle Mal auszulöschen.«

Beckham nickte.

»Mir wurde versichert, dass ich von Vizepräsident Lemke noch mehr Unterstützung erwarten kann«, sagte Fischer.

»Er ist ein Mann, der zu seinem Wort steht«, antwortete Beckham.

»Freut mich, das zu hören. Bin trotzdem schon gespannt, was General Cornelius über diese verseuchten Bestien zu sagen hat«, fügte Fischer hinzu. »Was halten Sie beide von ihm?«

»Ich glaub, er würde Ihre Ölfelder im Kampf gegen die Abartigen zerstören«, sagte Horn.

Fischer strich sich über den dichten Schnurrbart.

»Mein Freund meint damit, dass die Strategien des ehemaligen Generals ziemlich kompromisslos sind«, erklärte Beckham. »*Vielleicht* werden Sie damit Ihre Plage los, aber die Kollateralschäden für Ihre Ölfelder wären es unter Umständen nicht wert.«

Fischer ließ die Hand sinken.

»Er ist ein guter Mann und hat seinem Land während des Krieges gedient. Wir sehen nur die Richtung anders, in die es weitergehen sollte«, ergänzte Beckham.

»Ich verstehe«, sagte Fischer. Er schien einen Moment darüber nachzudenken, bevor er nickte. »Ich mache mich mal besser auf den Weg, aber es war nett, Sie beide kennenzulernen.«

»Gute Reise.« Beckham beobachtete schweigend, wie Fischer und seine Leibwächter gingen.

Big Horn hingegen hielt sich mit seinen Gedanken nicht zurück.

»Ich mag den Kerl nicht«, brummte er.

»Der Vizepräsident braucht seine Unterstützung. Fischers Firma liefert fast die Hälfte des Öls für das Land, und er ist reich genug, um allein eine eigene Kampagne zu finanzieren. Ob du ihn magst oder nicht, wir wollen ihn auf unserer Seite haben.«

»Das heißt nicht, dass ich ihn mögen muss«, erwiderte Horn.

»Stimmt, trotzdem könntest du zumindest höflicher sein.«

Der Wartesaal leerte sich allmählich, während die beiden Männer weiter warteten.

»Können wir uns ein Bier holen gehen oder so?« Horn stöhnte.

»Sollte nicht mehr …«

Eine Tür schwang knarrend auf, und Elizabeth Cortez betrat den Saal. »Captain Beckham und Master Sergeant Horn«, sagte sie. »Danke, dass Sie hergekommen sind.«

Sie streckte die Hand aus. Beckham ergriff sie und schüttelte sie.

»Wenn Sie mir bitte folgen.«

Sie betraten das Oval Office, wo Kaffee und Wasser auf den Tischen bereitstanden, aber die Stühle erwiesen sich als leer. Die Präsidentin und der Vizepräsident waren nicht da.

Elizabeth ging zu einer der Seitentüren hinüber. Sie öffnete sie und deutete auf einen langen Flur. Am Eingang standen zwei Marines regungslos wie Statuen.

Horn warf Beckham einen Blick zu, aber keiner der beiden verlor ein Wort, als sie den Gang hinuntermarschierten.

Zwei weitere Marines hielten vor den geschlossenen Türen eines Aufzugs Wache. Elizabeth gab einen Code in ein Tastenfeld ein, und die Türen glitten leise auf.

Beckham zögerte beinahe, als eine Erinnerung aus seinem Gedächtnis auftauchte. Hierher waren Captain Rachel Davis und ein kleines Team von Navy SEALs gekommen, um den damaligen Vizepräsidenten George Johnson zu retten. Sie waren zu spät eingetroffen, und das gesamte Presidential Emergency Operations Center, kurz PEOC, war voll von Infizierten gewesen, darunter Johnson.

Der Aufzug beförderte sie tief unter die Erde, und Beckham versuchte sich zu entspannen. Als sich die Türen wieder öffneten, erwartete sie ein Raum, in dem reges Treiben herrschte.

Offiziere und ziviles Personal arbeiteten an Stationen vor einem an der Wand montierten Monitor der Größe einer Kinoleinwand. Den in mehrere Fenster unterteilten Bildschirm füllten Daten und Liveübertragungen.

Elizabeth durchquerte den Raum und steuerte auf eine weitere Tür zu. Sie klopfte an, dann steckte sie den Kopf in den Raum dahinter.

»Guten Tag, Madam President«, sagte sie. »Captain Beckham und Master Sergeant Horn sind für Sie hier.«

Elizabeth öffnete die Tür vollständig und bedeutete den Männern einzutreten.

»Danke«, sagte Beckham.

Die Tür schloss sich hinter ihnen, und die beiden ehemaligen Sondereinsatzspezialisten der Delta Force blieben mit der Präsidentin und dem Vizepräsidenten allein.

»Schön, Sie zu sehen, Captain Beckham und Master Sergeant Horn«, begrüßte Ringgold die beiden. »Tut mir sehr leid, dass Sie warten mussten.«

Sie kam um den Tisch herum. Beckham streckte ihr die Hand zum Schütteln entgegen, aber Ringgold ignorierte sie und umarmte ihn stattdessen.

»Wie geht es Ihren Familien?«, erkundigte sie sich.

»Gut, Madam Pr…«, setzte Beckham an.

»Jan«, fiel ihm Ringgold ins Wort und korrigierte ihn. »Ich bin nur noch ein paar Monate Präsidentin und fange an, meinen Freunden anzugewöhnen, meinen Namen zu benutzen.«

»Ma'am«, sagte Beckham und nickte leicht.

Sie lächelte und schüttelte Horn die Hand.

»Alles gut auf Peaks Island?«, fragte sie.

»Sehr gut sogar, Ma'am«, antwortete Horn.

Der Vizepräsident folgte dicht hinter Ringgold und wartete darauf, ihnen die Hand zu schütteln, bevor er Platz nahm.

»Ich habe Sie in der Hoffnung hergebeten, dass Sie in Erwägung ziehen würden, gegen McComb für den Senat zu kandidieren. Wir könnten Ihre Stimme und Unterstützung gebrauchen, um Lemke zu helfen«, sagte Ringgold.

»McComb ist schwach, und ich fürchte, er könnte zur Freiheitspartei überlaufen«, fügte Lemke hinzu.

Horn murmelte etwas in sich hinein, das sich auf »heiß« reimte, aber Beckham ignorierte ihn.

»Ich fühle mich geehrt, Ma'am, aber im Moment würden Kate und ich uns wirklich lieber aus der Politik heraushalten«, entgegnete Beckham. »Ich helfe natürlich gern auf andere Weise. Durch Beratung, vielleicht sogar ein bisschen Werbung für die Partei, aber ...«

»Ich verstehe«, sagte Ringgold. »Das ist nur ein Gedankenanstoß, aber nicht der einzige Grund, warum ich Sie hergebeten habe. Es gibt Dinge, die den Wahlausgang stärker beeinflussen werden als der Senat.«

»Nur heraus damit, Madam President«, meldete sich Horn zu Wort.

Ringgold schaute zu Lemke. Beckham wappnete sich dafür zu erfahren, warum die beiden so erschöpft und angespannt wirkten.

»Gestern Nacht wurde der Außenposten Turkey River angegriffen«, verriet Lemke. »Laut dem Notruf, den wir erhalten haben, sind Abartige in das Areal eingedrungen. Innerhalb von Minuten ist der Kontakt vollständig abgebrochen.«

»Was?«, fragte Horn ungläubig und trat einen Schritt vor.

»Wir haben vor ein paar Stunden eine Drohne hingeschickt. Das haben wir zurückbekommen«, erklärte Ringgold.

Lemke benutzte eine Fernbedienung, um den Monitor auf der anderen Seite des Tischs einzuschalten. Beckham versteifte auf dem Stuhl den Körper und beugte sich vor, um die angezeigten Bilder besser zu erkennen. Wegen der verminderten Sehkraft seines rechten Auges hatte er zunächst Mühe mit dem körnigen Filmmaterial, aber die leeren Straßen ließen sich nicht übersehen.

»Wo sind denn alle?«, fragte Horn.

»Genau das versuchen wir herauszufinden«, sagte Lemke. »Die Drohne hat keinen einzigen Menschen entdeckt und auch keine Abartigen.«

»Ist Ihnen während Ihrer Zeit als Leiter von Team Ghost jemals so etwas untergekommen?«, wollte Ringgold von Beckham wissen.

Sein Blick löste sich vom Bildschirm, um ihr in die Augen zu sehen.

»Nicht in diesem Maßstab, Ma'am.«

»In dem Außenposten haben fast 300 Menschen gelebt«, warf Lemke ein. »Alle spurlos verschwunden.«

»Turkey River ist außerdem eine der wichtigsten landwirtschaftlichen Gemeinden, die wir haben, und man hatte dort erst vor Kurzem mit der Ernte begonnen«, fügte Ringgold hinzu. »Wir brauchen diesen Außenposten, und wir müssen in Erfahrung bringen, was mit den Menschen passiert ist.«

»Bis jetzt haben wir nur die Drohne hingeschickt, aber wir wollen ein paar Teams einsetzen, um der Sache auf den Grund zu gehen«, sagte Lemke. »Wir haben SEALs an Bord, die schon bereit zum Aufbruch sind. Und falls das fehlschlägt, können wir unsere Experten hinzuziehen.«

Beckham wusste, was das bedeutete – dass Team Ghost wieder ranmüsste. Er dachte an Fitz, der die letzten zehn Jahre damit verbracht hatte, während des Krieges und danach gegen die Monster zu kämpfen. Seitdem hatte die Mannschaft weitere Seelen verloren.

Irgendwie hatten Fitz und Rico bisher sämtliche Einsätze überlebt. Dennoch fürchtete Beckham, er könnte eines nahen Tages den Anruf erhalten, dass Fitz letztlich das Glück verlassen hatte.

»Ich möchte, dass Sie beide noch einen Tag länger bleiben, um die Mission zu überwachen«, sagte Ringgold. »Wir könnten Ihre Kenntnisse im Verlauf der Entwicklungen gebrauchen.«

Beckham hatte Kate zwar versprochen, er werde am nächsten Morgen zurück sein, aber sie würde es verstehen.

»Auf jeden Fall«, stimmte er zu. »Wir helfen gern.«

Ringgold stand auf, ging näher zum Bildschirm und betrachtete das körnige Filmmaterial. »Ich mache mir Sorgen, dass da draußen irgendetwas Übles vor sich geht.«

Lemke nickte. »Ich auch. Und wenn sich herumspricht, dass Turkey River von der Bildfläche verschwunden ist, schürt das die Unterstützung für Cornelius und seinen Plan, verlassene Städte mit Bomben und einer frischen Armee junger Männer und Frauen zu verwüsten.«

»Meine Tasha kriegt er nicht«, brummte Horn.

Ringgold drehte sich mit zutiefst besorgter Miene vom Bildschirm weg. »Ich weiß, dass Sie beide schon so viel geopfert haben, aber ich fürchte, wir werden Ihre Hilfe beim Kampf gegen diese neue Bedrohung noch einmal brauchen.«

Bei dem Gedanken kroch Beckham ein Schauer über den Rücken. Und obwohl er wusste, dass es nicht unbedingt eine Rückkehr aufs Schlachtfeld bedeutete, ahnte er, dass seine Tage des friedlichen Insellebens gezählt waren.

4

Die gequälten Schreie schienen von den Bäumen abzuprallen. Dohi versuchte, die Richtung zu ermitteln, was sich jedoch durch den Widerhall in dem tückischen Gelände schwierig gestaltete.

Eine weitere starke Böe fegte durch die Vegetation. Blätter wirbelten um ihn und die restlichen Mitglieder von Team Ghost, die sich in Gefechtsintervallen verteilt hatten.

Dohi ging im dichten Wald voraus. Er hielt das schallgedämpfte M4A1-Sturmgewehr auf der Suche nach Zielen im Anschlag. Plötzlich verstummten die Schreie.

Als er die Schritte verlangsamte, trat er auf Laub, das in der Stille knirschte.

Einen Moment lang verharrte er, lauschte den Geräuschen des Waldes und dem Rauschen des Flusses nicht weit hinter ihnen.

Er roch die Herbstluft, nahm jedoch nicht den säuerlichen Geruch der Abartigen wahr.

Als der Wind wieder einsetzte, wurde ihm klar, warum.

»Verflucht«, flüsterte er zu Fitz. »Ich glaub, wir sind im Gegenwind der Schreie.«

»Also haben die Abartigen uns zuerst gerochen?«, murmelte Ace mit rauer Stimme.

»Deshalb haben sie den Gefangenen zum Schweigen gebracht«, sagte Dohi. »Sie wissen, dass wir sie jagen.«

»Dann werden sie uns jetzt umgekehrt auch jagen«, warf Lincoln ein.

Aus den Jägern sind gerade die Gejagten geworden, dachte Dohi verdrossen.

»Finde die Fährte für uns, Dohi«, sagte Fitz. »Und halte die Augen nach getarnten Bestien offen. Ist zwar noch hell, trotzdem werden sie mit der Umgebung verschmelzen.«

Dohi nickte und ließ sich seine Frustration nicht anmerken. Die Leute dachten ständig, er besäße mystische Kräfte, die es ihm ermöglichten, beim Fährtensuchen den Wäldern zu lauschen und mit ihnen zu sprechen.

Was nichts weiter als ein stereotyper Mythos war.

In Wirklichkeit konnte er beides nicht, er hatte lediglich gelernt, wie man die Umgebung im Wald *deutete*. All die winzigen Zeichen, die einen zur Beute führten, waren vorhanden, wenn man sich die Mühe machte, auf sie zu achten.

Freiwillig rückte der Wald mit solchen Zeichen nicht heraus. Man musste sie finden.

Dohi ging in die Hocke, um Ausschau nach Hinweisen zu halten. Laub bedeckte den Boden, was die Suche nach Fußabdrücken erheblich erschwerte. Die meisten Menschen begingen den Fehler, eine Person oder einen Abartigen aufspüren zu wollen, indem sie die Dinge aus einer einzigen Perspektive betrachteten: der eigenen.

Sie gingen, standen aufrecht, schauten geradeaus. Nicht sehr hilfreich, wenn man es mit Monstern zu tun hatte, die klettern, graben und sogar fliegen konnten, wie es einige auf der anderen Seite des Atlantiks demonstriert hatten.

Aufgeschlossenheit war bei solchen Problemen die beste Herangehensweise. Er fuhr mit den Händen durch das Laub, legte das trockene braune Gras und das Erdreich darunter frei. Wollte er unter den Blättern nach Fußabdrücken der Abartigen suchen, würde er Stunden brauchen. Aber darin bestand nicht sein Ziel. Stattdessen drückte er die Finger auf den Erdboden. Er gab mühelos nach. Ähnlich wie der Boden rund um das Zentrum von Ellicott City, wo das Hochwasser den Untergrund aufgeweicht und erodiert hatte.

Der Regen war stark genug gewesen, um das Blut und die Gewebebrocken, nach denen Dohi suchen wollte, restlos wegzuspülen. Und was das Wasser nicht erfasst hatte, versteckten die Blätter. Das Wetter verschwor sich mit den Abartigen gegen ihn.

Irgendwo in der Ferne knackte ein Ast.

Mendez wirbelte herum.

Fitz bedeutete allen, stehen zu bleiben. Dann nickte er Dohi zu, der wieder die Spitze übernahm. Team Ghost folgte ihm geduckt. Die Gewehre schwenkten auf der Suche nach Zielen hin und her.

Dohi hielt die Mündung des Sturmgewehrs nach vorn gerichtet, während seine Augen die Umgebung nach einem weiteren Anzeichen auf den Verlauf der Spur der Abartigen absuchten.

Er fand einen Hinweis an der knorrigen braunen Rinde einer Eiche. Eine der graubraunen Schuppen war abgebrochen, wodurch ein gerade mal daumennagelgroßer, hellerer Fleck gelblichen Holzes zum Vorschein gekommen war.

Für Dohi offensichtlich, aber vielleicht nicht für jemanden, der nicht wusste, worauf er zu achten hatte. Er zupfte aus der Rinde etwas, das sich als ein Stück eines Fingernagels herausstellte.

Dem Aussehen nach menschlich.

Dohi winkte die anderen vorwärts. Er sichtete weitere Baumstämme mit Kratzspuren, außerdem umgeknickte Jungbäume. Der beiläufige Verschleiß in der Landschaft verriet die bevorzugte Strecke des Alphas. Dohi konnte mittlerweile praktisch einen Weg sehen.

Er rückte durch das Unterholz vor und folgte dem Pfad mit forschen Schritten.

Sie waren nicht das erste Mal unterwegs, um von Abartigen entführte Zivilisten zurückzuholen, und vermutlich auch nicht das letzte Mal. Die meisten ihrer jüngsten Missionen hatten mit toten Abartigen geendet, allerdings waren sie häufig zu spät gekommen, um die Gefangenen zu retten.

Der Verlust unschuldiger Menschenleben lastete wie eine dunkle Gewitterwolke auf seinem Geist.

Sein Herzschlag beschleunigte sich, als er in Laufschritt verfiel. Die Kratzer an den Baumstämmen, das zerdrückte Laub und geknickte Zweige wiesen dem Team den Weg. Nach der nächsten Eiche stieg Dohi ein neuer Geruch in die Nase.

Er verlangsamte das Tempo und bedeutete Team Ghost, sich wieder zu verteilen. Durch das Dickicht der Bäume erspähte er eine graue Kuppel, gestützt von vier dorischen Säulen, jeweils etwa doppelt so hoch wie ein Mensch und von Moos bedeckt.

Von der Kuppel hing ein rostiges Eisenkreuz, das dem Gebilde das Aussehen eines Altars verlieh. Ziegelsteine lagen verstreut, und riesige graue Steinplatten übersäten den Waldboden, wo der Wind das Laub weggeweht hatte.

Es handelte sich um eine verfallene Kapelle. Je weiter Dohi zwischen den Bäumen und umgestürzten Stämmen hindurchspähte, desto mehr zerstörte Bauwerke sichtete er. Von den meisten war kaum mehr als das Fundament geblieben, bei anderen überwucherte Vegetation die Überreste von Ziegelsteinmauern.

Dohi hielt den Atem an, um zu lauschen.

Ein gellender, schriller Schrei hallte durch den Wald. Sein Mut sank, als er begriff, dass nicht nur Team Ghost das Gebiet eingehend im Auge hatte. Er schwenkte zur Quelle des Geräuschs herum, aber Fitz entdeckte das getarnte Ziel zuerst. Er feuerte kurze Salven ab. Projektile schlugen in eine der niedrigen Ziegelmauern ein, als eine Gestalt in Deckung hechtete.

Weitere kreischende, unmenschliche Laute dröhnten durch den Wald.

»Augen nach oben!«, rief Fitz.

Dohi riss das Gewehr zu einer klobigen Gestalt im Geäst der Bäume hoch. Fleckiges Sonnenlicht durchdrang das Blätterdach und erhellte eine Kreatur mit pulsierenden Lippen und nadelspitzen Zähnen. Blutgefäße pochten unter grün und braun gesprenkelter Haut, die perfekt zu den Farben der Umgebung passte.

Da die Tarnung des Monsters aufgeflogen war, sprang es von Ast zu Ast, blieb immer knapp vor Dohis Fadenkreuz. Als er es schließlich ins Visier bekam, änderte es unverhofft die Richtung.

Dohi feuerte kalkulierte Salven auf die muskulöse Bestie ab und traf sein Ziel letztlich. Blut und Fleischbrocken spritzten aus den Austrittswunden.

Um Munition zu sparen, gab er nur noch eine letzte Salve ab, als das Ungetüm durch die Luft flog. Im letzten

Moment sprang er aus dem Weg, und der Abartige schlug auf dem Boden neben ihm auf, erschlafft und tot.

Eine weitere getarnte Kreatur raste hinter einer der bröckelnden Mauern hervor. Sie trug das zottige schwarze Haar zu einem Knoten am Hinterkopf zusammengedreht. Das Monster holte mit den Klauen aus, bereit, die Krallen wie Sensen zu benutzen.

Ein Kugelhagel schlug in das Ungetüm ein, als es auf Dohi zurannte. Heißes Blut spritzte über seinen Tarnanzug.

»Gern geschehen, Bruder!«, rief Lincoln.

»Danke«, gab Dohi zurück.

Um ihn herum knallten weitere Schüsse, als er sich bewegte und nach einem neuen Ziel suchte. Seine Welt wurde zum Blick durch die Optik seines Gewehrs.

Abartige finden. Feuern. Wiederholen.

Ein Adrenalinschub schien die Zeit zu verlangsamen, als er einen Schuss nach dem anderen ausrichtete. Team Ghost erholte sich schnell von dem Hinterhalt. Ace' Schrotflinte dröhnte, als sie die Körper von Bestien dahinraffte, die zu nahe kamen.

Mendez knipste jene Abartigen aus, die sich immer noch von den Bäumen herabschwangen. Das Sonnenlicht erhellte ihre getarnte Haut. Fitz und Rico wehrten weiter entfernte Monster ab, indem sie sich mit ihren schallgedämpften Waffen den Weg durch die Ruinen bahnten.

Ein letzter Knall von Ace' Schrotflinte kündigte den Tod des letzten Abartigen an.

Die angestrengten Atemzüge von Team Ghost beherrschten wieder den Tag. Abgesehen davon hörte man nur das Röcheln eines sterbenden Monsters, das Fitz mit einem Doppelschuss erledigte.

»Meint ihr, das war das gesamte Nest?«, fragte Rico.

»Nein«, sagte Dohi. Er hob den muskulösen Arm eines der toten Abartigen an. Die Bestie war stark gewesen, aber kein Alpha. Und wie sich die Ungetüme Team Ghost entgegengeschleudert hatten, bedeutete vermutlich, dass sie Kanonenfutter waren – nicht die Anführer dieses Rudels.

»Der Alpha beobachtet uns wahrscheinlich gerade«, sagte Lincoln. »Und versucht herauszufinden, wer das schwächste Glied ist.« Er warf einen Blick zu Mendez, der auf den Boden spuckte.

»Dann sieht er wohl gerade dich an, *Hombre*«, erwiderte Mendez.

Dohi ignorierte die beiden und suchte wieder nach Spuren. Nach einigen Minuten entdeckte er eine weitere Fährte. Er winkte das Team zu einer Treppe aus brüchigen Betonstufen. Am unteren Ende huschten dunkle Schemen durch den schattigen Wald. Zwei schienen normale Abartige zu sein, die sich springend hintereinander herbewegten. Der Dritte …

»Da ist der Alpha«, sagte Dohi.

Fitz ballte die Hand zur Faust, um das Team anhalten zu lassen. »Nicht schießen, er hat eine Geisel!«

Die Bestie ragte knapp einen Meter höher auf als die anderen und besaß einen schlanken Körperbau mit drahtigen Muskelsträngen. Die langen Gliedmaßen erinnerten an Insekten. Beide Arme umschlangen einen männlichen, menschlichen Gefangenen. Das grau-schwarz gescheckte Muster der Haut diente als Tarnung.

Das Ungetüm wandte sich ab und ergriff mit dem Mann die Flucht. Die beiden anderen Bestien kreischten, als sie ihnen folgten.

Fitz gab das Zeichen zum Vormarsch.

Dohi hatte sich bereits in Bewegung gesetzt, da er fürchtete, der Alpha könnte mit dem Wald verschmelzen, wenn sie ihn aus den Augen verlören. Kein Wunder, dass die Kreatur den Außenposten Patapsco Valley so einfach infiltrieren konnte. Die gesamte Anlage lag mitten in einem solchen Wald.

Dohi holte schnell auf und zielte mit dem Gewehr auf eines der schlanken Beine. Der erste Schuss traf sein Ziel und durchfetzte eine muskulöse Wade. Der Alpha entfesselte Gebrüll und krachte auf den Boden. Der menschliche Gefangene rollte ins Unterholz davon.

Dohi hielt das Gewehr an der Schulter angesetzt und beobachtete die beiden anderen Abartigen, die das Tempo verlangsamt hatten. Der Alpha stemmte sich wieder hoch und zischte. Brauner Speichel spritzte in Dohis Richtung, als er sich näherte und dem Alpha in die Seite schoss.

Trotz der Treffer schleuderte sich die Kreatur Dohi entgegen und stieß ihn zu Boden. Er verlor das Gewehr und griff nach seinem Beil, zog es aus der Scheide, als der Alpha mit scharfen Krallen auf seine Weste hieb. Dohi hackte das Beil in dessen Arm, riss es heraus und schlug es dann mit einem Knirschen ins Kinn der Bestie.

Aus dem Augenwinkel bekam er mit, dass Fitz die beiden anderen Abartigen angriff und auf sie schoss, während sie sich mit ihm einen Kampf Klauen gegen Gewehr lieferten. Gleich darauf erreichte ihn Rico. Zusammen bildeten sie eine Mauer zwischen ihnen und dem Mann, den die Abartigen getragen hatten.

Der Alpha entfesselte erneut ein ohrenbetäubendes Gebrüll, als Dohi versuchte, das Beil aus dem Kinn des Monsters zu befreien. Der riesige Abartige hieb die Fäuste nach unten, drosch Dohi auf die Brust und kletterte dann auf ihn.

Plötzlich spritzte Blut aus dem Mund des Alphas.

Die Kreatur kreischte vor Qualen, als Nerven, Muskeln und Knochen den Kürzeren gegen Ace' Machete zogen. Wieder und wieder hackte er auf die Kreatur ein, bis sie schließlich ihren Verletzungen erlag und tot auf Dohi zusammenbrach.

Ace half ihm, sich von der Bestie zu befreien, dann streckte er ihm die Hand entgegen. Dohi ergriff sie und mühte sich auf die Beine. Er dankte Ace mit einem Nicken und einem Klaps auf die Schulter des vierschrötigen Mannes.

Die beiden anderen Abartigen lagen tot zwischen den Bäumen. Lincoln und Rico schwärmten bereits aus, um Wache zu halten, während sich Ace über den Überlebenden beugte.

Der Mann kroch auf allen vieren weg.

»Ruhig, Kumpel«, sagte Ace.

Mendez näherte sich ihm, um ihm zu helfen.

Der Mann wehrte sich, als sie die Pfropfen aus getrocknetem Schleim abschälten, die seinen Mund bedeckten. Schluchzend kroch er weg, stützte sich dabei mit von blutenden Wunden übersäten Armen ab. »Sie … sie haben die anderen umgebracht … Ich hab sie gesehen … O Gott! Ihr müsst mir helfen. Helft … Helft … mir …«

»Ganz ruhig«, sagte Dohi. »Wir schaffen dich hier weg.«

Fitz holte sein Funkgerät hervor, um Verbindung zur Kommandozentrale aufzunehmen, und ging hinüber zu Rico und Lincoln.

»Hilfe … Hilfe …«, wiederholte der Verletzte unablässig mit bebenden Lippen.

»Du bist jetzt in Sicherheit«, beruhigte ihn Mendez. Er und Dohi arbeiteten daran, die Wunden zu verbinden. Der Mann stand eindeutig unter Schock.

Fitz kehrte einen Moment später mit mürrischer Miene zurück.

»Heut Abend nach Dienstschluss feiern wir wohl nicht mit einem Bier, was?«, fragte Lincoln.

»Heute Abend nicht«, bestätigte Fitz.

»Bitte komm uns jetzt nicht mit dem Spruch: ›Wir geben einfach alles, was wir haben‹«, sagte Mendez. »Ich brauch echt 'ne heiße Dusche und 'ne Mütze voll Schlaf.«

»Ja, Bruder«, meldete sich Lincoln zu Wort und fächelte sich mit der Hand vor der Nase. »Mendez hat recht. Er braucht wirklich dringend 'ne Dusche.«

Fitz runzelte die Stirn. »Tut mir leid, Jungs, aber das Oberkommando hat eine weitere Mission für uns«, verkündete er. »Sobald wir wieder in der Basis sind, brechen wir auf.«

»Ich bleibe noch eine Nacht hier«, sagte Beckham am Telefon. »Vielleicht auch länger.«

»Vielleicht länger?«, hakte Kate nach. *Vielleicht* bedeutete für sie definitiv länger. Aber sie hatte das Gefühl, dass es einen guten Grund für die Verlängerung der Reise gab.

»Tut mir echt leid, aber es hat sich eine Krisensituation ergeben«, erklärte Beckham. »Präsidentin Ringgold hat Horn und mich gebeten, bei der Überwachung zu helfen.«

»Ich möchte dich nur daran erinnern, dass du im Ruhestand bist.«

»Weiß ich«, erwiderte Beckham. »Es ist kein Feldeinsatz.«

Ein mulmiges Gefühl breitete sich in ihrer Magengrube aus. Sie dachte zurück an das letzte Gespräch zwischen Beckham und ihr. Dabei hatten sie über die Stille gesprochen, die sie fürchteten. Die Ruhe vor dem Sturm.

Kate wusste, dass ihr Mann wahrscheinlich keine Einzelheiten preisgeben durfte, trotzdem musste sie ihn fragen.

»Ist es wirklich schlimm?«, wollte sie wissen.

»Es ist jedenfalls definitiv nicht gut.« Beckham stieß hörbar den Atem aus. »Sag niemandem etwas, okay?«

»Okay.«

»Der Kontakt zu einem der Außenposten ist vollkommen abgerissen, und alle dort werden vermisst.«

»Wo?«

»Turkey River in Nord-Iowa.«

»Wie kann ein ganzer Außenposten …«

»Ich weiß es nicht, Kate«, fiel er ihr ins Wort. »Ich muss auflegen, aber ich liebe dich und komme nach Hause, so schnell ich kann.«

»Ich liebe dich auch. Und vergiss nicht, was ich gesagt habe.«

»Ich bin im Ruhestand. Schon klar.«

Kate verabschiedete sich und seufzte schwer. Ihr widerstrebte das Wissen, dass er mit seinen Instinkten vielleicht richtiglag – dass sich draußen jenseits der Mauern, Tore und Sensoren etwas zusammenbraute.

All die Technik und die Maßnahmen, auf die sie sich zum Schutz der aufblühenden Gemeinden überall in den Alliierten Staaten verließen, hatten beim Außenposten Turkey River offenbar nicht genützt.

Kate betete, dass es eine harmlose Erklärung gab und es den dort lebenden Menschen gut ging.

Ein Klopfen an der Tür unterbrach ihre Gedanken. Javier kam ihr am Eingang zuvor und richtete sich auf die Zehenspitzen auf, um durch das Fenster in der Tür zu lugen.

»Es sind Jake und Timothy«, verkündete er.

Kate nickte und erteilte Javier die Erlaubnis, sie hereinzulassen.

»Guten Abend«, grüßte Jake. »Wir kommen mit leckeren Geschenken.«

Auf ein Zeichen seines Vaters hin hob Timothy einen glasierten Kuchen an.

»Wow.« Kate streckte die Hand danach aus. »Red Velvet Cake?«

»Genau«, erwiderte Timothy und schaute verlegen drein. Der Teenager war eindeutig einen Tick schüchterner als sein Vater.

»Wer hat euch verraten, dass ich den am liebsten mag?«, fragte Kate.

»Javier«, antwortete Timothy.

Kate lächelte und reichte ihrem Sohn den Kuchen.

»Vielen Dank für die Einladung zum Abendessen«, ergriff Jake das Wort und trat ein. Er bückte sich, um die Stiefel aufzuschnüren, aber Kate winkte ab. »Lass sie ruhig an.«

»Ganz sicher?«, hakte Jake nach, höflich wie immer.

»Natürlich. Kommt ruhig rein. Es ist so schön, euch hier zu haben.«

»Danke, Doc«, sagte Jake.

»Kate«, erinnerte sie ihn.

»Der Tisch ist gedeckt!«, rief Tasha.

»Klingt, als hättest du hibbelige Gäste«, merkte Jake an.

Kate schmunzelte. »Hibbelig beschreibt es nicht mal ansatzweise.«

Sie ging in die Küche, gefolgt von Jake und Timothy. Der Duft von frischer Marinara auf Spaghetti hing in der Luft. Eines von Javiers Lieblingsgerichten. Tasha und Jenny deckten den Tisch, während ihre Hunde, Ginger und Spark, vom Verbindungszimmer aus zusahen.

Tasha war an sich alt genug, um allein zu Hause auf Jenny aufzupassen, trotzdem zog es Horn vor, dass sie hierblieben, wenn er die Insel verlassen musste. Und Kate vermutete, dass es auch den Mädchen so lieber war. Das Bedürfnis, mit anderen zusammen zu sein, war ein psychologischer Überrest des überstandenen Krieges.

»Kommt und holt euch einen Teller«, sagte Kate zu Jake und den Kindern.

Jenny und Javier stürmten los, um sich als Erste anzustellen. Timothy erwies sich als Gentleman und überließ Tasha den Vortritt. Kate merkte sich in Gedanken vor, ein Auge auf die beiden zu haben. Sie waren fast gleich alt, und die Blicke, die sie einander zuwarfen, erinnerten Kate an ihre eigene Zeit als sorgloser Teenager.

»Sieht echt gut aus«, fand Tasha, als sie ihren Teller füllte.

»Nächstes Mal bist du die Köchin«, versprach Kate.

Jenny stöhnte. »Tasha kann nicht kochen.«

»Sie ist am Lernen.« Kate bedachte Tasha mit einem ermutigenden Lächeln.

»Also, ich wette, Tasha ist 'ne großartige Köchin«, fügte Timothy hinzu.

Tashas Wangen röteten sich.

»Das war Dad am Telefon, oder?«, fragte Javier. »Wann kommt er morgen zurück?«

Tasha und Jenny schauten von ihren vollen Tellern auf.

»Dad und Parker kommen erst in ein, zwei Tagen«, teilte Kate ihnen mit. »Sie haben noch mehr zu erledigen.«

»Mann …«, murmelte Tasha enttäuscht.

»Ich weiß, aber sie sind bald wieder zu Hause«, sagte Kate, streckte den Arm über den Tisch und legte die Hand auf die von Tasha.

»Wisst ihr, eure Väter sind unheimlich wertvoll bei der Ausbildung der Sicherheitsleute«, ergriff Jake das Wort und sah dabei abwechselnd Javier und die Mädchen an.

»Wie alt muss man sein, um beitreten zu können?«, fragte Javier.

Kate runzelte die Stirn, obwohl die Frage sie nicht wirklich überraschte.

»Viel älter als du, Kumpel«, sagte Jake.

»Ungefähr so alt wie ich«, fügte Timothy stolz hinzu. Er spähte zu Tasha, vergewisserte sich, dass sie zuhörte. »Ich trete demnächst in den Dienst ein.«

Jenny warf den Hunden ein Stück Essen vom Tisch zu.

»Das hab ich gesehen«, mahnte Kate, ohne aufzuschauen.

»Aber Dad sagt …«, setzte Jenny an.

»Seine Regeln in seinem Haus, meine Regeln in meinem«, fiel Kate ihr nüchtern ins Wort.

»Okay, tut mir leid«, entschuldigte sich Jenny und ließ den Kopf leicht hängen.

Kate widerstrebte es zwar, hart zu sein, aber in gewisser Weise war sie für die Mädchen in den vergangenen zehn Jahren, seit sie ihre Mutter in Fort Bragg verloren hatten, zu einer Art Ersatzmutter geworden. Horn war ein guter

Vater, das konnte niemand bestreiten. Allerdings hatte er eine etwas schroffe Art und kein Gespür für Finesse.

Deshalb achtete Kate darauf, den Kindern Manieren beizubringen.

»Das ist wirklich lecker«, lobte Tasha und lächelte, als sie zum nächsten Bissen ansetzte.

»Stimmt«, pflichtete Jenny ihr bei.

Javier nickte. Sein langes Haar fiel ihm dabei über ein Auge. Er wischte es weg. »Meine Ma ist die beste Köchin.«

»Das ist viel besser als die Kartoffeln und Bohnen, die Dad kocht«, meinte Timothy.

Jake lachte. »Ich hab nie behauptet, ich wäre ein guter Koch.«

Draußen wehte ein heftiger Wind und ließ die Zweige von Bäumen über das Haus kratzen.

Jennys Augen weiteten sich, und Tasha schien bei dem Geräusch vom Fenster den Körper anzuspannen. Timothy griff nach ihrer Hand. Kate konnte praktisch fühlen, wie die Temperatur rings um die drei fiel.

Sie wirkten starr vor Angst.

Das Kratzen über das Dach und den über das Haus rauschenden Wind konnte man nur allzu leicht mit den verräterischen Lauten der Klauen von Abartigen auf der Jagd verwechseln.

Acht Jahre, und immer noch wurden die Teenager von den Erinnerungen an die Blutbäder verfolgt, die sie überlebt hatten.

Javier schaute zwischen ihnen hin und her, eine Augenbraue hochgezogen, als verstünde er nicht recht, warum sie so ängstlich wirkten. Im Gegensatz zu ihnen war er nach dem Krieg geboren worden. Ihm waren die Gräuel, die sie gesehen hatten, erspart geblieben.

»Ist schon gut«, beruhigte Kate. »Nur der Wind.«

»Ich weiß.« Kate merkte, dass sich die Mädchen allmählich wieder entspannten. »Ich sage mir jedes Mal, dass nicht mehr dahintersteckt. Und trotzdem denke ich immer, dass es diesmal anders sein könnte. Dass es diesmal vielleicht wieder ein Abartiger ist.«

»Wir sind hier in Sicherheit«, beteuerte Kate. »Keine Sorge.«

»Ist schwer, sich keine Sorgen zu machen.« Jenny sah Kate an, als sie fortfuhr. »Im Unterricht erfahren wir viel über den Krieg. Ob ich will oder nicht, ich muss immer dran denken, dass es wieder passieren könnte.«

»Ich werd nicht zulassen, dass euch je was passiert«, versprach Jake zuversichtlich.

»Also, falls ein Abartiger hier aufkreuzt, zieh ich dem hässlichen Drecksack das Fell über die Ohren«, tönte Javier und hielt Messer und Gabel wie Waffen.

»Javier Riley, was hab ich dir über solche Wörter gesagt?«

»Wenn Dad und Big Horn fluchen dürfen, warum ich dann nicht?«, fragte Javier. »Ich werde Soldat wie sie, also kann ich mich auch so verhalten.«

Kate bedachte ihn mit einem harten, unnachgiebigen Blick. Der Junge wuchs zu einem Krieger heran, daran bestand kein Zweifel. Das war wohl unvermeidlich, wenn man in einem Haushalt wie diesem aufwuchs, umgeben von einer Gemeinschaft, die sich alles mit Zähnen und Klauen erkämpft hatte. Aber das bedeutete nicht, dass sie für ihren Sohn eine solche Zukunft *wollte*.

»Du hast noch viel Zeit, um dir zu überlegen, was du werden willst.« Ein verhaltenes Lächeln spielte um Kates Lippen. »Vielleicht Wissenschaftler oder Arzt …«

»Soldat«, beharrte Javier.

»Wie gesagt, du hast noch genug Zeit, es dir zu überlegen. Aber so oder so, geflucht wird nicht. Schon gar nicht bei Tisch.«

»Na gut. Tut mir leid.«

Sie versuchte, während des Essens nicht daran zu denken, dass ihr Sohn in die Fußstapfen ihres Mannes treten könnte. Javier vergötterte seinen Vater in jeder Hinsicht. Sogar die Haare wollte er sich so lang wachsen lassen wie sein Dad.

Nachdem der Junge einen Bissen hinuntergeschluckt hatte, fügte er hinzu: »Ich will immer noch Menschen beschützen und Monster töten.«

»Wir werden nicht nur von Soldaten und Polizisten beschützt«, warf Jake ein. »Die Ärzte und Wissenschaftler, von denen deine Mutter spricht, sind sogar noch wichtiger. Ganz ehrlich, einen weiteren Kerl, der in einem Turm Wache hält wie ich, findet man mühelos auf der Straße.« Jake tippte sich an die Schläfe. »Aber wenn du nur halb so klug bist wie deine Mutter, könntest du zu einem super Wissenschaftler heranwachsen, der mehr Leben rettet, als ich mit dem Gewehr je könnte.«

Kate lächelte dem Polizisten zu. Sie schätzte die Unterstützung dabei, Javier zum Nachdenken über eine andere Karriere anzuregen. Natürlich war ihre eigene Laufbahn als Wissenschaftlerin nicht unbedingt frei von Gefahren gewesen.

»Also, was hat sich heute in der Schule getan?«, wechselte Kate das Thema.

Timothy beschäftigte sich gerade mit den Motiven und Ideen aus *1984*. Tasha und Jenny hatten beide einen Mathematiktest hinter sich, und Javier las *The Boxcar*

Children, eine Reihe, an die sich Kate aus der eigenen Kindheit noch liebevoll erinnerte. Das Wissen, dass sie alle eine Kindheit bekamen, gehörte zu den Siegen bei allem, wofür sie gekämpft hatten. Alles, was man früher als so selbstverständlich betrachtet hatte, mussten sie sich hart wieder erarbeiten und verdienen.

Zum Beispiel friedliche Momente wie diesen, in denen niemand ein Soldat oder Wissenschaftler oder Überlebender war. Sie waren nur eine Familie mit Freunden, die das Leben genossen und sich nicht den Kopf darüber zerbrachen, dass Monster sie jagen könnten oder woher sie ihre nächste Mahlzeit bekommen sollten.

Es erschien beinahe wie ein grausamer Witz, als in der Ferne der Lärm einer Luftangriffssirene ertönte und die Illusion zerstörte, dass Momente des Friedens mittlerweile mehr als vergänglich sein könnten. Spark sprang auf die Beine, Ginger zog den Schwanz ein.

»Was ist das?«, fragte Javier und stand langsam auf.

Timothy sah seinen Vater an, der sich ebenfalls vom Tisch erhob. Auch Tasha und Jenny wussten genau, worum es sich handelte. Sie schnappten sich die Hunde, um bereit zum Aufbruch zu sein.

»Javier, hol die Notfalltaschen«, sagte Kate.

»Ich geh zurück zu uns nach Hause und hole unsere«, kündigte Jake an. »Und ein paar zusätzliche Waffen.«

Javier eilte aus der Küche und rannte ins Schlafzimmer, während der ehemalige Polizist mit Timothy ging. Kate nahm in ihrem Arbeitszimmer die Glock aus dem Tresor. Dann schloss sie den Schrank auf und holte ein AR-15 sowie eine Tasche voller Magazine heraus.

Das war ein weiterer Aspekt der harten neuen Realität. Die Vorbereitung für Notfälle hatte schon begonnen, sobald Javier laufen konnte. Die Gemeinde führte regelmäßig Übungen durch, denen jedoch immer die Ankündigung vorausging, dass es sich lediglich um eine Übung handelte.

Diesmal hatte es keine Warnung vor den Sirenen gegeben. Was Kate verriet, dass es entweder ein Überraschungstest war … oder der Ernstfall.

Und sie hatte nicht vor, ein Risiko einzugehen. Sie legte ein Magazin in das AR-15 ein, dann betätigte sie den Schlitten, um eine Patrone ins Lager zu laden, und sie vergewisserte sich, dass die Waffe noch gesichert war.

»Kommt mit«, sagte Kate, so ruhig sie konnte. Die Mädchen befestigten eine Leine um das Halsband jedes Hundes und brachten die Tiere in den vorderen Raum. Javier tauchte mit den Taschen auf.

»Ich hab deine auch, Ma«, sagte er.

Kate hievte sich ihr Bündel über den Rücken und bemühte sich bestmöglich, gefasst zu bleiben.

Verhalte dich normal, dann folgen die Kinder deinem Beispiel, dachte sie bei sich.

»Wir müssen zum Schutzraum«, kündigte Kate an.

Javier ergriff ihre freie Hand, und sie gingen zur Eingangstür hinaus, wo ihnen das Geheul der Sirenen lauter entgegenschlug. Überall entlang der Straße strömten die Nachbarn aus den Häusern und steuerten auf den Schutzraum zu.

Javier streckte Jenny die freie Hand entgegen. Sie ergriff sie und behielt in der anderen Hand die von Tasha. Gemeinsam eilten sie die Straße hinab und folgten dem Strom der Menschenmenge. Bekannte Gesichter schlossen sich ihnen unterwegs an. Wie Donna und ihr Sohn Bo, die Mutter und der Sohn, die Beckhams Team während des Krieges gerettet hatte. Bei ihrer ersten Begegnung hatte der Junge verwahrlost und schwach ausgesehen. Mittlerweile war er zu einem jungen Mann mit Schultern wie ein Linebacker und Beinen wie Baumstämmen herangewachsen. Timothy und Jake rannten, um zu ihnen aufzuschließen, beide mit Gewehren und Handfeuerwaffen gerüstet. Die beiden lenkten die Menschen zum Schutzraum.

»Jake! Irgendeine Ahnung, was los ist?«, rief Kate.

»In Portland hat's irgendeine Explosion gegeben«, antwortete er.

»Großer Gott«, entfuhr es ihr.

Kate eilte weiter. Das Szenario fühlte sich nur allzu vertraut an und erinnerte sie an Zeiten, wenn Beckham und Horn unterwegs zu einer Mission waren und sich zu Hause eine Katastrophe ereignete. Bei jedem Angriff der Abartigen oder des WGT hatte es sich angefühlt, als könnte sich ihre Zeit auf der Erde dem Ende zuneigen.

Aber diesmal hatte sie mit den Mädchen und Javier an der Seite so viel mehr zu verlieren. Geordnet setzten sie den Weg fort, bis in der Ferne die Knalle von Schüssen durch die Nacht hallten. Jenny kreischte und Javier zog an Kates Ellbogen, als er sich umdrehte, um in Richtung Portland zu schauen.

Eine weitere entfernte Explosion erhellte die Nacht.

Beim Anblick des Feuerballs breitete sich Kälte in Kate aus.

»Lauft!«, rief jemand.

Schreie ertönten aus allen Richtungen, und zum ersten Mal seit Jahren wurde der Frieden auf Peaks Island weggespült wie eine Sandburg unter der steigenden Flut.

5

Vor Ringgolds Büro im PEOC brodelte ein Stimmengewirr. Offiziere berieten sich in eindringlichem Flüsterton miteinander und erteilten barsch Befehle.

»Turkey River ist nicht der einzige Außenposten, zu dem der Kontakt abgebrochen ist«, sagte Präsidentin Ringgold. Das Zittern in ihrer Stimme überraschte Beckham fast genauso sehr wie die Neuigkeit.

»Wer ist sonst noch betroffen?«, fragte Horn, bevor Beckham das Wort ergreifen konnte.

Ringgold tippte auf einen der Monitore auf dem Tisch im Besprechungsraum und zeigte auf eine alte Karte der Vereinigten Staaten. »Die Verbindung zum Außenposten Rapid City in South Dakota ist gerade endgültig abgerissen, und wir hatten schon davor so gut wie keine Kommunikation.«

»Das liegt genau am Rand des Grenzgebiets zum Westen«, sagte Horn.

Beckham sah die Präsidentin mit zu Schlitzen verengten Augen an. Das musste ein kranker Witz sein oder vielleicht eine technische Störung in der Kommunikation.

Wie konnte der Kontakt zu gleich zwei Außenposten einfach so abreißen?

Er dachte an ihre Familien auf Peaks Island. Ein besorgtes Kribbeln breitete sich durch seine Nervenbahnen aus. Er wollte einfach nicht glauben, dass diese Außenposten etwas zum Opfer gefallen waren, das sich weitläufig verbreitete.

Etwas Bösem.

»Wir sind uns nicht sicher, was dort passiert«, fuhr Ringgold fort.

Nach einem für sie untypischen Seufzen versteifte sich ihr Körper. Beckham beobachtete, wie Leben in sie zurückkehrte. Sie schien die Kraft heraufzubeschwören, die sie durch Jahre der Not, der Schlachten und des Krieges getragen hatte.

»Wir treffen uns in Kürze im Lagebesprechungsraum«, verkündete sie. »Ich muss ein paar Anrufe erledigen.«

Beckham und Horn verließen nacheinander ihr Büro und betraten den kleinen Lagebesprechungsraum im PEOC. Beckham hätte nicht gedacht, dass er sich je wieder in einem solchen Raum aufhalten müsste.

Die Bilder ehemaliger Präsidenten und eine große amerikanische Flagge hingen an den weißen Wänden. Normalerweise hielten sich an diesem Ort Viersternegeneräle, die Generalstabschefs, die Präsidentin, der Vizepräsident, der NSA-Berater und das Exekutivkabinett auf.

Im Augenblick war der Raum beinahe menschenleer.

Brigadier General Lucas Barnes saß nahe am Kopf des Tisches über einen Laptop gebeugt und betrachtete mit verkniffenem Blick den Bildschirm. Die Brille hatte er ins graue Haar hochgeschoben. Er schaute mit dunkelbraunen Augen, der Farbe seiner Haut, auf und nickte Beckham zu. Der 60-jährige General beaufsichtigte die

Mission zum Außenposten Turkey River und stand in ständiger Verbindung mit General Noah Souza, dem Befehlshaber des Special Operations Command, kurz SOCOM.

Beckham erinnerte sich noch an den Tag, an dem sie das SOCOM vom Luftwaffenstützpunkt MacDill auf den Zerstörer *Zumwalt* verlegt hatten, der kurz vor der Verheerung der Welt durch das Blutervirus in See gestochen war. Das Schiff war inzwischen wieder in Betrieb genommen worden – als USS *George Johnson* zu Ehren des ehemaligen Vizepräsidenten. Der Mann war nicht weit von dort entfernt, wo sie gerade saßen, ums Leben gekommen.

Dem Brigadegeneral gegenüber befand sich der nationale Sicherheitsberater Ben Nelson, der seine übliche rote Krawatte trug. Er sah gerade Unterlagen durch. Vizepräsident Dan Lemke saß am anderen Ende. Seine Stabschefin Elizabeth Cortez stand hinter ihm.

Der Stabschef von Ringgold, James Soprano, lehnte mit einem unter den Arm geklemmten Ordner mit dem Rücken an der Wand.

»Sie sehen aus, als würden Sie regelmäßig trainieren«, meinte Beckham zu ihm, um die Anspannung aufzulockern.

Soprano lächelte. »Das kommt davon, wenn man eine kostenlose Personal Trainerin hat, die einen keinen Tag überspringen lässt«, erwiderte er und deutete mit dem Kinn auf Cortez.

Sie zog ein breites Grinsen auf. »Du lässt genug Tage aus.«

Cortez zeigte auf zwei freie Sitze, an denen man Namensschilder für Beckham und Horn aufgestellt hatte. Sie setzten sich an ihren jeweiligen Platz. Cortez blieb weiterhin stehen und spähte gelegentlich zur Tür. Dabei klopfte sie unablässig mit dem rechten Fuß auf den Boden.

Schließlich öffnete sich die Tür, und Präsidentin Ringgold trat ein. Prompt stand General Barnes auf und bot ihr seinen Stuhl vor dem Laptop an.

»Ist schon gut. Bleiben Sie sitzen, General«, sagte sie höflich. »Ich nehme meinen üblichen Platz.«

Ringgold setzte sich neben Lemke. Soprano reichte ihr den Ordner, bevor er sich wieder an die Wand zurückzog.

»Wie ist der Status?«, fragte Ringgold.

»Wir haben die SEAL-Teams 2 und 3 bei Operation Snake im Einsatz. Delta Force Team Ghost hält sich in Bereitschaft«, erklärte Barnes mit seiner rauen Stimme. »Ghost hat unlängst einen Alpha in Ellicott City aufgespürt und getötet. Und einen Gefangenen gerettet.«

»Das ist unser Fitz«, sagte Horn.

Beckham hatte das Gefühl, dass Team Ghost nicht viel Ruhezeit bekommen würde, um den kleinen Sieg zu feiern. Beide SEAL-Teams bestanden aus talentierten Männern, allerdings waren viele davon neu und besaßen nicht die Erfahrung von Fitz und dessen Team. Beckham wäre nicht überrascht, wenn man Ghost aus der Bereitschaft in den Einsatz riefe.

»Der Kontakt zu Turkey River ist vor etwa 21 Stunden abgebrochen. Die Drohnenaufnahmen haben uns bisher nicht viel an Hinweisen geliefert«, fuhr Barnes fort. »SEAL-Team 2 landet in etwa zehn Minuten, aber SEAL-Team 3 braucht noch ungefähr eine Stunde, um den Außenposten Rapid City zu erreichen.«

»Und das Notalarmsystem?«, fragte Ringgold.

»Wurde aktiviert, sobald wir von Rapid City erfahren haben«, sagte Nelson. »Alle Außenposten und Städte in den Sicherheitszonen werden abgeriegelt, bis wir herausgefunden haben, was los ist.«

Beckham dachte an seine Familie im Außenposten in Portland. Er wünschte, er hätte die Gelegenheit gehabt, Kate vorzuwarnen, damit sich Javier, Tasha und Jenny nicht fürchteten.

»Ich rufe Filmmaterial von SEAL-Team 2 auf«, kündigte Barnes an. Er setzte sein Headset wieder auf und sprach mit General Souza.

Der an der Wand montierte Monitor erwachte zum Leben und teilte sich in die Ansichten der zwölf an den Helmen der SEALs montierten Kameras.

»Da haben wir's«, sagte Barnes. »SEAL-Team 2 ist noch eine Minute von der Landezone entfernt.«

»Haben wir neue Aufnahmen von den Drohnen?«, fragte Lemke. Er blätterte in seinem Informationsordner. »Die Bilder erwecken den Eindruck, dass der gesamte Außenposten völlig verwaist ist. 300 Menschen können nicht einfach …«

»304«, korrigierte Ringgold.

»Richtig«, bestätigte Barnes. »304 Menschen verschwinden nicht einfach spurlos.«

Der Black Hawk mit SEAL-Team 2 überquerte einen Flickenteppich aus verschiedenen Feldern, bevor er sich auf die Anlage senkte. Die Piloten setzten in einem offenen Bereich auf und ließen die SEALs in die Dunkelheit aussteigen. Die Kameras mit Nachtsichtfunktion lieferten grünstichige Ansichten der landwirtschaftlichen Gemeinde, als sich das Team aufteilte, um nach den Bewohnern zu suchen.

Beckham betrachtete die Anzeigen eine nach der anderen und achtete auf Anzeichen von Leichen, Blut oder einem Kampf. Irgendetwas, das Rückschlüsse darauf ermöglichte, was geschehen war. Aber er sah nur verlassene Gebäude. Eine Schule. Das Postamt. Zwei Handelsposten. Die Kasernen und Verwaltungsbüros.

Alles menschenleer.

Ein weiteres Team bewegte sich auf die Scheunen und Ställe zu, die sich unmittelbar außerhalb der Mauern des Hauptgeländes befanden. Eine Reihe von Maschendrahtzäunen sah unversehrt aus, aber einige der SEALs hielten an ihrem Rand und spähten durch die Drahtverbindungen.

»Wir haben was«, meldete Barnes und schaute auf.

Er legte eine Hand über sein Headset und lauschte.

Beckham hatte Mühe, etwas zu erkennen, aber auf der anderen Seite der Zäune befand sich eindeutig etwas. Mehrere Krater klafften über das Gelände verteilt. Sie mussten von explodierten Landminen stammen.

»Die Überreste mehrerer Soldaten wurden gefunden, Madam President«, berichtete Barnes. »Auf Anzeige sieben.«

Beckham hatte den Blick bereits auf diese Ansicht geheftet. Der SEAL richtete seine Helmkamera auf einen Krater und schwenkte sie hin und her, bevor er bei etwas anhielt, das nach zerfetzten menschlichen Gliedmaßen und einem Rumpf aussah.

»Die Milizsoldaten dort sind in die Minenfelder geraten, aber die Abartigen nicht?«, fragte Nelson.

»Tatsächlich vermuten die SEALs, dass die Abartigen die Soldaten in die Minenfelder *geworfen* haben«, sagte Lemke. »Die Leichen weisen Male von Krallen auf, auch die Spuren deuten darauf hin.«

»Irgendwas passt hier nicht zusammen«, sagte Nelson. »Normalerweise sind die Biester nicht so schlau.«

»Haben die anderen SEALs sonst noch was gefunden?«, fragte Ringgold.

»Negativ, Madam President«, erwiderte Barnes. »Keine einzige weitere Leiche.«

»Was ist mit dem Vieh?«, wollte Beckham wissen.

Barnes erkundigte sich über die Sprechverbindung und hatte die Antwort gleich darauf parat.

»Weg«, sagte er. »Keine Kadaver. Keine Knochen.«

Beckham benutzte seine Handprothese, um sich die Haare zurückzustreichen, sein neuer nervöser Tic. Etwas daran beruhigte ihn und half ihm beim Denken. Allerdings half es nicht dabei, einen Sinn in den Bildern zu erkennen, die er vor sich sah.

»Die Abartigen haben alle mitgenommen, ohne sich einen Snack zu genehmigen?«, fragte Nelson. »Ich habe noch selten von Monstern mit solcher Selbstbeherrschung gehört.«

»Da haben Sie recht«, schaltete sich erstmals Horn ein. »Normale Abartige würden das nicht tun.«

»Wir müssen es mit einem ziemlich ungewöhnlichen Alpha zu tun haben«, merkte Beckham an. »Vielleicht werden die Abartigen sogar von etwas anderem geleitet und unter Kontrolle gehalten.«

»Und es gibt nur ein Team, das herausfinden kann, was – oder wer – dafür verantwortlich ist«, sagte Horn.

Er warf einen Blick zu Beckham, der die Meinung seines Freundes teilte.

»Falls SEAL-Team 2 keine weiteren Erkenntnisse liefert, empfehle ich dringend den Einsatz von Team Ghost«, sagte Beckham. »Die Mitglieder haben Erfahrung mit allen Arten von Alphas. Wenn jemand der Sache auf den Grund gehen kann, dann sie.«

Barnes sah die Präsidentin an und ersuchte sie schweigend um ihre Zustimmung, die sie mit einem Nicken erteilte. Sie erhob sich von ihrem Stuhl und ging zum Monitor hinüber, während SEAL-Team 2 die Suche fortsetzte.

»Ja …«, sagte Barnes in sein Headset. Plötzlich verfinsterten sich seine Gesichtszüge, und er kniff die Augen dermaßen zusammen, dass sich seine Stirn in ein Tal aus Runzeln verwandelte. »Was? Noch einer?«, hakte er nach.

Ringgold drehte sich dem General zu. »Was ist?«, wollte sie wissen.

Barnes schluckte. Sein Adamsapfel hüpfte dabei auf und ab. »Madam President, General Souza hat soeben erfahren, dass der Außenposten New Boston in Massachusetts einen Angriff durch Plünderer gemeldet hat.«

Er hielt inne, legte die Hand wieder über sein Headset und lauschte erneut.

»Herrgott noch mal«, murmelte Barnes. »Der Außenposten Portland in Maine wird ebenfalls angegriffen.«

Beckhams Blut gefror in den Adern zu Eis. Er schoss aus dem Stuhl hoch. »Was? Wie ist das möglich?«

Bilder von Kate und den Kindern rasten ihm durch den Kopf.

»Wir müssen nach Hause«, sagte Horn und bewegte sich bereits auf die Tür zu.

Beckham wandte sich ab, um ihm zu folgen, dann hielt er inne.

Zig Gedanken rasten ihm gleichzeitig durch den Verstand.

Er wollte gern glauben, dass Leute wie sein Nachbar Jake die Insel beschützen könnten und die Verteidigungseinrichtungen der Sicherheitszone auf so etwas vorbereitet wären. Aber die Bilder, die sie gerade vom Außenposten Turkey River gesehen hatten, und die Berichte, die von anderen Außenposten eintrafen, zeugten von einer düstereren Realität.

Unwillkürlich fragte er sich, ob ein Zusammenhang zwischen den Ereignissen bestand.

Hatten sie es zum ersten Mal seit Kriegsende mit einer massiven koordinierten Bedrohung durch die Abartigen *und* Menschen zu tun?

Beckham zögerte. Er musste mehr erfahren, bevor er abhauen konnte.

»Boss, komm schon«, drängte Horn.

»Warte«, gab Beckham zurück. Er sah Barnes an. »Was weiß General Souza bisher über Portland?«

»Nur, dass ein von einem Überfall ausgelöster Notruf abgesetzt wurde«, antwortete der General.

»Reed, wir können nicht bleiben.« Horns Kiefermuskulatur spannte sich an, während er mit den Zähnen knirschte. »Wir müssen zurück nach Hause, Mann.«

»Bitte um Erlaubnis zur Abreise, Madam President«, sagte Beckham.

»Lassen Sie einen Hubschrauber starten«, wandte sich Ringgold an Soprano. Der Stabschef eilte durch die Tür hinaus und übermittelte die Anweisung der Präsidentin an jemanden außerhalb des Lagebesprechungsraums.

Beckham und Horn folgten ihm. Ringgold begleitete sie zur Tür, wo sie stehen blieb. Der Schmerz in ihren Zügen verriet Beckham, dass sie sich dafür mitverantwortlich fühlte.

Aber es war nicht ihre Schuld.

Sie hatte getan, was sie konnte, um das Land wiederaufzubauen und zu schützen. Und Beckham konnte nicht länger untätig im Ruhestand auf einer Insel fernab des Kampfes herumsitzen.

Es war Zeit, wieder ins Geschehen einzugreifen.

Wenn es nicht schon zu spät dafür ist, dachte er beklommen.

Der blaue Privatjet kreiste über S. M. Fischers Ranch und den Ölfeldern in Nordtexas, ungefähr 140 Kilometer nördlich von Amarillo. Die Fischer Fields, sein Geschäft und sein Imperium. Sein Zuhause. Das war es immer gewesen und würde es immer sein. Der Besitz wurde innerhalb der Familie weitergegeben und hatte seinen Wert in der Zeit vor dem Krieg auf mehrere Hundert Millionen Dollar gesteigert.

Seine Frau hatte diesen Ort geliebt. Sie hatte immer von dem Tag geträumt, an dem er sich zur Ruhe setzen würde.

Sowohl sie als auch er hatten es immer genossen, zusammen entlang der Bäche und Pfade ihres Anwesens auszureiten und die Tage auf ihrer Veranda bei einem prachtvollen texanischen Sonnenuntergang ausklingen zu lassen. Aber es sollte nicht sein.

Sie war zwei Monate vor dem Blutervirus an Krebs gestorben.

Mittlerweile sah es so aus, als würde sich Fischer nie zur Ruhe setzen. Obwohl er seine Frau vermisste, war er beinahe froh, dass der Tod sie vor dem Chaos dahingerafft hatte. Hätte sie länger durchgehalten, hätte die Gefahr bestanden, dass sie in Stücke gerissen wurde oder sich selbst in eine dieser Bestien verwandelte. Was Fischer als wesentlich schlimmeres Los betrachtet hätte.

Zwar war sie nicht unbedingt friedlich abgetreten, aber zumindest war er an ihrer Seite gewesen und hatte ihre Hand gehalten, während sie im Schlaf starb.

Gott, sie fehlte ihm so sehr.

Er ertränkte die Erinnerungen mit dem letzten Schluck seines dritten Biers, während die Piloten auf die Landefreigabe warteten. Sie befanden sich wegen eines weiteren Angriffs der Abartigen noch in der Luft, und Fischer konnte es kaum erwarten, wieder festen Boden unter den Füßen zu haben.

In einer Höhe von 3000 Metern konnte er nicht viel von seinen 16.000 Hektar Land erkennen, schon gar nicht nachts. Allerdings zeichneten sich in der wie eine Decke über das Land ausgebreiteten Dunkelheit mehrere Geysire orangefarbener Flammen ab. Schwarze Rauchsäulen stiegen davon auf und reflektierten das Licht.

Fischers Eingeweide krampften sich schmerzhaft zusammen. Ein höllischer Anblick, der ihm nicht fremd war.

»Bohrlochbrände! Was zum verkackten Teufel ist da unten los?«, fragte Fischer.

Die beiden Leibwächter, die ihn zum Greenbrier begleitet hatten, saßen in Ledersitzen auf der anderen Seite der Kabine. Tran und Chase waren beide seit dem Krieg bei Fischer und hatten bei seinem Schutz noch nie versagt.

Chase verschwand kurz ins Cockpit, bevor er wieder auftauchte. »Hört sich an, als hätte es Angriffe der Abartigen auf mehrere Bohrlöcher gegeben. Sie hatten es wieder auf die Techniker abgesehen, und unsere Teams haben Mühe, die Bohrungen zu versiegeln.«

»Das zweite Mal in einem Monat«, brummte Fischer und ließ darauf eine Reihe von Flüchen folgen. Meist bemühte er sich, wie ein Gentleman aufzutreten, aber verdammt, das machte ihn rasend vor Wut.

Mit einem Flaschenöffner kappte er den Verschluss eines weiteren Biers und wünschte, es wäre der Kopf eines Abartigen. Fischer trank einen ausgiebigen Schluck und betrachtete die Flasche – ein weiteres Produkt, das auf seiner Ranch hergestellt wurde, genau wie das saftige Steak vor ihm.

Das war nicht der erste Angriff auf seine Ranch, und er wusste, dass es nicht der letzte bleiben würde. Die Abartigen wurden zunehmend dreister bei ihrem Vorgehen.

Allmählich hatte er es satt, Männer und vor allem Geld durch sie zu verlieren.

Er neigte die Flasche zurück, trank einen weiteren kräftigen Schluck und stellte das Bier dann ab. Fischer ertappte Tran dabei, wie er Chase einen wissenden Blick zuwarf. Sie hatten recht. Er sollte seine Sinne beisammenhalten.

Drei Bier reichten für einen Schwips – mehr als das könnte seine Entscheidungen beeinträchtigen. Er sah Chase an und sagte: »Gib den Piloten Bescheid, dass ich so schnell wie verdammt noch mal möglich auf den Boden will.«

Der dünne Afroamerikaner stand wieder auf und trat erneut den Weg ins Cockpit an. Tran drehte sich auf dem Ledersitz und schaute aus dem Fenster.

»Diese Angriffe müssen aufhören«, brummte Fischer. »Wir verschwenden Zeit damit, Bohrungen zu versiegeln, während wir eigentlich Öl fördern sollten. Diese verlausten, verseuchten Tiere kosten uns viel zu viel.«

Tran wandte sich vom Fenster ab und seinem Boss zu. »Ich dachte, Präsidentin Ringgold wollte weitere Leute schicken, um die Ölfelder zu schützen.«

»Will sie auch, aber zwei Dutzend Grünschnäbel nützen mir nichts.« Fischer trank erneut einen Schluck Bier. Er wusste, er sollte es nicht tun, aber er war zu verdammt wütend. »Ich brauch eine Armee, die dieses Gewürm ein für alle Mal ausrottet. Vielleicht unterbreitet mir ja General Cornelius ein Angebot, das ich nicht ausschlagen kann.«

Tran nickte nur, und Fischer spielte mit dem Gedanken, ihn nach seiner Meinung zu fragen. Die meisten Männer in seiner Position würden sich nicht die Mühe machen, Bodyguards oder Söldnern zuzuhören. Aber Fischer hatte sein Imperium aufgebaut, indem er verschiedenste Meinungen analysierte, von den Technikern, die an den Bohrlöchern arbeiteten, bis hin zur Präsidentin der Nation.

Bisher jedoch erwiesen sich diese Meinungen als nicht besonders hilfreich.

»Für wen sind Sie?«, fragte Fischer.

Tran rutschte unbehaglich auf dem Sitz. Offensichtlich überraschte ihn der plötzliche Themenwechsel. Fischer hatte ihn schon weniger nervös erlebt, wenn er mit Abartigen konfrontiert gewesen war.

»Schon in Ordnung, du kannst frei von der Leber weg reden«, versicherte Fischer dem Mann.

»Ich bin dagegen, Atombomben auf die Städte abzuwerfen, Sir, aber ich bin dafür, die Bedrohung durch die Abartigen zu beseitigen, vor allem hier unten. Diese Angriffe werden immer aggressiver, und ich fürchte, die Kreaturen werden allmählich eher stärker statt schwächer.«

»Gute Einschätzung«, meinte Fischer. Er senkte den Blick wieder auf sein Steak. Es wurde allmählich kalt, und er wollte das gute Lendenstück nicht verschwenden. Fleisch dieser Qualität war ein Luxus, den sich nur wenige Menschen im Land leisten konnten.

Während das Flugzeug weiterkreiste, schnitt er in die scharf angebratene Köstlichkeit. Innen blutete das Fleisch praktisch noch. Er nahm einen Bissen von dem Steak und genoss den Geschmack so, wie die Abartigen vielleicht den Geschmack von Menschenfleisch genossen.

Chase kehrte aus dem Cockpit zurück. »Sir, wir müssen noch ein paar Minuten warten, bis die Teams das Rollfeld für unsere Landung gesichert haben«, berichtete er. »Anscheinend treibt sich eines der Abartigenrudel in der Nähe Ihrer Ranch herum.«

»Was ist so verdammt schwer daran, zwei kleine Rudel zu beseitigen?«, fragte Fischer.

»Sie sind beide getarnt«, antwortete Chase. »Unsere Leute haben mehr Schwierigkeiten als sonst, sie aufzuspüren. Aber mittlerweile setzen wir sowohl Hunde als auch Jäger ein. Sollte nicht mehr lange dauern.«

Fischer legte die Gabel beiseite. Der Appetit war ihm vergangen. Er wischte sich mit einer Serviette den borstigen Schnurrbart ab und bereitete sich auf die Landung vor.

Zehn Minuten später kam die Entwarnung und der Jet begann den Sinkflug. Fischer schaute aus seinem Fenster und suchte nach den Flammen, die er zuvor gesichtet hatte. Tatsächlich brannten die Bohrlöcher noch und feurige Ranken leckten an den tief gelegenen Ölvorräten.

Genauso gut hätten die Flammen Dollarnoten verbrennen können.

Aber wie konnte ein Abartiger ein Feuer legen? Wenngleich diese Monster die Bohrlöcher schon oft angegriffen hatten, war es noch nie zu solchen Bränden gekommen. Jedenfalls nicht bei zwei auf einmal.

Er bezweifelte, dass gewöhnliche Abartige genug Grips besaßen, um solche Feuer zu entfachen. Vielleicht hatten diesmal seine Männer Mist gebaut. Oder vielleicht lag es an etwas völlig anderem.

Als der Jet in Richtung des Rollfeldes sank, dachte Fischer an sein Treffen mit Präsidentin Ringgold zurück. Sie hatte ihm mehr Männer zum Patrouillieren auf den Ölfeldern versprochen. Aber eine Handvoll Wachleute würde die Bestien nicht aufhalten.

Wenn man Vieh hatte, das von einem Wolfsrudel gerissen wurde, genügte es nicht, sich nachts auf die Lauer zu legen und zu hoffen, man könnte den Räuber verscheuchen, bevor er sich eine Kuh holte.

Nein, man musste direkt zur Quelle. Direkt in die Wolfshöhle. Man schlachtete jedes einzelne der Viecher ab, damit keines mehr auftauchen und das Vieh behelligen würde.

Was er brauchte, war eine Armee von Jägern. Leute, die in die Offensive gehen konnten, statt ständig in die Defensive gedrängt zu sein.

Dieser Unfug musste ein Ende haben.

Mit einem Ruck setzten die Reifen der Maschine auf. Als der Jet langsamer wurde, schnallten sich Tran und Chase ab und gingen zu den Schränken, um ihre Gewehre zu holen.

Sie legten Magazine ein, luden durch und rückten dann zur Tür vor.

Einer der Piloten kam aus dem Cockpit.

»Sir, Ihre Teams haben ein Rudel ausgeschaltet und eine Kreatur gefangen genommen, die wir für einen Alpha halten«, gab der Mann bekannt.

Genau wie Fischer gedacht hatte. Also mehr als bloß gewöhnliche Abartige.

»Der Alpha lebt, Sir, allerdings gerade noch«, fuhr der Pilot fort.

»Lassen Sie ihn zum Rollfeld bringen«, befahl Fischer. »Ich will den hässlichen Drecksack sehen, der meine Felder terrorisiert.«

»Sir, davon rate ich dringend ab«, warf Chase ein.

»Wir reden hier von einem Alpha«, fügte Tran hinzu. »Die sind sogar dann extrem gefährlich, wenn sie verletzt sind.«

»Das weiß ich«, schoss Fischer zurück. »Trotzdem will ich ihn sehen, und ich will ihn persönlich erledigen.«

»Okay, Sir«, gab sich Tran mit einem Schulterzucken geschlagen. »Aber bitte bleiben Sie hier, bis wir den Bereich gesichert haben.«

Chase öffnete die Kabinentür und ging eine Rampe hinunter zum Rollfeld. Tran blieb am Eingang, das Gewehr an der Schulter im Anschlag.

Fischer zog seine Handfeuerwaffe, die alte, verchromte 357er seines Vaters. Er hatte den Lauf um eine neue Gravur ergänzt.

Monsterkiller.

Vielleicht ein bisschen kitschig, aber Fischer mochte es kurz und bündig. *Monsterkiller* hieß die Waffe, und er würde sie gleich benutzen, um ein Monster zu killen.

Mit einem Klicken spannte er den Hahn und wappnete sich für die Begegnung mit der Bestie, die in dieser Nacht seine Männer und Ölfelder terrorisiert hatte. Nicht mit irgendeinem lästigen, verseuchten Vieh, sondern mit dem *König* des Rudels.

Wenige Minuten später kehrte Chase mit dem Gewehr in der Armbeuge zurück. »Alles in Ordnung, Sir, Sie können gefahrlos aussteigen.«

Fischer folgte seinen Männern die Rampe hinunter. Mehrere Humvees und Pick-ups mit dem roten Doppel-F-Logo seiner Ölgesellschaft parkten auf dem Asphalt.

Soldaten in den Geschütztürmen der Humvees richteten Scheinwerfer auf die bleiche, blutige Haut des größten Abartigen, den Fischer je gesehen hatte. Die Kreatur lag in einem Stacheldrahtnetz und rührte sich kaum.

Um die zehn Männer mit Cowboyhüten und Gewehren bewachten die Bestie. Sechs Deutsche Schäferhunde bellten wild. Geifer tropfte von ihren Schnauzen.

»Bringt sie zum Schweigen«, befahl Fischer. Er zögerte, als er sich dem Monster näherte. Soweit er es beurteilen konnte, war die Bestie bewusstlos, hatte beide Lider geschlossen.

»Hat einiges weggesteckt, bevor er k. o. gegangen ist«, merkte einer der Soldaten an. »Bei einem so großen Kerl wie dem hier dachten wir, Sie würden sehen wollen, wer für den Schlamassel da draußen verantwortlich war. Überrascht mich, dass er noch nicht tot ist.«

»Lässt sich aber unmöglich abschätzen, wann und ob er noch mal aufwacht«, merkte ein anderer an.

»Er hat vier unserer Männer getötet«, fügte der erste Sprecher hinzu. Er neigte den Cowboyhut in Fischers Richtung und spuckte Kautabaksaft auf den Asphalt. »Je schneller Sie ihn erledigen, desto besser, Sir.«

Fischer ging an dem Mann vorbei und bemühte sich, seine Angst vor dem Monster zu verbergen. Chase und

Tran blieben beide in seiner Nähe, die Gewehre auf den Alpha gerichtet.

»Nicht zu nah ran«, warnte Tran.

Anderthalb Meter von der nackten Kreatur entfernt blieb Fischer stehen.

Eine von Warzen überzogene Nase saugte Luft ein, und ein verschorfter Rücken hob und senkte sich unter langen, tiefen Atemzügen. Aus den Lungenflügeln, die sich mit Flüssigkeit füllten, drangen rasselnde Laute.

Fischer trat einen weiteren Schritt näher und beobachtete die Augen, vergewisserte sich, dass sie sich nicht öffneten. Dann bückte er sich und betrachtete den Dämon.

Wulstige Lippen hingen von einem Kinn, das nur noch durch Knorpelstränge mit dem Gesicht verbunden war. Im oberen Wangenbereich quoll Blut aus kleinen, von Schrotkugeln verursachten Löchern.

»Gütiger Herr im Himmel«, murmelte Fischer.

Er richtete sich auf und bewegte sich um die Kreatur herum, nahm die weiteren Verletzungen in Augenschein. Ein muskulöser Arm war am Ellbogen zerfetzt, aus einem Loch der Größe einer Orange im Rücken sprudelte Blut. Am gesamten Rumpf prangten weitere Einschusslöcher, aus denen ebenfalls Blut sickerte.

Fischer wusste, dass der Alpha wie alle Abartigen aufgrund der epigenetischen Veränderungen infolge der chemischen Nanopartikel in seinem Blutkreislauf über bemerkenswerte Regenerationsfähigkeiten verfügte. Allerdings würde es eine ganze Weile dauern, sich von solchen Verletzungen zu erholen, und Fischer hatte nicht vor, der Kreatur die Chance dazu einzuräumen.

Er zielte mit der 357er auf den Kopf der Bestie.

Ein Augenlid klappte auf, ein Reptilienauge heftete den Blick auf Fischer. Er stolperte rückwärts, als sich die Oberlippe der Kreatur zurückzog und gezackte, vergilbte Zähne zum Vorschein kamen. Das zerfetzte Kinn und der Kiefer hingen lose herab. Ein Knorpelstrang zerriss, als das Monster den Mund weiter öffnete.

»Machen Sie es alle«, sagte Chase.

Fischer drückte den Abzug. Der Schuss hallte laut durch die Nacht. Das Projektil durchschlug den Knochen direkt unter dem gelblichen Auge.

Aber die Kreatur starb nicht.

Stattdessen stieß sie einen wütenden Schrei aus, der Fischer wie ein Messer in die Ohren fuhr. Entsetzt starrte er das Monster an, als Blut aus dem Loch im Gesicht schoss.

Der Alpha brüllte und verrenkte sich wild im Stacheldraht, zerfetzte dadurch die Haut am gesamten Körper. Unwillkürlich wichen sämtliche Männer zurück, die Gewehre im Anschlag.

Die Hunde stimmten ein kehliges Bellen an.

»Herr im Himmel«, stieß Fischer hervor. Er zielte, hielt die Waffe ruhig und gab einen Schuss ins Auge ab. Es zerplatzte, explodierte förmlich. Blut und Glibber liefen aus der Höhle.

Und immer noch kreischte die Bestie.

»Erschießen«, befahl Fischer und gab sowohl den Soldaten als auch den anderen Männern um ihn herum ein Zeichen. »Feuer!«

Ein Kugelhagel schlug in das Monster ein und zerfetzte Muskelgewebe und Knochen. Das Ungetüm zuckte wild, als die Projektile auf den Körper einprasselten.

Schließlich hob Fischer eine Hand.

»Feuer einstellen!«, rief er.

Die Männer senkten die Gewehre, aber die Hunde spielten weiter verrückt, kläfften und zerrten an den Leinen. Die Kreatur ließ ein letztes, grausiges Todesröcheln vernehmen, dann erschlaffte sie. Blut aus dem zerfetzten Leib sammelte sich unter ihr zu einer Lache.

Fischer hätte gern geglaubt, dass damit sein Problem mit den Abartigen gelöst war, doch er wusste, dass dem nicht so sein würde. Tötete man ein Rudel Wölfe, nahm ein anderes den Platz ein.

Es würden weitere Bestien folgen, weitere Alphas.

Nur eine Maßnahme konnte die Bedrohung ein für alle Mal beseitigen.

»Schafft dieses Ding weg«, befahl Fischer. Er steckte die Pistole zurück ins Holster, dann bedeutete er Tran und Chase, ihm zu einem Fahrzeug zu folgen, das ihn zu seiner Ranch bringen würde. Fischer nahm auf dem Beifahrersitz Platz, schloss die Tür und beobachtete, wie seine Männer das Monster vom Rollfeld schleppten.

Zehn Mann waren nötig, um den Kadaver auf die Ladefläche eines Pick-ups zu hieven.

Die Angriffe würden nicht aufhören, nicht mit diesem toten Alpha und auch nicht mit dem nächsten. Fischer Fields brauchte eine Armee. Und Fischer hatte das Gefühl, dass ihm nur eine Person die nötigen Ressourcen zur Verfügung stellen konnte.

Schweigend fuhr er nach Hause und dachte an sein bevorstehendes Treffen mit Cornelius. Er konnte kaum erwarten zu hören, was ihm der Präsidentschaftskandidat als Gegenleistung für seine Unterstützung zu bieten hatte.

6

»Nähern uns der Landezone«, meldete der Pilot.

Fitz blieb konzentriert und schaute durch die offene Seitentür des Black Hawk, während sie über dem Außenposten Turkey River kreisten. Der Vollmond hing wie eine silbrig schimmernde Scheibe über den dunklen Feldern. Eine Wolkendecke im Westen drohte sein Licht zu verhüllen.

Das gesamte Team war angespannt, nachdem es von dem Angriff auf Portland in Maine und mehrere andere Außenposten erfahren hatte. Ein wenig Mondlicht, um besser zu sehen, wäre hilfreich gewesen, doch die Beklommenheit würde es nicht verschwinden lassen. Menschen, die Fitz kannte und an denen ihm etwas lag, schwebten in Gefahr, und er hätte sich genauso gut auf der anderen Seite des Planeten befinden können.

Aber Fitz steckte nicht zum ersten Mal in einer solchen Lage, und es gab nichts, was er dagegen tun konnte. Der Befehl stammte von der Präsidentin höchstpersönlich.

Er verdrängte seine Sorgen und klopfte sich gegen den Helm, um sich zu konzentrieren.

»Gib einfach alles, was du hast, Mann«, sagte Lincoln.

Fitz nickte. »Verdammt richtig.«

»Ich wünschte, ich hätte Sergeant Garcia kennengelernt«, meinte Mendez. »Klingt so, als wär er ein verdammt zäher *Hombre* gewesen.«

»Einer der besten Marines, die mir je begegnet sind«, bestätigte Fitz.

Ace passte den Riemen seiner umgebauten Mossberg 500 mit Magazinzuführung an. Metallisch klackende Laute ertönten, als der Rest von Team Ghost die schallgedämpften M4A1 überprüfte, Magazine einlegte und sich vergewisserte, dass die Waffen funktionstüchtig waren. Ein Mannschaftsleiter bemannte das M240 und schwenkte den Lauf über das dunkle Gelände hin und her.

Soweit es Fitz durch die Nachtsichtbrille beurteilen konnte, war das Gebiet so verlassen, wie das SEAL-Team berichtet hatte. Was keine Überraschung darstellte. SEALs unterliefen keine Fehler.

Team Ghost auch nicht.

Der Hubschrauber flog über das Minenfeld, das Krater von explodierten Sprengkörpern übersäten. Brocken eines zerfetzten Körpers lagen noch auf der dunklen Erde verstreut. Aber wo waren alle anderen abgeblieben?

Die Menschen konnten sich nicht einfach in Luft aufgelöst haben. Team Ghost musste herausfinden, was dem SEAL-Team entgangen war.

Eines stand jedenfalls fest: Die Abartigen, die für diesen Angriff verantwortlich zeichneten, waren wesentlich raffinierter und gefährlicher als der Alpha, den sie zuletzt in Ellicott City ausgeschaltet hatten.

»Ich hab ein echt ungutes Gefühl bei der Sache«, murmelte Fitz, während er nach draußen starrte.

Rico kaute auf einem frischen Streifen Kaugummi. »Was du nicht sagst.«

»Gut, dass wir Dohi haben«, meinte Mendez.

Dohi schwieg und ließ den behelmten Kopf geneigt, als meditierte er.

Ace klopfte sich auf den Bauch. »Hat noch jemand Hunger? Vielleicht finden wir da unten was zu beißen.«

»Wahrscheinlicher ist, dass du gebissen wirst, wenn du dich nicht konzentrierst«, warnte Lincoln.

»Er würd 'ne verdammt üppige Mahlzeit abgeben.« Mendez lachte.

»Hört auf mit dem Scheiß«, ermahnte Fitz seine Leute. »Dort unten haben 300 Menschen gelebt, und abgesehen von ein paar armen, zerfetzten Soldaten haben wir keine Anhaltspunkte darauf, was aus ihnen geworden ist und wohin sie verschwunden sind.«

»Vielleicht hängt es mit den Plünderern zusammen, die unsere anderen Außenposten angegriffen haben«, schlug Rico vor. »Könnten ehemalige Soldaten sein, die wissen, wie man Spuren verwischt.«

»So gut, dass selbst SEALs sie nicht finden?« Lincoln schüttelte den Kopf. »Das bezweifle ich stark.«

»Ich finde sie.« Dohi schaute letztlich auf. Seine Augen schienen zu glimmen.

Der Rest des Teams starrte ihn nur an, bis Lincoln sein ansteckendes Lachen vernehmen ließ.

»Alter, das war jetzt echt unheimlich.« Lincoln lachte noch einige Sekunden weiter.

»Herrgott noch mal.« Fitz streckte die Hand aus und versetzte Lincoln einen Klaps gegen den Helm.

»Tut mir leid, Mann«, entschuldigte sich Lincoln.

Mendez schmunzelte bei sich, und als sich alle wieder in den Griff bekommen hatten, verteilte Fitz seine Befehle.

»Ich bilde Team Alpha mit Ace und Lincoln. Wir durchsuchen den Außenposten innen«, sagte er. »Rico führt Team Bravo mit Dohi und Mendez an und geht außen rum.«

Nachdem sich Fitz vergewissert hatte, dass Lincoln und Mendez fertig damit waren herumzualbern, teilte er den Piloten mit, dass es losgehen konnte. Der Hubschrauber neigte sich zum Sinkflug und wirbelte Wellen in das trockene Gras in der Mitte einer Wiese innerhalb der Umzäunung des Außenpostens.

»Gib einfach alles, was du hast, Team Ghost«, sagte Fitz.

Die Räder des Black Hawk setzten mit einem Ruck auf.

»Ace, du übernimmst die Spitze«, ordnete Fitz an. »Lincoln, die Nachhut.«

Ace sprang als Erster aus dem Helikopter, die Schrotflinte fest an der Schulter angesetzt. Fitz folgte mit Lincoln dicht dahinter. In geduckter Haltung bewegte er sich vorwärts und schwenkte den Lauf des Gewehrs über die Gebäude am Rand der Rasenfläche.

Ein unheimlicher Schauder lief ihm über den Rücken. Er konnte die Empfindung nicht bloß dem Wind von den Rotoren zuschreiben, als Team Bravo den Hubschrauber verließ. Es fühlte sich an, als würde er von den vielen Fenstern des Bürogebäudes und der Schule auf der anderen Seite der Wiese beobachtet.

Fitz winkte Rico zu, und sie lächelte zurück, was ihrer Art entsprach, ihm ohne Worte mitzuteilen, dass sie ihn liebte.

Ich liebe dich auch, Jeni.

Dohi führte sie und Mendez an den Wachtürmen vorbei durch das Haupttor hinaus. Es wurde nie leichter,

Seite an Seite mit ihr zu kämpfen. Fitz hatte bei jeder Mission panische Angst davor, sie zu verlieren. Aber sie hatten beide schon vor langer Zeit beschlossen zusammenzubleiben. Natürlich wollten sie auch beide nicht den Dienst in Team Ghost aufgeben.

Es gab keinen Ort, an dem er lieber gewesen wäre.

Der Helikopter hob wieder in den Himmel ab und ließ Team Ghost allein zurück.

Fitz bedeutete dem Team mit Handzeichen, sich zu verteilen. Er bezweifelte, dass die Abartigen für einen Hinterhalt geblieben waren, zumal die SEALs den Außenposten bereits durchsucht hatten. Andererseits hatte er gelernt, bei den Monstern mit allem zu rechnen.

Bald wurde das Wummern der Rotorblätter vom Flüstern der Windböen abgelöst, die säuselnd durch die über den Außenposten verstreuten Bäume wehten. Irgendwo klimperte ein Windspiel mit gespenstischen, metallischen Lauten.

Der Ort wirkte wie eine idyllische Kleinstadt ähnlich jener, in der Beckham und Kate auf Peaks Island lebten. Ein Ort, an dem Nachbarn immer zusammenhielten, ob man Hilfe bei einem platten Reifen brauchte oder sich etwas Zucker ausleihen wollte.

Der Geruch von Tieren trieb aus den Ställen zu ihnen – nur gab es dort kein Vieh mehr zu finden, genau wie es die SEALs berichtet hatten.

Sie steuerten auf das Zentrum zu und hielten vor einem einstöckigen Backsteingebäude mit einem Schild, das es als RATHAUS auswies. Ace hob die Faust, als sie sich dem Bauwerk näherten.

Getrocknete Blutspritzer an den Ziegelsteinmauern und auf dem Bürgersteig zeichneten sich durch Fitz'

Nachtsichtbrille wie dunkle Schatten ab. Im aufgerissenen Rasen bemerkte er noch etwas anderes.

Neben leeren Patronenhülsen prangte eine verstreute Ansammlung von Stiefelabdrücken im Erdreich. Die Spuren schienen von den Menschen zu stammen, die fast völlig überrumpelt worden waren, kaum in der Lage, sich zu verteidigen.

Und neben diesen Spuren klafften lange, gleichmäßige Furchen im Boden. Krallenspuren. Die SEAL-Teams hatten ähnliche Funde überall im Ort gemeldet – Blutflecken und Spuren von Krallen und Klauen. Nur hatten die SEALs seltsamerweise außerhalb der Umzäunung, wo gerade Team Bravo suchte, nichts dergleichen entdeckt.

Fitz hoffte, Dohi würde das Rätsel aufklären können.

Ace schaute zurück zu Fitz, wartete auf sein nächstes Kommando. Fitz hielt einen Finger hoch, ersuchte ihn stumm, zu warten. Etwas in der Luft hatte seine Aufmerksamkeit erregt. Er spähte zum dunklen Himmel und roch im Wind.

Dabei schnappte er kaum merklich den Mief von verfaultem Obst auf. Nicht so stark, wie wenn sich ein Abartiger in der Nähe aufhielte, dennoch stark genug, dass er ihn nicht als Hirngespinst abtun konnte. Oder vielleicht spielte Fitz sein Verstand mit dem Geruch doch einen Streich. Vielleicht gaukelte er ihm nur das vor, womit er rechnete.

Er schaute zurück zu Lincoln und zeigte auf seine Nase. Lincoln schien die Geste zu verstehen. Er hielt inne und atmete tief ein, bevor er Fitz zunickte.

Also bin ich doch nicht verrückt.

Woher zum Teufel kam dieser Geruch?

Fitz bedeutete Ace, zur offenen Rathaustür vorzurücken. Die Holztür hing nur noch an einer Angel und schaukelte im Wind. Team Alpha versammelte sich um den Haupteingang. Fitz hielt den Atem an und lauschte auf Geräusche von drinnen.

Nichts.

Mit einer Geste wies er Ace an hineinzugehen. Er folgte ihm, während Lincoln ihnen den Rücken deckte. Sie gelangten in einen weitläufigen Raum mit über den Holzboden verteilten Klappstühlen.

Vorn befand sich ein zusammengebrochener Tisch mit geknickten Beinen. Eine Handvoll weiterer, umgekippter Sitze lag dahinter verstreut. Lange Blutschlieren zogen sich über den Boden. Dunkle, verkrustete Handabdrücke verunstalteten die Wände neben klaffenden, in die Gipskartonwand geschlagenen Löchern. Kratzer auf den Holzdielen des Bodens ließen deutlich erkennen, wo sich die Abartigen aufgehalten hatten.

Die angrenzende Toilette und eine Tür, die zu einer Küche führte, verrieten Fitz, dass der Ort nicht nur Ratsversammlungen, sondern auch Gemeindeveranstaltungen beherbergt hatte.

Als Nächstes schlichen sie in die Küche. Laut summende Fliegen beherrschten den Raum. Auf der Arbeitsplatte reflektierten etwa sechs geöffnete Glasgefäße das Mondlicht, das durch das nahe Fenster einfiel. Der Geruch ging von einer großen Rührschüssel aus – sie enthielt eine faulige Mischung aus verdorbenen, schimmligen Früchten.

Fitz ging an den verstreuten Kuchenformen und Konservendosen mit Obst vorbei, die den Boden übersäten. Dazwischen fiel ihm ein Messer auf, auf dessen Schneide getrocknetes Blut verkrustete. Vielleicht eine

Waffe, die als letzter Ausweg verzweifelt gezückt worden war.

Das dreiköpfige Team ging zu einem anderen Haus weiter, dann zur Schule und schließlich zu einem Bürogebäude.

Überall entdeckten sie Anzeichen von Kampfhandlungen. Aber wenn man das Blut ignorierte, war es, als hätten sie eine Ortschaft betreten, aus der die Menschen mitten in der Erledigung alltäglicher Aufgaben verschwunden waren. Sie sahen Körbe mit halb gefalteter Wäsche und mit Wasser gefüllte Spülbecken, in denen noch Geschirr lag.

Fitz fluchte bei sich und versuchte, unkonventionell zu denken. Im Augenblick taten sie im Grunde dasselbe wie vor ihnen die SEALs.

Fitz kehrte zurück auf die Straße, um nach Reifenspuren zu suchen, denn er fragte sich, ob vielleicht Überläufer mit den Abartigen zusammenarbeiteten und große Fahrzeuge hergebracht hatten, um die Menschen irgendwohin zu befördern.

Allerdings entdeckte er keine auffälligen Spuren. Er schüttelte den Kopf. Etwas derart Offensichtliches wäre ohnehin schon beim ersten Mal nicht übersehen worden.

Ace führte sie zu einem Lagerhaus in der Ortsmitte, als das Geräusch von knirschendem Glas die Klänge von Windspielen übertönte.

Fitz duckte sich instinktiv und signalisierte Ace und Lincoln, es ihm gleichzutun. Sie gingen an der Mauer des Lagerhauses in Deckung.

Ein weiteres Knirschen folgte. Konnte von einem wilden Tier stammen. Vielleicht von einem Waschbären, der Müll durchwühlte. Aber falls nicht …

Das Geräusch drang hinter einem Haus auf der anderen Straßenseite hervor. Fitz gab Ace das Zeichen, eine Seite zu übernehmen, während er selbst und Lincoln die andere abdeckten.

So leise wie möglich eilten sie zum Haus, dann bogen sie um die Ecke. Er legte das Gewehr an, bereit, eine Salve in das warzenverseuchte Gesicht einer Bestie abzufeuern. Allerdings erblickte er lediglich einen Innenhof mit zerbrochenen Töpfen, aus denen sich Erde ergossen hatte, und Pflanzen am Geländer.

Die Schiebetüren enthielten nur noch wenige Glasscherben, die im Mondlicht schimmerten und die Rahmen wie den Schlund eines wütenden Monsters wirken ließen.

Ace erschien auf der gegenüberliegenden Seite, und Fitz bedeutete ihm, das Haus zu betreten. Lincoln und Fitz selbst folgten ihm durch eine kaputte Schiebetür.

Spielzeug lag auf dem Boden verstreut, in der Ecke befand sich ein in Stücke gerissener Laufstall. Blutflecken besudelten den Teppich zwischen getrockneten braunen Fußabdrücken, die aussahen, als stammten sie von Abartigen.

Das Wohnzimmer mündete in einen Gang mit umgestürzten Bücherregalen. Zerrissene Buchseiten flatterten im Luftzug, der durch das Haus wehte.

Am Ende des Gangs boten zerbrochene Fenster einen Blick auf die Bäume draußen. Vorhänge tanzten entlang der Rahmen.

Fitz wollte sich gerade abwenden, als etwas oder jemand durch eines der Fenster sprang.

Fitz gab Ace mit einem Nicken grünes Licht, und alle drei stürmten über die zertrampelten Bücher und umgestürzten Bücherregale den Flur hinunter, bevor sie ebenfalls durch das Fenster hinaussprangen.

Der Kies der Einfahrt knirschte unter Fitz' Prothesen, als er die Verfolgung draußen fortsetzte.

Vor ihnen war der Kontakt gerade um die Seite eines anderen Hauses verschwunden. Fitz beschleunigte die Schritte und schoss vorwärts. Er schaffte es zum Hinterhof, wo er einen ersten guten Blick auf sein Ziel erhaschen konnte.

Es handelte sich um einen Mann in verdreckter, zerrissener, blutverschmierter Kleidung.

Ein Gewehr hing über seinem Rücken.

Er sah aus, als könnte er ein Plünderer sein.

»Halt!«, rief Fitz und brachte das Gewehr an der Schulter in Anschlag. »Halt, oder ich schieße!«

Der Mann rannte weiter.

Fitz knirschte mit den Zähnen. Das Letzte, was er wollte, war, ihren möglicherweise einzigen Hinweis zu töten.

Der Mann spähte über die Schulter, dann beschleunigte er, als Fitz ihn weiter verfolgte. Lincoln war bereits den Bürgersteig hinuntergesprintet und blieb außer Sicht. Der athletische Soldat holte rasant auf und attackierte den Unbekannten wie ein Linebacker.

Ein Knirschen ertönte, gefolgt von einem gedämpften Grunzen.

Fitz verlangsamte die Schritte und zielte mit dem Gewehr, als Lincoln den Mann auf den Rücken rang.

»Nein!«, brüllte der Unbekannte. »Lass mich los!«

»Wer bist du?«, verlangte Fitz zu erfahren.

Der Mann knurrte und entblößte dabei kaffeefleckige Zähne. Aber sie waren alle intakt, was Fitz verriet, dass es sich vermutlich nicht um einen Überläufer handelte.

»Ich hab dich was gefragt«, sagte Fitz und baute sich über dem Mann auf.

Er gab Ace ein Zeichen, der Lincoln half, den Gefangenen aufzurichten. Getrockneter Schlamm bedeckte fast jeden Quadratzentimeter des Gesichts des Mannes, unter anderem ein Auge. Aber selbst durch den Dreck konnte Fitz die tiefen Falten erkennen, die sich durch die Haut des Unbekannten zogen.

Egal wie oft Fitz den älteren Mann aufforderte, ihm zu sagen, wer er war, er bekam nur zusammenhangloses Gebrabbel zu hören.

Genervt versuchte es Fitz mit einer anderen Taktik. »Ich bin Joe Fitzpatrick vom Delta Force Team Ghost. Wir sind hier, um rauszufinden, was passiert ist, und um etwaigen Überlebenden zu helfen.«

Das schien den Mann aus seinem Dämmerzustand zu holen. Er starrte zu Boden. »Ich bin ein Feigling.«

»Was?«, hakte Fitz nach.

»Ich bin Soldat. Ein *guter* Soldat …«

Lincoln und Ace wechselten einen misstrauischen Blick.

»Du warst hier postiert?«, fragte Fitz und klappte seine Nachtsichtbrille hoch. »Hast du den Außenposten gegen den Angriff verteidigt?«

Der Verstand des älteren Mannes schien wieder zu funktionieren. Er hob leicht den Kopf und betrachtete an Fitz' Schulter das Abzeichen von Team Ghost: einen Totenkopf neben Pistolen auf schwarzem Hintergrund.

»Wir haben es nicht kommen sehen«, murmelte der Mann.

Dann hob er den Kopf weiter und begegnete Fitz' Blick. Ein Auge blinzelte durch die Maske aus Schlamm.

Da erkannte Fitz, dass der Dreck in der einen Gesichtshälfte gar kein zweites Auge verdeckte – der Soldat hatte nur eines.

»Ich bin Cedric Lang«, stellte er sich schließlich vor. »Ich kenne Captain Beckham.«

»Na, verdammt, das ist doch schon mal was«, sagte Ace.

Fitz erinnerte sich vage daran, den einäugigen Soldaten vor Jahren im Weißen Haus getroffen zu haben, nur hatte er den Mann völlig anders im Gedächtnis.

»Es tut mir leid«, murmelte Cedric. »Sie sind aus dem Nichts aufgetaucht. Waren einfach … da. Alle auf einmal.«

»Wie?«, fragte Fitz.

»Ich weiß es nicht«, antwortete Cedric und fing an, sich zu wiegen. »Ich bin weggerannt. Hab die Flucht ergriffen und nicht zurückgeschaut. Zusammen mit einem anderen Kerl. Aber die Bestien haben auch uns gefunden. Sie haben sich ihn geschnappt und … und …«

Er biss sich auf die Unterlippe und begann zu zittern. »Am nächsten Tag hab ich mich dazu durchgerungen zurückzukommen. Da hab ich sie gesehen.«

»Wen gesehen?«, fragte Ace.

»Die Einwohner«, flüsterte Cedric.

Fitz schaute nacheinander zu Lincoln und Ace.

»Sind sie am Leben?«, wollte Lincoln wissen.

Fitz beugte sich vor und legte Cedric die Hand auf die Schulter, aber der Mann zuckte zusammen und schrak zurück, als hätte er ihn verbrannt.

»Schon gut«, beruhigte ihn Fitz. »Ich tu dir nichts, aber du musst uns sagen, was du gesehen hast. Wir müssen wissen, wohin alle verschwunden sind.«

Cedrics verbliebenes Auge wurde glasig, als durchlebte er eine schreckliche Erinnerung.

»Sie waren am Leben, als ich sie gesehen hab«, presste er heraus. »Aber ich glaube, sie haben sich gewünscht, sie wären es nicht.«

7

Auf dem letzten Abschnitt nach Portland in Maine geriet der CH-47 Chinook in Turbulenzen. Die Vibrationen in der Karosserie und der heulende Wind lenkten Beckham nicht von seinen Gedanken ab. Er saß angeschnallt neben Horn, der alle zehn Minuten über die Sprechverbindung zu brüllen schien.

»Haben wir einen Lagebericht?«, erkundigte sich Beckham regelmäßig.

Jedes Mal kam von den Piloten eine negative Antwort.

Das Netz im Außenposten war ausgefallen. Niemand antwortete aus dem Bunker, wo ihre Familien sein sollten. Und obwohl in den ersten Übertragungen von Plünderern berichtet wurde, ließ Beckham der Abbruch der Kommunikation seither befürchten, dass es sich in Wirklichkeit um einen Angriff der Abartigen handelte, koordiniert wie bei den anderen.

Er zwang sich, die morbiden Gedanken zu verdrängen.

Kate und die anderen waren am Leben und im Bunker in Sicherheit. Es musste so sein. Er spürte es in den Knochen.

Obwohl die Sorge um seine Familie seine Gedanken beschäftigte, konnte er die tief in ihm verwurzelten Soldateninstinkte nicht abschütteln. Er fragte sich weiterhin, ob es eine koordinierte menschliche Zusammenarbeit mit den Abartigen außerhalb der Sicherheitszonen gab. Und ob die Angriffe etwas mit der Wahl zu tun hatten.

Brutale Erinnerungen an den großen Krieg gegen die Ausrottung fluteten seinen Geist. Damals war Lieutenant Andrew Wood, der ehemalige Befehlshaber des WGT, einen Pakt mit dem Teufel eingegangen, indem er mehrere Sicherheitszonen mit dem Blutervirus infiziert hatte.

Aber Beckham konnte nicht glauben, dass General Cornelius so tief sinken und sich mit den Abartigen verbünden würde, um die Präsidentschaft zu gewinnen.

Cornelius war nicht Wood. Nicht mal annähernd. Beckham war dem Mann mehrmals begegnet. Cornelius liebte sein Land. Er hatte lediglich eine völlig andere Vorstellung davon, wie man es schützen sollte.

»Geschätzte Ankunft in 30 Minuten«, meldete einer der Piloten.

Beckham und Horn beobachteten das Einsatzteam bei den letzten Vorbereitungen. Ringgold hatte einige ihrer besten Männer mitgeschickt – ein zwölfköpfiges Team von Army Rangers aus dem 75. Ranger-Regiment, früher in Fort Benning stationiert, nun in der Nähe des Weißen Hauses. Die Männer und Frauen, die sich Beckham und Horn anschlossen, stammten aus dem Ersten Bataillon, Kompanie Alpha. Sie nannten sich selbst die »Iron Hogs«, die Schweine aus Eisen. Den Geschichten nach, die Beckham über sie gehört hatte, verdienten sie den Spitznamen absolut, und er war froh, sie dabeizuhaben.

Mit ihren schallgedämpften M4A1 und Nachtsichtbrillen würde es für sie kein Problem sein, die Verantwortlichen für den Angriff zur Strecke zu bringen.

Erst recht nicht, wenn Captain Beckham und Master Sergeant Horn mithalfen.

Die ehemaligen Sondereinsatzspezialisten der Delta Force taten, was sie seit über einem Jahr nicht mehr getan hatten – sie zogen in die Schlacht.

Die Rangers glotzten nicht auf seine Prothesen, wie es Beckham in der Vergangenheit bei einigen Grünschnäbeln erlebt hatte. Sie alle wussten, wer er war und wie er einen Arm und ein Bein verloren hatte.

»Schön, Sie bei uns zu haben, Captain«, begrüßte ihn Lieutenant David Niven.

»Ist mir 'ne verdammte Ehre«, pflichtete ihm der Sergeant des Teams zu, eine Frau namens Candace Ruckley.

»Die Ehre ist ganz auf meiner Seite«, erwiderte Beckham. »Und um es gleich klarzustellen: Das ist Ihre Mission. Ihr Team, Ihre Befehle. Horn und ich sind einfach froh, dass Sie alle da sind, zumal unsere Familien dort unten sind.«

»Wir werden unser Bestes geben, um sie in Sicherheit zu bringen, Captain«, versprach Niven.

Horn brummelte, als er versuchte, seine Weste zuzubekommen. »Das Scheißding passt nicht.«

»Zu viel Bier«, merkte Beckham trocken an und versuchte damit, die Anspannung aufzulockern.

Es funktionierte für einen Moment, und Horn grinste.

Jegliche Heiterkeit verpuffte, als sie die letzten Vorbereitungen beim Anflug der Insel und des Außenpostens trafen.

»Wir haben mehrere Brände vor uns«, meldete Lieutenant Niven über Funk. »Immer noch kein Kontakt mit irgendjemandem vor Ort. Wir machen zwei Überflüge, um uns zu vergewissern, dass die Landezone frei ist.«

»Eigene Ausrüstung und die eurer Kameraden überprüfen«, befahl Ruckley. »Wir gehen kampfbereit rein.«

Der Chinook schwebte über die Grenze des Außenpostens Portland. Zwei Großbrände wüteten im Herzen der historischen Altstadt. Peaks Island hingegen zeichnete sich am Horizont dunkel ab. Keine Brände oder sonstigen Lichter auf der Insel.

Horn befestigte ein Magazin an seinem M249 und öffnete die Abdeckung der Zuführung, um den Gurt einzulegen. Beckham lud sein M4A1-Sturmgewehr. Dann überprüfte er seine Sig Sauer.

»Wie lautet der Einsatzbefehl, Lieutenant?«, fragte Beckham.

»Ich teile uns in zwei Teams auf«, antwortete Niven. »Ich führe Team Alpha nach Portland. Sergeant Ruckley übernimmt Peaks Island mit Team Bravo.«

Beckham nickte und klopfte Horn auf die Schulter. Der Mann riss sich zwar zusammen, doch Beckham merkte ihm die Sorgen an, die ihn zerfraßen. Horn hatte zu Beginn des Ausbruchs vor acht Jahren den Verlust seiner Frau erlitten. Nun erlebte Beckham dieselbe Angst.

Der Helikopter ging über einem Park des Außenpostens tiefer und Niven drückte den Knopf zum Öffnen der hinteren Laderampe. Zischend senkte sie sich und gab den Blick auf den orangefarbenen Schimmer entfernter Brände frei. Team Alpha stieg in die Nacht aus.

Sobald alle draußen waren, hoben die Piloten wieder ab.

Auf dem letzten Abschnitt zur Landezone auf Peaks Island bewegten sich Horn und Beckham zur offenen Tür. Beckham sichtete die Schule, in der Kate unterrichtete.

Der Chinook steuerte die Ostseite der Insel zwischen dem Waldgebiet und der Ortschaft an. Mit einem leichten

Ruck setzten sie auf einem Feld nördlich der Brackett Avenue auf.

Beckham klappte sich die Nachtsichtbrille über die Augen, entsicherte seine Waffe und verließ als Erster den Passagierraum. Ein Windstoß erfasste ihn und trug ihm den Geruch von Rauch zu, nicht jedoch den säuerlichen Gestank von Abartigen.

Die Mannschaft schwärmte über das Feld aus, die meisten Mitglieder tief geduckt, während sich der Helikopter in den schwarzen Himmel entfernte. Beckham und Horn gingen in die Hocke und hielten Ausschau nach Feindkontakt. Der Wind legte sich, aber das wuchernde Gras wogte weiter in der schwachen Brise.

Eine gespenstische Stille beherrschte die Nacht, durchbrochen nur vom Zirpen der Insekten und vom Knarren der Äste. Keine Luftangriffssirenen, wie Beckham erwartet hatte. Man musste sie abgestellt haben. Der Umstand jagte ihm einen weiteren Anflug von Angst ein.

Ruckley gab Handzeichen, und das Team rückte vor, eilte den Straßenrand entlang zum Bunker im Gesundheitszentrum, das sich in der Mitte der Insel befand. Sie hatte sich die Karte während des Flugs gut eingeprägt und wusste dank Beckhams Wegbeschreibung haargenau, wohin sie musste.

Eine Übertragung kam über Funk, und Beckham verlangsamte die Schritte.

»Bravo 1, hier Alpha 1, wir haben hier haufenweise Opfer«, berichtete Niven. »Sieht aus, als wär ’ne Bombe hochgegangen. Over.«

Das erklärt die Brände, dachte Beckham. Er schaute zurück in Richtung des Festlands, wo die Flammen weiter in die Nacht züngelten.

»Keine Anzeichen von Feinden«, fügte Niven hinzu.

»Verstanden, Alpha 1«, sagte Ruckley. »Auch hier kein Feindkontakt. Over.«

Das Team rückte weiter vor, erreichte die Ränder des Wohngebiets und setzte den Weg in den dichter besiedelten Bereich fort. Eine Katze huschte über die Straße und ins Gebüsch, doch das Team zuckte mit keiner Wimper.

Ruckley schlug eine Abkürzung durch einen Hinterhof zur Upper A Street ein und ging diagonal weiter zur Hermann Avenue. Die Gruppe der Rangers bewegte sich über ein Feld und näherte sich einem heruntergekommenen, verlassenen Haus, das Jugendliche oft zum Trinken und Rauchen benutzten.

Erst vor wenigen Tagen hatte Horn dort seine Tasha zusammen mit Timothy erwischt. Und einige Wochen davor hatte man sie in einem verwahrlosten Gebäude der Parkverwaltung beim selben Vergehen ertappt. Horn war gezwungen gewesen, ein ernstes Gespräch mit Jake Temper über ihre beiden Kinder zu führen.

Ruckley ballte die erhobene Hand zur Faust. Das Team ging in Deckung und kauerte sich hin. Beckham gehorchte dem Befehl, wenngleich es ihn juckte weiterzugehen, genau wie Horn. Sein Freund verharrte halb in der Hocke, sprungbereit.

»Wo zum Teufel sind alle?«, flüsterte Horn.

Beckham schwieg. Hoffentlich erwartete sie die Antwort im Bunker, der genug Platz für alle 62 Einwohner der Ortschaft bot. Aber in den verstreichenden Sekunden breitete sich in ihm die Sorge aus, dass sie niemanden antreffen würden – dass Peaks Island dasselbe Schicksal wie Turkey River ereilt hatte.

Sie warteten einige weitere Herzschläge ab und hielten Ausschau nach Feinden. Als sich nichts tat, gab Ruckley das Zeichen, zum Gesundheitszentrum vorzurücken.

Beckham und Horn liefen am Straßenrand entlang, ungefähr in der Nähe des Trupps der Rangers. Sie steuerten zum Hintereingang, den sie sperrangelweit offen vorfanden. Die Fenster waren zerbrochen.

Einschusslöcher prangten in der Tür und im Rahmen.

Wieder ballte Ruckley die Hand zur Faust.

Horn achtete nicht darauf und pflügte hinein, bevor sie ihn aufhalten konnte. Beckham folgte seinem Freund durch die offene Tür und in einen Gang, wo er seine Ecke überprüfte, bevor er die Wand entlang hinter Horn hereilte.

Nachdem sie den Eingangsbereich gesichert hatten, drangen sie ins Treppenhaus vor, das in den Keller führte. Dort hatte man einen alten Atombunker aus dem Kalten Krieg in Kates Labor und den Schutzraum umgebaut.

Beckhams Herzschlag beschleunigte sich.

Sie gingen zu beiden Seiten der Tür in Position und nickten sich gegenseitig zu. Beckham sah, dass sich Ruckley mit dem Gewehr an der Schulter durch den Flur näherte. Obwohl er ihre Züge nicht sehen konnte, wusste er, dass sie stinksauer sein musste.

Horn hatte das Team durch seinen ungestümen Alleingang in Gefahr gebracht.

Aber es war zu spät, um sich noch zurückzuziehen.

Beckham nickte Horn erneut zu und rückte ins Treppenhaus vor.

Am unteren Absatz lag ein Körper.

Horn richtete das Gewehr auf den Mann und bewegte sich langsam die Betonstufen hinunter. Beckham folgte ihm. Seine Beinprothese verursachte ein Klicken auf einer Stufe.

»Jake?«, sagte Horn und ließ die Waffe sinken.

Er eilte hinunter zum Absatz und bückte sich neben Jake Temper. Der Mann saß mit dem Rücken an der Wand und umklammerte mit einer Hand seinen Bauch. Der Kopf war auf die Brust gesackt.

Beckham rückte an ihnen vorbei vor und überprüfte die nächste Ecke. Die Klinge seiner Beinprothese rutschte dabei beinahe in einer Blutlache aus. Aber nicht nur das Blut ließ sein Herz einen Schlag aussetzen. Die Explosionsschutztür war aufgesprengt worden.

»Ich hab versucht, sie aufzuhalten«, murmelte Jake so leise, dass es wie ein Flüstern klang. »Hab sie von hinten angegriffen …«

Vorsichtig kehrte Beckham zu dem Verwundeten zurück.

»Wen aufzuhalten?«, fragte er.

»Sie hatten Masken.« Jake schüttelte den Kopf. »Keine Ahnung, wer sie waren, aber sie waren ausgebildet …« Er ließ ein Stöhnen vernehmen und zuckte zusammen. »Zwei hab ich getroffen, aber sie waren gepanzert.«

»Ganz ruhig«, sagte Beckham.

»Wo sind meine Mädchen?«, fragte Horn.

»Weg …«, flüsterte Jake, Blut lief ihm über das Kinn.

Jäh richtete sich Horn auf.

Beckham tat es ihm gleich und schaute zu Ruckley auf. »Wir brauchen einen Sanitäter.«

Sie nickte, und Beckham legte Jake eine Hand auf die Schulter.

»Halt durch, Mann. Wir besorgen dir Hilfe«, versprach er.

Jake brachte ein Nicken zustande. »Es tut mir leid«, murmelte er. »So leid, dass ich's nicht geschafft hab.«

»Du hast getan, was du konntest, Jake.« Beckham blieb bei dem ehemaligen Polizisten, bis der Sanitäter eintraf, dann folgte er Horn in den Schutzraum.

Blutige Fußabdrücke führten die Treppe hinunter und in einen mit Sofas und zwei Tischen ausgestatteten Wohnraum. Die roten Spuren erstreckten sich in den Flur, vorbei an den anderen Gemeinschaftsbereichen, durch einen Lagerraum, eine Küche und die Schlafzimmer.

Beckham bewegte sich schneller. In ihm steigerte sich die Angst, dass ihre Familien entführt worden waren oder man noch Schlimmeres mit ihnen angestellt hatte. Sie sicherten zwei weitere Räume und hielten an den Glaswänden des Labors.

Die offenen Flächen erwiesen sich als verwaist.

Kein Mensch in Sicht, auch keine Hinweise auf einen Kampf.

»Hier ist niemand«, flüsterte Horn.

Beckham kehrte zum Lagerraum zurück und öffnete die Tür. Er hatte beim Umbau des Atombunkers geholfen und wusste als eine von nur wenigen Personen von dem zweiten Ausgang, den es für den Fall gab, dass die Menschen im Inneren fliehen mussten.

Der große Raum war voll von Regalen mit Konservendosen, Wasser und medizinischen Vorräten. Er bahnte sich den Weg durch die Gänge nach hinten, wo normalerweise ein Regal die Fluchttür versteckte. Wieder rutschte seine Beinprothese durch eine Pfütze, doch diesmal handelte es sich nicht um Blut – sondern um Pfirsiche und Tomatensoße. Die zerbrochenen Flaschen und verbeulten Konservendosen lagen auf dem Boden verstreut.

Jemand hatte das Regal verschoben, offenbar in aller Eile. Die Luke stand noch offen.

»Sie müssen entkommen sein, während Jake den Angreifern im Gang aufgelauert hat. Bevor sie die Tür aufgesprengt haben«, sagte Beckham. Er deutete mit dem Kinn, und Horn folgte ihm den Weg zurück, den sie gekommen waren.

Als sie den Treppenabsatz erreichten, versuchte Ruckleys Sanitäter gerade, Jake wiederzubeleben.

»O nein.« Beckham eilte hinüber und bückte sich.

»Großer Gott«, entfuhr es Horn. Er legte Beckham eine Hand auf die Schulter, während Beckham beobachtete, wie der Sanitäter an seinem Freund arbeitete, den er seit über zehn Jahren kannte.

Am liebsten hätte Beckham geschrien.

Jake, der ehemalige Polizist, hatte das Virus und die Monster überlebt – und nun hatten ihn gewöhnliche Plünderer umgebracht? Aber statt zu schreien, sprach Beckham in Gedanken ein Gebet und gab dem Gefallenen ein Versprechen.

Ich finde Timothy und kümmere mich um deinen Jungen.

Horn ließ Beckham einen Moment Zeit und wartete ungeduldig oben an der Treppe. Mehrere der Rangers hielten im Flur Wache, während Ruckley über Funk mit Niven sprach.

Der Bericht ließ Beckham das Blut in den Adern gefrieren.

»Mehrere Opfer im Rathaus, darunter Kinder«, berichtete Niven.

Bei den Worten verlor Horn keine weitere Zeit und stürmte zum Ausgang los. Beckham folgte ihm, hielt aber noch einmal inne und sah Ruckley an.

»Kommen Sie, Sergeant«, sagte er. »Wir müssen unsere Familien finden.«

Kate drückte Javiers Hand, während sie ihn durch den Wald zog. Mit der anderen Hand hielt sie den Riemen des AR15 auf ihrem Rücken straff.

»Schau nicht zurück«, forderte sie ihn auf.

Sie führten die restlichen 20 Flüchtigen aus dem Bunker an. Die andere Hälfte ihrer Gruppe hatte sich bereits zerstreut, um sich in der Dunkelheit zu verstecken. Kate jedoch hatte beschlossen, nicht in die Ortschaft zurückzukehren. Sie wollte so viel Abstand wie möglich zwischen ihnen und den Angreifern.

Ginger und Spark führten sie tiefer in den Wald, weg von der Zivilisation. Blätter und Zweige peitschten an Kates Gesicht vorbei, während sie durch die Düsternis stolperte.

»Aua«, sagte Jenny.

»Bleib in Bewegung«, flüsterte Tasha.

Die Kinder im Blick zu behalten und sich gleichzeitig den Weg durch den Wald zu bahnen, erwies sich als fast unmöglich, zumal Kate nur das schwache Licht des Mondes zur Verfügung hatte.

Der dichte Baldachin der herbstlichen Blätter ließ nur einen matten Schimmer durch. Überall um sie herum verblassten die Umrisse abwechselnd in den Schatten und lösten sich wieder daraus. Diese Menschen besaßen keine militärische Ausbildung und waren alle verängstigt, was den Marsch sowohl langsamer als auch lauter gestaltete.

Jeder brechende Ast, jedes Knirschen von Laub ließ sie glauben, die Plünderer hätten sie eingeholt. Im Kopf hörte Kate immer noch die Schüsse aus Jakes Waffe und das Gegenfeuer, als sie die Gruppe aus dem Bunker geführt hatte.

Hätten sie diese Tür nicht gehabt und hätte sich Jake nicht geopfert, wären sie inzwischen wohl alle tot, fürchtete Kate.

»Mein Dad! Wir müssen zurück und ihn holen«, drängte Timothy zunehmend lauter. Der Teenager war ein nervliches Wrack. Er musste wohl ahnen, was jene widerhallenden Schüsse vor dem Bunker bedeutet hatten.

»Wir müssen in Bewegung bleiben«, widersprach Kate. »Das hat dein Vater zu uns gesagt, und wir müssen auf ihn hören, okay?«

Kate hatte größte Mühe, sich zusammenzureißen und nicht selbst durchzudrehen.

Jemand zu ihrer Rechten stieß einen spitzen Schrei aus und landete auf dem Boden. Kate lief hinüber und sah, wie sich Donna hochstemmte. Bo streckte ihr die Hand entgegen, aber sie schrie erneut auf, als er ihr aufhelfen wollte, diesmal vor Schmerz.

»Mein Knöchel«, stieß sie hervor.

»Komm schon, Ma«, sagte Bo. Schließlich bekam er sie mithilfe eines Nachbarn auf die Beine, und die Gruppe setzte den Weg fort, nach wie vor entschieden zu laut.

»Bitte, ihr müsst alle leise sein«, sagte Kate gerade so, dass alle in ihrer Nähe sie hören konnten – aber hoffentlich nicht die Plünderer.

Ebenso gut hätte sie das Meer auffordern können, keine Wellen mehr an die Küste zu schicken. Also konnte sie nur beten, dass die wenigen Bewaffneten in der Nachhut der Gruppe bereit sein würden, falls die Plünderer sie einholten.

Ohne die ständige Bedrohung durch Abartige hatten die Menschen auf Peaks Island angefangen, Sicherheit als selbstverständlich zu betrachten, trotz all der Arbeit, die Jake, Beckham und Horn darin investiert hatten, die Leute auszubilden. Allerdings hatten sie nicht mit Plünderern gerechnet, die eine militärische Ausbildung und entsprechende Waffen besaßen.

Kate hoffte, jemand würde auf den Notruf reagieren. Nur war er bereits vor Stunden abgesetzt worden, doch bisher hatte sich nichts getan. Beckham befand sich im Greenbrier, und sie hatte keine Ahnung, wie die Lage in Portland war.

Kate kämpfte sich auf der Suche nach einer Zuflucht weiter voran. Sie erinnerte sich an ein dreigeschossiges Gebäude irgendwo hier draußen. Man hatte Tasha und Timothy darin beim Zigarettenrauchen erwischt.

Der Bau aus Waschbetonblöcken war früher für Betriebsmittel der Parkverwaltung genutzt worden, nur wusste sie nicht genau, wo er sich befand.

»Tasha«, flüsterte Kate. »Erinnerst du dich, wo das alte Parkverwaltungsgebäude steht? Das aus Beton?«

»Ich weiß es nicht genau«, gab Tasha zurück. »Ich kann nichts sehen.«

»Ich kenne den Weg«, meldete sich Timothy zu Wort. »Kommt mit.«

Er scherte aus, und Kate bedeutete allen, ihnen im schwachen Mondschein zu folgen. Bo hob seine Mutter hoch und trug sie.

Als in der Ferne Schüsse knallten, kauerte sich Kate genau wie alle anderen hin. Dann drehte sie sich Ginger und Spark zu, um die Hunde zum Schweigen zu bringen.

»Hilf mir mit ihnen, Javier«, sagte Kate.

Während ihr Sohn die Hunde beruhigte, legte sie das Gewehr an und suchte nach einem Ziel. Sie war daran gewöhnt, Leben zu retten, nicht Leben zu nehmen. Aber wenn man sie in die Ecke drängte und sie keine andere Wahl hatte, um die Kinder, den Rest der Menschen um sie herum und sich selbst zu schützen, dann wusste sie, welche Entscheidung sie zu treffen hatte.

»Ich sehe niemanden«, sagte Timothy. Er gab Tasha und Jenny zu verstehen, dass sie hinter ihn gehen sollten, und brachte dann die eigene Waffe in Anschlag. Ein paar andere schluchzten hinter einer Reihe von Büschen, aber Kate sah, wie sich weitere ihrer Freunde durch den Wald davonstahlen.

Sie hielt Ausschau nach Donna und Bo, als erneut Schüsse durch die Dunkelheit peitschten. Mündungsfeuer blitzte zwischen dem Geäst auf. Mehrere Schmerzensschreie hallten zwischen den Bäumen wider.

Eine weitere Salve erhellte einen Plünderer. Kate zielte mit dem Gewehr, aber der Mann machte sich aus dem Staub, bevor sie einen Schuss abgeben konnte. Er verfolgte die Leute, die sich vom Rest ihrer Gruppe abgesetzt hatten.

Wiederum dröhnte eine Abfolge von Schüssen durch das Gestrüpp.

»Wenn ich es euch sage, springt ihr auf und rennt los«, flüsterte Kate.

Javier nickte. Tasha und Jenny taten es ihm gleich.

Kate wartete auf eine weitere Salve, dann sagte sie: »Lauft.«

Die Kinder umgaben sie, als sie tiefer in den Wald vordrang und sich unterwegs das Gewehr wieder auf den Rücken schwang. Sie packte Javiers Hand, umklammerte sie fest und zog ihn beinahe von den Beinen. Die Hunde rasten voraus, aber Kate konnte sie im Mondschein immer noch sehen.

Sie wollte nach Bo und Donna rufen, konnte den Lärm aber nicht riskieren. Kate preschte durch den Wald. Zweige kratzten ihr über das Gesicht, Dornen zerrten an ihrer Hose.

»Sind wir schon nah, Timothy?«, stieß sie keuchend hervor.

Als sie keine Antwort bekam, drehte sie sich um. Von Timothy fehlte jede Spur.

»Timothy«, sagte sie leise.

»Er ist zurückgegangen«, antwortete Tasha.

Der Knall einer Pistole ertönte.

O nein, schoss es Kate durch den Kopf.

Timothy war losgezogen, um seinen Vater zu rächen.

Eine Hand zupfte an Kates Ärmel, als sie nachzudenken versuchte.

»Da«, sagte Tasha. Sie zeigte durch eine Lücke im Wald auf ein Gebäude. In jedem Stockwerk gab es nur ein Fenster in jeder Mauer und unten eine leere Türöffnung. Die Holztür war längst verrottet. Geblieben waren nur die Angeln.

»Los, los«, drängte Kate.

Sie stürmten auf das Haus zu. Kate achtete darauf, dass die Kinder zuerst hineingingen, dann scheuchte sie Javier hinter ihnen her. Andere Flüchtlinge brachen zwischen den Bäumen hervor und rannten in ihre Richtung. Spark und Ginger knurrten neben Kate und starrten in den Wald. Im Nacken sträubte sich ihr Fell, die Schwänze hatten sie zwischen die Hinterbeine geklemmt.

Immer mehr Menschen kamen aus dem Wald. Eine Frau lief auf Kate zu. Aus ihrer Schulter strömte Blut. Der rechte Arm hing schlaff herab.

Eine Handvoll anderer Leute folgte dicht dahinter mit Kindern im Schlepptau. Ein Baby heulte an der Brust eines der Männer.

Kate ließ den Blick über alle wandern und stellte fest, dass sich Bo und Donna nicht unter ihnen befanden. Auch Timothy war immer noch irgendwo draußen.

»Was sollen wir tun?«, fragte jemand.

Kate hatte nur eine Sekunde für eine Entscheidung.

»Wir bleiben hier«, sagte sie. »Alle, die eine Waffe haben, machen sich bereit. Wenn ihr einen Plünderer seht, erschießt ihr ihn. Aber vergewissert euch, dass es keiner von unseren Leuten ist.«

Die Kinder und Frauen kauerten sich in die Ecke des von Erde bedeckten Bodens und trösteten sich gegenseitig. Einige starrten mit großen Augen zu Kate und zur Tür.

»Geht rauf«, sagte Kate. »Da oben ist es sicherer.«

Und leichter zu verteidigen, fügte sie innerlich hinzu und betete, dass es dazu nicht kommen würde.

Sie zählte nicht mehr als 20 Personen, die sich ihnen angeschlossen hatten. So viele andere irrten noch draußen herum, durch das Chaos in der Gegend verstreut. Ihr Herz zog sich schmerzhaft zusammen, als sie sich vorstellte, wie verängstigt Donna, Bo und Timothy gerade sein mussten.

Aber von hier aus konnte Kate nichts für sie tun.

Kate ging mit dem AR-15 so in Stellung, dass sie den Wald im Auge behalten konnte, ohne selbst gesehen zu werden. Die Zeit schien sich qualvoll zu verlangsamen, während sie wartete. Die Schreie und das Gebrüll entfernten sich, die Schüsse wurden zunehmend sporadischer.

Sie spürte, wie ihr Adrenalinpegel sank. Sofort setzte Erschöpfung ein.

Sie waren so lange auf der Flucht gewesen. Sowohl in dieser Nacht als auch eine ganze Weile, bevor sie überhaupt auf Peaks Island gelandet waren. Kate hatte immer geglaubt, hier hätten sie Sicherheit und Geborgenheit gefunden, könnten ein neues Leben schmieden und die Gesellschaft wiederaufbauen.

Stattdessen hatten diese Plünderer alles zerstört, wofür sie so hart gekämpft hatten.

Eine Abfolge von Schüssen peitschte durch den Wald. Einige hörten sich eher nach einem Pfeifen als nach einem Knall an. Innerhalb von wenigen Sekunden schien die Hölle loszubrechen.

Mündungsfeuer erhellte das Schwarz der Nacht. Sekunden später wurde wieder alles dunkel.

Kate bemühte sich zu erkennen, was vor sich ging. Ein gedämpfter Schrei ertönte. Wieder setzte ein Pfeifen ein. Dann folgten ein Schmerzensschrei und etwas, das nach einem brechenden Ast klang.

»Da kommt jemand«, sagte der Mann neben Kate.

»Nicht schießen, bevor ihr ein deutliches Ziel habt«, erwiderte sie. Kate verstärkte den Griff um das Gewehr. Sie gab einem anderen Mann mit einer Schrotflinte ein Zeichen, und er rückte näher zu ihr.

Kate richtete das Visier auf die Gestalt draußen.

Eine weitere erschien.

Dann eine dritte.

Sie hielten definitiv Gewehre und rückten geduckt und langsam wie Soldaten vor.

Die Frage war, ob es sich um Plünderer oder Leute aus den eigenen Reihen handelte.

An Vorteilen hatte Kate nur das Überraschungsmoment und den Umstand, dass sie den drei Männern zahlenmäßig überlegen waren.

Sie stählte sich und dachte an Javier, Tasha, Jenny und all die anderen oben. Kate schloss ein Auge, zielte und bewegte den Finger auf den Abzug zu. Ihr Fadenkreuz erfasste die Brust eines der Männer.

»Kate!«, rief eine vertraute Stimme. »Kate, Tasha, Jenny!«

»Timothy?«, rief Tasha zurück.

Der Teenager preschte los, hatte die Pistole noch in der Hand. Zwei Männer folgten dicht hinter ihm, und als Kate die Beinprothese erkannte, wusste sie, dass es sich um Beckham und Horn handelte.

Sie stürmte in die Nacht hinaus und musste an sich halten, um nicht auf die Knie zu fallen und in einer verwirrenden Mischung aus Freude und Traurigkeit zu schluchzen.

8

Mehr als eine Stunde war vergangen, seit Fitz mit seinem Team auf Cedric gestoßen war. Team Bravo hatte die Mission fortgesetzt, um herauszufinden, was der Soldat des Außenpostens im Wald gesehen hatte. Durch die Minenfelder und andere, teilweise nicht gekennzeichnete Sicherheitsvorkehrungen waren sie nur langsam vorangekommen.

Mittlerweile befanden sie sich am Rand der östlichen Getreidefelder und Dohi beobachtete eingehend die entfernte Baumreihe. Eine Gewitterwolke schob sich vor den Mond, dessen Schein sich von der Landschaft zurückzog wie das Wasser im Meer bei Ebbe.

Ein Schauder durchlief Dohi, als er darüber nachdachte, was Cedric über die Bewohner des Außenpostens erzählt hatte. Der Teil, dass sie teilweise im Wald vergraben wurden, erinnerte ihn an eine alte Navajo-Überlieferung über böse Geister, die Menschen in den Boden zogen.

Rico trat an seine Seite.

»Was geht dir durch den Kopf?«, fragte sie.

Das willst du nicht wirklich wissen …

Statt es ihr zu verraten, erwiderte er: »Ich mach mir Sorgen wegen Minen zwischen den Feldern und dem Wald, aber ich erkenne keinen anderen Weg.«

Das Gelände, das sie von der Baumreihe trennte, war mit Laub bedeckt, und er sah keine Warnschilder.

»Gehen wir weiter durch den Mais«, schlug Rico vor.

Auch das gefiel Dohi nicht, aber sie hatten keine andere Wahl.

Er rückte in das Feld vor und bemühte sich bestmöglich, die Pflanzen nicht zum Rascheln zu bringen. Was sich als nahezu unmöglich erwies. Eine Minute nach Beginn des Marsches ertönte ein Geräusch, das verdächtig nach dem Knacken von Gelenken klang.

Er hob eine Faust und lauschte.

Der Wind rüttelte an den Spitzen der Stauden und Dohi rechnete damit, einen Aufschrei zu hören und einen auf ihn zustürmenden Abartigen zu erblicken.

Er hob das Gewehr an und schob den Finger in den Abzugsbügel.

Komm schon, dachte er. *Zeig dich.*

Plötzlich ertönte explosionsartig ein lautes Krächzen in der Ferne. Ein Schwarm Krähen erhob sich in die Lüfte. Ihr misstönender Chor stieg mit ihnen auf, als sie vor dem Vollmond kreisten, bevor sie sich schließlich irgendwo südlich von Team Bravo wieder niederließen.

Nach einigen Minuten setzte Dohi den Weg fort. Die Blätter an den Stauden kratzten über sein Gesicht und zerrten an seiner Haut. Unterwegs suchte er die Umgebung ab, wappnete sich immer noch dafür, dass ein Abartiger mit gespreizten Klauen und schmatzenden Sauglippen aus seinem Versteck hervorstürzen könnte.

Irgendwann sichtete er Bäume, die am Rand des Maisfeldes wuchsen. Ein gutes Zeichen, denn es bedeutete, er würde sein Team nicht durch ein potenzielles Minenfeld führen müssen.

Während er weiterging, drehte der Wind. Die Stauden klatschten gegeneinander, wodurch ein flüsternder Chor schabender Blätter entstand. Ein Hauch von Aasgeruch lag in der Luft.

Irgendetwas trieb sich eindeutig hier draußen herum.

Am Rand des Feldes blieb Dohi stehen. Weißes Mondlicht erhellte den Bereich zwischen dem Feld und der Baumreihe. Der Fäulnisgeruch wurde stärker, als sie in den dunklen Wald vordrangen.

Ulmen und Eichen ragten mit wogenden Ästen hoch über Dohi auf. Unkraut wucherte aus dem Teppich der bereits abgefallenen Blätter. Dem Geruch in der ansonsten frischen Luft nach waren sie dem nahe, was Cedric gesehen hatte.

Dohi hielt an, als er ein Kratzen hörte. Rico und Mendez nahmen es auch wahr und schwärmten tief geduckt aus.

Dann setzten sie den Marsch durch den dichten Wald langsam fort. Dohi mied die verrottenden, umgestürzten Baumstämme und dichten Laubansammlungen so gut er konnte. Aber an einem solchen Ort würde selbst ein Ninja unweigerlich Geräusche verursachen.

Das Gurgeln eines Bachs ertönte, als sie eine Anhöhe erklommen. Oben blieb Dohi stehen, um das Gelände abzusuchen. Beim Anblick von grauhäutigen Abartigen, die teilweise mit dem Wald verschmolzen, erstarrte er beinahe.

Hastig senkte er sich auf den Bauch.

Rico kroch neben ihn.

»Alpha 1, hier Bravo 2«, flüsterte Dohi. »Haben Feindkontakt. Jede Menge.«

»Position halten«, sagte Fitz. »Wir sind unterwegs.«

Die Aufmerksamkeit der kauernden Abartigen galt dem Boden. Ihre Klauen bohrten sich in den Teppich aus Laub. Sie gruben, schleuderten Erdreich hinter sich.

Es bestand kein Zweifel daran, dass der Geruch von hier ausging.

Dohi spähte durch die Optik des Zielfernrohrs, um zu sehen, was sie ausgruben. Das Herz schlug ihm bis in den Hals, als er eine halb in einem Krater dunkler Erde verbuddelte, menschliche Gestalt erblickte.

Es konnte sich um einen Mann handeln, aber genau ließ es sich nicht erkennen. Der Großteil der Brust war gehäutet worden, wodurch sich blutende Muskelstränge und Knochen sichtbar abzeichneten. Irgendein merkwürdiges Gewebe verhüllte das Gesicht und die Augen.

Lange, fettige schwarze Haarsträhnen hingen dazwischen hervor. Blut tropfte von geschwollenen, aufgeplatzten Lippen. Einige Stränge des merkwürdigen Geflechts schienen in die Nasenlöcher und den Mund des Mannes zu verlaufen, wodurch er entschieden unmenschlich aussah.

Der Mann ließ ein Stöhnen vernehmen, als der Abartige an ihm zog und sein Fleisch zerfetzte.

Überall um ihn herum spielte sich dieselbe Szene ab. Von Wunden übersäte Männer und Frauen. Sämtliche Köpfe steckten in demselben, seltsamen Gespinst, das an blutige, überdimensionierte Spinnweben erinnerte. Es mutete beinahe so an, als hätten die Blutgefäße in ihren Körpern vergessen, dass sie unter der Haut wachsen sollten, und als wären sie plötzlich aus den Gesichtern hervorgebrochen.

Danach zu urteilen, wie hektisch die Abartigen die Menschen ausgruben, hatten es die Monster eilig, ihre

Opfer wegzubringen. Was Dohi verriet, dass sie erst kürzlich zu buddeln angefangen hatten.

Kein Wunder, dass die SEALs niemanden gefunden hatten.

Die Menschen waren die ganze Zeit unter der Erde gewesen.

Dohi zuckte zusammen, als einer der Abartigen an einer Frau zerrte. Ein rotes Netzgeflecht bedeckte ihre Augen, der Mund jedoch lag teilweise frei.

Sie stimmte ein gequältes Stöhnen an, als die Bestie die Krallen in ihre Schulter bohrte und sie aus dem Erdreich zu ziehen versuchte. Halb gelang es dem Monster.

Dann verstärkte der Abartige mit einem frustrierten Krächzen seine Bemühungen und zerfetzte dabei die Schulter der Frau. Ihr Stöhnen verwandelte sich in einen schmerzerfüllten Schrei, den das Geflecht in ihrem Gesicht nur teilweise dämpfte.

»Wir müssen irgendwas unternehmen«, murmelte Rico. »Könnte eine Stunde dauern, bis Team Alpha hier ist.«

Dohi bedeutete ihr, den Hang hinab zurückzuweichen, um einen Funkspruch an Fitz abzusetzen. Sie eilte davon, und Mendez schloss sich Dohi auf der Kuppe der Anhöhe an.

Obwohl sie sich weit genug entfernt befanden, dass die Kreaturen sie noch nicht entdeckt hatten, behielt Dohi für alle Fälle den Finger in der Nähe des Abzugs. In ihm zog sich alles zusammen, als weitere Menschen aus dem Boden gezerrt wurden.

Dann begannen die Abartigen, sie wegzuschleppen. Innerhalb kürzester Zeit verschwand der Erste über der Kuppe einer weiteren Erhebung. Zurück blieben nur blutverschmiertes Laub und Erdreich.

Das musste der Anblick sein, der den von Fitz entdeckten Soldaten in den Wahnsinn getrieben hatte.

All die mitten im Wald halb vergrabenen Menschen mit diesen seltsamen Gespinsten um die Köpfe genügten, um selbst abgehärteten Kriegern wie Dohi den Atem zu verschlagen.

Unzählige Fragen kreisten durch seinen Kopf, während die Minuten verstrichen. Am vordringlichsten war die Frage, was sie tun sollten. Team Alpha mochte unterwegs sein, aber ein Abartiger nach dem anderen wurde mit dem Buddeln fertig und schleifte sein Opfer über die kleine Anhöhe davon.

Dohi lauschte dem Funkverkehr.

»Alpha 1, Bravo 1«, sagte Rico unten am Fuß des Hangs. »Die Abartigen rücken mit Gefangenen ab. Verfolgen?«

Einen Herzschlag lang herrschte Stille in der Leitung.

»Verfolgen«, bestätigte Fitz, »aber nicht angreifen.«

»Verstanden«, flüsterte Rico zurück.

Die letzten Abartigen verschwanden mit ihrer Beute.

Dohi eilte den Hügel hinunter zum Bach. Er setzte mit einem einzigen Sprung darüber hinweg. Mendez und Rico folgten ihm. Sie erklommen die nächste Anhöhe und passierten dabei die Krater, aus denen die Zivilisten ausgegraben worden waren.

Auf dem Weg nach oben bemerkte Dohi noch etwas anderes im frisch aufgewühlten Boden. Schleimige rote Schläuche ragten aus der Erde wie zerrissene Blutgefäße aus einer Wunde.

Sie ähnelten den Gewächsen, die er in den Gesichtern der Menschen gesehen hatte. Was auch immer diese Schläuche sein mochten, sie verströmten einen fast so üblen Geruch wie die Abartigen.

Dohi führte Team Bravo auf die Kuppe des nächsten Hügels, wo er das Gewehr feuerbereit an die Schulter setzte. Rico und Mendez verteilten sich zwischen den Bäumen, um für Deckung zu sorgen.

Aber Dohi sah die Bestien nicht.

Auf der anderen Seite drangen Strahlen des Mondlichts durch das Blätterdach des Waldes.

Keine einzige der Kreaturen war in Sicht, auch keinerlei Geiseln. Getarnte Abartige hatte Dohi schon verschwinden gesehen, aber nicht Menschen.

Er setzte sich in Bewegung, um die Suche fortzusetzen, und fragte sich, ob sie sich wieder unter die Erde gegraben hatten. Auch oben in den Bäumen hielt er Ausschau, falls einige der Bestien als Späher hinaufgeklettert waren.

Als er keine sah, folgte er dem einzigen Hinweis, den er finden konnte: einer Spur von verspritztem Blut.

Sie reichte nicht weit und endete an einem Stück dunkler, nasser Erde, das aussah, als hätte jemand gerade ein Loch gefüllt.

In seinem Kopf fügten sich die Teile zusammen. Allerdings fiel es ihm schwer, das Bild zu glauben, das sich ergab.

»Scheiße«, flüsterte Rico, den Blick auf die Bäume gerichtet. »Wir haben sie verloren.«

»Da bin ich mir nicht so sicher«, widersprach Dohi. Er bückte sich und stocherte mit einem Finger im Boden.

»Diese Scheiße ist mir unheimlich«, sagte Mendez leise. Er warf einen Blick in die hoch über ihnen aufragenden Bäume. »Wo zum Teufel sind sie hin?«

»Alpha 1, Bravo 1«, funkte Rico. »Wir haben …«

Der Boden erzitterte, bevor sie zu Ende sprechen konnte. Dohi wollte sich mit Mendez und Rico zurückziehen, wurde jedoch von einem wilden Schauer aus Erde erfasst, der ihn zu Boden schleuderte.

Er landete auf dem Rücken, als eine Horde schlammverschmierter Abartiger wie Ameisen aus einem aufgebrochenen Erdhaufen wuselte. Sie verteilten sich um ihn. Nadelspitze Zähne knirschten, Gelenke klickten, als sie zum Angriff ansetzten.

Schüsse von Rico und Mendez ertönten, als Dohi wegrobbte. Er rappelte sich auf die Beine und wirbelte mit angelegtem Gewehr herum. Dohi drückte den Abzug und durchlöcherte den vordersten Abartigen mit einer Salve. Blut und Fleischbrocken spritzten aus den Austrittswunden.

Der Körper des Monsters fiel zuckend zu Boden, aber sofort stürzte sich ein anderer Abartiger auf Dohi. Er stieß die Kreatur von sich, zog sein Jagdmesser und rammte es ihr in die fleischige Kehle.

Rico und Mendez wehrten die anderen ab, als drei weitere Abartige aus dem Loch stürmten. Dohi drehte sich, um sich sein Gewehr zu schnappen, aber eine Bestie sprang ihm auf den Rücken. Sie schlug die Krallen in seinen Helm, und sein Kopf wurde gegen den Boden gerammt. Seine Sicht verschwamm.

Er rollte sich auf den Rücken und stach mit dem Messer in der Hand auf die Bestie ein.

Eine weitere Faust krachte wuchtig gegen seinen Helm. Der Treffer ließ seine Nachtsichtbrille zerspringen und verrutschen. Die knurrenden Laute und die Schüsse um ihn herum klangen, als drängen sie durch Wasser zu ihm.

Du musst aufstehen!

Etwas Heißes und Nasses klatschte ihm ins Gesicht, gefolgt vom ranzigen Atem eines Abartigen. Ein Moment klarer Sicht ließ ihn zerklüftete Zähne hinter wulstigen Lippen erkennen, die sich langsam auf Dohis Gesicht zubewegten.

Die Bestie drückte ihn in die weiche Erde.

Plötzlich fühlte er sich schwerelos, aber erst als seine Hand die senkrechte Wand eines Schachts entlangkratzte, wurde ihm klar: Es lag nicht daran, dass ihn das Monster losgelassen hatte.

Er fiel!

Verzweifelt versuchte Dohi, sich abzustützen, einen Moment später jedoch schlug er hart auf dem Boden auf. Schmerzen strahlten durch seinen Rücken aus. Die Bestie landete ein Stück entfernt mit einem dumpfen Laut.

Über ihm strömte Mondlicht in das Loch, durch das sie beide gestürzt waren.

Mittlerweile klangen die Schüsse und Schreie noch weiter entfernt, aber Dohi war sich nicht sicher, ob es an dem Pochen in seinem Schädel oder daran lag, dass sich das Team entfernte.

Nein, die anderen würden dich nicht zurücklassen.

Der Gedanke verhalf Dohi zu einem Adrenalinschub, und es gelang ihm, einen zitternden Arm zu heben und die Nachtsichtbrille zurechtzurücken. Als er sie über die Augen schob, sah er nur Finsternis.

Das verfluchte Ding war im Eimer.

»Rico, Mendez!«, rief er, aber seine angespannte Stimme ging hoffnungslos im Lärm des oben tobenden Kampfes unter. Zu allem Überfluss war auch sein Headset hinüber.

Verfluchter Mist!

Er versuchte, sich zu bewegen. Seine Muskeln spannten sich an, als er das Geräusch eines knackenden Gelenks hörte, gefolgt von einem Knurren. Dohi zückte sein Messer und wappnete sich für den Kampf … als die Laute weiterer knackender Gelenke und schmatzender Lippen die dunkle Höhle ausfüllten.

Dohi war nicht allein mit der Bestie, die mit ihm gefallen war.

»Wir müssen hier die Stellung halten, bis die Luft rein ist«, erklärte Beckham den Zivilisten, die oben beisammen kauerten. Ihm widerstrebte zutiefst, Bo und Donna irgendwo da draußen zu lassen. Aber ohne jede Ahnung, wo sie sein könnten, musste er hoffen, dass sie sich einfach verstecken und abwarten würden.

»Ich will nach Hause«, klagte Jenny.

»Bald«, versicherte Kate ihr. Sie ging zu Beckham, der seitlich neben einem Fenster blieb und mit seiner Nachtsichtbrille in die Dunkelheit hinausspähte.

Obwohl er keine Feinde sehen konnte, mussten sich noch mehr von ihnen dort herumtreiben. Horn und er waren den Schüssen in den Wald gefolgt. Drei Plünderer konnten sie unterwegs zur Strecke bringen, bevor die beiden anderen geflohen waren.

Ruckleys Mannschaft war unterwegs und jagte sie, während Team Alpha nach wie vor das Gebiet in Portland sicherte. Daher mussten Beckham und Horn vorerst ihre Position halten.

Javier schlang die Arme um seine Taille.

»Ich hab gewusst, dass du zurückkommst, Dad«, sagte der Junge. Beckham tätschelte ihm den Hinterkopf und lauschte dem Funkverkehr.

»Bravo 7, hier Bravo 1, hören Sie mich? Over«, kam von Ruckley.

»Höre Sie, Bravo 1, hier Bravo 7«, antwortete Beckham.

»Können Sie Ihre Verwundeten transportieren und zum Treffpunkt kommen?«

Beckham schaute zurück zu den anderen. Mehrere hatten Schussverletzungen, andere hatten sonstige Wunden, die sie verlangsamen würden.

»Bestätige, Bravo 1«, sagte Beckham. »Wir haben hier 'ne Menge Leute, die medizinisch versorgt werden müssen. Wir werden zwar langsam vorankommen, aber wir können es schaffen.«

»Verstanden«, gab Ruckley zurück. »Wir halten uns für Sie bereit.«

Plötzlich versteifte Horn an der Tür den Körper. Er zeigte auf seine Augen, dann hielt er zwei Finger hoch. Beckham drehte sich Timothy zu. Der Junge hatte seinen Platz an der Treppe nicht verlassen. Sie hatten ihm noch nicht gesagt, dass sein Vater tot war, aber Beckham hatte das Gefühl, dass er die Wahrheit bereits kannte.

»Timothy, du musst für mich allen sagen, dass sie sich vorerst nicht von der Stelle rühren dürfen«, flüsterte Beckham. »Mach es so leise wie möglich.«

Timothy nickte, bevor er die Treppe hinaufschlich.

»Boss, die haben 'ne Geisel«, meldete Horn. Nach einer kurzen Pause fügte er hinzu: »Nein, zwei Geiseln.«

Beckhams Magen krampfte sich zusammen.

»Sie sind auf dem Weg hierher«, sagte Horn.

»Wir wissen, dass ihr euch dadrin versteckt!«, dröhnte eine Stimme. »Wenn ihr schießt, knallen wir eure Leute ab.«

»Ihr seid in der Unterzahl und umzingelt!«, brüllte Beckham zurück. »Legt die Waffen nieder und lasst die Geiseln frei.«

»Kannst du vergessen, Arschloch!«, entgegnete der Plünderer.

Beckham sah Horn an, der nach einem Schnauben zurückrief: »Wer von euch will sich zuerst in einen rosa Sprühnebel verwandeln? Ihr habt eine Minute, um euch zu entscheiden.«

Forsch und bildlich. Nichts anderes hatte Beckham von Horn erwartet.

Er nickte seinem Freund zu, dann schlich er zum einzigen offenen Fenster hinten im Gebäude. Es lag außerhalb des Sichtfeldes der Plünderer. Beckham schob sein Gewehr hinaus.

Dann kletterte er hinterher und landete hart auf der Beinprothese. Langsam bahnte er sich den Weg in die Deckung des Waldes.

»Wir wollen freies Geleit von der Insel«, rief einer der Plünderer. »Gebt uns ein Boot, dann lassen wir eure Leute gehen.«

»Das also wollt ihr?«, hakte Horn nach, um Zeit zu schinden.

Mittlerweile befand sich Beckham fast hinter ihnen. Kurz hielt er inne und nahm die beiden Männer mit der Optik seines Zielfernrohrs ins Visier. Er erkannte die Geiseln auf Anhieb.

Donna und Bo. Obwohl der Teenager größer war als sein Entführer, wehrte er sich nicht.

Und Beckham sah auch, warum.

Der Plünderer drückte Bo eine Pistole an die Schläfe.

»Sagt euren Freunden von der Armee über Funk, dass wir freies Geleit bekommen«, verlangte der Mann. »Macht schon, sonst erledige ich sowohl den Jungen als auch seine zickige Alte.«

Bo rührte sich, womit er sich einen Schlag mit der Pistole ins Gesicht einhandelte.

»Lass ihn in Ruhe!«, kreischte Donna schrill.

Beckham setzte sich schneller als zuvor wieder in Bewegung, da er wusste, dass ihm nur wenige Augenblicke blieben, um die beiden zu retten. Er befand sich noch etwa 20 Meter entfernt, und die Plünderer hatten ihn nach wie vor nicht bemerkt. Diese zwei Typen waren nicht besonders helle. Aber wer immer den Überfall geplant hatte, besaß wahrscheinlich eine militärische oder polizeiliche Ausbildung.

Der Angriff war deutlich koordinierter als andere abgelaufen. Wieder regte sich in ihm die Sorge, dass dieser Überfall nur einen Teil von etwas weitaus Größerem darstellte.

»Na schön, Jungs, ich komme raus«, brüllte Horn, damit die Aufmerksamkeit der Plünderer auf ihn gerichtet blieb. Er trat einen Schritt zur Tür heraus und hob eine Hand. Mit der anderen ließ er das Gewehr leicht sinken und erweckte den Eindruck, er wollte es fallen lassen.

Beckham schlich sich hinter ein Gebüsch und ging in Position.

»Mach schon«, rief einer der Plünderer. »Runter auf den Boden damit.«

Bo trat den Mann so hart, dass der Aufprall seines Stiefels auf dem Knochen ein leise widerhallendes Geräusch verursachte. Die Handfeuerwaffe des Mannes schwankte und richtete sich nach oben, als er die andere Hand nach unten zum Schienbein streckte. Das Timing hätte nicht besser sein können.

Beckham gab seinen Schuss ab. Der Mann sackte zusammen, und der zweite Plünderer sah sich verstört um, versuchte festzustellen, woher der Schuss gekommen war.

Als Horn dazu ansetzte, das Gewehr hochzureißen, stieß der andere Plünderer Donna beiseite und feuerte auf ihn. Der große Veteran hechtete zu Boden und robbte weg.

Bis Beckham das Gewehr auf den Plünderer gerichtet hatte, war es dem Mann gelungen, sich Donna wieder zu schnappen.

»Scheiße«, flüsterte Beckham.

»Ich bring die Schlampe um!«, schrie der Plünderer. »Ich mach sie verdammt noch mal kalt!«

Er richtete die Waffe auf Bo und gab einen Schuss ab, aber Bo sprang hinter einen Baum. Beckham nahm den Plünderer ins Visier, hatte aber kein freies Schussfeld, solange der Mann Donna umklammerte.

Also gab Beckham stattdessen seine Position auf und griff an. Er preschte aus dem Gebüsch hervor und spürte die federnde Sprungkraft der Metallklinge seiner Beinprothese. Der Plünderer feuerte drei ungezielte Schüsse erst auf Horn und dann auf Bo ab, als Beckham ihn von hinten rammte.

Der Mann fiel nach vorn, breitete die Arme aus und ließ Donna los. Beckham hieb dem Mann mit dem Helm wuchtig gegen die Nase. Ein Übelkeit erregendes Knirschen ertönte.

Ein zweiter Kopfstoß erzielte die gewünschte Wirkung.

Der Plünderer erschlaffte bewusstlos auf dem Boden.

Bo hielt mittlerweile eine Waffe in der Hand, die er dem toten Plünderer abgenommen haben musste. Er zielte damit auf den Bewusstlosen, doch Beckham schlug den Lauf gerade noch rechtzeitig weg, als Bo den Abzug drückte.

Das Projektil schlug neben dem Kopf des Plünderers in die Erde ein.

»He!«, brüllte Bo.

»Wir brauchen ihn lebend«, erklärte Beckham.

»Aber er wollte Ma und mich umbringen!«, schoss Bo zurück.

»Er kriegt schon noch, was er verdient. Aber zuerst müssen wir rausfinden, wer er ist und wer die anderen Plünderer sind.«

Beckham stellte sich vor Bo, ließ dem Jungen keine Chance, erneut auf den ausgeknockten Mann zu schießen. »Runter mit der Knarre«, befahl er.

Bo spuckte zwar verärgert auf den Boden, kam der Aufforderung aber nach. Er ging hinüber zu seiner Mutter und nahm sie in die Arme.

»Geht's dir gut, Ma?«

Beckham musterte sie in der grünstichigen Ansicht seiner Nachtsichtbrille und hielt Ausschau nach Verletzungen. Sie zitterte heftig und ihre Unterlippe bebte, dennoch brachte sie ein Nicken zustande.

Bo warf einen letzten Blick auf den bewusstlosen Plünderer, bevor er ihr zum Gebäude half.

»Bravo 1, hier Bravo 7«, sagte Beckham in sein Headset. »Wir haben zwei Plünderer gefunden. Einen bringen wir mit.«

»Verstanden«, antwortete Sergeant Ruckley.

Beckham zog Kabelbinder aus seiner Weste und bückte sich zu dem verrenkt am Boden liegenden Plünderer.

Horn kam angetrabt und hievte sich den Mann über die Schulter. Die Zivilisten strömten aus dem Gebäude und verteilten sich um sie herum.

»Dicht zusammenbleiben«, mahnte Beckham. »Wir gehen zurück zum Bunker.«

Er übernahm flankiert von Ginger und Spark die Spitze. Die Hunde um sich zu haben, tröstete ihn ähnlich wie früher Apollos Gegenwart.

Beckham ließ die Nachtsichtoptik auf das Gelände gerichtet.

Die Plünderer dieser Gruppe mochten sie ausgeschaltet haben, aber er wusste nicht, ob sich in der Gegend noch mehr herumtrieben.

Timothy ging neben Beckham. Er trug die Pistole, die ihm sein Vater zu seinem 16. Geburtstag geschenkt hatte. Beckham hatte Jake davor geholfen, in den Lauf zu gravieren: *»Hör nie auf zu kämpfen«*.

Der Junge hatte mit der Waffe bereits einen Plünderer im Wald ausgeschaltet, als Beckham und Horn auf ihn gestoßen waren. Bisher schien er ziemlich gut wegzustecken, dass er zum ersten Mal einen Menschen getötet hatte.

Dennoch hielt Beckham es nicht für ratsam, ihn in seinem emotionalen Zustand in der Vorhut zu haben.

»Timothy, geh nach hinten und pass auf die Kinder auf, ja?«, sagte Beckham.

»Sicher«, erwiderte Timothy. Der Teenager ließ sich zur Mitte der Gruppe zurückfallen.

Horn bildete die Nachhut und stellte sicher, dass sie nicht verfolgt wurden. Er und Beckham waren daran gewöhnt, sich mit einem Team ausgebildeter Soldaten verstohlen durch die Dunkelheit zu bewegen. Im Augenblick jedoch hätten sie ebenso gut eine Viehherde durch den Wald treiben und beten können, dass die Wölfe um sie herum es irgendwie nicht bemerkten.

15 Minuten später sichtete Beckham den Eingang zum Bunker.

Mehrere Rangers standen Wache, und er bedeutete der Gruppe der Zivilisten, nach vorn zu kommen, sich nicht mehr zu verstecken.

Ruckley, die von der eigenen Suche zurückkehrte, kam ihm auf dem Bürgersteig entgegen.

»Schön Sie zu sehen, Captain«, sagte sie. Ihr Ton ließ deutlich die Verärgerung darüber durchklingen, dass sich Horn und Beckham zuvor unerlaubt von der Truppe entfernt hatten.

»Tut mir leid, dass wir uns aus dem Staub gemacht haben«, entschuldigte er sich. »Ich wollte Sie und Ihr Team nicht in …«

»Es zählt nur, dass es allen gut geht«, fiel sie ihm ins Wort.

Aber es geht nicht allen gut, dachte Beckham.

Er schaute über die Schulter zurück und entdeckte Timothy in sicherer Entfernung.

»Wo ist Jake?«, wollte Beckham von Ruckley im Flüsterton wissen.

»Wer?«

»Der Mann, den wir auf der Treppe gefunden haben. Ist er …«

»Wir haben seinen Leichnam außer Sicht geschafft, keine Sorge.«

Beckham atmete aus, konnte seine Emotionen nicht verbergen.

»Tut mir leid wegen Ihrem Verlust«, fügte Ruckley hinzu. Damit ging sie davon und begann, ihren Leuten Befehle zu erteilen. Die Rangers halfen den Verletzten in den Bunker.

»Wir treffen uns drinnen«, wandte sich Beckham an Kate.

»Aber Dad«, protestierte Javier.

»Bitte geh mit deiner Mutter«, sagte Beckham.

Kate führte Javier mit Horn und seinen Mädchen hinein.

Beckham ging zu Timothy hinüber. Das Gesicht des Teenagers erbleichte, als wüsste er, was ihm bevorstand, obwohl Beckham noch kein Wort gesagt hatte.

»Nein«, stieß Timothy hervor. »Nein … bitte …«

Er entfernte sich von Beckham und verschwand durch die Tür hinein.

»Warte!«, rief Beckham.

Timothy drängte sich durch die Gruppe und bahnte sich den Weg in den Flur. Beckham lief hinter ihm her und stolperte beinahe. Der Junge schaffte es die Treppe hinunter und in den Bunker, bevor er ihn schließlich einholte.

Im ersten Abschnitt behandelten Sanitäter und einige Pflegerinnen aus Peaks Island diejenigen, die sich bereits im Bunker befanden.

»Wo ist mein Dad?«, fragte Timothy in einer Lautstärke, die an einen Schrei grenzte. Er durchsuchte die Betten, dann blieb er vor einem großen Vorhang aus olivgrünem Segeltuch stehen, der die Triage in Abschnitte unterteilte. Beckham legte ihm eine Hand auf die Schulter.

»Es tut mir leid, Timothy, aber dein Dad hat's nicht geschafft«, sagte Beckham. »Er ist gestorben, um dich und die anderen zu retten.«

»Nein«, presste Timothy erstickt hervor. Er zog den Vorhang zurück. Zum Vorschein kam ein weiterer

Abschnitt voller Pritschen, verhüllt von weißen Laken. Alles anonyme Opfer der Plünderer, verdeckt von den Tüchern, durch die sich nur die Nasenspitze an einem Ende und die Zehen am anderen abzeichneten.

Beckham legte Timothy eine Hand auf den Arm, aber der Junge riss sich von ihm los und bewegte sich durch den Raum.

»Nein, nein, nein«, murmelte er und drehte sich wieder Beckham zu. »Welcher ist er?«

»Du solltest das nicht sehen«, sagte Beckham.

Kate stieß zu ihnen und half Beckham, unter den Toten zu suchen. Sie fanden Jake im hinteren Teil des Raums, während Timothy noch die anderen Pritschen abging.

Der Junge schaute auf und bemerkte Beckhams Blick, dann eilte er an seine Seite.

Beckham hielt das Laken unten.

»Ich will ihn sehen«, sagte Timothy.

Kate und Beckham wechselten einen Blick, bevor Beckham das Laken zurückzog.

»Neiiiiiiiin!« Timothy stöhnte. Er brach beinahe über seinem Vater zusammen und legte die Arme um dessen Schultern, während ihm Tränen übers Gesicht liefen.

Kate rieb ihm den Rücken so, wie sie Javier immer tröstete, wenn er sich nachts fürchtete. Beckham legte Timothy eine Hand auf die Schulter.

»Dein Dad war ein großer Mann«, sagte er.

Timothy nickte und ließ den Kopf auf der Brust seines Vaters.

Beckham hatte so viele seiner Waffenbrüder im Kampf gegen die Abartigen fallen gesehen, doch das fand er noch herzzerreißender: zu sehen, wie Timothy plötzlich allein auf der Welt zurückblieb und den Mann verloren hatte, der sein Anker gewesen war. Den Mann, der ihn schon vor Operation Liberty in den ersten Monaten des Krieges vor acht Jahren beschützt hatte.

Wie viele andere Kinder waren wegen der Plünderer zu Waisen geworden?

Beckhams Traurigkeit schlug jäh in Wut um.

Er bewältigte sie, indem er die Kiefermuskulatur anspannte und neben Timothy blieb. Obwohl er innerlich vor Zorn schäumte, bemühte er sich, den Teenager so gut wie möglich zu trösten.

Ein Funkspruch über das Headset, das Beckham immer noch trug, ließ ihn zusammenzucken. Lieutenant Nivens Stimme drang über die Leitung. »Wir haben die Spur des Feindes gefunden und nehmen die Verfolgung auf«, meldete er.

Beckham sah Kate an. Sie konnte zwar die Übertragung nicht hören, aber sie musste den Ausdruck in seinen Augen erkannt haben. Mit einem Nicken gab sie ihm die Erlaubnis zu tun, was er am besten konnte – Monster zu jagen und zu töten.

9

Fitz brach durch die letzte Maisreihe, blieb am Rand des Feldes stehen und betrachtete den dichten Eichenwald. Das Blätterdach regte sich im Wind und überdeckte die entfernten Geräusche von Schüssen.

Regentropfen prasselten ihm unangenehm ins Gesicht, als er sich wieder in Bewegung setzte.

Er war den ganzen Weg von Turkey River gerannt, nachdem über Funk ein Notruf über einen Angriff der Abartigen eingegangen war. In den vergangenen 32 Minuten hatte er fast fünf Kilometer zurückgelegt.

Was keineswegs einem Rekordtempo entsprach – aber durch seine Ausrüstung und die Gefahr von Minen konnte er nicht viel schneller laufen, ohne unachtsam zu werden.

Ihm gefiel ganz und gar nicht, dass sie Cedric zurücklassen mussten. Fitz war nicht sicher, ob der Mann bei ihrer Rückkehr noch da sein würde. Aber es hatte keine Möglichkeit gegeben, den Soldaten zurück nach draußen zu bewegen.

Lincoln hielt mit Fitz Schritt, Ace hingegen fiel zurück und blieb alle paar Minuten stehen, um zu verschnaufen.

»Lauft weiter«, rief er, die Hände auf die Knie gestützt. Er hob einen Arm und bedeutete ihnen, den Weg ohne ihn fortzusetzen. »Ich … komme nach.«

Fitz und Lincoln vergeudeten keine Zeit. Sie rückten weiter durch den dichten Wald vor, folgten dem Geräusch der Schüsse und dem widernatürlichen Kreischen sterbender Monster.

Einen knappen Kilometer weiter stießen sie auf einen Hügel, der ihnen die Sicht auf den Wald versperrte. Fitz ballte die Hand zur Faust, bevor er den Hang langsam erklomm. Laub knirschte unter seinen Beinprothesen.

Schließlich schloss Ace zu ihnen auf und keuchte schnaubend wie ein Wildschwein.

»Heilige Scheiße«, stieß Fitz hervor, als er den Schauplatz eines Gemetzels erblickte.

Rico und Mendez standen in der Mitte, umgeben von einem roten Kreis toter Bestien.

»Kommt weiter!«, rief Fitz.

Er eilte den Hang hinunter und trat den Weg über einen Bereich mit Löchern an, durch die der widerliche, faulige Gestank der Abartigen austrat, allerdings stärker als sonst, als wäre er destilliert und konzentriert worden.

»Alles in Ordnung?«, fragte Fitz leise.

Rico und Mendez nickten, behielten aber die Gewehre im Anschlag und schwenkten nach wie vor die Läufe auf der Suche nach Feindkontakt. Lincoln und Ace rückten zu ihnen nach, ebenfalls mit gezückten Waffen.

»Wo ist Dohi?«, fragte Fitz mit gesenkter Stimme.

Rico zeigte nur auf den Boden.

Fitz kroch zu einem klaffenden Loch und spähte über den Rand nach unten. Verwesungsgeruch schlug ihm mit voller Wucht entgegen und trieb ihm Tränen in die Augen.

Mondlicht erhellte einen Teil eines Tunnels, in dem sich ein Geflecht irgendeines seltsamen Gewebes über den Boden erstreckte. Fitz beugte sich tiefer, um mehr zu erkennen.

Ein Abartiger der Farbe eines Regenwurms schoss aus dem Tunnel hervor und ließ Fitz zurückschrecken. Blutgefäße traten durch die Haut hervor, drahtige Muskeln spannten sich an.

Fitz zielte mit dem Gewehr und schoss der Kreatur in den Kopf.

Die Bestie sackte mit einem dumpfen Laut schlaff auf dem Boden des Tunnels zusammen.

Die anderen Teammitglieder scharten sich um Fitz. Alle spähten nach unten.

Fitz versuchte, Dohi über Funk zu erreichen. Keine Antwort, nur ein statisches Knistern.

Er klappte seine Nachtsichtbrille hoch und knipste die unten am Lauf seines Gewehrs montierte Leuchte an. Die anderen folgten seinem Beispiel und richteten die Lichter in den Tunnel. Die Tiefe schien etwa drei Meter zu betragen.

»Wir gehen da rein, oder?«, fragte Lincoln.

Fitz nickte.

»Scheiße.«

Fitz und Rico halfen Ace als Erstem hinunter. Dann folgten nacheinander Rico, Mendez und Fitz. Lincoln bildete das Schlusslicht. Seine Stiefel landeten mit einem schmatzenden Laut auf dem schlammigen Tunnelboden.

Es mochte eine optische Täuschung sein, aber die roten Stränge und das Geflecht vermittelten den Eindruck zu pulsieren. Fitz bewegte sich leise, während er die Umgebung aufmerksam studierte.

Der Tunnel schien einen Durchmesser von etwa drei Metern zu haben und sich nach Norden zu erstrecken.

Durch die Krümmung in seinem Verlauf konnte Fitz das Ende nicht sehen. Das Südende blockierte ein Haufen aus Erde und Steinen. Die Wände und die Decke wiesen eine Wölbung auf, der Boden hingegen schien beinahe flach gestampft zu sein.

Wie zum Teufel hatten die Abartigen das hinbekommen?

Fitz hatte schon Tunnel gesehen, vor allem in Europa. Die Wurmlinge der Abartigen hatten solche Tunnel unter den Städten gegraben. Aber soweit er wusste, hatten sie es nie über den Atlantik geschafft. Und seiner Erfahrung nach hinterließen sie keine solchen Gespinste.

Nein, das musste etwas völlig anderes sein.

Die einzigen Tunnel, die er in der Heimat gesehen hatte, waren von Menschenhand angelegt. Das hier … überstieg alles, was er je erlebt hatte.

Geheul durchbrach die Stille, und ein Abartiger kam durch den Tunnel geprescht. Die Strahlen von fünf an Waffen montierten Leuchten erfassten die Bestie, während sie sich bewegte. Ihre Klauen bohrten sich in die roten Ranken, die sich wie ein Spinnennetz über die Wände und die Decke spannten.

Das Ungetüm galoppierte praktisch an der Decke auf das Team zu und benutzte die Stränge, um Halt zu finden.

»Ace, erledige die Kreatur«, befahl Fitz.

»Hab das hässliche Mistvieh im …«, erwiderte Ace, bevor der Knall der Schrotflinte den Rest übertönte.

Bröckchen spritzten von den Ranken, der Abartige jedoch sprang unversehrt davon. Ace lud die Waffe durch und schoss erneut. Diesmal traf die Schrotladung ihr Ziel und verwandelte einst menschliche Züge in einen feinen rosafarbenen Sprühnebel.

Der Kadaver krachte auf den schlammigen Boden und ließ nassen Dreck aufspritzen.

Zorniges Gebrüll hallte aus scheinbar allen Richtungen durch den Tunnel. Das Team drehte sich auf der Suche nach der Quelle im Kreis.

Ace stieß gegen Mendez.

»Pass gefälligst auf, Großer«, sagte Mendez.

»Bleib mir aus dem Weg, Alter«, konterte Ace.

»Ruhig«, ging Fitz dazwischen. »Behaltet eure Bereiche im Auge.«

Der Geruch von verfaultem Obst schien von dem roten Gespinst auszugehen, das die Wände bedeckte. Die Teammitglieder schwenkten die Strahlen der an den Waffen montierten Leuchten durch die Schwärze hin und her. Fitz hatte keine Ahnung, worum es sich bei diesem Zeug handelte, aber es sah ganz nach etwas aus, das Kate gern im Labor unter die Lupe nehmen würde.

Vorerst jedoch konnten Proben fürs Labor warten – Dohi hingegen nicht.

Das Gebrüll verhallte und ließ sie in Stille zurück.

Fitz wartete noch einen Herzschlag ab, bevor er das Zeichen zum Vorrücken gab.

Sie folgten dem gewundenen Tunnel. Abgesehen von den Stellen, die sie mit den Strahlen ihrer Leuchten erhellten, wurden sie von Dunkelheit verschluckt. Das grausige Geflecht bedeckte jede erkennbare Oberfläche. Fitz sträubten sich die Nackenhaare beinahe so, als liefen sie durch ein elektrisches Feld.

Kreischende Laute von Abartigen drangen zu ihnen, hörten sich jedoch weit weg an, als würden sie sich vom Team entfernen. Zum ersten Mal wurde die Eintönigkeit des gewaltigen Tunnels an einer Gabelung durchbrochen.

Das Team hielt an. Der leise Widerhall der Bewegungsgeräusche verklang zu Stille. Von rechts hörte Fitz etwas Tropfendes.

»Wohin?«, flüsterte Rico.

Ein menschlicher Schrei von rechts lieferte die Antwort.

Ace übernahm die Spitze, und das Team folgte dem großen Kerl mit der Schrotflinte.

Der Tunnel, den sie als Nächstes betraten, sah aus, als wäre er von Maulwürfen in Menschengröße gegraben worden. Er war breit genug, um zu dritt nebeneinander zu gehen, und hoch genug, dass sich niemand ducken musste. Die roten Ranken wurden noch dichter, bedeckten jede Fläche, sogar den Boden.

Mittlerweile war Fitz so gut wie überzeugt davon, dass einige davon tatsächlich pulsierten. Er ertappte Rico und Mendez dabei, dass sie das Geflecht eingehend betrachteten, Ace' Schrotflinte hingegen wies beharrlich geradeaus.

Der Tunnel wölbte sich leicht hin und her, gerade genug, dass sie nicht erkennen konnten, was sich hinter jeder Biegung verbarg. Die schrillen und knurrenden Laute hallten weiter durch den schmalen Gang, aber durch das Echo ließ sich die Entfernung kaum bestimmen.

Was auch immer dieser seltsame Ort sein mochte, es bestand kein Zweifel daran, dass sie entdeckt hatten, wie die Abartigen in den Außenposten gelangen konnten. Die Sensoren würden nichts erfasst haben, das sich dem Ort unter der Erde näherte.

Ace bog um eine weitere Kurve, dann wirbelte er wieder herum und zeigte Kontakt an.

Dohi?, bildeten Fitz' Lippen.

Ace schüttelte den Kopf.

»Achtet in euren Feuerzonen auf gefangene Menschen«, flüsterte Fitz.

Sie schlichen um die Biegung und nahmen Ziele ins Visier, bevor alle bis auf Ace das Feuer eröffneten. Die schallgedämpften Laute ihrer Gewehre hallten wider, als sie mehrere der überrumpelten Bestien ausschalteten.

Diejenigen, die den ersten Angriff überlebten, wirbelten nicht herum und stürmten an, wie Fitz erwartet hatte. Stattdessen preschten sie in die Dunkelheit davon.

Fitz gab das Zeichen zum Vorrücken.

Die Ungeheuer liefen die Seiten des Tunnels hinauf und wieselten über die Decke. Ihre Klauen und Krallen bohrten sich dabei tief in das Erdreich zwischen dem Gespinst.

Abartige tauchten abwechselnd in den Strahlen der Leuchten des Teams auf und verschwanden daraus, bis sie um die Ecke außer Sicht gerieten.

Die Mitglieder von Team Ghost wurden langsamer, als sie sich der Biegung näherten. Ace ging voraus in einen geraderen Tunnel.

»Die Luft ist rein«, meldete er.

Fitz folgte als Nächster und sichtete Erde, die von der Decke rieselte wie Sand in einer Sanduhr. Er richtete den Strahl seiner Lampe nach oben und erfasste die Füße eines Abartigen, der gerade in einen vertikalen Schacht verschwand.

Für den Bruchteil einer Sekunde spielte er mit dem Gedanken, ob er das Geflecht hochklettern und die Bestie verfolgen sollte. Wenn das Gespinst dem Gewicht eines Abartigen standhielt, dann mit Sicherheit auch seinem.

Allerdings würde er dadurch das Team und sich selbst zusätzlichen und ungewissen Gefahren aussetzen.

Beim Klettern waren die Abartigen klar im Vorteil. Und der Versuch, gegen einen Abartigen zu kämpfen, der an einem solchen Ort zudem den Vorteil des höheren Geländes hatte, wäre ein noch größerer Albtraum, als es diese Mission bereits geworden war.

Ein weiterer menschlicher Schrei drang widerhallend aus dem schlotartigen Schacht. Die Stimme klang zwar nicht nach Dohi, aber wenn es sich um einen entführten Zivilisten handelte, war die Wahrscheinlichkeit verdammt groß, dass sich auch Dohi dort befand.

»Ace, hol …«

Ein lautes Rumoren unterbrach Fitz. Der Tunnel schien zu beben. Die Klingen von Fitz' Beinprothesen rutschten beinahe unter ihm weg. Dann begann die Decke des Tunnels hinter ihnen einzustürzen. Gestein, Gespinst und Erdreich prasselten herab.

»Wir müssen nach oben!«, brüllte Fitz, um den Lärm zu übertönen.

Auch das andere Ende des Tunnels brach zusammen. Wenn sie sich nicht schleunigst in Bewegung setzten, würden sie lebendig begraben werden. Das musste den halb verbuddelten Menschen passiert sein, die Rico über Funk beschrieben hatte. Die Tunnel, durch die sie von den Abartigen gebracht worden waren, mussten um sie herum eingestürzt sein.

Und Fitz hatte keine Lust auf dasselbe Los.

Erde rieselte auf ihn, als er sich in Bewegung setzte. Ein Teil des Gespinsts löste sich und klatschte ihm ins Gesicht. Er musste sich die klebrigen roten Stränge von der Haut schälen.

Gott allein wusste, was sie oben erwartete. Aber Fitz entschied, es wäre besser, sich den angreifenden Klauen von Abartigen zu stellen, als in den letzten Minuten seines Lebens an Erde zu ersticken.

Ace schlang sich die Flinte auf den Rücken und kletterte los. Mendez folgte ihm, während Fitz und Lincoln für Rückendeckung sorgten. Das Material der einstürzenden Decke brandete von allen Seiten heran.

Fitz hatte das Gefühl, im Rachen einer riesigen Kreatur gefangen zu sein, die ihn in einem Stück verschlingen wollte. Schließlich folgte er Lincoln den Schacht hinauf, indem er das Gespinst zum Klettern nutzte. Lincoln bewegte sich schnell nach oben, Fitz hingegen hatte Mühe, sich abzustoßen.

Seine Beinprothesen eigneten sich nicht besonders gut dafür. Er fand Halt, indem er sie gegen die Seiten des Schachts klemmte. Dann hebelte er sich nach oben und zog sie nach.

Die Wände unter ihm stürzten ein. Staub wallte in den Schacht empor.

Fitz hustete, blieb aber in Bewegung.

Eine Hand schob sich ihm entgegen. Als er aufschaute, sah er Lincoln. Er streckte sich nach den Fingern des Mannes, doch es fehlte fast ein halber Meter zu ihnen.

Der Boden unter Fitz stieg an und drohte die Füße seiner Prothesen zu verschlucken. Das Rumoren des Erdreichs ging vibrierend durch seine Knochen. Der Schacht wurde instabil.

Steine und Erdklumpen lösten sich daraus und prasselten Fitz ins Gesicht und auf den Körper. Er versuchte, es das letzte Stück nach oben zu schaffen und den Abstand zwischen seinen und Lincolns Fingern zu überwinden.

Eine seiner Prothesen rührte sich nicht von der Stelle. Er hatte sie zu tief in die Wand aus Erde gebohrt und musste daran rütteln, um sie zu befreien. Obwohl sich die Erde um die Klinge lockerte, bekam er sie nicht heraus.

Fitz grunzte, drückte mit aller Kraft gegen die Prothese und grub so einen kleinen Hohlraum in die Wand. Dann riss er die Klinge heraus und stieß sich nach oben ab. Seine Finger erreichten die von Lincoln, und sein Kamerad zog ihn hoch, während die Erde um ihn herum anstieg und den einstürzenden Schacht füllte.

Fitz erreichte auf allen vieren den Boden und schnappte nach Luft. Er wischte sich Dreck aus dem Gesicht und stellte fest, dass sie sich wieder im Wald befanden.

»Hat irgendjemand Sichtkontakt?«, brachte Fitz zwischen keuchenden Atemzügen hervor.

»Negativ«, antwortete Ace.

Fitz lauschte kurz mit den anderen. Verzweifelt wünschte er sich, das Kreischen der Abartigen oder die Rufe der unglückseligen, von ihnen entführten Menschen zu hören.

»Dohi«, versuchte es Fitz ein letztes Mal über die Funkverbindung. »Dohi, hörst du mich?«

Wieder empfing er nur ein statisches Knistern.

Fitz schaute zurück zum eingestürzten Schacht und stellte sich der Realität ihrer Lage. Sie hatten ihren besten Fährtenleser und einen guten Freund verloren.

Es gab keinerlei Hinweise darauf, dass er noch lebte. Keine Spuren, keine abgeworfene Ausrüstung, keinen Funkkontakt. Als er eine Handvoll Erde aufhob und zwischen seinen behandschuhten Fingern hindurchrieseln ließ, erfüllte Beklommenheit sein Herz.

Teile des roten Gespinsts ragten dort aus dem Boden, wo der Schacht eingestürzt war. Fitz zog sein Messer, säbelte ein Stück davon ab und verstaute es in seinem Rucksack. Dohi konnten sie zwar nicht zurückholen, trotzdem würden sie den Weg nach Hause nicht mit leeren Händen antreten.

Dieser Dreck war merkwürdig genug, um eine Untersuchung im Labor zu rechtfertigen.

»Packt auch etwas von dem Scheiß ein«, sagte Fitz zu den anderen. »Wir brauchen sowieso einen Helikopter, der Cedric abholt, dann können wir gleich etwas davon mit zurückschicken. Ich hab das Gefühl, Kate wird sich das Zeug sofort ansehen wollen.«

Vielleicht würden die Proben klären können, worum es sich handelte und wie es die Abartigen zusammen mit dem Tunnel benutzt hatten, um den Außenposten Turkey River auszuschalten. Und vielleicht, nur vielleicht würde es ihnen helfen, Dohi irgendwann zu finden, und sei es nur, um seinen Leichnam anständig zu begraben.

»Fliegen wir mit den Proben zurück?«, fragte Lincoln.

Fitz wollte bejahen, aber Emotionen mussten hinter der Pflicht zurückstehen.

»Wir kehren erst zurück, wenn wir Dohi aufgespürt und herausgefunden haben, was zum Teufel hier abgeht«, entgegnete er.

Das Team versammelte sich um das Loch. Niemand sprach aus, was sie wahrscheinlich alle dachten.

Vorerst war Dohi auf sich allein gestellt.

Gib einfach alles, was du hast, Bruder, dachte Fitz.

Der Truck mit Doppelkabine vom Portland Sheriff Department fuhr mit ausgeschalteten Scheinwerfern durch die Nacht. Schon bald würden die Passagiere ihre Nachtsichtbrillen nicht mehr brauchen. Beckham warf einen Blick aufs Armaturenbrett. Die Uhr dort bestätigte, dass der Morgen unmittelbar bevorstand.

Seit rund einer Stunde verfolgten sie die Plünderer, und je weiter sie sich von Portland entfernten, desto angespannter wurde er. Der Fahrer des Wagens vor ihnen meldete, dass er einen der Plünderer sehen konnte, Beckham selbst jedoch hatte immer noch keinen Sichtkontakt.

Ruckley starrte auf dem Beifahrersitz geradeaus. Ihr Blick schien förmlich an der dunklen Straße zu kleben.

»Jetzt sind wir außerhalb der Sicherheitszone«, verkündete der Fahrer. »Das ist Abartigengebiet.«

Beckham sah Warnschilder am Straßenrand. Horn brachte auf dem Rücksitz neben ihm sein M249 in Anschlag.

»Kann die Karre nicht schneller fahren?«, brummte Horn.

Beckham versuchte etwas zu erkennen, als die Straße vor ihnen eine Biegung beschrieb. Im Grunde hatten sie Glück gehabt, dass sie die Plünderer überhaupt eingeholt hatten. Die Arschlöcher hatten sich einen Vorsprung verschafft, aber einige Bürger aus Portland waren ihnen gefolgt und hatten Informationen an die Rangers weitergeleitet. Eine Stimme ertönte aus Ruckleys Funkgerät. Sie hielt es sich ans Ohr.

»Wird gemacht«, sagte Ruckley. Dann wandte sie sich über den Kanal an den Rest des Teams. »Bravo, wir kehren um. Sofort.«

Die Bremslichter des Wagens vor ihnen leuchteten grellrot auf, als das Fahrzeug anhielt.

»Was zum Geier soll das werden?«, fragte Beckham.

»Lieutenant Niven hat die Verfolgung abgebrochen«, erwiderte Ruckley. »Er will nicht riskieren, in ein von Abartigen verseuchtes Gebiet vorzudringen.«

»Drauf geschissen«, stieß Horn hervor. »Wir fahren weiter. Das ist Bullshit!«

Horn glich immer noch einem unter Druck stehenden Kessel kurz vor der Explosion. Und Beckham musste Ruckley nicht gut kennen, um ihr anzusehen, dass die Befehle auch ihr nicht schmeckten.

Alle im Wagen strahlten genug heiße Wut und Frustration aus, um sie ohne die Heizung zu wärmen. Auch in Beckham brodelte es. Sie ließen die Plünderer entkommen, die Jake getötet und unzählige weitere Bürger abgeschlachtet hatten.

Ruhig bleiben, Reed.

Beckham wusste immer noch nicht genau, wie hoch die Zahl der Opfer war. Aber er ahnte, dass sie noch steigen würde, wenn die Sonne aufging und sie Patrouillen losschickten, um nach vermissten Einwohnern von Portland und Peaks Island zu suchen.

»Der Drecksack, den wir auf Peaks Island gefangen genommen haben, gehört mir«, kündigte Beckham an.

Ruckley warf erneut einen Blick auf den Rücksitz. »Ich habe Befehl, ihn zur Zentrale zu bringen, Captain. Natürlich kann ich Sie nicht davon abhalten, ihn vorher zu verhören.«

»Ich brauche nur ein paar Minuten mit ihm.«

Horn nickte bestätigend. »Mehr ist nicht nötig.«

Der kleine Konvoi der zwei Trucks raste mit mittlerweile eingeschalteten Scheinwerfern die Straße entlang. Beckham bemühte sich, daran zu denken, welch ein

Glück ihre Familien hatten, dass es ihnen nach all dem Blutvergießen gut ging. Trotzdem wurde er das Gefühl nicht los, dass sich ihr Glück dem Ende zuneigte.

Die erste Hälfte der Rückfahrt verlief schweigend. Dann durchbrach Ruckley die Stille, indem sie sich erneut nach hinten drehte.

»Diese Plünderer könnten Überläufer gewesen sein«, sagte sie. »Vielleicht hatten sie was mit den Ereignissen in Turkey River zu tun.«

»In Iowa?«, gab Horn zurück. »Das ist verdammt weit weg für Abartige und Überläufer, um Angriffe zu koordinieren.«

»Captain, haben Sie irgendeine Idee, was das alles bedeuten könnte?«, fragte sie.

»Tatsächlich hatte ich denselben Gedanken«, erwiderte Beckham. »Aber normalerweise setzen Überläufer keine Bomben ein und jagen Zivilisten, nur um sie zu töten. Sie entführen Menschen und bringen sie als Nahrung für ihre Abartigenmeister in deren Verstecke.«

»Vielleicht haben sie geahnt, dass wir ihnen hier nicht folgen würden«, warf der Fahrer ein.

»Und damit hatten sie verdammt recht, verfluchte Scheiße noch mal«, kam mit einem wütenden Schnauben von Horn.

Ruckley drehte sich wieder nach vorn und senkte den behelmten Kopf, um einer Meldung über einen privaten Kanal zu lauschen.

»Verstanden«, antwortete sie unüberhörbar frustriert.

Beckham rechnete mit einer Information von ihr, doch sie schwieg. Er fragte nicht nach. Nivens Begründung für den Befehl zum Rückzug entsprach dem Protokoll.

Beckham und Horn konnten nicht das Geringste dagegen unternehmen.

Den Rest der Fahrt schwiegen sie wieder. 20 Minuten später bogen sie an einer Ausfahrt zum Stadtrand von Portland ab. Stacheldrahtzäune kennzeichneten die Grenze zum bewohnten Teil der Stadt.

Allerdings hatten sämtliche Verteidigungsmaßnahmen die Plünderer nicht aufgehalten.

Rauch stieg von Bränden mitten in der Sicherheitszone auf.

So lange hatte er Javier und Kate gegenüber beteuert, sie seien hier in Sicherheit.

Nun musste er seinem Sohn gestehen, dass er sich geirrt hatte, und ihm erklären, was passiert war.

Komm schon, Reed. Du hast Glück, dass du es ihm überhaupt erklären kannst.

Anderen war das nicht vergönnt.

Timothy war nun eine Waise, und Jake konnte nie wieder mit seinem Sohn reden. Der Gedanke entfachte einen neuen Anflug von Wut in Beckham, als ihr Wagen auf den Gemeindeplatz rollte.

Zig Soldaten und Notfallhelfer waren vor Ort erst unlängst eingetroffen, um bei der Sicherung des Gebiets und den Aufräumarbeiten zu helfen.

Weiße Laken bedeckten die Toten vor dem Rathaus von Portland. Die erste Bombe war direkt vor der verglasten Fensterfront explodiert. Die Fassade bestand nur noch aus Trümmern, in denen Glasscherben und Splitter des eingestürzten Metalldachs funkelten.

Eine zweite Bombe war in der Klinik hochgegangen, nachdem sich die Plünderer von dort geholt hatten, was sie wollten. Als wäre der Diebstahl von Medikamenten nicht schlimm genug, hatten sie auch noch die Notversorgungseinrichtungen der Stadt zerstört. Somit hatten die Bewohner von Portland kein funktionierendes Krankenhaus, als sie es am dringendsten brauchten.

Diese kranken Dreckschweine, dachte Beckham.

Das Militär hatte bereits ein provisorisches Zelt aufgestellt. Durch die offene Klappe sah Beckham, wie mehrere Ärzte und Pflegerinnen an den Patienten arbeiteten. Kate befand sich unter ihnen, doch das überraschte ihn nicht.

Beckham und Horn folgten Ruckley und den anderen Rangers zum Polizeirevier, ohne unterwegs anzuhalten.

Mehrere von Generatoren gespeiste, um den Sammelbereich aufgestellte Leuchten breiteten einen Lichtkegel über die Verwüstung aus. Beckham stieg über zerbrochenes Glas und verkohltes Metall. Seine Prothese platschte in eine Blutlache.

Er blickte nach unten und sah eine abgetrennte Hand, der mehrere Finger fehlten. An einem verbliebenen Finger steckte noch ein Ehering.

Der Rest des Körpers lag ein paar Meter entfernt unter einem Laken, wenn man nach dem Stumpf eines Handgelenks ging, der darunter herausragte. Eine Gruppe von Zivilisten trug die Toten weg und verfrachtete sie auf die Ladefläche eines Pick-ups.

Einer der Männer ließ eine Leiche fallen, krümmte sich vornüber und übergab sich auf die Straße.

Auch Beckham war speiübel.

So viel sinnloser Tod – und wofür?

Die Plünderer hätten sich einfach nehmen können, was sie wollten.

Warum hatten sie so viele unschuldige Menschen sinnlos abgeschlachtet?

An der Geschichte musste mehr dran sein. Und in wenigen Minuten würde er mit der vielleicht einzigen Person reden, die Antworten kannte.

Lieutenant Niven stand vor dem Polizeirevier und sprach in ein mobiles Funkgerät. Er sah Beckham an, als er sich näherte.

»Captain Beckham ist hier«, meldete Niven in das Gerät. »Ja, ich sage es ihm.«

Beckham blieb stehen und wappnete sich für weitere schlechte Nachrichten.

»Captain. Master Sergeant«, sagte Niven nacheinander. »Das war das Oberkommando. Wir haben Neuigkeiten von Team Ghost aus Turkey River. Einige der vermissten Einwohner wurden gefunden. Anscheinend haben die Abartigen Tunnel gegraben und sie benutzt, um unbemerkt in die Anlage zu gelangen.«

»Und so haben sie auch die Leute rausgeschafft, ohne über der Erde Spuren zu hinterlassen«, folgerte Beckham. Es klang wie eine Feststellung, nicht wie eine Frage.

»Scheint so«, bestätigte Niven. Kurz verstummte er. Der Mann wirkte angespannt.

Der Knoten in Beckhams Magengrube zog sich enger zusammen. »Da ist noch was, oder?«

»Sergeant Yas Dohi wird vermisst.«

»Verdammte Scheiße!«, fluchte Beckham leise. Es wurde schlimmer und schlimmer. »Was ist mit dem Rest von Team Ghost?«

»Sind alle wieder im Außenposten und warten auf Verstärkung«, antwortete Niven. »Anscheinend hat Master Sergeant Fitzpatrick eine Probe irgendeines Gewebes aus den Tunneln geschickt, die sich die Weißkittel mal ansehen sollen.«

»Boss«, meldete sich Horn zu Wort und deutete mit dem Kinn. Er wollte schleunigst zu dem überlebenden Plünderer, und Beckham ging es genauso.

»Wir würden uns gern mit dem Gefangenen unterhalten«, sagte Beckham.

»Nur zu. Aber lassen Sie genug von ihm übrig«, sagte Niven. »Ich soll ihn in einem Stück beim Oberkommando abliefern.«

Horn brummte etwas bei sich und ließ darauf ein Schnauben folgen.

»Sergeant Ruckley, bitte begleiten Sie die beiden.«

»Ja, Sir«, gab sie zurück.

Beckham folgte ihr in die Eingangshalle. Eine Laterne erhellte die Schreibtische und die geschlossenen Bürotüren hinter dem Empfangsbereich. Sie gingen weiter in den Flur und über eine Treppe hinunter zu den Zellen im Kellergeschoss. Ein Ranger stand vor dem Haupteingang Wache.

»Sergeant«, grüßte er.

»Aufmachen«, gab Ruckley zurück.

Der Mann schloss die Tür auf und trat zur Seite.

Ruckley ging als Erste hinein und blieb nach zwei Schritten stehen.

»Was zum Teufel …«, entfuhr es ihr.

Beckham trat an ihr vorbei. Beim Anblick des auf dem Boden eingerollten Plünderers blieb er unvermittelt stehen. Das Fleisch war von seinem Gesicht geschmolzen. Ein ranziger Geruch zwang Beckham, sich einen Ärmel über die Nase zu halten.

»Wache!«, brüllte Ruckley.

Der Ranger, der Wachdienst versah, stürmte herein.

»Was *zum Teufel* ist hier passiert?«, verlangte Ruckley zu erfahren.

Der Mann schüttelte den Kopf »Ich ... Ich weiß es nicht. Es war noch alles in Ordnung, als ich vor einer halben Stunde nach ihm gesehen hab.«

Beckham und Horn traten zu der altmodischen Gittertür. Das Schloss knisterte. Ein Strang einer durchsichtigen, verhärteten Substanz hing daran wie ein Faden getrockneter Klebstoff.

»Verdammt ...«, fluchte Horn.

»Nicht«, warnte Beckham den Wachmann, der einen Schlüssel gezückt hielt.

Der Ranger wich zurück.

»Abartigensäure.« Beckham erkannte auf Anhieb den Glibber, der ihm ein Bein und einen Teil seines Arms genommen hatte. Schon eine geringe Menge richtete extremen Schaden an.

Horn zog sich sein Totenschädel-Halstuch über die Nase. »Der Typ muss was davon versteckt gehabt haben. Sein Fluchtversuch ist wohl nach hinten losgegangen.«

Wenige Augenblicke später schloss sich ihnen Niven im Kellergeschoss an.

Aufgebracht lief er auf und ab und legte sich eine Hand auf den Hinterkopf. Dann sah er den Wachmann an und brüllte: »Wie zum Teufel konnte das passieren, Rollins?«

»Tut mir leid, Sir«, entschuldigte sich Rollins. »Ich dachte, ich hätte den Kerl echt gut durchsucht ...«

»Fuck, fuck, fuck«, fluchte Niven. Schließlich blieb er stehen, straffte die Schultern und atmete tief durch. »Was für eine verfluchte Scheiße.«

Beckham wusste nicht, was er dazu sagen sollte. Er wusste nur, dass der Einzige, der ihre Fragen hätte beantworten können, tot war.

Ihm war speiübel, als er die Rangers im Keller zurückließ und mit Horn hinauf zum Sanitätszelt eilte. Über 20 Menschen, einige davon schwer verwundet, besetzten die Feldbetten.

Kate arbeitete mit zwei Ärzten an einem Mann in der Mitte des Raums. Der Patient lag regungslos auf einem Tisch. Nach der üppigen Menge Blut auf dem Boden zu urteilen, war er in ziemlich schlechter Verfassung.

Beckham setzte sich zum Warten auf den Bordstein. »Ich will mit Kate reden, bevor wir aufbrechen, um die Kinder zu suchen«, sagte er.

Horn holte eine Zigarette hervor. »Dachte ich mir schon.«

Aus dem Inneren des Zelts drangen panische Stimmen. Nach den Worten, die Beckham aufschnappte, klang es so, als hätte ein unglücklicher Patient einen Herzstillstand erlitten.

Horn nahm einen Zug von seiner Zigarette, dann bot er sie Beckham an, der jedoch abwinkte. Der ferne Schimmer eines neuen Sonnenaufgangs wärmte den Horizont.

Trotz der Aussicht auf einen neuen Tag pochte sein Herz weiterhin beklommen. Ihm geisterten zu viele Fragen durch den Kopf.

»Höllische Tage«, murmelte Horn. »Hätte aber auch schlimmer kommen können.«

»Es könnte noch schlimmer *werden,* Big Horn. Ich habe ein verdammt ungutes Gefühl.«

Die Stimmen im Zelt verstummten und wurden abgelöst vom sporadischen Stöhnen und Husten eines Patienten. Einige Minuten später kam Kate heraus, streifte ihre Operationshandschuhe ab und warf sie in einen Abfalleimer. Dann zog sie ihre Chirurgenmaske runter und seufzte gedehnt, bevor sie Beckham sichtete.

»Kate«, sagte er.

»Reed.« Sie eilte zu ihm und warf die Arme um ihn. »Habt ihr sie erwischt?«

»Nein. Und der Plünderer von der Insel ist tot.«

Mit einem verwirrten Blick zog sich Kate zurück. »Was? Wie?«

»Er hatte Abartigensäure bei sich. Die wollte er wohl zum Flüchten benutzen, was tragisch schiefgegangen ist.«

»Was wollte er damit machen?«

»Gute Frage«, meinte Horn. Er blies Rauch in den Himmel.

»Haben wir schon eine Opferzahl?«, fragte Beckham und schaute zum Zelt.

»Nein, aber sie ist gerade um einen Menschen gestiegen«, antwortete Kate, ohne sich umzudrehen. »Wir haben eben McComb verloren.«

»McComb?«, hakte Horn nach. »*Senator* McComb?«

»Er hat eine Rede im Rathaus gehalten, als es von der Bombe erfasst wurde«, sagte Kate.

Beckham schluckte, als ihn eine Erkenntnis ereilte. Natürlich konnte es reiner Zufall gewesen sein, dass der Senator während des Angriffs anwesend war. Allerdings fiel es schwer, das zu glauben, wenn man das Gesamtbild betrachtete.

Nein, das war eindeutig kein willkürlicher Angriff von gewöhnlichen Plünderern gewesen. Diese Kerle waren nicht bloß hier gewesen, um Zeug zu klauen und ein wenig Chaos zu stiften. Sie hatten über die Lage des Bunkers auf der Insel Bescheid gewusst. Das bedeutete, sie mussten eine Insiderquelle haben. Außerdem hatten sie gewusst, dass McComb hier sein würde.

Und in Anbetracht der Säure hatten sie auch unbestreitbar eine Verbindung zu den Abartigen, was die Vermutung nahelegte, dass es sich um Überläufer handelte.

»Vielleicht hat uns der Gefangene trotz allem mehr erzählt, als wir zuerst dachten«, meinte er.

»Die Säure?«, fragte Kate.

Beckham nickte. Er packte sie, zog sie fest an sich und betrachtete die aufgehende Sonne. Früher hätte er vielleicht geglaubt, dass die Plünderer nicht mit den Monstern zusammenarbeiteten und nur in die Abartigenzone geflüchtet waren, um sich zu verstecken.

Jetzt nicht mehr.

Beckham hatte gelernt, dass Zufälle in dieser neuen Welt niemals *nur* Zufälle waren. Wer immer diese Typen gewesen sein mochten, sie hatten mit den Monstern zu tun. Und ihn beschlich das Gefühl, dass sich das Rätsel nur lösen ließe, indem sie in die Hölle zurückkehrten, in der die Dämonen hausten.

10

Das von Einschusslöchern durchsiebte Straßenschild brachte S. M. Fischer bei jeder Vorbeifahrt zum Lächeln.

Sind wir hier im Himmel? Nein, in Texas.

Wer auch immer es vor Jahren aufgehängt hatte, derjenige hatte das Wort »Iowa« durchgestrichen und durch Texas ersetzt. Der Mittelwesten oder Iowa war schön und gut, aber es ging doch nichts über Texas. Fischer hätte dem Burschen, der das Schild angebracht hatte, mit Freuden die Hand geschüttelt.

An diesem Morgen fuhr er seinen Truck allein, aber seine Männer befanden sich in Sichtweite vor ihm. Drei Pick-ups fuhren zu einem seiner beschädigten Ölbohrtürme voraus.

Es war einer jener Vormittage, an denen er Zeit brauchte, um nachzudenken und in sich zu gehen. Fischer hatte früh begonnen, war vor der Morgendämmerung aufgestanden und hatte den Tag geplant.

Er bog mit seinem schwarzen Ford F350 mit Doppelkabine auf eine rostfarbene Schotterpiste und nahm den Fuß vom Gas, um nicht zu dicht auf den Wagen vor ihm aufzufahren.

Der goldene Schein der Morgensonne stieg weiter an einem wolkenlosen Meer von Blau auf. Aufmerksam betrachtete er den Anblick und dachte daran zurück, warum er nach dem Verlust seiner Frau hiergeblieben war.

Als Kind hatten ihn seine Eltern in ein gutes christliches Internat im Osten geschickt. Sie hatten einen Zweitwohnsitz im Bundesstaat New York, wo er schließlich seine Frau kennengelernt hatte.

Während der Sommer kehrte er zur Ranch zurück und war von früh bis spät draußen, um zu reiten, Mountainbike zu fahren und mit der 357er seines Vaters Wildschweine zu jagen. Dieselbe Handfeuerwaffe trug er immer noch in seinem Hüftholster.

Es waren verdammt gute Erinnerungen.

Mittlerweile hatte er das Gefühl, den Großteil seiner Zeit auf der Ranch mit der Jagd auf Abartige zu verbringen.

Im Westen erhoben sich sanfte braune Hügel, das Gelände im Osten hingegen war flach und grün. Teile der alten Zäune lagen seitlich neben der staubigen Straße. Fischer hatte keine Lust, sie reparieren zu lassen. Rinderhaltung lohnte sich ohnehin nicht mehr. Die Abartigen würden die Tiere bloß reißen, und er hatte nicht genug Männer, um Viehherden zu bewachen.

Die 3000 Rinder, die er hatte, befanden sich in Ställen unweit seines Hauses. An sie konnten die Monster nur heran, indem sie Elektrozäune und Wachpersonal überwanden.

Das hatten sie in der Vergangenheit versucht und waren jedes Mal gescheitert.

Nach dem Angriff auf mehrere seiner Bohrtürme in der vergangenen Nacht jedoch fing Fischer allmählich an, sich zu fragen, wie lange sie die Bestien noch zurückhalten könnten. Der Alpha musste ein verflucht gerissener Mistkerl gewesen sein. Wer wusste schon, wie viele weitere es da draußen gab, die auf der Suche nach Nahrung in sein Land eindringen würden?

Der Konvoi der Pick-ups bog von der unbefestigten Straße ab und parkte auf dem Seitenstreifen. Fischer lenkte hinter sie und schaltete den Motor ab. Er sprang hinaus. Weiter vorn stiegen seine vertrauenswürdigsten Leibwächter aus, Tran und Chase. Beide trugen schwarze Tarnanzüge und schwarze Baseballmützen mit dem roten Doppel-F-Logo.

Tran war mit einem SR-25 bewaffnet, Chase mit einem M4A1. Sie nickten Fischer zu, dann flankierten sie ihn auf dem Weg zum Zaun. Der Bohrturm befand sich auf der anderen Seite eines Hügels.

Die zehn Männer setzten sich den Pfad entlang in Bewegung, die Gewehre für den Fall im Anschlag, dass Abartige zurückkehrten, um zu beenden, was sie begonnen hatten.

Auf der Kuppe des Hügels stellte Fischer fest, dass es keinen Grund für sie gab zurückzukehren.

In den Sommerferien am College, als die Zeit für Jux und Tollerei längst vorbeigewesen war, hatte er sich Geld damit verdient, an den Bohrtürmen zu arbeiten. Im Gegenzug hatte sein Vater für seine Ausbildung bezahlt.

Fischer verstand genug von Technik, um zu wissen, wann seine Ingenieure recht hatten und wann sie es sich bloß leicht machen wollten.

Diesmal hatten sie recht. Der Bohrturm war im Eimer.

»Verdammter Mist«, fluchte Fischer und spuckte auf den Boden.

Der skelettartige Ölbohrturm war vollständig geschwärzt und an der Spitze verbogen.

Damit sank die Gesamtzahl seiner Bohrungen von 95 auf 93. Das würde die Produktion zwar nicht drastisch beeinträchtigen, trotzdem konnte er es sich nicht leisten, noch mehr zu verlieren. So viele Männer zu beschäftigen und in so viel Ausrüstung und Waffen zur Abwehr der Abartigen zu investieren, forderte einen hohen Preis.

Wenigstens hatte man die Bohrlöcher versiegelt, bevor zu viel Öl verbrennen konnte.

»Haben wir irgendwelche Leichen geborgen?«, wollte Fischer von Tran wissen.

Der Söldner schüttelte den Kopf.

»Wird wohl auch nicht mehr passieren«, meldete sich Chase zu Wort. »Ich vermute, inzwischen sind sie nur noch Knochen.«

Nach einem Blick auf die Armbanduhr schaute Fischer ein letztes Mal zum Bohrturm, bevor er sich davon abwandte. Er musste noch den anderen begutachten und anschließend zurück zur Ranch, um sich auf sein Treffen mit General Cornelius zu Mittag vorzubereiten.

»Tran, du fährst mit mir«, entschied Fischer. Vor dem Treffen wollte er noch einmal mit Tran darüber reden, wie er über den General dachte.

Der Konvoi aus vier Pick-ups rollte zurück auf die Straße und zum zweiten beschädigten Bohrturm, den man von der Fahrbahn aus mühelos sehen konnte. Fischer schaltete in Parkstellung und benutzte ein Fernglas, um den Schaden zu begutachten.

»Der hier konnte schneller versiegelt werden«, merkte Tran auf dem Beifahrersitz an. »Meinen Sie, wir können ihn wieder in Betrieb nehmen?«

»Vielleicht«, antwortete Fischer. »Bin mir nur nicht sicher, ob wir die Kosten wieder hereinholen können.

Zumal die Techniker sagen, dass die Chancen, das Ding wieder flottzubekommen, bei 50:50 stehen. Könnte besser sein, den Turm einfach zu zerlegen und die Teile …«

Plötzlich verstummte er mitten im Satz, als er Bewegung sichtete.

»Sir?«, fragte Tran.

»Siehst du das?«, flüsterte Fischer. Ein Schauder durchlief ihn. Er vergrößerte die Ansicht auf die rechte Seite des Bohrturms.

Irgendetwas kauerte dort.

Tran ließ das Fenster runter und hob sich das Zielfernrohr seines SR-25 ans Auge.

»O Scheiße«, murmelte er. »Das ist ein Abartiger.«

Fischer öffnete die Tür und stieg aus dem Fahrzeug.

»Sir«, sagte Tran und stellte sich vor dem Wagen neben ihn. »Sie sollten drinnen bleiben.«

Die anderen Männer stiegen ebenfalls aus, setzten die Gewehre an den Schultern an und zielten auf die entfernte Bestie. Fischer streckte ruhig die Hand in Trans Richtung aus.

»Entspann dich und gib mir dein Gewehr«, verlangte er.

Zögerlich reichte Tran ihm die Waffe. Fischer klappte das Zweibein aus. Er platzierte es auf der Motorhaube des Pick-ups und richtete das Visier auf eine grausige Szene. Bei dem Anblick zog sich alles in ihm zusammen.

Zwei menschliche Leichen lagen im Dreck. Allerdings fand er nicht die toten, nahezu vollständig aufgefressenen Techniker so abstoßend – sondern vielmehr die verkohlte rechte Körperhälfte der Kreatur.

Die von Blasen überzogene Haut schälte sich. Darunter kam geschwollenes rötliches Gewebe der Farbe einer reifen Wassermelone zum Vorschein. Die Verbrennungen erstreckten sich bis zum Kopf und bedeckten den größten Teil des Schädels und der unregelmäßigen, geschmolzenen Überreste der einstigen Ohren.

Kein Wunder, dass uns das Vieh nicht hört, dachte er.

»Aber das wird ihm nicht entgehen«, sprach Fischer laut aus. Er richtete das Visier aus, zielte auf den Kopf, bewegte den Finger zum Abzug und drückte ihn durch. Das Projektil schlug in den Schädel der Kreatur ein und verwandelte ihn in einen Sprühnebel aus verbrannten Gewebebrocken.

Das Monster sackte auf dem Leichnam eines toten Technikers zusammen.

Fischer hob das Gewehr von der Motorhaube und gab es Tran zurück.

»Ladet die Leichen der Männer hinten auf meinen Truck«, befahl Fischer.

Er stieg wieder in den F350 und wartete, während seine Männer arbeiteten. Fischer zwang sich, dabei zuzusehen, wie sie die Überreste zu ihm trugen.

Chase hatte recht.

Außer Knochen war nicht viel übrig.

Wenige Minuten später brachen sie zurück zur Ranch auf. Fischer wollte immer noch mit Tran über General Cornelius reden. Allerdings bewog ihn ein neuer Anblick, diesen Plan abermals zu verschieben.

»Ist das ein Helikopter?«, fragte Tran.

Fischer blickte auf die Uhr am Armaturenbrett. Es war erst zehn Uhr vormittags. Er kam nicht zu spät zu dem Treffen.

Cornelius – oder wer auch immer sich in dem Fluggerät befinden mochte – kam zu früh.

Fischer überholte die anderen Trucks, trat das Gaspedal durch und erhöhte das Tempo auf 130 Kilometer pro Stunde. Das Fahrzeug mit seinen überdimensionierten Rädern bewältigte das unwirtliche Terrain mühelos.

Nach dem nächsten Hügel erreichten sie grauen Beton, und er beschleunigte auf rund 160 Sachen. Der anderthalb Kilometer lange Straßenabschnitt hatte ihn eine stattliche Summe gekostet. Aber er empfing seine Gäste gern mit einer gepflegten Straße, um sie daran zu erinnern, wo sie ankamen – und daran, was sie bei der Abreise zurückließen.

Die Fischer-Ranch glich einer Festung inmitten des ehemaligen Wilden Westens. Mit ihren zahlreichen Gebäuden, Scheunen und Stallungen erfüllte die Anlage mühelos die Erwartungen an ein Ölimperium und eignete sich ohne Weiteres für eine Begegnung mit dem Mann, den viele für den nächsten Präsidenten des Landes hielten.

Bald würde Fischer selbst eine Einschätzung treffen können.

Der Hubschrauber landete auf dem Feld gegenüber dem Rundweg der Zufahrt. Fischer parkte ein und beobachtete, wie Menschen aus der Maschine stiegen. Geduckt eilten sie unter den Rotoren hindurch. Alle bis auf zwei trugen einen Kampfanzug.

Er sichtete Cornelius unter ihnen. Der General erwies sich als der Größte und wirkte mit seiner weißen Mähne wie ein Mann, der sich in einem Raum von der Masse abheben und Aufmerksamkeit gebieten würde. Er trug eine offenbar frisch gestärkte Uniform, die für den gegenwärtigen Zustand der Welt ungewöhnlich sauber zu sein schien.

Fischer hingegen trug eine Jeans, Cowboystiefel und einen Cowboyhut. Kaum die geeignete Aufmachung für eine Besprechung mit dem potenziellen nächsten Oberhaupt des Landes. Aber im Grunde kümmerte ihn das nicht sonderlich. Nicht er war derjenige, der an diesem Tag um Geld bitten würde.

Fischer stieg aus dem Truck und überlegte, ob er seinen Männern befehlen sollte, den Wagen mit den Leichen wegzufahren, doch es war bereits zu spät.

»Mr. Fischer«, rief Cornelius herüber.

Fischer ging dem Mann entgegen und lächelte dabei, allerdings nicht zu breit. Er war Geschäftsmann und wollte nicht übereifrig wirken. Mit einem Pokerface in Verhandlungen zu treten, gehörte zu den ersten Dingen, die sein Vater ihm beigebracht hatte.

»Sie sind früh dran, General«, merkte Fischer an. Er streckte den Arm aus und schüttelte dem Mann die schwielige Hand.

»Tut mir leid, aber letzte Nacht ist viel passiert, und ich wollte mich mit Ihnen treffen, bevor ich nach Osten aufbreche«, antwortete Cornelius.

Fischer bedeutete dem General, ihm zum Haus zu folgen.

»Wenn Sie gewählt werden, könnten Sie die Regierung vielleicht hierher verlegen«, schlug Fischer vor. »Dann müssten Sie nicht den besten der Alliierten Staaten verlassen und hätten erstklassigen Zugang zu den produktivsten Ölfeldern für die Versorgung Ihrer kleinen Armee. Und behaupten Sie nicht, Sie hätten kein Interesse daran.«

Cornelius stimmte ein Lachen an. »Mal sehen. Aber davor stehen noch einige andere Punkte auf meiner

Tagesordnung. Obwohl: Sie haben recht. Meine Pläne sehen die Zusammenarbeit mit Fischer Fields vor.«

Der Gestank von verwesendem Fleisch wehte durch die Luft. Cornelius hob einen Ärmel über Mund und Nase, als er den Pick-up mit den Leichen passierte.

»Tut mir leid deswegen«, entschuldigte sich Fischer. »Wir haben uns gerade die Schäden an meinen Bohrtürmen angesehen und dabei einige meiner Männer gefunden, die schon eine Weile da draußen waren.«

Cornelius ließ die Hand sinken. Der grausige Anblick auf der Ladefläche schien ihn nicht zu verstören.

»Ich bedaure Ihren Verlust, Mr. Fischer«, sagte der General. »Es hat Sie nicht als Einzigen erwischt. Irgendetwas geht in den Außenposten und Sicherheitszonen vor sich. Dinge, die Präsidentin Ringgold lieber geheim halten möchte, davon bin ich überzeugt.«

Fischer blieb am Pick-up stehen. Seine Neugier war geweckt.

»Ringgold ist eine kluge Frau«, fuhr Cornelius fort. »Ich mag sie und Vizepräsident Lemke. Beide sind anständige Menschen. Aber sie haben bewiesen, dass sie nicht das Zeug dazu haben, das Land zu beschützen.«

Cornelius schaute zurück zu den Leichen auf der Ladefläche des Wagens. »Die Abartigen die verlassenen Städte übernehmen zu lassen, ist ein strategischer Fehler. Diese Städte sind tickende Zeitbomben, die nur darauf warten zu explodieren. Genau solche Nachlässigkeiten führen zu einer Zunahme der Überfälle wie jenen auf Ihre Ranch.«

In der Stimme des Generals schwang Zorn mit. Fischer hatte schon vom Temperament des Mannes gehört.

Zorn war nicht unbedingt schlecht, wenn er kontrolliert wurde. Allerdings konnte Zorn sehr wohl ein

Problem sein, wenn der General zu den Typen gehörte, die Emotionen einer fundierten Entscheidung in die Quere kommen ließen. Jemand, der ein Land anführte, musste kühlen Kopf bewahren, besonnen sein, vor allem angesichts solcher Bedrohungen.

»Deshalb bin ich hier, um Ihnen ein Angebot als Gegenleistung für Ihre Unterstützung zu unterbreiten«, sagte Cornelius. Die Schärfe war aus seiner Stimme verschwunden.

Fischer sprach nicht zu laut. Er wollte nicht, dass seine Männer das Angebot hörten – nur für den Fall, dass Fischer es am Ende nicht annehmen würde. Allerdings hatte er das Gefühl, dass es übertreffen würde, was Ringgold an spärlichem Schutz für seine Ölfelder getan hatte.

Am Morgen nach dem Angriff war Kate schnurstracks ins Labor gegangen, um die Proben zu testen, die mit einem Helikopter vom Außenposten Turkey River gekommen waren. Horn und Beckham waren mit mehreren Rangers draußen, die Kinder befanden sich in der Unterkunft für Überlebende in der Innenstadt von Portland. Durch das Wissen, dass Beckham in der Nähe war und ihre Familie in Sicherheit, konnte sie sich besser auf die offenen Fragen konzentrieren.

Hunderte von Gedanken über die Angriffe wirbelten ihr durch den Kopf, aber sie bemühte sich, sie auf wissenschaftliche Aspekte zu beschränken. Ihre Aufgabe bestand nicht darin herauszufinden, wer Portland und Peaks Island überfallen hatte und wie das mit den anderen Angriffen zusammenhing – sondern darin, das Rätsel zu lösen, was in den Tunneln der Abartigen vor sich ging.

Im Labor herrschte ein muffiger Geruch vor, ein scharfer Kontrast zu dem sterilen Krankenhausgeruch, der den Raum normalerweise erfüllte. Die Hälfte ihres Arbeitsbereichs übersäten einzeln verpackte Pipettenspitzen, Spritzen und zerbrochene Messbecher.

Schlammige Stiefelabdrücke verliefen kreuz und quer über einen vormals sauberen, weiß gefliesten Boden. Kate schob die Kartons mit Einwegspritzen beiseite, die auf einem Labortisch verstreut standen.

In der Regel störte es sie schon, wenn auch nur eine Pipette unordentlich auf einem Labortisch statt in der Halterung zurückblieb oder ein verirrter Einweghandschuh über die Seite eines Mülleimers hing. An diesem Tag jedoch hatte sie keine andere Wahl als im Dreck zu arbeiten und zu hoffen, die Plünderer würden nicht alles mitgenommen haben, was sie für ihre Experimente brauchte.

Sie durchsuchte Schubladen und Schränke mit schräg auf den Scharnieren hängenden Türen nach Zubehör für Zellkulturen. Kate holte einen Plastikbeutel mit Zellkulturschalen heraus. Sie hätte schwören können, mehr davon auf Lager gehabt zu haben.

Aus dem Tiefkühlschrank waren sämtliche Ein-Liter-Flaschen mit roter Zellkulturflüssigkeit verschwunden. Dasselbe galt für die Flaschen mit Rinderserum zur Ergänzung des Mediums.

Was um alles in der Welt wollten Plünderer mit Zubehör für Zellkulturen?

Vielleicht hatten sie die Sachen mit medizinischem Material verwechselt. Zum Glück hatte Kate noch einige erst halb verbrauchte Flaschen des Mediums mit bereits zugesetztem Serum im Kühlschrank bei einer konstanten Temperatur von vier Grad Celsius.

Wenigstens waren keine Zellkulturschalen und elektronischen Handpipetten gestohlen worden. Natürlich waren die meisten Antibiotika weg, die sie zum Hinzufügen zu Zellkulturen im Labor verwahrt hatte. Keine Überraschung.

Das war in Ordnung. Solange sie äußerste Vorsicht walten ließ, konnte sie das Risiko einer Kontamination ihrer Kulturschalen minimieren.

Auf dem Labortisch vor ihr lag ein Styroporbehälter der Größe einer Kühlbox mit den Proben, die ihr Fitz geschickt hatte. Sie hob eines der Zehn-Milliliter-Plastikröhrchen aus dem Behälter.

Die rote Substanz darin – was auch immer sie sein mochte – war anscheinend wunderbar in den Erdtunneln gediehen, die von den Abartigen außerhalb des Außenpostens Turkey River gegraben worden waren.

Und wenn das Zeug in diesen Tunneln überlebt hatte, was konnten ihm dann schon ein paar Bakterien aus dem Labor schaden?

Kate ließ den Blick durch das Labor zu dem kleineren Raum mit den Biosicherheitsschränken wandern. Die Umgebung wirkte leer. Allerdings nicht wegen eines Mangels an Krempel und Laborbedarf. Vielmehr ertappte Kate sich dabei, an Dr. Pat Ellis zu denken, ihren früheren Laborpartner. Vor seinem tragischen Ende hatte er mehrere Jahre lang mit ihr zusammengearbeitet.

In ihrem Herzen gab es immer noch einen Platz für den Mann, den sie sowohl als geschätzten Kollegen als auch als Freund betrachtet hatte. Mittlerweile musste sie im Labor allein zurechtkommen.

Ellis fehlte ihr immer, besonders jedoch am heutigen Tag. All der Tod und die Zerstörung hatten den Schorf der Zeit abgeschabt und alte emotionale Wunden wieder aufgerissen.

Sie trug die Kulturschalen aus Plastik und die Pipetten zu einem der Biosicherheitsschränke und schob sie unter der Schutzfront aus Glas hindurch hinein. Als Nächstes folgte eine Flasche mit rosa, vorgewärmtem Zellmedium.

»Mal sehen, was Team Ghost gefunden hat«, flüsterte sie bei sich.

Sie hielt das Probenröhrchen aus Kunststoff in einer behandschuhten Hand, schraubte mit der anderen den Verschluss ab und legte das Röhrchen auf die Metalloberfläche im Inneren des Biosicherheitsschranks.

Bilder von den Szenen im Sanitätszelt blitzten in ihrem Kopf auf. Noch so frisch, dass sie praktisch fühlen konnte, wie der Puls von Senator McComb unter ihren Fingern versiegte, während sie den Kupfergeruch von Blut in der Nase hatte und die Schreie der Verwundeten und Verängstigten hörte.

Kate blinzelte die Erinnerungen und die Erschöpfung weg und zwang sich zur Konzentration. Der Adrenalinschub, der ihr durch die Nacht geholfen hatte, ließ allmählich nach. Sie brauchte jedes Quäntchen Hirnschmalz, das sie in Reserve hatte. Außerdem war es lange her, dass sie zuletzt in einem solchen Labor echte, auf die Abartigen bezogene Forschungsarbeit betrieben hatte.

Aber die Geschichte hatte eine fiese Art, sich zu wiederholen.

Mit einer Pinzette aus Edelstahl zog sie einen dünnen Streifen des roten Gespinsts aus dem Kunststoffröhrchen. Als es in der Luft über der Zellkulturschale baumelte, hätte es genauso gut ein dünn geschnittenes Stück Steak sein können.

Ihre Finger zitterten, während sie die Pinzette hielt und die Probe begutachtete.

Du schaffst das, Kate.

Doch vor ihrem geistigen Auge sah sie Timothy über seinem Vater stehen. Sah den Ausdruck in seinem Gesicht. Das Leid, das kein Kind ertragen sollte. Beide Elternteile auf diese Weise verloren. So jung allein auf der Welt.

Das Zittern in ihren Fingern breitete sich die Pinzette entlang aus. Um ein Haar hätte sie das rote Gewebe fallen gelassen. Kate hielt den Atem an und legte die Ranke behutsam in die Zellkulturschale. Als Nächstes füllte sie die Schale mit dem Zellmedium aus einer der nicht gestohlenen Flaschen im Kühlschrank. In der Hoffnung, es würde die Ranke zum Wachsen bringen, setzte sie den Prozess mit einer Pipette fort. Es war eine Aufgabe, die jeder anständige Labortechniker bewältigen konnte – oder sogar jeder beginnende Biologiestudent. Dennoch fühlte es sich im Augenblick so an, als hätte sie im Leben noch nie etwas Schwierigeres gemacht.

Aber Kate arbeitete wie immer durch den Schmerz und die Qualen, bis sie alle Proben eingerichtet hatte. Sie würde sie wachsen lassen und ihre phänotypischen Veränderungen und Verhaltensweisen beobachten. Nachdem sie die Zellkulturschalen wieder in den Inkubator gestellt hatte, präparierte sie einen Objektträger mit einer weiteren, hauchdünnen Probe des Gespinsts.

Kate fiel es schwer zu glauben, dass diese lebendige Substanz jene Tunnel bedeckt hatte, wie Team Ghost es beschrieben hatte. Als sie zum ersten Mal davon gehört hatte, dachte sie, es müsste sich um eine Art Pilz handeln. Das würde erklären, wie er so schnell wachsen konnte, vor allem in einer unterirdischen Umgebung.

Mittlerweile war sie sich nicht mehr so sicher.

Sie brachte den präparierten Objektträger zu einem Inversmikroskop. Ein Blick durch das Okular zeigte, dass ihre Zweifel berechtigt waren. Der Großteil des Gewebes schien aus langen, quergestreiften Zellen zu bestehen. Eindeutig von einem Säugetier. Dazwischen wuchsen andere, spinnenartige Zellen, verbunden durch rankenähnliche Wucherungen, die verdächtig nach Dendriten aussahen.

Hätte Kate es nicht besser gewusst, sie hätte gesagt, dass diese spinnenartigen Zellen wie Nerven aussahen. Bei allen anderen um sie herum konnte es sich um Myoblasten oder Fibroblasten handeln – Muskel- oder Bindegewebszellen.

Allerdings wuchsen solche Zellen nicht außerhalb eines Tiers oder Menschen. Zumindest nicht, soweit sie wusste. Die Abartigen schienen alle Regeln der Natur zu brechen oder zu verbiegen.

Entscheidend war, herauszufinden, wie die Zellen auf diese Weise wuchsen. Falls sie Geheimnisse bargen, die helfen konnten, Dohi zu finden oder ein weiteres Ereignis wie in Turkey River zu verhindern, war Kate fest entschlossen, sie zu lüften.

Sie merkte sich vor, ihre Vorräte für die Antikörpersets zu überprüfen, die sie für Tests zur Gewebecharakterisierung an diesen Zellen brauchen würde. Falls irgendetwas fehlte, konnte es einige Tage dauern, das richtige Material zu beschaffen.

Team Ghost würde ihre Ergebnisse brauchen, um eine Vorstellung davon zu bekommen, womit sie es in den Tunneln zu tun hatten. Dohi blieb wahrscheinlich keine Zeit, um auf solide Experimente zu warten. Vorausgesetzt er lebte überhaupt noch.

Was immer diese Proben an Hinweisen enthalten mochten, musste sofort gefunden werden.

Es blieb keine Zeit, um jedes Experiment zu wiederholen und jede Hypothese einer Reihe von Tests zu unterziehen.

Kate würde sich auf ihr Bauchgefühl verlassen müssen. Sie würde auf ihre Hypothese bauen und sie später überprüfen müssen. Vorerst würde sie davon ausgehen, dass es sich bei der Substanz tatsächlich um eine Mischung aus Nerven- und Muskelzellen handelte.

Aber wenn dem so war, stellte sich die Frage nach dem Warum.

Und fast genauso wichtig: Welch eine Kreatur sonderte diese Zellen ab?

Die dunklen runden Punkte der Kerne im Inneren waren leicht zu erkennen, und es gab keine dicke, kantige Zellwand, die sie zusammenhielt. Demnach stammten sie definitiv nicht von Pflanzen oder Pilzen, wie Kate ursprünglich vermutet hatte.

Als sie die Zellen untersuchte, fiel ihr etwas Merkwürdiges auf. Einige der Zellkerne teilten sich vor ihren Augen. Und mit ihnen auch das Zytoplasma – die glibberigen Teile im Inneren der Zellen.

Das konnte nicht möglich sein …

Kate blinzelte und geriet halb in Versuchung, sich zu kneifen, um sich davon zu überzeugen, dass sie nicht von Erschöpfung überwältigt worden war und träumte. Als sie wieder durch das Okular blickte, sah sie, dass sich die Zellen tatsächlich teilten.

Und nicht nur das – sie wuchsen auch. Merkwürdig, wenn man bedachte, dass sich die Probe, die sie für den Objektträger vorbereitet hatte, nicht in perfekten physiologischen Bedingungen befand, wie sie in den Zellkulturschalen im Inkubator herrschten.

Säugetierzellen wuchsen an sich nur dann gut, wenn das richtige Zusammenspiel aus Temperatur, Feuchtigkeit, Sauerstoffgehalt und Nährstoffen vorlag. Und doch teilten sich diese Zellen nicht nur, sie breiteten sich rasant über den Objektträger aus.

»Das … Das kann nicht sein«, flüsterte Kate.

Ellis hätte das nur zu gern gesehen.

Sie verwahrte den Objektträger in einer Kulturschale und behielt ihn auf dem Tisch neben dem Mikroskop, denn sie scheute sich davor, ihn einfach wegzuwerfen. Kate merkte sich in Gedanken vor, das Ding vor der Entsorgung mit Säure zu verätzen oder zu verbrennen, um sicherzugehen, dass es nicht auf einer Deponie wuchern würde. Sie kehrte zurück zum Inkubator, holte eine der Zellkulturschalen heraus und platzierte sie auf dem Mikroskoptisch.

Sie brauchte nicht mal durch das Okular zu schauen, um zu erkennen, dass sich die Zellen in dieser Schale bereits an ihre Umgebung angepasst hatten. Die Gewebeprobe pulsierte wild und willkürlich, zog sich den gesamten Strang entlang zusammen und dehnte sich.

Die Ansicht durch das Okular bestätigte ihren Verdacht lediglich. Die Zellen, die sie für Myoblasten hielt, bewegten sich. Genau wie Kardiomyozyten, jene Zellen, die mit automatischer Kontraktion und Relaxation den Herzschlag eines Menschen aufrechterhielten.

Noch beängstigender fand Kate, dass sich die Zellen während des Pulsierens weiter teilten. Es war, als sähe sie einem Tumor in Zeitrafferaufnahmen beim Wachsen zu. Nur wurde der Tumor nicht innerhalb von Wochen oder

Monaten bösartig und breitete sich aus, sondern innerhalb von Sekunden.

Ein mulmiges Gefühl nistete sich in Kates Magengrube ein, als sie sich vom Okular löste. Die Abartigen hatten ihr Wissen und ihr Verständnis von Biologie von Anfang an auf die Probe gestellt. Mittlerweile hatte sie den Eindruck, als würden sie mit ihr spielen und sie mit Unbekanntem quälen.

Aber sie würde sich nicht überlisten lassen.

Wenn diese biologischen Proben Hinweise enthielten, die verhindern konnten, dass sich Ereignisse wie jene im Außenposten Turkey River wiederholten, würde sie den Code knacken.

11

Alles schmerzte.

Das war das Erste, was in Dohis gedämpftes Bewusstsein drang. Stechende Schmerzen strahlten durch seine Ellbogen und pulsierten entlang seiner Wirbelsäule. Sein Geist schien in einem dunklen Tümpel gefangen zu sein.

Vielleicht auch sein Körper.

Er sah rings um sich nur Schwärze.

Zu den Schmerzen gesellte sich Angst und Adrenalin schoss durch seine Blutbahnen.

Die Benommenheit, die seinen Geist benebelte, ließ allmählich nach, und er spürte seine Gliedmaßen wieder. Etwas schleifte ihn über den Boden. Das Zirkulieren des Bluts half dabei, seine Sinne zu aktivieren. Erinnerungen an die Ereignisse im Außenposten Turkey River fluteten seinen Kopf. Abartige hatten ihm aufgelauert, und er war in einen Tunnel gefallen.

Alles danach war verschwommen.

Dohi hatte keine Möglichkeit abzuschätzen, wie lange er weggetreten war oder wie weit man ihn geschleift hatte. Sein Headset und seine Nachtsichtbrille waren im Eimer. Sein Gewehr hatte er im Getümmel verloren.

Langsam tastete er mit der Hand zu seiner Hüfte. Wenigstens steckte seine M1911 noch im Holster. Dasselbe galt zum Glück für die Lampe an seinem Einsatzgürtel. Er würde beides brauchen, wenn er die Chance haben wollte, zu fliehen.

Was äußerst schwierig werden würde, wenn es nach den riesigen Krallen um eines seiner Fußgelenke ging. Wenngleich er die Bestie nicht sehen konnte, merkte er auf Anhieb, dass es sich um keinen gewöhnlichen Abartigen handelte.

Zumindest ließen das die schweren Laute der Schritte und die harschen, schnaubenden Atemzüge vermuten.

Plötzlich stimmte die Kreatur ein hohes, schrilles Kreischen an und ließ eine Reihe klickender Laute folgen.

Irgendwo in der Ferne antwortete ein anderer Abartiger.

Die Ausgeburt der Hölle schleifte Dohi tiefer in den Tunnel. Krächzende Laute und das Klicken von Gelenken hallten von den Wänden wider.

Ohne den Luxus, etwas zu sehen, konzentrierte sich Dohi auf seine anderen Sinne.

Der Gestank von fauligem Obst, der von den Kreaturen ausging, überwältigte ihn, vor allem der des Monsters, das ihn mitschleppte. Wenn er die Finger entspannte und über den Tunnelboden gleiten ließ, konnte er die feuchte Erde und noch deutlicher das dehnbare Geflecht spüren, das er gesehen hatte, bevor er in den Tunnel gefallen war.

Jedes Mal wenn er mit dem organischen Material in Kontakt geriet, richteten sich die Härchen an seinen Armen auf. Die Luft selbst hinterließ einen beißenden, grausamen Geschmack auf seiner Zunge und versetzte seinen Magen in Aufruhr. Fast so, als hätte er einen ausgiebigen Schluck von bröckeliger, verdorbener Milch getrunken.

Er versuchte, sich darauf zu konzentrieren, die Abartigen zu zählen, was sich jedoch durch die gequälten Schreie von anderen menschlichen Gefangenen schwierig gestaltete. Er vermutete, dass mindestens fünf bis sechs Fußsoldaten vor dem monströsen Ungeheuer marschierten, das ihn am Fußgelenk hielt und mit sich zog.

Vielleicht betrachtete er die Sache auch falsch – vielleicht war das ein Durchbruch, weil ihn die Mistviecher direkt in ihr Nest brachten. Wenn er fliehen könnte, hätte er die Lage des Verstecks und wüsste, wo sich die übrigen Bewohner des Außenpostens Turkey River befanden.

Allerdings schien hier unten eine Flucht so gut wie unmöglich zu sein.

Dohi benutzte wieder seinen inneren Kompass und versuchte, sich den Weg zu merken, nur für den Fall, dass sich eine Gelegenheit ergab. Der Pfad schien sich jedoch so stark zu winden und zu krümmen, dass es kaum möglich war, die Orientierung einigermaßen zu wahren.

Je länger er geschleift wurde, desto mitgenommener wurde er. Dohi hatte Mühe, konzentriert zu bleiben, und er vermochte nicht zu sagen, ob er wieder bewusstlos geworden war oder ob die Zeit in der pechschwarzen Finsternis anders verging.

In Wahrheit hatte er keine Ahnung, wie lange er sich schon hier unten befand.

Plötzlich hallte ein durchdringender Schrei durch den Tunnel. Darauf folgte das unverkennbare Geräusch von umherspritzendem Blut. Ein misstönender, krächzender Chor der Abartigen dröhnte explosiv durch die Dunkelheit.

Etwas Animalisches brüllte in Dohi auf. Ein reiner Instinkt, durch jahrelange Evolution tief verwurzelt. Ein

Instinkt, der ihn darauf vorbereitete, entweder zu kämpfen oder zu fliehen.

Ein weiterer menschlicher Schrei ertönte und endete abrupt mit einem reißenden Geräusch.

Dann folgte ein dumpfer Schlag. Wie von einem fallenden Körper. Schließlich ein weiteres, leichteres Pochen. Dohi stellte sich einen kopflosen Körper vor, der auf dem Boden aufschlug, und eine Horde von Abartigen, die das Fleisch verzehrten.

Einen Augenblick später hielt das Monster an, das ihn zog.

Dohi bemühte sich, seine Atmung zu kontrollieren.

Die Bestie hievte ihn mit einem Ruck ein Stück vorwärts.

Wieder schrie ein Mensch.

An der Stelle schritt Dohi zur Tat.

Mit aller Kraft entriss er seinem Entführer den Stiefel. Das überraschte Monster zuckte zurück, als Dohi die M1911 aus dem Holster zog und mit der anderen Hand nach seiner Taschenlampe griff.

Er schaltete sie ein und wirbelte zu seinem Entführer herum, richtete zugleich die Handfeuerwaffe und den Lichtstrahl auf ihn. Die Zeit schien sich zu verlangsamen.

Der Tunnel um Dohi herum ragte fast seine doppelte Körpergröße hoch auf, und die Bestie vor ihm nahm den größten Teil des Platzes ein. Kantige Züge in einem affenähnlichen Gesicht schwenkten in seine Richtung. Riesige Nasenlöcher blähten sich. Die Lippen zogen sich zurück und entblößten eine Reihe krummer Fänge. Große, fledermausähnliche Ohren standen seitlich am Gesicht ab. Dreck verkrustete die breiten Klauen, zwischen denen sich Schwimmhäute spannten.

Dohi hatte damit gerechnet, dass die Kreatur ihn anstarren würde – oder vielleicht im besten Fall eine klauenbewehrte Hand vor die Augen reißen würde, um sich vor dem plötzlichen, blendenden Licht zu schützen.

Dieser Alpha jedoch zuckte angesichts des grellen Strahls mit keiner Wimper. Da bemerkte Dohi, dass die milchig-weißen Augen ihn nicht einmal ansahen. Plötzlich ergaben die hohen, schrillen Laute und die klickenden Geräusche einen Sinn. Die Bestie benutzte Echolotung, die sich vor allem für Tunnel perfekt eignete.

Dohi verschwendete keine weitere Sekunde und drückte den Abzug.

Klick.

»Scheiße«, murmelte er.

Die Bestie legte nur den Kopf schief, ohne zu ahnen, welches Glück sie gehabt hatte. Muskelstränge überzogen den gesamten Körper, und irgendein zähflüssiger Glibber bedeckte die glatte Haut.

Krallen, die groß genug wirkten, um Dohis Brust zu durchstoßen und auf der anderen Seite auszutreten, ragten von den Fingern. Von der Wirbelsäule wuchsen dünne Fortsätze. Jede dieser Fasern schien das Gespinst an der Tunnelwand entlangzutasten.

Die Bestie entfesselte einen weiteren schrillen Schrei.

Mist.

Dohi zog rasch den Schlitten zurück, um eine Patrone ins Lager zu befördern, dann drückte er den Abzug, als die Bestie ihn angriff. Zwei Projektile schlugen in die breite Brust ein.

Dohi hielt den Lichtstrahl auf die Kreatur gerichtet, während er feuerte. Blut und durchsichtiger Glibber spritzten im Licht auf.

Die anderen Abartigen weiter vorn im Tunnel ließen von ihren menschlichen Gefangenen ab. Im Lichtschein bemerkte er, dass Menschen in dem roten Gespinst festhingen. Die seltsamen Gewächse schienen aus ihren offenen Mündern und Augen zu sprießen.

Dohi blieb keine Zeit, den grauenhaften Anblick auf sich wirken zu lassen. Die Abartigen stürmten um den Alpha herum.

Eines der Monster sprang mit ausgestreckten Krallen durch die Luft.

Dohi feuerte zweimal in die Körpermitte der Kreatur. Sie stürzte und schlitterte über den Tunnelboden. Zwei andere trampelten über ihren toten Kameraden hinweg. Dohi schaltete sie mit Schüssen in schneller Abfolge aus, bevor er dem Alpha eine Kugel in den Schädel jagte und ihn gegen eine Wand wanken ließ.

Schnell stemmte sich Dohi hoch und humpelte weg. Unterwegs wechselte er das Magazin. Jeder Schritt schmerzte, jede Erschütterung vibrierte durch seine geschundenen Knochen.

Kaum hatte er das frische Magazin eingelegt, drehte er sich um, hob die Waffe und richtete das Licht auf die ihn verfolgenden Abartigen. Er gab einen Schuss ab, der direkt in den Schädel des vordersten Monsters einschlug.

Zwei weitere Ungetüme rasten an dem Getroffenen vorbei. Dohi brachte sie beide mit gezielten Schüssen in die Köpfe zu Fall. Der riesige Alpha brüllte hinter ihnen, dann bewegte er sich schwerfällig auf allen vieren vorwärts und benutzte dabei die breiten Klauen wie ein Gorilla die Arme.

Dohi feuerte einen weiteren Schuss mitten in die Brust des letzten gewöhnlichen Abartigen. Das Ungetüm sackte zusammen und stürzte kopfüber in das Gespinst. Der Alpha pflügte weiter vorwärts, stampfte den Toten in den Schlamm und gab erneut ein durchdringendes Kreischen von sich.

Die langen, faserigen Gewächse, die das rote Geflecht entlang verliefen, spannten sich.

Dohi konnte beinahe fühlen, wie plötzlich ein elektrisches Knistern in der Luft lag.

Wieder drückte er den Abzug, jagte eine Kugel in die Brust des Alphas und entlockte ihm damit lautes Gebrüll. Der Körper schien den Einschlag einfach zu absorbieren.

Als Dohi den Abzug erneut betätigte, rastete der Schlitten ein.

Die Pistole war leer, und er hatte keine Magazine mehr. Das Jagdmesser hatte er beim Sturz zusammen mit dem Gewehr verloren. Ihm blieben nur noch die Hände zur Verteidigung.

Wieder setzte der Instinkt ein, zu kämpfen oder zu fliehen.

Diesmal entschied er sich für Letzteres.

Dohi rannte im Licht seiner Lampe durch den Tunnel. Das Gespinst zerrte an seinen Stiefeln und Schultern und er pflügte durch das klebrige, rankenartige Gewächs. Die Tunnel im Erdreich verzweigten sich. Er bog willkürlich ab, ohne zu wissen, wohin er lief.

Grunzende und kreischende Laute hallten durch den Tunnel, als die Bestie ihn mittels Echolotung verfolgte. Aber obwohl sich Dohi mittlerweile weit außerhalb der effektiven Sonarreichweite des Ungeheuers befinden musste, blieb es ihm auf den Fersen.

Das ließ nur noch wenige andere Möglichkeiten offen. Eine davon war der Geruch. Allerdings fragte er sich unwillkürlich, ob dieses Gespinst etwas damit zu tun hatte, dass der Alpha ihm folgen konnte.

Er dachte zurück an die faserigen Auswüchse aus der Wirbelsäule des Alphas, die das Geflecht entlangfuhren. Wenn Dohi mit seiner Vermutung richtiglag, würde er durch Wegrennen allein nicht entkommen können.

Nach einer weiteren Biegung blieb er stehen und legte die Hand zwischen Lücken in dem Gespinst. Seine Finger bohrten sich mühelos in die schlammige Erde.

Vielleicht …

Er drehte sich um und spannte das Gespinst über sich. Dann wetzte er sich langsam rückwärts in den Schlamm. Er verschmierte mit den Händen kalte, nasse Klumpen über seinen Körper. Auf diese Weise grub er eine flache Vertiefung in die Wand, so gut er konnte.

Die stampfenden Schritte des Alphas näherten sich. Schrille Laute tönten durch den Tunnel herab.

Schlamm lief Dohi über die Schultern. Er verteilte ihn über seinen Helm, in seinem Haar und über seine Wangen.

Ein weiteres hochfrequentes Kreischen hallte durch den Tunnel.

Dohi schaltete seine Lampe aus und schob sie in die Tasche. Er war so gut wie sicher, dass der Alpha nicht sehen konnte, dennoch wollte er kein Risiko eingehen.

Der Boden erzitterte.

Die Bestie befand sich nicht mehr weit entfernt.

Dohi atmete tief ein und schloss die Augen. Zwar herrschte im Tunnel ohnehin pechschwarze Finsternis, dennoch konnte er dem natürlichen Instinkt nicht widerstehen, jeden Teil von sich im Schlamm unter dem Gespinst verschwinden zu lassen.

Das Klicken wurde lauter. Die Bestie konnte sich höchstens noch ein, zwei Meter entfernt befinden. Riesige Füße schlurften über den Matsch. Ein grollendes Knurren ertönte.

Dohi konnte ranzigen Atem riechen, aber er hielt den Mund zugepresst und die Luft in der Lunge.

Auf das Knurren folgte ein Schnüffeln.

Er weiß, dass ich hier bin. Er weiß es.

Ein stinkender Atemhauch zischte an Dohis schlammbedecktem Gesicht vorbei.

Die Kreatur befand sich unmittelbar vor ihm.

Spielte sie mit ihm?

In seiner Lunge brannte es, trotzdem hielt er weiter die Luft an. Wenn er sie ausbliese, würde ihm die Bestie die Eingeweide herausreißen.

Während die Sekunden verstrichen, beschleunigte sich sein Herzschlag.

Kann sie das Pochen hören?

Die Kreatur knurrte erneut.

Dann stapfte sie den Weg entlang davon, den sie beide gekommen waren. Dohi wartete noch einige Augenblicke, bevor er den Atem langsam entweichen ließ. Gleich darauf saugte er sich Tunnelluft in den Mund. So muffig und faulig sie sein mochte, er hatte noch nie süßere Luft geschmeckt.

Er blieb im Schlamm hinter dem Gespinst, bis diese klickenden und quietschenden Laute letztlich verstummten. Nach weiteren 15 Minuten löste er sich aus dem Schlamm und zwängte sich durch die Lücken in dem organischen Geflecht. Dohi fuhr sich mit den Fingern übers Gesicht und den Kinnbart, wischte den Schlamm ab und schnippte ihn weg.

Nur mit seiner Lampe gerüstet brach er auf, um den Weg aus den Tunneln zu finden. Was er gerade erlebt hatte, musste dem Oberkommando übermittelt werden, bevor ein anderer Außenposten angegriffen wurde.

Die Zukunft des gesamten Landes konnte davon abhängen, dass ihm die Flucht gelang.

Einen Tag nachdem Team Ghost Dohi verloren hatte, kämpfte sich das spätnachmittägliche Sonnenlicht durch die Bäume. Das Team befand sich nach wie vor am Außenposten Turkey River. Bei der Evakuierung von Cedric Long zur Befragung durch das Oberkommando hatte man ihnen Versorgungsnachschub gebracht und die Proben mitgenommen, die Fitz für Kate gesammelt hatte.

Fitz wollte nicht gehen, bevor sie Dohi geborgen hatten. Er wusste, dass die Chancen, ihn lebend zu finden, mit jeder verstreichenden Stunde schwanden.

Aber Dohi war der beste Fährtensucher von Team Ghost, ein regelrechter Spürhund. Wenn jemand in dem unterirdischen, von Abartigen verseuchten Labyrinth überleben konnte, dann Dohi.

Fitz warf einen prüfenden Blick auf sein Team, während sie die Suche nach ihrem verlorenen Bruder fortsetzten.

Mendez ging an der Spitze. Lincoln bildete die Nachhut, schaute aufmerksam zwischen den skelettartigen Bäumen hin und her. Fitz und Rico marschierten zwischen ihnen. Ace schleppte einen großen schwarzen Rucksack mit einem robusten Computer und einer Batterie, verbunden mit dem langen grauen, röhrenförmigen Instrument, das er ebenfalls trug.

Das Rohr erinnerte an eine altmodische Bazooka, nur wies es einen LCD-Bildschirm auf, der zu Ace nach oben leuchtete. Er schwenkte die Vorrichtung wie ein Minensucher vor sich über den Boden.

Als das Oberkommando von der Situation des Teams erfuhr, hatte man dort die perfekte Lösung parat. Neben Nachschub an Munition hatte eine Gruppe von Militärtechnikern ein sogenanntes R2TD geliefert, ein System zur schnellen Tunnelerkennung, das vor über einem Jahrzehnt von der US Army entwickelt worden war. Es nutzte Bodenradar, um Tunnel sowie Geräusche und Aktivitäten von Menschen oder Maschinen unter der Erde aufzuspüren.

Bevor nach dem Ende des großen Krieges einige der Städte den Abartigen überlassen wurden, hatten Trupps wie Team Ghost das Gerät verbreitet eingesetzt.

Die Bedienung an sich war recht einfach. Aber die Unterscheidung des Signals vom Rauschen auf dem Bildschirm, auf den Ace starrte, glich eher einer Kunst als einer Wissenschaft und erforderte laufende Kommunikation mit zwei Militärtechnikern.

»Overwatch 1, hier Ghost 1«, flüsterte Fitz. »Irgendwas erkannt?«

»Negativ, Ghost 1«, antwortete Lieutenant Scott, der sie unterstützende Ingenieur. »Wir geben Bescheid, wenn wir etwas sehen. Over.«

Obwohl die Techniker ihnen versichert hatten, das R2TD-System wirke wahre Wunder, hatten sie bisher nichts vorzuweisen. Fitz schaute mit hochgezogenen Augenbrauen zu Rico. Eine unausgesprochene Frage: *Ist das zu glauben?*

Sie zuckte mit den Schultern.

Schon seit viel zu vielen Stunden durchforsteten sie den Wald, begleitet nur vom Rascheln der Bäume. Sie hatten keinen einzigen Tunnel gefunden. Nichts, das sie zu Dohi oder den geflohenen Abartigen führen konnte.

Fitz war halb geneigt, etwas Drastisches zu versuchen. Zum Beispiel den Einsatz von Sprengstoff, um Löcher in die Erde zu jagen. Damit vielleicht ein paar Tunnel einstürzten und sich die Bestien zeigen mussten.

Aber die Versuchung entsprang seiner Frustration. Etwas Derartiges konnte zu leicht damit enden, dass Dohi und alle anderen Gefangenen unter der Erde umkamen.

Langsam, aber stetig, so rettet man Leben, dachte Fitz.

Sie näherten sich der Kuppe eines weiteren sanften Hügels weit außerhalb der Begrenzung der Sicherheitszone des Außenpostens Turkey River. Mit jedem Schritt drangen sie tiefer in feindliches Gebiet vor.

Ace erstarrte, den Blick auf den Bildschirm geheftet. Er bedeutete Fitz, zu ihm zu kommen.

Wenn sich Fitz nicht irrte, hatten die Ingenieure gesagt, sie würden solche dunkelblauen und schwarzen Farbschattierungen in einem Halbkreis auf dem Monitor sehen, wenn sie tatsächlich einen Tunnel gefunden hätten.

Fitz betrachtete das Bild einen Herzschlag lang und vergewisserte sich, dass es real war.

Lieutenant Scott meldete sich wieder über Funk. »Ghost 1, Overwatch 1. Sie haben ein positives Ergebnis. Der Tunnel liegt etwa einen Meter unter der Oberfläche und hat einen Durchmesser von drei Metern, direkt unter Ihrer Position. Scheint 20 Grad östlich vom derzeitigen Kurs zu verlaufen.«

Fitz gab Mendez das Zeichen, die Route anzupassen und Scotts Anweisungen zu befolgen.

Und tatsächlich blieb das Signal auf Ace' Radarschirm konstant kräftig.

Als Fitz ihm folgte, erfüllte ihn endlich Zuversicht, weil sie offenbar eine Spur hatten.

Zwar wussten sie nicht, ob es sich um den Tunnel handelte, in den Dohi verschwunden war, aber mangels Alternativen war es ihre beste Chance, einen Hinweis auf den Verbleib ihres Waffenbruders zu finden.

Ace blieb wieder stehen, und Fitz überprüfte den Bildschirm. Merkwürdige Formen bildeten sich darauf. Grüne, klecksartige Gebilde, die beinahe wie Geister anmuteten.

Unter ihren Füßen befanden sich Abartige – und unter Umständen auch menschliche Gefangene.

»Ghost 1, machen Sie langsamer«, sagte Scott über die Funkverbindung.

»Irgendeine Ahnung, wie viele Ziele da unten sind?«, fragte Fitz.

Eine kurze Pause entstand, bevor der Lieutenant antwortete. »Ghost 1, meiner Schätzung nach haben Sie sechs bis acht Kontakte.«

Fitz überlegte. Sechs bis acht Abartige wären zwar schwierig, aber machbar. Vor allem wenn sich einige der Kontakte als gefangene Menschen statt als Monster herausstellten.

»Ghost 1«, meldete sich Scott erneut, »ich sehe was Ungewöhnliches. Hat das R2TD irgendein Problem? Ist eines der Versorgungskabel beschädigt oder so?«

Fitz und Ace warfen einen flüchtigen Blick auf die Kabel und das Gerät. Aber beide kannten das System technisch nicht ansatzweise so gut wie die Ingenieure.

»Negativ«, antwortete Fitz. »Zumindest soweit ich das beurteilen kann.«

»Ich habe hier echt eigenartige Anzeigen«, erwiderte Scott.

Fitz betrachtete den Bildschirm. Etwas Weißes blitzte auf und schien den Umkreis des Tunnels auf der Radaranzeige zu erhellen. »Reden Sie von diesem heiligenscheinartigen Ding?«

»Genau, Ghost 1«, bestätigte Scott. »Wenn Sie es auch sehen, ist es wohl nicht bloß ein Artefakt der Bildverarbeitung auf meiner Seite.«

Fitz war nicht sicher, was der Techniker mit Artefakt meinte, aber die plötzliche Nervosität in der Stimme des Mannes gefiel ihm nicht.

Er schaute über die Schulter zurück. Im Wald um sie herum herrschte überwiegend Stille. Nicht einmal die Krähen im Geäst krächzten. Nur das Laub raschelte leise im Wind.

»Das elektromagnetische Induktionssystem im R2TD erkennt auch andere EM-Signale«, sagte Scott.

»Für Laien bitte«, gab Fitz zurück.

»Elektrische Leitungen, Kommunikationsgeräte, all so was. Wenn zum Beispiel Strom durch ein Kabel fließt, entsteht ein solches Signal.«

»Und erhellt den ganzen Tunnel?«

»Negativ«, erwiderte Scott. »Ghost 1, unter Ihnen tut sich irgendwas. Der gesamte Tunnel strotzt vor elektromagnetischer Aktivität. Als wäre alles verkabelt.«

Fitz zermarterte sich das Hirn, als er versuchte, eine Erklärung zu finden, die einen Sinn ergab.

»Dieses Gespinst«, flüsterte Rico. »Meinst du, es …«

Ihr blieb keine Zeit, den Gedanken zu Ende zu führen. Eine riesige, grüne amorphe Form erschien auf Ace' Bildschirm. Fitz sah die Erscheinung nur eine Sekunde lang, bevor der Boden aufbrach. Erde und Gras spritzten um sie herum hoch.

Die Wucht der Explosion schleuderte Ace rückwärts. Er prallte gegen einen Baumstamm. Sein Helm knallte dagegen und schlug ihn bewusstlos.

Fitz gelang es, das Gewehr in Anschlag zu bringen, als die hochgespritzte Erde zurück auf den Boden rieselte. Eine Bestie erschien am Rand des Kraters und sprang heraus. Blut sickerte aus ihrer verdreckten Haut.

Das Monster sah aus wie eine muskelbepackte Mischung aus einer Fledermaus und einem Gorilla. Lange, faserige Gewächse ragten aus der Wirbelsäule wie die Stacheln eines Stachelschweins. Das Ungetüm gab eine Reihe von kreischenden und klickenden Lauten von sich. Der knollige Schädel drehte sich auf dem Hals hin und her.

»Schaltet es aus!«, befahl Fitz.

Der Rest von Team Ghost eröffnete das Feuer, als er den Abzug drückte.

Die Bestie stürzte sich durch den Kugelhagel und raste direkt auf Ace zu, der immer noch erschlafft auf dem Boden lag.

Rico rückte näher, nahm die Seite der Kreatur unter Beschuss. Lincoln und Mendez folgten ihr und feuerten ebenfalls auf die Bestie.

Von zahlreichen Wunden übersät wurde das Monster langsamer. Ein gedehntes Stöhnen drang über wulstige Lippen, als es mit einer fleischigen, mit messerähnlichen Krallen bewehrten Faust ausholte.

»Hinter uns!«, brüllte Rico.

Fitz wirbelte herum, als sechs gewöhnliche Abartige aus dem Loch hervorkamen.

Er musste Mendez und Rico nicht zurufen, damit sie sich auf die Bestien konzentrierten.

Fitz schoss sein Magazin leer und erzielte mehrere weitere Treffer bei dem Alpha.

»Hilfe!«, schrie Rico.

Lincoln drehte sich um und lieferte Deckungsfeuer, während Fitz das Magazin wechselte. In den Sekunden, die er brauchte, um ein frisches Magazin zu ergreifen und in die Waffe zu rammen, erreichte der Alpha Ace.

Obwohl nach wie vor Blut aus den Schussverletzungen im Leib des Monsters spritzte, rückte es weiter vor und streckte eine krallenbewehrte Klaue nach unten.

Doch zu Fitz' Überraschung packte die Pranke nicht das gefallene Mitglied von Team Ghost. Stattdessen ergriff sie den langen, röhrenförmigen Teil des R2TD. Das Ungetüm zerdrückte das Metall knirschend, und das Gerät fiel auseinander, als wäre es bloß ein Modell aus Lego.

Einen Moment lang verharrte die Kreatur, atmete beinahe erleichtert aus. Blut sickerte aus den klaffenden Nasenlöchern und lief über die Brust hinab.

Dann brach das Monster zusammen und brachte den Boden durch seine Masse zum Erzittern.

Fitz schaute zurück und stellte fest, dass die anderen Mitglieder von Team Ghost aufgeräumt hatten. Verrenkte Abartige lagen auf dem Boden verstreut.

Rico und Mendez traten zwischen die frischen Kadaver der kleineren Abartigen, während Lincoln mit Fitz hinüber zum Alpha ging. Ein weiterer Funkspruch drang knisternd über die Sprechverbindung. Er stammte vom Lieutenant.

»Ich habe das Signal verloren«, sagte Scott.

Fitz trat neben der zertrümmerten Maschine ins Erdreich und meldete den Verlust. Dann trat er den Weg zu

Ace an, der sich gerade rührte und eine Hand an den Kopf hob.

»Alles in Ordnung?«, fragte Rico.

Ace brachte ein Nicken zustande.

»Ganz sicher?«, hakte Fitz nach und ging in die Hocke.

»Hab schon Schlimmeres weggesteckt, Boss«, sagte Ace, als Fitz und Mendez ihm auf die Beine halfen.

»Und was machen wir jetzt ohne das R2TD?«, fragte Lincoln.

Fitz vermisste Apollo in dem Moment mehr denn je. Das Team könnte die Nase des Hundes gerade gut gebrauchen. Tatsächlich spielte er mit dem Gedanken, von der Armee Hundeverstärkung als Unterstützung für ihre Suche anzufordern.

Allerdings würde das mehr Zeit in Anspruch nehmen, als sie vielleicht hatten, um Dohi zu finden.

Fitz ging zum Alpha hinüber und trat gegen die gewaltige Krallenpranke. Die Bestie rührte sich nicht. Blut ergoss sich aus dem Körper und tränkte den Boden.

Eine Weile starrte er auf den Kadaver und fragte sich, was das Monster bewogen hatte, direkt auf das Radargerät loszugehen, als besäße es eine Art übernatürliche Intelligenz.

»Hörst du das?«, flüsterte Mendez.

Gleich darauf nahm Fitz ein Kratzen wahr und nickte. Er befahl Rico und Lincoln, auf Ace aufzupassen, dann bedeutete er Mendez, ihm zu folgen.

Sie bewegten sich um den Alpha herum und richteten die Gewehre auf das Loch im Boden, aus dem der Anführer der Abartigen mit seinen Fußsoldaten gekommen war. Eine dunkle Gestalt erschien dort aus dem Dreck. Von Erde verkrustete Finger kratzten am Rand der

Öffnung und zogen einen schlammverschmierten Körper hoch.

Man konnte nur das Weiß in den Augen der Gestalt erkennen.

»Nicht schießen!«, rief die Erscheinung mit einer vertrauten Stimme.

Fitz ließ das Gewehr sinken und blinzelte, um sich zu vergewissern, dass ihm die Augen keinen Streich spielten.

»Dohi?«, fragte Rico.

Sie bückte sich, packte Dohi zusammen mit Fitz und sie beide hievten ihn auf festen Boden.

»Alter, wo zum ...«, setzte Lincoln an.

Er und Mendez zielten mit den Waffen in die Dunkelheit des Lochs hinab.

Dohi rappelte sich auf die Knie und wischte sich mit dem Ärmel übers Gesicht.

Sosehr sich Fitz freute, seinen Freund wiederzusehen, Dohi stank, als wäre er gerade aus einer Kloake gekrochen.

»Wasser«, presste Dohi erstickt hervor.

Schnell reichte Fitz ihm eine Wasserflasche.

Die anderen Teammitglieder grinsten, aber sie verrieten nicht durch lauten Jubel ihre Position.

Dohi trank zu Ende, wischte sich den Mund ab und schaute dann zum Alpha.

»Dieses Monster hätte mich fast erledigt«, sagte er.

»Was um Himmels willen ist das?«, fragte Fitz.

»Irgendeine neue Art von Alpha«, erwiderte Dohi.

Ace wankte herüber, als wäre er betrunken. Blut lief ihm über die Stirn. Er hielt die Schrotflinte in der Armbeuge, stellte sich über das Loch und bewachte es zusammen mit den anderen, während Fitz Verbindung mit der Zentrale aufnahm.

»Hotspot 1, hier Ghost 1, erbitten Evakuierung. Wir haben eine brandneue Probe für euch.«

»Verstanden, Ghost. Schicken einen Hubschrauber zum Außenposten. Over.«

»Wir müssen schleunigst dorthin zurück«, murmelte Lincoln, als Fitz die Nachricht weitergab.

»Wer hat das Seil?«, fragte Rico.

Lincoln sah erst sie an, dann den Alpha.

»Das soll wohl ein Witz sein. Wir nehmen das Ungetüm mit?«, brummelte er.

»Ja, und du ziehst es als Erster«, erwiderte Fitz.

Mendez schmunzelte. »Stell dich nicht an wie ’n Baby, Bro.«

»Du hilfst ihm.« Fitz beobachtete, wie das Grinsen in Mendez’ Gesicht verwelkte.

Zusammen mit Lincoln half er, das Seil um die Beine des Alphas zu befestigen.

»Verdammt, seht euch die Pranken an«, sagte Lincoln. »Riesig.«

»Zum Graben geeignet, wie’s aussieht«, meinte Mendez.

»Brechen wir auf«, ordnete Fitz an. Schweigend führte er Team Ghost zurück zur Evakuierungszone im ummauerten Außenposten. Sie kamen nur langsam voran und wechselten sich dabei ab, das Monster zu schleppen, das im Grunde eine lebende Tunnelbohrmaschine war.

Fitz hielt sich mit den Fragen an Dohi zurück, bemühte sich, ruhig zu bleiben und dem Mann Zeit zu geben, seine Gedanken zu sammeln.

»Schön, dich zurückzuhaben, Bruder«, sagte er schließlich.

Dohi reagierte kaum. Seine Augen wirkten glasig, als wäre er in Trance.

Eineinhalb Stunden später ertönte das entfernte Wummern der Rotorblätter eines Helikopters.

Lincoln und Mendez schleppten den Alpha in Richtung der Landezone, während der Rest des Teams die Schatten nach Feindkontakt absuchte. Wenn die Abartigen angreifen wollten, wäre das ein günstiger Zeitpunkt dafür.

Aber die Bestien zeigten sich nicht. Der Hubschrauber setzte auf, die Besatzung sprang heraus und half beim Verladen des Alphas. Der Mannschaftsleiter reichte Dohi ein neues Headset.

Nachdem der Fährtensucher von Team Ghost eine weitere Flasche Wasser geleert hatte, fand Fitz, es sei letztlich an der Zeit, ihm einige Fragen zu stellen. Er begann mit der offensichtlichsten.

»Wie hast du uns gefunden?«, wollte Fitz wissen.

»Ich bin den Schüssen und den Schreien gefolgt.«

Fitz war so müde, dass er daran gar nicht gedacht hatte. Natürlich hatte Dohi auf den Lärm der Schüsse zugehalten. Aber warum hatte es der Alpha auf das R2TD abgesehen?

Das war eine Frage, die weit über seiner Besoldungsklasse lag. Während er die schlaffe Bestie auf dem Boden des Hubschraubers betrachtete, dachte er, dass irgendjemand es schon herausfinden würde.

Fürs Erste schätzte sich Fitz einfach glücklich.

Sie hatten Dohi zurück und eine Bestie erlegt, die sich vielleicht als Schlüssel zum Geheimnis hinter den Tunneln und den jüngsten Angriffen erweisen würde.

Dieser Tag war ein Sieg gewesen.

Den wollte er genießen, solange er konnte.

12

»Ich muss rausfinden, was vor sich geht«, sagte Beckham zu Kate.

»Ich versteh schon, warum du gehen musst«, erwiderte sie. »Hoffentlich kann dir Präsidentin Ringgold auch Antworten liefern.«

Er hatte mit einem Protest von Kate gerechnet. Aber nach den dunklen Ringen unter ihren Augen zu urteilen, war sie dafür schlichtweg zu erschöpft.

Stimmen von draußen ließen ihn zum Fenster des historischen Hotels gehen, das nun den Überlebenden von Peaks Island als Zuflucht diente.

Die seiner Familie zugeteilte Unterkunft war klein, aber hübsch und besaß zwei Schlafzimmer, ein großes Badezimmer und eine Küche. Nicht so gemütlich wie ihr Zuhause auf Peaks Island, aber es würde reichen, bis sie zurückkehren konnten.

Draußen patrouillierte ein Zug Marines über die Straßen. Auf Befehl von Präsidentin Ringgold wurden sie überall im Land in den betroffenen Außenposten eingesetzt. Durch die Anwesenheit der Soldaten fühlte sich Beckham erheblich besser, während er aufbrach. Zumal Kate zusätzlich Sergeant Ruckley und ihr Team von Rangers als Schutz für das Labor hatte.

Kate kniff sich den Nasenrücken.

»Kopfschmerzen?«, fragte er.

Kate nickte und seufzte. »Müde.«

Das war Beckham auch. Wenigstens würde er auf dem Weg zum Oberkommando schlafen können.

»Versprichst du mir, dass du ein wenig zu schlafen versuchst?«, fragte er.

Kate legte sich eine Hand auf die Stirn. »Wenn ich kann … Aber nicht vor heute Abend. Ich muss zurück ins Labor. Wollte mich nur verabschieden und mich vergewissern, dass es Javier und den Kindern gut geht.«

Beckham hasste es, seine Frau so zu sehen. Aber Kate hatte gegenüber ihrem Land genauso Pflichten wie er und nahm sie genauso ernst.

»War die Probe hilfreich, die Fitz geschickt hat?« Gespannt wartete Beckham auf die Antwort.

»Hilfreich ist ein bisschen großzügig ausgedrückt. Ich hatte erst einen Tag, um sie zu analysieren, und bisher haben sich mehr Fragen als Antworten ergeben.«

»Hast du wenigstens eine Ahnung, was das Zeug sein könnte?«

Kate entfernte die Hand vom Kopf. »Das wird jetzt verrückt klingen, aber für mich sieht es aus wie Muskel- und Nervenzellen von Säugetieren. Sie scheinen spontan mit alarmierender Geschwindigkeit zu wachsen. Sogar schneller als Krebszellen.«

Beckham wusste gerade genug von Wissenschaft, um zu verstehen, wie seltsam das war. »Ich hätte nicht gedacht, dass solche Zellen einfach so außerhalb des Körpers eines Tieres wachsen können.«

»Das können sie normalerweise auch nicht«, sagte Kate. »Es gibt eine ganze Reihe von Gründen, warum sie sich eigentlich nicht so vermehren können sollten. Am offensichtlichsten sind die fehlende Versorgung mit Nährstoffen und Sauerstoff und kein funktionierendes Immunsystem.«

»Willst du damit sagen, dass die Tunnelwände lebendig sind?«

Er dachte, sie würde mit den Schultern zucken. Aber nach einem kurzen Zögern nickte sie.

»Nicht buchstäblich«, schränkte sie ein. »Die Zellen sind es. Diese Ranken. Nicht die Tunnel selbst. Je länger ich die Zellen unter dem Mikroskop untersuche, desto mehr rote und weiße Blutkörperchen finde ich. Da scheinen auch kleine Vesikel zu sein, die diese Zellen transportieren.«

Sie trat näher ans Fenster. »Was auch immer dieses Gewächs ist, es ist anders als alles, was ich bisher gesehen habe.«

»Das muss was mit dem Außenposten Turkey River zu tun haben, glaubst du nicht auch? Mit den vermissten Menschen.«

»Wahrscheinlich. Ich vermute, dass die Abartigen die Menschen als Nahrung und Energiequelle nutzen, so was wie Futter für das Zellwachstum. Ist vorläufig allerdings schwer zu sagen.«

Beckham schluckte, als er über die möglichen Auswirkungen nachdachte.

»Bei der schieren Zahl der Nervenzellen dort müsste ich davon ausgehen, dass es sich um eine Art riesiges Sinnesorgan oder so handelt«, fügte Kate hinzu. »Wie genau das funktioniert – oder warum –, weiß ich noch nicht. Aber das hoffe ich herauszufinden. Die einzige Möglichkeit dafür ist, ins Labor zurückzukehren.«

Sie umarmte Beckham und hielt ihn einen Moment lang fest.

»Fühlt sich gut an, Arbeit zu haben«, gab sie mit dem Kopf an seiner Brust zu. »Doch nach der Zeit im Labor vermisse ich Ellis noch mehr. Er war ein enger Freund, keine Frage, aber bei diesen Experimenten könnte ich auch ein, zwei Hände mehr gebrauchen. Ist ziemlich viel für eine Person.«

»Würde mich überraschen, wenn Ringgold nicht schon geplant hätte, dir Hilfe zu schicken. Und falls nicht, ersuche ich sie darum.«

»Dazu würd ich nicht Nein sagen.« Sie zog sich zurück und holte tief Luft. »Was immer da vor sich geht, ich hoffe, wir können es aufhalten.«

»Dohi lebt, und der Alpha, den das Team getötet hat, könnte uns helfen, die Lösung des Rätsels zu finden. Es kommt alles wieder in Ordnung.«

»Für uns vielleicht, aber nicht für alle. Nicht für Timothy.«

Beckham ließ sich ihre Worte durch den Kopf gehen.

Sie hatte recht.

Timothys Leben hatte sich für immer verändert.

»Wir kümmern uns um ihn«, sagte er.

Kate nickte nur.

»Wir haben den Krieg überlebt«, fügte Beckham hinzu. »Wir werden auch das überleben, was immer es ist.«

Was immer es ist …, dachte er.

Die begrenzten Informationen, die er vorerst hatte, waren nicht viel. Aber sie führten ihn zu der Vermutung, dass die Angriffe auf die Außenposten der Beginn von etwas wesentlich Größerem und weitläufig Koordiniertem waren. Genau deshalb hatte Präsidentin

Ringgold ihn gebeten, sich mit ihr und Team Ghost zu treffen und seinen Rat beim Oberkommando beizusteuern.

Aber Soldaten würden diesen neuen Kampf nicht allein gewinnen. Auch die Arbeit, die Kate im Labor leistete, war wichtig.

In der Ferne ertönte das Wummern eines Hubschraubers. Ein Black Hawk überquerte die Stadt und landete ein paar Blocks entfernt auf einer Grünfläche.

»Mein Heli ist da«, verkündete er. »Ich geh dann mal besser, damit ich mich noch von Javier und den Kindern verabschieden kann.«

Beckham entfernte sich vom Fenster, um sich seinen Rucksack und sein Gewehr zu greifen, aber Kate hielt ihn an der Handprothese zurück.

»Reed, wir haben noch nicht über Senator McComb gesprochen«, sagte Kate.

»Ich weiß … aber das kann warten. Im Moment ist es wichtiger herauszufinden, wer hinter diesen Angriffen steckt und wofür diese Tunnel sind.«

»Aber was, wenn Präsidentin Ringgold dich wieder bittet, für den Senat zu kandidieren? Ohne McComb wird sie noch verzweifelter nach einem guten Kandidaten suchen.«

»Ich werd keine Entscheidung treffen, ohne vorher mit dir zu reden, versprochen.«

Damit warf er sich seinen Rucksack und das Gewehr über die Schulter. Er öffnete die Tür und streckte sich nach ihrer Hand. Auf dem Weg zur Treppe ergriff sie seine Prothese. Im Flur standen mehrere Türen offen, unter anderem zu der Unterkunft, die Donna mit ihrem Sohn bewohnte.

Beckham blieb am offenen Eingang stehen. »Bei euch alles in Ordnung?«

Donna rang sich ein verhaltenes Lächeln ab, doch Beckham wusste, dass es gezwungen war.

Mit bandagiertem Fußgelenk humpelte sie zur Tür. Bo trug ein Tanktop, das seinen muskulösen Körper erkennen ließ.

Trotz des Verbands an seinem Kopf schien es ihm gut zu gehen.

Die beiden hatten in den letzten zehn Jahren so viel durchgemacht. Wieder waren sie Opfer des Krieges, und ohne Beckham und Horn hätten sie wie Bos Vater Red geendet.

Eine Erinnerung an den großen Mann beim Kampf gegen den Knochensammler auf Plum Island tauchte aus Beckhams Gedächtnis auf – dasselbe Monster hatte Staff Sergeant Alex »The Kid« Riley getötet.

»Geht's mit dem Knöchel?«, fragte er Donna.

Sie richtete die stumpfen Augen auf ihn und nickte.

Man sah ihr den Tribut an, den all die erlittenen Qualen von ihr gefordert hatten.

Beckham war sich nicht sicher, ob Donna je den Weg zurück aus der Dunkelheit finden würde. Aber zumindest für ihren Sohn hegte er Hoffnung. Bo hatte immer noch ein Funkeln im Blick. Wie die meisten Kids war er anpassungsfähig.

»Ich hab gehört, dass der Plünderer im Polizeirevier gestorben ist.« Bo verschränkte die Arme, als er fortfuhr: »Du hättest mich das Stück Dreck im Wald erledigen lassen sollen.«

Das Funkeln, das Beckham kurz zuvor bemerkt hatte, schien anzuschwellen. Doch der Optimismus und die

Hoffnung, die Beckham erwartet hatte, wurden von nackter Wut verdrängt.

»Wir haben Informationen von ihm gebraucht«, sagte Beckham.

»Und habt ihr welche bekommen?«, fragte Bo.

Beckham schüttelte den Kopf. »Leider nicht.«

Bo schnaubte und brummelte etwas bei sich.

»Ich muss los, aber wir sehen uns bald wieder«, sagte Beckham. Er nickte erst Donna zu, dann Bo. Der Teenager erwiderte die Geste, bevor er davonstapfte, die Hände zu Fäusten geballt, so verkrampft, dass die Knöchel weiß hervortraten. »Wollte mich nur vergewissern, dass es euch gut geht.«

»Gebt mir Bescheid, falls ihr was braucht«, meldete sich Kate zu Wort. »Ich bin gleich den Flur runter.«

»Danke«, gab Donna zurück. Langsam schloss sie die Tür und flüsterte Bo etwas zu, das Beckham nicht verstand.

Kate runzelte die Stirn, während Beckham seufzte. Sie gingen die Treppe hinunter in die Lobby. An dem Ort wimmelte es von anderen Flüchtlingen, alles Freunde und Nachbarn von Peaks Island.

Beckham grüßte unterwegs ein paar Leute, beeilte sich aber, nach draußen zu kommen. Horn stand auf dem Bürgersteig und rauchte mit einem Gewehr über dem Rücken eine Zigarette.

»Wo sind die Kinder?«, fragte Kate und hob eine Hand, um die müden Augen gegen die Sonne abzuschirmen.

Horn zeigte mit der Zigarette zum Park auf der anderen Straßenseite. »Ich dachte mir, ich lass sie ein bisschen herumtollen.«

Hinter einigen Bäumen im Park wurde gelacht. Geräusche, mit denen Beckham nie und nimmer gerechnet hätte, aber er empfand sie als äußerst willkommen.

Zusammen mit Kate und Horn folgte er dem Kichern in den Park. Auf der anderen Seite der Bäume fanden sie Javier, Tasha und Jenny, die mit Ginger und Spark spielten. Die Hunde wälzten sich im Gras und jagten einem Knochen hinterher, den Javier warf.

Aber nicht alle erfreuten sich am Sonnenschein und den Hunden.

Timothy saß allein auf einer Bank und starrte in die Ferne.

»Behalt ihn aufmerksam im Auge, während ich weg bin«, sagte Beckham.

Kate verschränkte die Arme vor der Brust und musterte den jungen Mann besorgt. »Mach ich. Er bleibt in der Unterkunft, bis auf der Insel alles wieder sicher ist. Dann überlegen wir uns, ob er bei uns bleibt.«

»Wie ich schon sagte, wir kümmern uns um ihn«, erwiderte Beckham.

Horn schnippte seine Zigarette auf den Boden. »Er kann auch gern bei mir bleiben.«

»Wir finden schon eine Lösung.« Beckham hievte seinen Rucksack höher auf die Schulter. »Ich muss jetzt wirklich los zum Heli.«

»Wie lange wirst du weg sein?«, fragte Horn.

»Hoffentlich nicht mehr als ein, zwei Tage.«

Horn dämpfte die Zigarette mit der Stiefelsohle aus. »Bist du sicher, dass ich nicht mitkommen soll?«

»Ich will, dass du hierbleibst und unser Zuhause im Auge behältst«, entgegnete Beckham.

»Geht klar, Boss.«

Javier sichtete sie und kam angerannt. Er schlang die Arme um Beckham.

»Pass für mich auf deine Mama auf, während ich weg bin.«

»Mach ich, Dad.«

Javier lief zurück zu den anderen Kindern, und Beckham trat den Weg zu Timothy an. Der Teenager schaute auf, als er sich näherte.

»Wie geht's dir?«, erkundigte sich Beckham.

Timothy erwiderte nichts.

»Es tut mir so leid wegen deinem Dad.«

Auch darauf reagierte Timothy nicht.

Aber er betrachtete Beckhams Kampfanzug, Rucksack und Waffe.

»Gehst du irgendwohin?«

Beckham deutete auf den Hubschrauber, der ein paar Blocks entfernt auf einem Feld wartete. »Zum SOCOM auf der USS *George Johnson*.«

»Kann ich mitkommen?«

»Du hast hier Wichtigeres zu tun«, erwiderte Beckham. Er deutete mit dem Kinn in Richtung der Kinder. »Du musst für mich auf alle aufpassen, wie es dein Vater getan hat.«

Timothy sah sich um. »Ich will kämpfen, nicht babysitten.«

Beckham konnte nachvollziehen, woher das kam. Genau wie Bo wollte Timothy zurückschlagen. Er wollte Rache für alles, was er verloren hatte. Aber keiner der Jungen war bereit oder dafür ausgebildet, gegen die Plünderer oder Abartigen zu kämpfen.

»Wenn ich zurückkomme, setzen du, Bo und ich uns zusammen und reden über eure Zukunft«, versprach

Beckham. »Bis dahin hast du bitte für mich ein Auge auf die Dinge hier. In Ordnung?«

»Ja, in Ordnung«, antwortete Timothy. Damit stand er auf und folgte Beckham hinüber zu der Gruppe, die sich um die Hunde geschart hatte.

»Wir sehen uns alle bald wieder«, sagte Beckham. Er beendete den Abschied, indem er Spark und Ginger tätschelte, bevor er den Weg zu einer neuen Mission antrat.

Die Piloten und der Mannschaftsleiter warteten auf ihn auf der Wiese vor dem Black Hawk und genehmigten sich einen Snack aus lokalem Anbau, den ihnen ein paar Bürger gebracht hatten.

»Captain Beckham, schön, Sie bei uns zu haben«, begrüßte ihn einer der Piloten. Dann kletterte der Mann zurück ins Cockpit und der Mannschaftsleiter betrat den offenen Passagierraum.

»Captain«, sagte er und reichte Beckham ein Headset.

»Danke«, gab Beckham zurück.

Wenige Minuten später hoben sie ab.

Beckham blickte aus dem Fenster auf die malerische Stadt unten. Er sah das zur Zuflucht für die Flüchtlinge von Peaks Island umfunktionierte Hotel und die durch die Gegend patrouillierenden Marines und Rangers.

Mehrere Humvees und ein M-ATV parkten vor dem Polizeirevier. Trotz aller Feuerkraft und Panzerung konnten sie nicht verhindern, dass sich jener Plünderer mit Abartigensäure das Gesicht weggeätzt hatte.

Trümmerhaufen und der verkohlte Boden vor dem Rathaus zeugten von der nächtlichen Zerstörung.

Beckham schloss die Augen und lehnte sich zurück.

Ihm schwirrten so viele Fragen durch den Kopf.

Hoffentlich würde er in wenigen Stunden einige Antworten bekommen.

Aber zuerst brauchte er Schlaf.

Präsidentin Jan Ringgold flog im Schutz der Dunkelheit in einem Black Hawk mit Tarnkappentechnologie, wie sie ihn vor fast acht Jahren benutzt hatte, um dem Angriff auf das Greenbrier zu entkommen.

In dieser Nacht flüchtete sie zwar vor nichts, dennoch waren ihre Nerven genauso angespannt wie damals. In den vergangenen Tagen war die Situation von einem Außenposten mit abgebrochenem Kontakt auf drei eskaliert, und drei weitere wurden von Plünderern angegriffen.

Ihre Generäle und Nachrichtenoffiziere arbeiteten noch daran, das Gesamtbild zusammenzufügen. Bis sie das Oberkommando erreichte, hoffte sie, eine bessere Vorstellung davon zu haben, was zum Teufel da draußen vor sich ging.

Sie war lange genug in der Politik, um etwas mit Sicherheit zu wissen: Diese Überfälle würden sich dramatisch auf die bevorstehende Wahl auswirken. Die Gewalt lieferte General Cornelius und seiner Freiheitspartei reichlich Munition, um ihrer Regierung vorzuwerfen, nicht in der Lage zu sein, das Land zu beschützen. Das bedeutete auch mehr Munition für seine Argumente dafür, die Städte zu bombardieren und eine Armee von Jugendlichen zum Kampf einzuberufen.

Vergangene Woche hatte Vizepräsident Lemke bei den Umfragen noch die Nase vorn gehabt. Die Umfragen dieser Woche würden ein anderes Bild zeigen. Angst war ein starker Motivationsfaktor, und es gab reichlich

Gründe für Angst, die sich unter den Bürgern der Sicherheitszonen ausbreitete.

Ringgold öffnete ihren Informationsordner, um sich weitere Zahlen anzusehen. Keine Umfragen, sondern die Anzahl der Truppen, die ihr zur Verfügung standen. Vor dem Aufbruch hatte sie einen aktuellen Personalstand angefordert.

Sie starrte auf die Werte.

Das kann nicht stimmen …

Etwas über 12.000 war alles andere als viel.

Es gab 98 Außenposten unterschiedlicher Größe. Wenn sie richtig rechnete und alle Truppen gleichmäßig verteilte, ergaben sich nur etwas mehr als 120 Mann für jeden Außenposten als Ergänzung für die dortigen Milizen.

Nicht wirklich eine Armee.

Die Navy und die Air Force hatten etwa die gleichen Zahlen zu bieten, zusammen knapp 15.000. Nur würde das bei den Außenposten nicht helfen, höchstens durch die Entsendung von Sondereinsatzkommandos wie den SEALs.

Es gefiel ihr nicht, aber Cornelius hatte 2000 eigene Männer und Frauen in einer Privatarmee, die im Bedarfsfall eingesetzt werden konnte. Allerdings war Ringgold nicht sicher, wie kooperativ er angesichts des aktuellen politischen Klimas sein würde. Jedenfalls wollte sie sich nach Möglichkeit nicht darauf verlassen müssen.

Als Nächstes sah sie sich die aktuelle Schätzung der Abartigen in den Grenzgebieten und in den verlassenen Städten an. Die Zahl schien hoch zu sein, bot aber keine Überraschung.

60.000 bis 65.000.

Tatsächlich war die Schätzung seit dem letzten Mal gesunken. Wissenschaftler argumentierten, dass die Kreaturen allmählich verhungerten und sich gegenseitig töteten. Es gab so gut wie keine Hinweise auf Fortpflanzung. Ein weiteres gutes Anzeichen dafür, dass ihre Zahl konstant sinken würde.

Bisher schienen die Bestien keine gewaltige Bedrohung zu sein. Deshalb hatte Ringgold die Städte nicht zerstört und auch keine kostbaren Soldaten entsandt, um die Monster auszulöschen. Außerdem bestand noch immer die Hoffnung, dass die Menschheit diese urbanen Ballungszentren – die früheren Symbole wirtschaftlicher und kultureller Stärke – eines Tages zurückerobern könnte.

Der Grundgedanke dahinter war, die Kreaturen auf natürliche Weise aussterben zu lassen und nur Jagd auf Alphas zu machen, die sich aus ihren Gebieten wagten und Probleme bei den Außenposten verursachten. Bis vor zwei Tagen hatte der Plan gut funktioniert.

»Geschätzte Ankunft in 15 Minuten, Madam President«, meldete einer der Piloten.

Ringgold verstaute ihre Informationsmappe und bemühte sich, ihre Sorgen zu unterdrücken. Sie reiste mit leichtem Gepäck, da sie davon ausging, höchstens 24 Stunden an Bord der USS *George Johnson* zu verbringen.

Vizepräsident Lemke war im PEOC im Greenbrier geblieben. Er und Brigadier General Lucas Barnes hatten darauf gedrängt, dass auch sie dortblieb. Aber Ringgold wollte persönlich mit den Teams sprechen, die am meisten über die aktuelle Lage wussten.

Ihrer Erfahrung nach hatten die Soldaten vor Ort immer mehr Ahnung als die Generäle davon, was *wirklich* vor sich ging.

Männer wie Captain Reed Beckham, dem sie mehr vertraute als allen ihren Generälen zusammen. Er hatte seinem Land auf eine Weise gedient wie nur wenige Männer in der Geschichte des Landes vor ihm. Und nun brauchte sie ihn für eine neue Mission.

Nach dem Tod von Senator McComb in der vergangenen Nacht war es für den ehemaligen Leiter von Team Ghost an der Zeit, Einzug im Kongress zu halten.

Und seine Frau Kate brauchte sie, um herauszufinden, was in den Tunneln vor sich ging. Das Ehepaar hatte für Amerika mehr getan als jeder andere, den Ringgold kannte. Und sie musste schon wieder um die Hilfe der beiden bitten.

»Bereiten die Landung vor«, kam von einem der Piloten.

Ringgold blickte durch das Rundfenster hinaus. Sie wusste, dass sie sich über dem Meer befand, konnte den Tarnkappenzerstörer in der Dunkelheit jedoch nicht sichten. Wolken trieben über den Horizont und verdeckten den Großteil des Mondlichts und der Sterne.

Wenig später setzten die Räder mit einem sanften Ruck auf.

Der ihr gegenübersitzende Mannschaftsleiter öffnete die Tür, und zwei ihrer Agenten des Secret Service halfen ihr hinaus aufs Deck. Eine Gruppe Marines kam angerannt, um sie zu eskortieren.

General Noah Souza, der SOCOM-Befehlshaber, erwartete sie an einer Luke. Er war ein gut aussehender Mann mit kantiger Kieferpartie, scharf geschnittener Nase und stechend grünen Augen.

»Madam President, ich freue mich, dass wir Sie heute Abend bei uns haben«, begrüßte er sie mit rauer Stimme.

»Danke, General. Das Wichtigste zuerst: Bringen Sie mich zu diesem Alpha.«

Souza warf ihren Sicherheitsleuten einen Blick zu, konzentrierte sich aber schnell wieder auf sie. »Selbstverständlich, Madam President. Aber ich muss Sie warnen, es ist ein ziemlich grausiger Anblick.«

»Ich habe schon etliche tote Monster gesehen«, erwiderte sie.

»Damit sind wir schon zwei«, sagte Souza. »Folgen Sie mir, Madam President.«

Sie begaben sich unter Deck, bis sie zu zwei Marines gelangten, die vor einer mit dem Symbol für biologische Gefahren gekennzeichneten Luke Wache standen. Als die Männer die Präsidentin erblickten, nahmen sie prompt stramme Haltung ein.

»Rühren, meine Herren«, sagte Ringgold.

Souza deutete auf die Luke, und die Marines öffneten sie. Dahinter kam ein kalter, dunkler Raum zum Vorschein. Einer der Männer schaltete ein Licht ein. Mehrere Metalltische zeichneten sich in der plötzlichen Helligkeit ab. Auf dem mittleren lag ein Leichnam, größtenteils von einem weißen Laken bedeckt.

Riesige Arme hingen über die Seiten. Krallen ragten aus dicken Fingern. Schritte hallten durch den Gang, und ein Mann in weißem Laborkittel mit zurückgegeltem Haar schloss sich ihnen an.

»Madam President, das ist Dr. Jeff Carr«, stellte Souza vor.

Ringgold schüttelte dem Mann die Hand.

»Freut mich, Sie kennenzulernen, Präsidentin Ringgold«, sagte Carr. »Ich nehme an, Sie wollen unser neues Exemplar sehen.«

»So ist es.«

Souza nickte den beiden Marines zu. Sie betraten den Kühlraum. Carr folgte ihnen, ohne zu zögern. Er zog eine Lesebrille aus der Brusttasche, setzte sie auf und stülpte anschließend eine Schutzbrille darüber.

»Lassen wir Präsidentin Ringgold einen Blick auf unseren neuen Freund werfen«, sagte Carr.

Die Marines zogen das Laken weg und enthüllten das bizarre, affenartige Gesicht eines Monsters ohne Augen. Verkrustetes Blut umgab die breiten Nasenlöcher. Schlaffe, wulstige Lippen hingen über gekrümmte Reißzähne. Vor allem jedoch schürten die fledermausähnlichen Ohren, die vom Kopf abstanden, die Neugier der Präsidentin.

Ringgold ging näher hin. »Doktor, erklären Sie mir, was ich da vor mir habe.«

»Einen neuen Alpha der Abartigen, Madam President.«

Ringgold ließ den Blick auf das Monster gerichtet, während Carr ein Paar Chirurgenhandschuhe anzog. Dann ergriff er ein Skalpell von einem Tablett und drückte damit einen Hautlappen nach oben, der eine Art Ranke auf dem Rücken bedeckte.

»Dieser Alpha hat seltsame Eigenschaften, wie ich sie noch nie gesehen habe – und ich habe schon viel gesehen«, sagte er und schaute kurz auf. »Der Zweck der riesigen Krallen scheint recht klar zu sein: graben.«

Er richtete das Augenmerk wieder auf die eigenartigen Fortsätze. »Aber die hier sind wesentlich interessanter. Sie enthalten irgendwelche Fasern. Laut Team Ghost scheinen die Fasern mit dem Gespinst in all diesen Tunneln zu interagieren. Soweit ich weiß, arbeitet Dr. Kate Lovato daran, Proben davon zu identifizieren und zu studieren.«

»Das ist richtig«, bestätigte Souza.

»Ich würde gern mal mit ihr sprechen«, sagte Carr. »Um ihre Meinung darüber einzuholen, womit wir es zu tun haben.«

»Und wie lautet Ihre Meinung?«, fragte Ringgold.

Carr betrachtete mehrere Herzschläge lang den Kadaver, bevor er sie ansah. »Ich glaube, wir haben es mit einer tödlichen neuen Bedrohung zu tun, die sich direkt vor unserer Nase unter der Erde entwickelt.«

13

»Beckham!«, rief Rico.

Sie erhob sich von dem Metalltisch und rannte quer durch die Messe der USS *George Johnson*.

Fitz stemmte sich hoch – ein wenig zu schnell. Schmerzen schossen durch seinen Rücken und erinnerten ihn an die Verletzungen und Schäden, von denen sich sein Körper nie richtig erholen konnte. Aber die Qualen verblassten schnell, wurden verdrängt von der Freude über den Anblick seines Freundes und Mentors. Er und der Rest von Team Ghost folgten Rico mit schnellen Schritten zu seinem alten Weggefährten. Sie alle konnten es kaum erwarten, mit dem ehemaligen Anführer von Delta Force Team Ghost zu reden.

Beckham näherte sich ihnen mit einem leichten Hinken und umarmte Rico.

Trotz des beeinträchtigten Gangs und der Handprothese sah Beckham ziemlich gut aus, fand Fitz – wenngleich ein wenig gealtert. Sein typischer Bartschatten wies Grau am Kinn auf, sein Haar war erheblich länger als früher. Aber er füllte seine Uniform nach wie vor mit harten Muskeln.

»Captain. Ist schön, dich zu sehen«, begrüßte ihn Fitz. Er streckte die Hand aus, um die von Beckham zu schütteln. Beckham jedoch zog ihn stattdessen in eine Umarmung wie zuvor Rico.

»Du weißt doch, dass du mich nicht mehr Captain nennen sollst«, sagte er. »Ich bin jetzt Zivilist.«

»Für mich wirst du für immer der Leiter von Team Ghost sein.« Fitz lächelte und klopfte Beckham auf den Rücken. »Hast mir gefehlt, mein Freund.«

»Du mir auch, Bruder.«

Sie lösten sich voneinander und Beckham musterte Fitz von oben bis unten. »Siehst gut aus«, meinte er. »Hast immer noch das kindliche Gesicht.«

Fitz strich sich übers Kinn und lächelte. »Mir wächst einfach kein vernünftiger Bart, aber das scheint Rico nicht zu stören.«

»Ich bin kein Fan von Gesichtsbehaarung, weder bei mir noch bei anderen«, warf Rico grinsend ein. Womit sie dem Rest der Mannschaft ein herzliches Lachen entlockte. »Nichts für ungut, Captain.«

»Passt schon. Kate scheint nichts dagegen zu haben.«

»Wie geht's Kate und dem Rest der Familie?«, erkundigte sich Rico. »Und Big Horn und seinen Mädchen?«

»Der Familie geht's gut. Horn und seiner Familie auch. Aber wir haben bei dem Angriff auf Peaks Island und Portland Jake Temper und 22 weitere Menschen verloren.«

Das Grinsen verschwand abrupt von den Gesichtern der Mitglieder von Team Ghost. Fitz sprach in Gedanken ein Gebet für Jake und die anderen Opfer, dann erlangte er schnell die Fassung wieder.

Es war nicht der richtige Zeitpunkt für Trauer – im Augenblick galt es zu verhindern, dass Ähnliches anderen widerfuhr.

»Die Plünderer haben auch in Portland Bomben gelegt«, fügte Beckham hinzu. »Senator McComb war unter den Opfern.«

Fitz hob die Hand und strich sich übers Kinn, diesmal nachdenklich. Sie hatten nicht nur einen der besten Männer verloren, die Fitz je gekannt hatte, sondern auch einen Senator, der für die Ziele der Neuen Koalition Amerikas eingetreten war.

»Ich kann das gar nicht glauben«, sagte Rico und schüttelte das Haar mit den rosa Strähnchen.

»Wie zum Teufel haben sie es vorbei an den Verteidigungseinrichtungen geschafft?«, fragte Lincoln.

»Ich vermute, sie hatten eine Insider-Quelle. Sie haben sich als Zivilisten ausgegeben und sind mit Pickups geradewegs durch die Tore gefahren«, antwortete Beckham. »Eine andere Gruppe hat ein Boot nach Peaks Island genommen.«

»Und sie sind alle entkommen?«, wollte Mendez wissen.

»Der einzige Plünderer, den wir gefangen nehmen konnten, hat sich mit Abartigensäure um die Ecke gebracht, bevor wir ihn verhören konnten«, erwiderte Beckham.

Lincoln schrak zurück.

»Diese Menschen sind schlimmer als die Monster«, brummte Mendez mit zusammengezogenen Augenbrauen.

»Das liegt daran, dass sie mit den Monstern zusammenarbeiten, nicht wahr?«, meinte Rico. »Das ist die einzige Erklärung, die für mich einen Sinn ergibt.«

»Ich denke, damit liegst du richtig«, sagte Beckham. »Sie scheinen irgendwie miteinander verbunden zu sein, und deshalb bin ich hier. Um es herauszufinden und eine Offensive zu planen, bevor sie erneut zuschlagen …«

Fitz hatte das Gefühl, dass es sich dabei nicht um den einzigen Grund für Beckhams Anwesenheit handelte. Es galt als offenes Geheimnis, dass Ringgold ihn zur Kandidatur für ein Amt bewegen wollte. Und nach McCombs Ableben vermutete er, dass dieses Treffen mit Ringgold kein Zufall war.

Aber Fitz hob sich die Fragen für später auf. Es würde noch genug Zeit sein, sich unter vier Augen zu unterhalten.

»Hast du Hunger?«, fragte Rico.

Beckham schüttelte den Kopf. »Aber ich setze mich gern zu euch.«

Er nahm Dohi gegenüber Platz. »Wie fühlst du dich, Bruder?«

Dohi zuckte mit den Schultern. »Ich werd's überleben.«

»Ganz ehrlich, ich dachte, du wärst Abartigenfutter«, sagte Ace mit einem Grinsen. Die Wangen oberhalb seines langen weißen Barts röteten sich, als keiner der anderen seine Äußerung unterhaltsam fand.

»Hat dir schon mal jemand gesagt, dass du mit den rosigen Wangen wie der Weihnachtsmann aussiehst?«, fragte Lincoln.

Ace zuckte mit den Schultern. »Wie eine dünnere Version von ihm, ja.«

Fitz runzelte die Stirn. Der große Kerl musste dringend lernen, wann man scherzte und wann man besser den Mund hielt. Dasselbe galt für Lincoln.

Fitz ergriff die Gabel und wandte sich wieder seinem Roastbeef mit Kartoffelbrei zu.

»Auf dem Flug hierher hab ich deinen Bericht über diese Tunnel gelesen«, sagte Beckham. »Die meisten Männer hätten es nie lebend nach draußen geschafft.«

»Diese Leute da unten … Ich hoffe, sie haben nicht überlebt. Denn wenn doch … Sagen wir einfach, die Hölle könnte nicht schlimmer sein«, meinte Dohi.

Beckham lehnte sich vor. »Wir haben alle schon ziemlich grauenhafte Dinge erlebt. Und bevor dieser Krieg vorbei ist, werden wir noch mehr davon sehen. So schmerzhaft es ist, darüber zu reden, wir müssen herausfinden, was diese Tunnel sind. Und wir müssen mehr über den Alpha erfahren, den ihr getötet habt.«

Ich hoffe nur, es ist noch nicht zu spät, dachte Fitz.

»Offizier an Deck!«, ertönte eine zackige Stimme.

Sämtliche Matrosen und Soldaten standen auf, als General Souza samt Gefolge die Messe betrat. Stiefel klackten auf dem Deck.

»Besprechungsraum. In 15 Minuten«, sagte Lieutenant Brian Festa, der SOCOM-Verbindungsoffizier.

Fitz schnappte sich sein Tablett und folgte den übrigen Soldaten und Matrosen hastig aus der Messe. Als sie den Besprechungsraum erreichten, war er bereits berstend voll.

Fitz und Beckham gingen nach vorn und stellten sich mit General Souza und Präsidentin Ringgold zu einem Tisch. Agenten des Secret Service flankierten sie zusammen mit einem Mann mittleren Alters in einem Laborkittel, den Fitz noch nie zuvor gesehen hatte.

Während weitere Leute in den Raum strömten, schüttelte die Präsidentin Beckham die Hand. Sie wandten sich von der Menge ab und sprachen mit leisen Tönen innerhalb ihrer Gruppe. Fitz befand sich nahe genug, um etwas von dem Gespräch mitzubekommen. Es ging um Senator McComb und um die Teilnahme an einer von Ringgolds Reden, bevor Beckham eine Entscheidung über irgendetwas treffen würde.

Als sich Beckham umdrehte, konnte Fitz ihm ansehen, dass er alles andere als glücklich war. Fitz' Vermutung über eine Kandidatur für den Senat schien richtig zu sein.

»Also gut, Leute, fangen wir an«, ergriff General Souza das Wort. Er ließ einen gebieterischen Blick über die vor ihm versammelten Männer und Frauen wandern. »Wir sind mit einer verflucht schwierigen Lage konfrontiert, also komme ich gleich zur Sache. Zu drei Außenposten ist nach Angriffen von Abartigen der Kontakt völlig abgebrochen, drei weitere wurden von Plünderern überfallen.«

Er deutete auf Lieutenant Festa. Der kleinere Mann mit dem bauschigen, schütteren Haar ging zu einem an der Wand montierten Monitor. Eine Karte der Nation erschien. Er tippte auf den Touchscreen und rief einen Bereich aus fünf Staaten auf.

»Der Außenposten Turkey River in Iowa, der Außenposten Rapid City in South Dakota und der Außenposten Kansas City in Missouri sind verwaist«, sagte Festa. »Unsere Aufklärungsteams haben festgestellt, dass die Abartigen Tunnel benutzt haben, um unsere Verteidigung zu umgehen.«

Gedämpfte Stimmen raunten im Raum.

»Ruhe«, befahl Souza.

Festa wartete kurz, bevor er fortfuhr. »Drei weitere Außenposten wurden von Plünderern angegriffen, aber alle an der Ostküste. Es versteht sich von selbst, dass diese Angriffe unserer Ansicht nach alle miteinander zu tun haben.«

Souza übernahm, als Festa verstummte. »Das Muster der Angriffe lässt vermuten, dass es ein zusammenhängendes Netzwerk hier im Mittelwesten gibt. Obwohl wir noch nicht wissen, wie die Abartigen über so große Gebiete oder mit den menschlichen Überläufern kommunizieren.«

Festa berührte den Monitor erneut. Diesmal erschien eine Karte der nordöstlichen Küste.

»Die Angriffe der Plünderer haben die Außenposten in den folgenden Gebieten getroffen«, sagte Festa. »Portland in Maine. New Boston in Massachusetts. Providence in Rhode Island. Die Verluste werden noch aktualisiert, belaufen sich aber bereits auf Hunderte.«

Weitere Stimmen raunten im Raum. Die Zahlen waren erschreckend. Nachdem sich jahrelang nur sporadische Angriffe streunender Abartiger und planlos zuschlagender Plünderer ereignet hatten, war die Neuigkeit mehr als schockierend für die Männer und Frauen, die für den Frieden gekämpft hatten.

Vor allem für Präsidentin Ringgold.

Steif und stolz stand sie vorn im Raum. Doch die Blässe in ihrem Gesicht strafte ihre zuversichtliche Haltung Lügen. Sie war unübersehbar entsetzt darüber, was sich in den letzten Monaten ihrer Amtszeit abspielte. Ihr gesamtes Vermächtnis stand auf dem Spiel, ganz zu schweigen von der Zukunft des Landes.

»Wir rechnen damit, dass die Opferzahlen sogar noch steigen, und wir wappnen uns für weitere Angriffe«, sagte Souza.

Fitz betrachtete eingehend die Karte auf dem an der Wand montierten Bildschirm und versuchte, eine Theorie zu den Ereignissen zu formulieren. Sofern sich die Abartigen nicht so weit entwickelt hatten, dass sie

Funkgeräte benutzen und ihre Übertragungen irgendwie verschlüsseln konnten, hatte er nicht die leiseste Ahnung, wie sie sich über ein so großes Gebiet koordinierten.

»Wir glauben inzwischen, dass es bei vielen der Entführungen durch Abartige in den letzten Jahren nicht um Nahrung gegangen ist«, fuhr Souza fort. »Ich persönlich glaube, dass mit diesen Entführungen eine kleine Armee von Überläufern geschaffen werden sollte, die für die Terroranschläge neulich Nacht benutzt wurden.«

Das überraschte Fitz nicht. Er war schon einigen Überläufern begegnet. Die meisten waren völlig verrückt geworden, nachdem die Monster sie gefangen gehalten hatten.

Der General verstummte kurz und richtete den Blick auf den Mann im Laborkittel. »Das ist Dr. Jeff Carr. Er wird mit Dr. Kate Lovato zusammenarbeiten, um herauszufinden, womit genau wir es zu tun haben. Den Ausgangspunkt bilden dabei der Alpha-Abartige vom Außenposten Turkey River und andere von unseren Teams geborgene Proben.«

»Danke, General.« Carr trat an den Bildschirm und rief ein Bild der Bestie auf, die von der Navy in einem Kühlraum ein Deck unter ihren Füßen aufbewahrt wurde. Obwohl Fitz das Monster aus nächster Nähe gesehen hatte, jagte ihm der Anblick auf dem Bildschirm einen kalten Schauder über den Rücken.

»Das ist ein Alpha, wie ihn zuvor noch niemand gesehen hat«, erklärte Carr. »Nach den uns vorliegenden Berichten und meiner Forschung scheint er Echolotung zu benutzen, um Beute zu finden. Außerdem glauben wir, dass die faserigen Fortsätze an der Wirbelsäule etwas mit dem seltsamen Gespinst aus den Tunneln zu tun haben könnten, die unsere Aufklärungsteams entdeckt haben. Wir sind uns nicht sicher, was der Zweck dieser Fasern ist. Falls Sie im Einsatz darauf stoßen, ist uns jede Beobachtung willkommen. Abgesehen davon kann ich nur sagen, dass Sie bei diesen neuen Monstern mit Unerwartetem rechnen müssen.«

Präsidentin Ringgold trat vor. »Ich hatte gehofft, wir hätten die schlimmsten Tage der Menschheit hinter uns«, ergriff sie das Wort. »Aber wir sind schon wieder mit einer Bedrohung für unsere Spezies konfrontiert.«

Fitz erlebte ein Déjà-vu. Er ahnte, was als Nächstes kommen würde.

»Ich habe beschlossen, Aufklärungsteams zu entsenden, um mehr Informationen zu sammeln, bevor wir eine Offensive starten oder unsere Verbündeten um Hilfe bitten«, fuhr Ringgold fort. »General Souza ist dabei, Teams zusammenzustellen. Außerdem habe ich die Entsendung unserer Hauptkampftruppe genehmigt, die gleichmäßig auf die 98 Außenposten verteilt wird, um sie gegen künftige Angriffe zu schützen.«

Fitz gefiel ihr proaktiver Ansatz. Allerdings fragte er sich, ob sie mehr wusste als er. Einsatz *aller* Truppen?

»Operation Shadow beginnt in wenigen Stunden«, sagte Ringgold.

Ihr Blick fegte über die hartgesottenen Soldaten, Matrosen und Marines.

»Machen wir uns nichts vor, meine Damen und Herren: Diese neue Bedrohung könnte die größte sein, mit der wir seit den ersten Tagen des Blutervirus konfrontiert sind«, fuhr Ringgold fort. »Es liegt an Ihnen, sie zu stoppen, bevor wir alles verlieren, für dessen Wiederaufbau wir gekämpft haben.«

Fitz und Beckham wechselten als zwei alte Freunde und Krieger einen Blick. Beide wussten haargenau, was das bedeutete.

Keine Pause für die Mitglieder von Team Ghost.

Für sie ging es zurück ins Getümmel.

Dohi kauerte im kniehohen Gras. Die Halme hatten sich bereits golden verfärbt und waren trocken vom Ansturm des kühleren Wetters in der Gegend des Außenpostens Duluth in Minnesota. Zwischen den zerdrückten Grashalmen prangten die unverkennbaren krallenförmigen Fußabdrücke der Abartigen.

Wie General Souza befürchtet hatte, setzten die Abartigen ihre Angriffe fort, und zwar bis in den Norden von Minnesota. Dieser jüngste Überfall hatte sich nur wenige Stunden nach ihrem Briefing an Bord der USS *George Johnson* ereignet.

Team Ghost stand auf den überwucherten Übungsfeldern für Baseball und Softball der University of Minnesota Duluth. Den Campus hatte man im Verlauf der Jahre zu einem befestigten Außenposten umgebaut – mit Maschendrahtzäunen, Stacheldraht und elektronischer Überwachungsausrüstung, die das Militär zur Verfügung gestellt hatte.

Im Gegensatz zu den Außenposten Turkey River und Rapid City hatten die Verteidigungsanlagen hier gehalten. Nur eine Handvoll der Monster hatte es ins Innere geschafft, bevor sie zurückgeschlagen und zum Rückzug gezwungen wurden.

Auch das von Ringgolds Regierung für alle Außenposten bereitgestellte Notfallwarnsystem hatte geholfen. Aber Dohi hatte das Gefühl, dass es in Wirklichkeit die beiden

Züge der Army Rangers waren, die den Ort gemeinsam mit der Miliz vor dem Untergang bewahrt hatten.

Eine Gruppe von Rangers half gerade auf der anderen Seite des Feldes dabei, Zivilisten zu verarzten, von denen einige geliebte Menschen im Kampf verloren hatten. Böiger Wind erfasste das Schluchzen und die Schmerzensschreie.

Weiße Laken bedeckten die Verstorbenen in geordneten Reihen.

Dohi und Team Ghost überquerten das Spielfeld.

»Wer hat hier das Kommando?«, rief Fitz.

Ein Asiat mit breiten Schultern schaute zu ihm zurück, bevor er auf Fitz zukam.

»Das bin ich.« Er streckte Fitz die Hand entgegen. »Sergeant Randall Chung vom Dritten Bataillon.«

»Master Sergeant Fitzpatrick von Team Ghost.« Fitz zeigte auf die anderen Männer und Dohi nickte.

»Schön, Sie bei uns zu haben, Master Sergeant«, erwiderte Chung. Mit einem Seufzen deutete er auf die Leichen. »Wir haben getan, was wir konnten. Aber es ist uns nicht gelungen, alle Abartigen aufzuhalten, sobald sie durch die Tunnel eingedrungen waren.«

»Ich wünschte, wir wären früher hier gewesen«, sagte Mendez.

Chung passte seinen Kinnriemen an. »Haben Sie irgendeine Ahnung, woher all diese Bestien kommen?«

»Wir sind hier, um genau das herauszufinden«, erwiderte Fitz.

Dohi ging zu einem Loch in der Nähe des Schlagmals, während sich Fitz und Chung unterhielten. Er schaltete die an seiner Waffe montierte Leuchte ein und richtete den Strahl in einen Gang, den das glitzernde rote Gespinst bedeckte.

Die albtraumhaften Bilder, die er in diesen Tunneln in Turkey River gesehen hatte, blitzten durch seinen Kopf. Er verspürte einen Anflug von Übelkeit, als er vor seinem geistigen Auge die halb vergrabenen Menschen hatte, aus deren Mündern und Augenhöhlen merkwürdige Ranken wucherten.

»Alles in Ordnung, Bro?«

Dohi blickte zurück zu Mendez, der mit dem Gewehr in der Ellbogenbeuge dastand. Am Ende des Gesprächs stießen sie wieder zum Rest des Teams.

»Sind die Abartigen mit irgendwelchen Leuten entkommen?«, fragte Fitz.

»Nicht soweit wir wissen. Aber wir haben noch nicht den Verbleib aller Zivilisten geklärt«, sagte Chung.

»Irgendwelche Alphas gesehen?«, wollte Fitz wissen.

»Einen haben wir erwischt.« Chung zeigte auf die gegenüberliegende Seite des Feldes, wo die Rangers die Überreste der Bestien abgeladen hatten.

Das Team trat den Weg zu den von Einschusslöchern durchsiebten Kadavern an. Im Tod wirkte die graue Haut noch blasser.

Blinde Reptilienaugen starrten in den wolkenverhangenen Himmel empor.

Dohi begutachtete die breite Brust eines Alphas. Es handelte sich um denselben Typ, gegen den er beim Außenposten Turkey River gekämpft hatte.

»Haben Ihre Männer angefangen, die Tunnel zu durchsuchen?«, fragte Fitz.

»Nein«, antwortete Chung. »Wir waren zu beschäftigt damit, das Chaos hier aufzuräumen. Aber wir haben ein einsatzbereites R2TD, um uns auf die Suche nach weiteren zu machen.«

Chung deutete zu einem der mit roten Ziegeln gedeckten Häuser.

»Thomas, Watson, schafft das R2TD her«, rief er.

Zwei der Rangers machten sich an die Vorbereitung der Ausrüstung.

»Haben Sie alle so was schon mal benutzt?«, fragte Chung.

»Ich hab ein wenig Erfahrung damit«, meldete sich Ace.

»Dann nur zu. In dem Fall bedienen Sie es wahrscheinlich effektiver als wir. Ich will vor allem sicherstellen, dass wir gegen einen weiteren Angriff gewappnet sind.«

Ace lief zu den beiden Rangers hinüber. Sie schnallten ihm die Computertasche auf den Rücken und reichten ihm das röhrenförmige Radargerät.

»Wenn wir verhindern wollen, dass so was noch mal passiert, müssen wir rausfinden, woher diese Tunnel kommen«, sagte Fitz. »Nur so können wir eine effektive Offensive starten.«

»Was immer nötig ist«, meinte Rico.

»O Mann, gehen wir da runter?«, murmelte Lincoln.

»Hörst du eigentlich auch mal auf zu jammern?« Mendez warf Lincoln einen fragenden Blick zu.

»Na ja … eigentlich nicht wirklich«, gab Lincoln schmunzelnd zurück.

Ein kalter Wind heulte über das offene Feld, ein Vorbote des Winters, der in wenigen Wochen anbrechen würde. Das Geheul brachte die Mannschaft zum Schweigen. Dohi vermeinte, er hätte noch etwas im Wind gehört. Klang wie das entfernte Stöhnen von jemandem, der Schmerzen litt.

Vielleicht nur sein Verstand, der ihm Streiche spielte. Wieder flammten die Bilder aus seiner Zeit in den Tunneln in seinem Kopf auf.

Auch er wollte nicht zurück unter die Erde. Aber wenn Fitz es befahl, würde er alles tun, was nötig wäre, genau wie Rico es gesagt hatte.

»Viel Glück«, rief Chung.

Fitz führte das Team zum Rand des Universitätsgeländes. Maschen- und Stacheldrahtzäune kennzeichneten die Grenze. Zwei der örtlichen Milizsoldaten zogen ein mechanisiertes Tor auf, um Team Ghost durchzulassen.

Ace behielt den Bildschirm des R2TD im Auge, während sie nach Süden marschierten und der Krümmung des Lake Superior in die Stadt Duluth folgten.

Häuser säumten die Straßen um sie herum. Die meisten schienen seit Jahren leer zu stehen. Scherbenreste steckten noch in verrotteten Fensterrahmen. Einige Gebäude waren bis auf die Grundmauern niedergebrannt und nur noch ein Haufen verkohlter Trümmer.

Ace führte sie zwischen den Rasenflächen der verlassenen Häuser hindurch, bis sie einen weitläufigen Park mit hohen Bäumen erreichten. Blätterdächer in den Schattierungen eines Feuers raschelten im Wind.

»Die Tunnel enden hier«, verkündete Ace und schaute verdutzt vom Bildschirm auf.

»Nicht ganz«, widersprach Dohi.

Er bückte sich neben einem Loch im Boden, etwa so groß wie seine Taille. Mehrere verflochtene Stränge aus rotem Gewebe ragten heraus und erstreckten sich über einen Bach.

Dohi zog einen Handschuh aus und fuhr mit den Fingern über die Ranke aus rotem Gespinst. Er spürte praktisch, wie ihm Elektrizität in die Hand strömte. Die einzelnen Fasern innerhalb der organischen Stränge pulsierten leicht, drückten gegen seine Haut.

»Unter dem Wasser haben sie nicht gegraben«, sagte Dohi. »Vielleicht waren sie klug genug, um zu wissen, dass der Tunnel darunter einstürzen könnte.«

»Dieses Gespinst ...«, setzte Mendez an.

»Folg ihm weiter«, sagte Fitz.

Dohi brachte das Gewehr wieder an der Schulter in Anschlag. Er watete ins Wasser, das ihm bis zur Mitte der Schienbeine reichte. Das Ufer auf der anderen Seite des Bachs stieg leicht an. Er eilte über den Schlamm, folgte nach wie vor den roten Ranken.

Sie verliefen in eine andere Öffnung. Klauenabdrücke verunstalteten den Boden zwischen dem Laub. Aber etwas anderes ließ ihm das Herz bis in den Hals schlagen. Er richtete den Lauf des Gewehrs in die Dunkelheit der Tunnelöffnung. Der Wind heulte aus der von den Abartigen geschaffenen Höhle. Dohi vermeinte von irgendwo drinnen ein Stöhnen zu hören.

Reiß dich gefälligst am Riemen, Dohi.

Das Stöhnen setzte sich fort. Mittlerweile war er so gut wie sicher, dass es sich nicht bloß um den Wind handelte.

Gott, vielleicht verlor er gerade den Verstand.

Er fragte sich, ob ihn seine Erlebnisse in diesen Tunneln auf übelste Weise heimsuchten. Sosehr es ihm widerstrebte, es sich einzugestehen, vielleicht hätte er diese Mission auslassen sollen. Wenn er nicht schleunigst klaren Kopf bekäme, würde er zu einer Belastung für die anderen Teammitglieder werden. Gleichzeitig wollte er sie auch nicht im Stich lassen.

Fitz hob eine Faust, um den Trupp anhalten zu lassen. Er zeigte erst auf sein Ohr, dann auf den Tunnel. Ace senkte das R2TD-Gerät.

Vielleicht war Dohi doch nicht so verrückt. Auch die anderen hatten die Geräusche gehört. Und wenn dadrin tatsächlich jemand stöhnte, war noch jemand am Leben.

Fitz bedeutete den anderen, ihre Lichter einzuschalten. Dann schickte er mit einer weiteren Geste Dohi voraus, der ins Innere vorrückte, ohne zu zögern. Sein Licht erhellte verflochtene rote Stränge, die sich in das Gespinst ausbreiteten. Krallenspuren zeichneten die Wände, und eine Spur klauenartiger Füße führte tiefer hinein.

Das gequälte, animalische Stöhnen wurde lauter, je weiter sie vorrückten.

Und es klang zunehmend unmenschlich.

Dohi schlich vorwärts, folgte der Biegung des Tunnels. Mit jedem Schritt schlug sein Herz schneller. Als er um die Ecke bog, suchte er den Gang mit seinem Lichtstrahl ab. Die Schatten verflüchtigten sich, als der Schein auf Gewebe traf, das mit einer Masse aus seltsamem Fleisch zusammengewachsen war.

»Was zum …« Dohi hielt inne.

Rote Stränge sprossen aus den Ohren und dem offenen Mund dieser Kreatur.

Die nicht menschlich war.

Auch kein Abartiger.

Dohi ging näher hin. Im Licht seiner Lampe stellte er fest, dass es sich um ein Reh handelte.

Mehr von dem roten Zeug wucherte aus offenen Wunden. Die Brust hob und senkte sich langsam, blutbedecktes Fell schimmerte im Licht. Bei jedem Ausatmen entwich dem Tier ein gepeinigtes Stöhnen.

Die Abartigen machten bei lebender Beute keinen Unterschied. Und anscheinend nicht nur, wenn es um

Nahrung ging, sondern auch bei Lebewesen, die sie für das hier benutzten, was immer *das hier* sein mochte.

Als sich der Rest von Team Ghost um Dohi scharte, füllten die Lichter den Tunnel aus. An den Wänden hingen weitere Tiere. Aus allen wucherte dieses Gespinst. Einige der Opfer bestanden nur noch aus Haut und Knochen, und das Fell fiel in großen Klumpen von ihnen ab.

Während sie tiefer in den Tunnel vordrangen, sprach Dohi in Gedanken ein Gebet für jedes Tier, dem die Abartigen das angetan hatten. Hitze schwoll in seiner Brust an. Dieser Anblick kam einer Vergewaltigung der Natur gleich. Während des Flugs hatte er Kates Bericht gelesen. Er hatte ihm entnommen, dass solche Gewächse, die sich so rasend ausbreiteten, entsprechend viel Nahrung brauchten. Die Abartigen schienen Menschen und Tiere in Kraftstoff zu verwandeln.

Team Ghost kämpfte sich weiter durch die Dunkelheit.

Fitz zog sein Messer und beendete das Leiden der Rehe und der anderen lebenden Tiere hinter ihnen. Dohi zuckte bei jedem Geräusch zusammen und beschleunigte beim Anblick von Lichtsäulen in der Ferne die Schritte.

Ein Ausweg aus dieser Hölle.

Dohi folgte dem Licht zu einer Rampe aus Geröll, die nach oben ins Sonnenlicht führte. Sie hatten das Ende des Tunnels erreicht. Er bahnte sich den Weg einen Hügel hinauf, der den Lake Superior überblickte. Das riesige Gewässer erstreckte sich bis nach Michigan.

Der Rest von Team Ghost schloss zu ihm auf und verteilte sich, um den Fußabdrücken von Abartigen zu folgen, die in alle Richtungen verstreut verliefen. Wer auch immer diese Monster organisierte, wusste, was er tat. Es gab keinen einfachen Weg vorwärts.

Es sei denn …

Dohi sank auf ein Knie. Ein leichtes Glitzern sprang ihm ins Auge. Etwas Rotes, das aus der schwarzen Erde in der Nähe seiner Stiefel lugte. Er hakte einen Finger unter die rote Ranke und zog sie hoch. Mehr von dem roten Gespinst kam zum Vorschein, als er an den organischen Strängen zerrte.

Je mehr Fasern Dohi hervorholte, desto überzeugter wurde er, dass diese Ranken sie zu irgendetwas führen würden. Aber als Ace auf Fitz' Anweisung erneut das R2TD-System benutzte, fanden sie keine weiteren Tunnelsysteme. Obwohl sich die Fasern fortsetzten, schienen die Bestien nur dann Tunnel zu graben, wenn sie sich in der Nähe eines Außenpostens befanden.

»Vielleicht sollten wir das Oberkommando darüber informieren, was wir gefunden haben«, schlug Dohi vor. »Wenn ich raten müsste, würde ich sagen, die Abartigen buddeln nicht einfach Tunnel aus einem Teil des Landes in den anderen.«

»Was du nicht sagst«, meinte Lincoln ironisch. »Das wäre ja auch unmöglich.«

Rico streckte die Hand nach dem Gespinst in Dohis Handschuhen aus.

»Das erinnert mich an etwas, das ich mal in einer Dokumentation gesehen hab«, sagte sie. »Der größte lebende Organismus der Welt – zumindest damals – war ein Pilz. Er hat rund acht Quadratkilometer Wald in Oregon umspannt. Der Großteil davon waren winzige Fäden unter der Erde.«

Lincoln bückte sich, um einen weiteren Strang hochzuziehen. »Sieht für mich nicht nach Pilzen aus.«

»Du hast wohl nicht richtig zugehört«, gab Rico zurück.

»Kommt schon, Leute, grabt den Scheiß weiter aus, damit wir sehen, wohin er führt«, befahl Fitz.

Das Team arbeitete eine Stunde lang, um die Fasern freizulegen. So gelangten sie nach Süden und tiefer in den Wald. Als das Tageslicht schließlich zu schwinden begann, brach Fitz die Suche ab.

»Gehen wir zurück zum Außenposten«, sagte er. »Wir greifen die Spur beim ersten Tageslicht wieder auf.«

Unterwegs schaute Dohi nach Süden, vorbei am bewaldeten Horizont. Er überlegte, wohin diese Gespinste führen würden.

»Anscheinend können die Abartigen diese Tunnel nach Belieben zum Einsturz bringen«, dachte er laut nach.

»Klingt sinnvoll«, meldete sich Rico zu Wort. »Wenn das Zeug wie Muskelfasern ist – oder was auch immer Kate gesagt hat –, dann können sie die Tunnel vielleicht zwingen, sich zusammenzuziehen.«

»Sie graben die Tunnel gerade weit genug, damit sie unbemerkt angreifen können, und dann zack«, sagte Mendez. »Sie reißen die Tunnel ein, nachdem sie am anderen Ende wieder rausgestiegen sind.«

»Und lassen trotzdem die Fasern in diesem gewaltigen Netzwerk zurück«, fügte Dohi hinzu. »Moment mal.«

Er zog eine Karte aus seinem Rucksack und studierte sie im schwindenden Licht.

»Die Tunnel – oder zumindest dieses Gespinst – führen in die Richtung«, sagte Dohi und fuhr auf der Karte den Weg nach, dem sie gefolgt waren. »Und die aus Turkey River …«

Fitz' Augen weiteten sich. Er schien zu begreifen, worauf Dohi damit hinauswollte. »Laut den Berichten aus New

Chicago sind die Tunnel dort nach Nordwesten verlaufen. Und die von Kansas City aus fast direkt nach Norden.«

»Ach du Scheiße«, entfuhr es Mendez. »Ich bin in Geografie zwar durchgerasselt, aber sogar ich weiß, wohin das führt. Muss New York sein.«

Dohi lachte, was selten vorkam. »Nicht mal annähernd, Mann.«

»Ich weiß. War nur ein Scherz.« Mendez schmunzelte.

»War's nicht, du Dumpfbacke.« Lincoln spähte über Dohis Schulter auf die Karte.

Dohi schüttelte den Kopf. »Ihr Jungs hört wohl nie auf, oder?«

»Also, was denkst du?«, fragte Fitz.

»Ich denke, wenn man alle Tunnel trianguliert, lässt sich eruieren, wo dieses Netz seinen Ursprung haben könnte«, sagte Dohi.

Er senkte den Finger auf der Karte direkt auf Minneapolis.

»Alle Netzwerke, die wir entdeckt haben, gehen in die Richtung. Und wenn diese Fasern für ihr Wachstum viele Menschen brauchen, gibt's dort wahrscheinlich mehr als genug Nahrung für sie.«

»Die Außenposten im Mittelwesten sind voll von Menschen«, fügte Rico hinzu. »Und hatten außerdem die höchste Zahl an Entführungen, bevor das alles begonnen hat.«

»Verdammt, seid ihr schlau«, sagte Mendez.

»Schätze, dann wissen wir jetzt, wohin's als Nächstes geht«, brummte Lincoln. »Zurück unter die Erde, was?«

Dohi beschlich das Gefühl, dass er recht hatte.

14

Kate tauchte in die beißenden Gerüche des Labors auf Peaks Island ein. Das durchdringende Aroma der frisch desinfizierten weißen Fliesenböden und schwarzen Labortische verlieh ihr immer neue Energie.

Leuchtstofflampen summten, als sie eingeschaltet wurden.

Das Labor war an sich nicht gerade riesig. Trotzdem fühlte man sich wie der letzte Mensch auf Erden, wenn man allein darin arbeitete. Sie hatte Beckham kaum gesehen, bevor er zum SOCOM aufgebrochen war. Ihre Zeit mit Javier in den vergangenen 48 Stunden beschränkte sich auf kurze Wortwechsel vor dem Schlafengehen.

Auch wenn sie wusste, dass sie sich ausruhen und Zeit mit ihrem Sohn verbringen sollte, ihr Land brauchte sie wieder. Niemand sonst auf der Welt besaß ihre Erfahrung und ihre Fachkenntnisse bei der Erforschung der Abartigen.

Zum Glück bekam sie die Hilfe, die sie brauchte. Heute sollten Unterstützungspersonal und der Kadaver eines Alphas eintreffen, den Team Ghost vom Außenposten Turkey River geborgen hatte.

Kate arbeitete schnell, um das Labor für die Neuankömmlinge auf Vordermann zu bringen. Als sie fertig war, überprüfte sie die Zellkulturexperimente mit den Proben aus dem Gespinst.

Wieder waren sie bis an die Grenzen der großen Plastikbehältnisse gewachsen, in die Kate sie platziert hatte. Sie schienen innerhalb von Minuten aus jeder kleineren Zellkulturschale zu wuchern. Die einzige Einschränkung ihres Wachstums ergab sich aus der Menge an Nährstoffen, die sie in die Behälter gab.

Als die Gegensprechanlage summte, drehte sie sich um.

Sergeant Ruckley stand hinter der Glaswand.

»Doktor Lovato, die neuen Mitarbeiter sind gerade gelandet und werden in Kürze hier sein«, kündigte sie an.

Kate hob den Daumen und ging prompt wieder an die Arbeit.

Sie überprüfte nacheinander die kleineren Proben, bevor sie sich dem riskantesten Experiment zuwandte, das sie aufgebaut hatte. Kein ihr bekanntes Labor verwendete Zellenbehältnisse mit einem Volumen von mehr als ein bis zwei Litern. Schon das galt als groß.

Nachdem sie festgestellt hatte, wie schnell das Gespinst den üblichen Behältnissen entwuchs, hatte sie an ihre Lieferanten ein ungewöhnliches Ersuchen gerichtet, dem glücklicherweise entsprochen werden konnte: Sie brauchte ein Aquarium mit einem Volumen von 200 Litern.

Nun beherbergte es eine gewaltige Zellwucherung im hinteren Teil des Labors hinter einem Plexiglasfenster. Seltsamerweise sahen die Zellen nicht mehr wie die organisierten roten Stränge aus, sondern eher wie im Labor gezüchtetes Fleisch.

Sie ging hinüber, um die Masse der roten Zellen zu überprüfen. Sie schienen in ihrem Behältnis zu pochen und zu pulsieren. Die nächsten 30 Minuten lang untersuchte sie das Gewächs und überlegte, ob sie es in etwas noch Größeres verlegen sollte. Wenn es weiterwucherte, würde das Aquarium womöglich bersten.

Ein unverhofftes Klopfen an der Labortür ließ sie zusammenzucken.

Diesmal stand Beckham hinter der Scheibe.

»Was zum Teufel ist das?«, fragte er und starrte auf das Aquarium.

»Das versuche ich herauszufinden«, antwortete sie so laut, dass er sie durch das Fenster hören konnte.

Sie schälte sich die Nitrilhandschuhe von den Fingern und warf sie in den Müll. Dann zog sie den Laborkittel aus und ging hinaus zu Beckham.

»Wie geht's dir?«, fragte er und ergriff ihre Hand.

»Ich bin müde. Und dir?«

»Wir haben 'ne Menge Arbeit vor uns.«

Kate fand, das konnte viel bedeuten, aber sie bohrte nicht nach. Stattdessen zog sie ihn einfach in eine Umarmung.

»Weißt du, so richtig beantwortet das meine Frage nicht«, merkte sie an.

»Ich komme zurecht.«

Beim Klicken von Schritten löste sich Kate von ihm.

Horn stand neben einem großen Mann mit dunklem, zurückgegeltem Haar. Der Neuankömmling trat mit ausgestreckter Hand auf Kate zu.

»Ich bin Dr. Jeff Carr«, stellte er sich vor.

Kate ergriff seine Hand. »Dr. Kate Lovato.«

»Ist mir ein Vergnügen, Sie kennenzulernen«, sagte Carr. »Die Präsidentin lobt Ihre Arbeit in höchsten Tönen. Jedenfalls eilt Ihnen Ihr Ruf in … den Überresten der wissenschaftlichen Gemeinschaft voraus«, meinte er und grinste verlegen.

Kate hatte vor Jahren aufgehört, sich den Kopf über ihren Ruf zu zerbrechen. Ihre wissenschaftlichen Entwicklungen hatten Milliarden der mit dem ursprünglichen Blutervirus infizierten Menschen getötet und noch verheerendere Abartige erschaffen. Deshalb wurde sie zu gleichen Teilen verehrt und gehasst.

»Willkommen in meinem bescheidenen Labor«, sagte Kate. »Ich freue mich, dass Sie hier sind, um mir bei der Arbeit zu assistieren.«

»Assistieren?« Carr zog die Augenbrauen hoch, als wäre er entsetzt. »Ich dachte, das wäre mehr ein teamorientierter Ansatz mit gleichwertigen Kollegen.«

»Oh, natürlich«, erwiderte Kate und wirkte plötzlich etwas unbehaglich.

Carr schaute zurück in den Gang und winkte der Gruppe der Leute zu, die dort einen Handwagen umringten. Kate rückte für einen besseren Blick vor und stellte fest, dass es sich tatsächlich um einen Handwagen handelte, wie man ihn in einem Leichenschauhaus für den Transport von Toten benutzte. Dieses Modell hatte eine Kunststoffkuppel, die den Inhalt verhüllte.

»Bringt das Exemplar herein«, ordnete Carr an und winkte.

Kate trat zur Seite, als das Team den Wagen zum Eingang des Labors schob. Carr führte den Tross herein.

Mit scharfem, finsterem Blick sah er sich im Raum um, bis er in eine Ecke zeigte.

»Ist ein verdammt hässlicher Mistkerl«, warnte Beckham.

Das Laborteam marschierte ein und aus, trug Kisten mit Bedarfsmaterial und Ausrüstung herein. Carr beaufsichtigte die Techniker und blaffte ihnen Anweisungen zu.

»Ist er immer so drauf?«, wandte sich Kate in verschwörerischem Ton an Horn und Beckham.

»Man muss sich definitiv an ihn gewöhnen«, erwiderte Beckham diplomatisch.

Horn stieß scharf den Atem aus. »Ein Typ wie der steht wahrscheinlich auf den Geruch der eigenen Fürze. Daran kann man sich nicht gewöhnen.«

»Na toll«, murmelte Kate. »Ich hatte gehofft, ein Kollege im Labor würde die Sache ein wenig erleichtern, aber …«

»Na ja, immerhin hast du jetzt ein ganzes Team«, sagte Beckham.

Die Techniker luden weiter Ausrüstung ab. Ihr Potenzial ermöglichte eine Produktivität völlig anderer Größenordnung, vorausgesetzt die Zusammenarbeit mit Carr gestaltete sich nicht zu schwierig.

»Die zusätzlichen Leute werden helfen, die Verbindung des Alphas mit dem Gespinst schneller zu bestimmen«, räumte Kate nickend ein.

»Je eher wir herausfinden, wie das funktioniert, desto eher können wir es abstellen«, meinte Beckham.

»Dr. Lovato«, rief Carr von der anderen Seite des Labors dazwischen. »Was ist das für eine monströse Wucherung in Ihrem Zellkulturraum?«

Beckham und Horn warfen einen Blick auf das Aquarium.

»Das wollte ich auch schon fragen«, sagte Horn. »Sieht aus wie das, was aus mir rauskommt, nachdem ich bei McDonald's gegessen habe.«

»Sehr witzig, Big Horn.« Beckham stöhnte kopfschüttelnd.

»Das ist das Gespinst«, erklärte Kate.

Beckham bedeutete ihr, ihm in den Gang zu folgen. Auch Horn gab er mit einem Nicken ein Zeichen, und sie alle zogen sich in die Schatten draußen zurück. Kate beschlich der deutliche Eindruck, dass ihr Mann nervös war.

»Bitte nicht noch mehr schlechte Neuigkeiten«, sagte Horn.

Carr spähte mit hochgezogener Augenbraue neugierig zu ihnen herüber, während das Team der Techniker weiter mit Ausrüstung ins Labor strömte.

Beckham begann mit gedämpfter Stimme. »Ringgold hat mich wieder gefragt, ob ich für McCombs Sitz kandidiere.«

»Bruder, du bist im Ruhestand. Politiker werden … Verdammt, Alter, wir haben uns gegenseitig immer gesagt, dass wir genau das nie tun würden«, erwiderte Horn leise.

»Ich weiß.«

Beckham griff nach Kates Hand. »Und es tut mir leid. Wirklich. Ich weiß, wir haben gesagt, wir würden zuerst darüber reden. Aber durch die jüngsten Ereignisse ist das Land nur noch Zentimeter von Anarchie entfernt. Und davon, alles zu verlieren, wofür du und ich und Team Ghost so hart gekämpft haben. Ich kann nicht tatenlos zusehen und hier auf Peaks Island hocken, während alles zusammenbricht.«

Kate zog die Hand zurück. »Wir sind ein Team, Reed. Hier gibt's Menschen, die dich brauchen. Timothy. Bo. *Dein Sohn.*«

Beckham verzog gequält das Gesicht. »Ich hab weder sie noch dich oder meine Freunde vergessen. Ich fürchte nur, wenn wir die politische Lage nicht stabilisieren können, wird es für alle nur noch schlimmer.«

Horn legte Beckham die Hand auf die Schulter. »Du weißt, dass ich dich respektiere und zu dir aufschaue. Trotzdem will ich zu Protokoll geben, dass ich das für die dämlichste Idee halte, die du je hattest.«

»Ich muss für den Senat kandidieren«, erklärte Beckham mit Nachdruck.

»Du *musst* nicht«, widersprach Kate. »Wir haben hier reichlich zu tun.«

»*Du* hast reichlich zu tun. Du hast jetzt ein ganzes Team, das dir im Labor hilft, und du bist seit dem Angriff der Plünderer vollauf mit Experimenten beschäftigt. Ich kann dir versichern, dass du mich während meines Wahlkampfes nicht mal vermissen wirst.«

»Das stimmt nicht, und das weißt du auch.« Kate wandte den Blick ab.

Beckham lehnte sich an die Wand. »Es tut mir leid, Kate. Aber wenn ich nicht kandidiere, wer dann?« Er sah Horn an. »Big Horn jedenfalls nicht.«

»Verdammt richtig«, bestätigte sein Freund mit einem Schnauben.

»Du weißt, dass Politik genauso gefährlich sein kann wie jede Mission mit Team Ghost«, warf Kate plötzlich ein. »Ringgold hat Feinde. Sieh dir nur an, was mit Senator McComb passiert ist!«

»Sie hat recht«, stärkte Horn ihr den Rücken. »Wer weiß, ob bei der aufgeheizten Stimmung im Land nicht eine weitere Gruppe dieser Irren vom WGT aufkreuzt und versucht, dich auszuschalten?«

»Oder vielleicht haben sie es sogar schon versucht«, meinte Kate und dachte dabei an die Plünderer.

»Mein Ziel bei der Kandidatur ist, dafür zu sorgen, dass es nicht dazu kommt«, konterte Beckham.

»Ich halt's trotzdem für 'nen Fehler.« Horn trat mit der Schuhspitze gegen den Fliesenboden. »Aber verdammt, du bist Reed Beckham, und bis jetzt hast du dafür gesorgt, dass wir am Leben geblieben sind. Also werd ich dich wohl unterstützen.«

Beckham schenkte ihm ein verhaltenes Grinsen, bevor er Kate ansah.

»Du weißt, dass ich dich auch unterstütze, egal was du tust«, sagte sie. »Aber das heißt nicht, dass es mir gefällt.«

»Das reicht mir fürs Erste.« Er ergriff wieder ihre Hand, und diesmal ließ sie es zu. »Tut mir leid, ich habe im Wesentlichen zugesagt, ohne vorher mit dir zu reden, aber …«

»Wir können uns später unterhalten. Ich gehe besser wieder ins Labor.« Kate schaute über die Schulter. »Ich traue diesem Carr nicht über den Weg.«

»Eines noch.« Beckham zog sie zurück.

»Ringgold will mich morgen bei einer Kundgebung dabeihaben. Das heißt, ich muss gleich morgen früh los«, sagte er.

Seufzend schüttelte Kate den Kopf. »Wir sehen uns in der Unterkunft, wenn ich von der Arbeit komme.«

»Es tut mir leid, Kate«, entschuldigte sich Beckham.

»Mir auch, aber was soll man machen?«

Damit verließen Beckham und Horn den Gang und Kate kehrte in ihr Labor zurück.

Die Techniker hatten in der Zwischenzeit eine fast vollständige Ausrüstung für eine Autopsie vorbereitet. Auf dem Tisch lag das Ungetüm, nach wie vor von der Plastikkuppel bedeckt.

Die Bestie darunter enttäuschte Kates Erwartungen nicht.

Das affenähnliche Gesicht mit den fledermausartigen Ohren sah noch grauenhafter aus, als sie es sich vorgestellt hatte.

Unter dem Rücken ragten lange Stacheln hervor. Sie wirkten zugleich zerbrechlich und gefährlich, erinnerten ein wenig an eine Ansammlung von Fechtsäbeln.

Carr stellte sich neben Kate. »Eine Schönheit, was?«

»Auf jeden Fall«, erwiderte Kate. »Schon irgendeine Ahnung, wie die Kreaturen mit dem Gespinst interagieren?«

»Ich habe dazu ein paar Ideen.«

»Dann mal an die Arbeit.«

Carr zögerte, wirkte plötzlich nicht mehr so ehrgeizig wie bei seiner Ankunft. Vielleicht hatte er etwas von ihrem Gespräch mit Beckham aufgeschnappt und fragte sich, ob sie der Aufgabe gewachsen war.

»Sicher, dass Sie keine Pause brauchen?«, fragte Carr. »Sie scheinen ein bisschen angespannt zu sein. Ich will nicht, dass irgendetwas unsere Arbeit beeinträchtigt.«

»Nichts beeinträchtigt meine Arbeit.« Kate warf ihm eine Schutzbrille zu und setzte selbst eine auf.

»Tja, dann lassen Sie sich von mir nicht aufhalten«, sagte Carr. »Bitte legen Sie los, Dr. Lovato.«

»Herkommen, Jungs!«, rief Fischer.

Er strich über die Enden seines frisch gestutzten Schnurrbarts, als sich seine Sicherheitsleute und angeheuerten Jäger näherten. Über 50 Mann in Tarnanzügen und mit automatischen Waffen und Hochleistungsjagdgewehren befanden sich an diesem Morgen auf seinem Land. Eine weitere Gruppe hatte gerade auf einem Schotterplatz voll Pick-ups und staubigen SUVs eingeparkt. Jeder Sicherheitsmitarbeiter auf der Lohnliste von Fischer Fields war an diesem Abend anwesend. Hinzu kamen die Söldner, die sie für die Jagd an Bord geholt hatten.

Außerdem waren da noch zehn Soldaten, die Präsidentin Ringgold geschickt hatte, um beim Sichern der Ölfelder zu helfen. Die Männer waren am Vortag mit zwei rostenden Humvees eingetroffen und wurden von einem Mann namens Sergeant Ken Sharp angeführt. Er und seine Leute hatten reichlich Kampferfahrung, zudem war Sharp gebürtiger Texaner, was Fischer gefiel.

Aber nur zehn Mann und lausige Ausrüstung, die aussah, als stammte sie aus einem Überschusslager der Armee?

Das bestätigte lediglich, dass Ringgolds Regierung den Schutz seiner Ölfelder nicht ernst nahm. Und wenn sich die Regierung nicht um die Abartigen in der Gegend kümmern wollte, würde er es nach guter alter Wildwestmanier selbst tun – mit Blut und Kugeln.

Die Nachricht hatte sich schnell in den Alliierten Staaten verbreitet. Überall wurde davon gesprochen, was vor sich ging: Plünderer und mysteriöse Tunnel der Abartigen tauchten über den Mittelwesten verstreut auf.

Texas lag zwar weit vom Kern des Problems entfernt, aber alle hier wussten, dass es nur eine Frage der Zeit war, bis die Abartigen und ihre menschlichen Verbündeten auch diesen Staat erreichen würden.

Fischer hegte keinen Zweifel daran, dass die verstärkten Aktivitäten der Abartigen ein Zeichen für eine wachsende Bedrohung darstellten. Etwas Gefährlicheres, als irgendjemand in der Regierung zugeben wollte. Er wusste zwar nicht genau, welcher unheimliche Alpha dahintersteckte oder ob es mehrere waren, aber er würde nicht tatenlos auf den Großangriff der Abartigen warten.

Es gab ein altes Sprichwort, das sich sowohl bei persönlichen als auch geschäftlichen Angelegenheiten immer als wahr erwiesen hatte: Angriff ist die beste Verteidigung. Der Umgang mit Abartigen bildete dabei keine Ausnahme.

Seine vertrauenswürdigsten Soldaten, Tran und Chase, unterstützten seine Entscheidung, die verseuchten Monster auf seinem Land zu jagen.

Nun war es an der Zeit, es allen anderen zu vermitteln.

»Das sind die Letzten«, meldete Tran.

Chase ließ den Blick unter dem Schirm seiner Baseballmütze mit dem Logo der Fischer Fields über die Versammelten wandern. Die beiden Leiter von Fischers Sicherheitsteam bauten sich links und rechts von ihm auf. Sie befanden sich auf der Veranda, die den Hinterhof überblickte, wo sich die Männer eingefunden hatten.

Gleißendes Sonnenlicht schien auf die Gesichter der abgehärteten Kerle, die in manchen Fällen seit acht oder mehr Jahren gegen die Monster kämpften.

Fischer mochte in diesem Moment über ihnen stehen, doch er fühlte sich wie einer von ihnen.

Instinktiv legte er die Hände auf seine verchromte Gürtelschnalle, zog die Hose seines Tarnanzugs hoch und füllte sich die Lunge mit der trockenen Luft.

»Wie viele von euch schon gehört haben, werden die Alliierten Staaten angegriffen«, verkündete Fischer. »Die Abartigen haben es auf die Außenposten abgesehen. Sie verschleppen die Siedler in Gott weiß was für eine Hölle auf Erden.«

Die Körper der Männer schienen sich zu versteifen, während ihre Blicke starr auf Fischer geheftet blieben.

»Mehrere Außenposten im Osten wurden von Plünderern überfallen. Man vermutet, es könnten menschliche Überläufer gewesen sein«, fuhr er fort. »In Anbetracht von menschlichen Feinden und Monstern an allen Fronten fürchte ich, wir können uns nicht darauf verlassen, dass uns jemand rettet, der sich 2500 Kilometer entfernt befindet.«

In der Menge brachen gedämpfte Gespräche aus. Die zehn anwesenden Soldaten der Regierung jedoch schwiegen, zeigten keinerlei Reaktion auf seine Worte.

»Deshalb sind wir alle hier«, fuhr Fischer fort. »Ich habe eigene Notfallpläne.«

Er richtete den Blick auf einen Teil dieser Pläne, der sich in der Ferne abzeichnete. Mehrere industriell gefertigte Ställe, die sein Vieh beherbergten, standen in Reihen etwa einen halben Kilometer entfernt am Ostrand seines Grundstücks. Elektrische Zäune umgaben die Metallgebäude. Der einzige Weg hinein führte durch ein ständig von zwei Männern bewachtes Tor. Im Inneren patrouillierten weitere Wachleute. Sie befanden sich gerade dort, drehten mit Schrotflinten und Gewehren ihre Runden.

Die teure Doppelbesetzung schützte seit mittlerweile Jahren sein Vieh und hatte bis vor Kurzem auch bei seinen Bohrtürmen funktioniert.

»Wir wechseln heute zu Plan B«, gab Fischer bekannt. »Wir warten nicht länger darauf, dass die Abartigen zu uns kommen. Stattdessen suchen wir die Löcher, in denen sie sich verstecken, und …«

Fischer griff nach einer Tasche, die Chase hielt, und zog eine Stange TNT heraus.

»Wir sprengen die verseuchten Drecksäcke aus ihren Nestern wie das Gewürm, das sie sind.«

Mehrere der Männer in der Menge brummten zustimmend. Aber nicht alle wirkten überzeugt. Ein ehemaliger Deputy des Sheriffs, der inzwischen für Fischer arbeitete, spuckte einen Pfropfen Kautabak in den Dreck und fragte: »Woher wissen wir, wo diese Dämonen schlafen?«

»Dabei haben uns teilweise unsere Freunde hier geholfen«, antwortete Fischer und deutete auf die Soldaten der Armee. »Außerdem habe ich gutes Geld für ein privates Fährtensucherteam bezahlt, um mir eigene Informationen zu beschaffen.«

Er nickte in Richtung zweier Männer unter den Anwesenden.

Der Ältere, der Aaron Galinsky hieß, hatte kurz geschorenes Haar und war ehemaliger Soldat der israelischen Armee. Sein Partner Eric Welling trug das Haar schulterlang und sah aus, als käme er direkt aus dem australischen Outback.

»Ich hab also eine ziemlich gute Vorstellung davon, wo die Dämonen schlafen«, betonte Fischer. »Und wenn unser Plan aufgeht, wachen sie nie wieder auf.«

»Sie verlangen von uns, dass wir unser Leben riskieren«, meldete sich ein anderer Mann zu Wort. »Was springt dabei für uns raus?«

»Ich werde sehr gut bezahlen«, erwiderte Fischer. »Jeder, der mit uns rausgeht, erhält die dreifache Gefahrenzulage. Prämien gehen an jeden, der einen Abartigen erledigt. Für einen Alpha gibt es fünf Riesen.«

»Tja, worauf warten wir dann noch? Lasst uns rausgehen!«, rief Galinsky.

Welling lachte und mehrere Männer der Gruppe stimmten mit ein.

Fischer lächelte über den Stimmungsumschwung. Wenn es etwas gab, das die Meinung eines Mannes im Nu ändern konnte, dann eine Wagenladung Geld.

»Ihr seid alle dafür ausgebildet«, sagte Fischer. »Das wird ein Spaziergang.«

Er nickte Tran und Chase zu. Die beiden gingen durch die Menge, um Karten und Aufgaben zu verteilen. Eine Stunde später hatte sich die 60-köpfige Gruppe in sechs Zehnerteams aufgeteilt. Mit umgehängten Waffen und bester Laune stiegen sie in ihre Pick-ups und Geländewagen.

Drei der Teams würden 50 Kilometer zu den Hügeln im Südwesten fahren, die anderen drei mit Fischer zu den Hügeln im Südosten. Alle Anzeichen, von Spuren bis hin zur Richtung der meisten Angriffe, wiesen darauf hin, dass diese Gebiete potenzielle Nester beherbergten.

Fischer stieg in seinen Pick-up und nahm auf dem Beifahrersitz Platz, während sich Chase hinter das Lenkrad klemmte.

Tran sprang mit Sergeant Sharp hinten in die Doppelkabine. Kaum hatte sich die Tür geschlossen, brausten sie los.

Der Konvoi nahm die Straße vorbei an den Stallungen mit Rindern, Hühnern und Schweinen. Fischer Fields lieferte fast fünf Prozent der Fleischproduktion der Nation. Auch etwas, worauf er verdammt stolz war. Und dennoch nur ein kleiner Beitrag im Vergleich zu der Ölmenge, die er für das Land förderte.

Derzeit lieferten seine Felder über 25 Prozent der raffinierten Erdölprodukte.

Dass er nicht mehr Unterstützung von der Regierung bekam, um die Bohrlöcher zu schützen, fand Fischer unerträglich. Ein weiterer Grund, warum er dazu neigte, General Cornelius bei den bevorstehenden Wahlen zu unterstützen.

Chase streckte eine Hand aus dem Fenster und grüßte während der Fahrt vorbei an den Ställen mehrere Wachleute, die innerhalb der Elektrozäune patrouillierten.

»Wie viele Männer hast du vom Wachdienst abgezogen?«, fragte Fischer.

»Die Hälfte. Aber keine Sorge, es sind immer noch genug«, sagte Chase.

Fischer blickte zur gleißenden Sonne. Die Abartigen würden viel wahrscheinlicher dann angreifen, wenn die Sonne hinter dem Horizont versunken wäre. Dennoch bereitete ihm Kopfzerbrechen, nur so wenige Männer zur Bewachung seines Viehs zurückzulassen.

Während der Fahrt zu den Hügeln versuchte er, sich zu entspannen. Die Schönheit der offenen Felder und des blauen Himmels half ihm dabei. Die Fahrt führte sie durch das flache Land, vorbei an mehreren Bohrtürmen, wo weitere seiner Arbeiter die Förderung beaufsichtigten und andere die kostbare Ressource bewachten.

Fischer holte seine Karte hervor und setzte seine Lesebrille auf. Eine Weile studierte er mögliche Nistgebiete, bevor er sich an Sharp wandte.

»Sergeant, welchen Standort betrachten Sie als am wahrscheinlichsten für ein aktives Nest?«, fragte er.

Sharp schien bei der Frage den Körper zu versteifen, was Fischer die Antwort lieferte.

Die Soldaten der Armee hatten keine Ahnung.

»Schwer zu sagen«, antwortete Sharp ausweichend und hoffte wohl, trotzdem zuversichtlich zu klingen.

»Haben Sie die Anwesenheit von Abartigen in diesen Bereichen bestätigt oder nicht?«

»Haben wir«, erwiderte Sharp. »Aber wir haben keine bestätigten Zahlen.«

»Mit anderen Worten, Sie sind nicht nah genug rangekommen.«

Sharp erwiderte nichts.

Fischer drehte sich wieder nach vorn und stellte plötzlich infrage, wie nützlich diese Karten sein würden. Die anderen Teams befanden sich auf dem Weg zu dem von Welling und Galinsky gekennzeichneten Ort. Fischer fragte sich, ob er lieber zu dem Bereich sollte, den die beiden professionellen Fährtenleser ermittelt hatten.

»Wir wissen also nicht, ob einer dieser Tunnel aktiv benutzt wird?«, hakte Fischer nach.

»Wir haben Knochen knapp außerhalb von mehreren davon festgestellt«, antwortete Sharp. »Da wir aber nicht nah genug dran waren, konnten wir nicht erkennen, wie frisch sie sind. Ist bei Knochen ohnehin immer schwer zu sagen, weil die Abartigen nicht viel zurücklassen.«

Das musste Fischer dem Sergeant zugestehen. Die Bestien nagten wirklich alles sauber. Den deutlichsten Hinweis, ob ein Tunnel oder ein Loch aktiv genutzt wurde, boten ihre Ausscheidungen.

Weiter vorn wallte Staub auf, als der Fahrzeugkonvoi auf eine Schotterstraße traf. Chase verringerte die Geschwindigkeit, um den Abstand zu vergrößern. Die nächste Straße war gepflastert und führte sie an mehreren weiteren Bohrtürmen vorbei. Nach dem darauffolgenden Hügel erhielten sie den ersten Blick auf ihr Ziel.

»Gleich sind wir da«, sagte Chase. Er folgte den anderen Fahrzeugen zu einem Rastplatz abseits der Straße, wo er neben einem der Humvees der Armee parkte.

Fischer sprang hinaus und ging zur Ladefläche, um sein M4A1 zu holen. Tran schnappte sich sein SR-25, Chase schlang sich seinen Karabiner über die Schulter.

Sergeant Sharp sprach mit seinen Männern, während sie ihre Waffen luden.

Insgesamt versammelten sich 30 Mann vor den Fahrzeugen, darunter die zehn Soldaten. Sharp wies einen Corporal und einen Private First Class an, die Spitze zu übernehmen. Dann brachen sie in Richtung der einen halben Kilometer entfernten Hügelgruppe auf und verteilten sich im Gras.

Tran und Chase blieben dicht bei Fischer, ließen ihn aber vorausgehen. Er folgte Sharp und behielt die Hügel im Auge. Im Gegensatz zum Großteil der Umgebung wiesen die Erhebungen aus brauner Erde sowohl niedrige Vegetation als auch Bäume auf. Jede Menge Versteckmöglichkeiten für Abartige.

Die Soldaten vor ihnen teilten sich in zwei Teams auf und schwenkten die gezückten Waffen hin und her.

Fischer folgte seiner Mannschaft über das Feld. Sein Herz hämmerte aufgeregt. Sich mit diesen Männern hier draußen herumzutreiben, ließ ihn nostalgisch an die Jagdausflüge zurückdenken, die er als Kind unternommen hatte. Nur war es diesmal wesentlich gefährlicher als die Jagd auf Wildschweine.

Die beiden Gruppen lösten sich voneinander, folgten getrennten Routen. Fischer blieb hinter Sharp.

Gestrüpp kratzte über seinen Tarnanzug, während seine Stiefel über kleine Kiesel knirschten. Fischer entdeckte vor sich am Boden die ersten Abartigenspuren.

Sharp zeigte auf sie, bevor er den Weg einen Hügel hinauf durch die karge Vegetation fortsetzte. Dürre Äste streckten sich von abgestorbenen Bäumen wie greifende Skelettfinger.

Der Großteil der Vegetation auf der anderen Seite des Hügels erwies sich als trocken und braun. Durch das Fehlen von Blättern und Unterholz ließen sich die Tunnel leichter sichten.

Sharp blieb stehen, um einen Blick auf seine Karte zu werfen, dann zeigte er zum nächsten Hügel rechts. Die Gruppe teilte sich erneut in zwei kleinere Teams und bewegte sich auf die Löcher zu.

Fischer gehörte zu den Ersten, die eines erreichten. Ungefähr drei Meter davor hielt er an. Er zielte mit dem Lauf seiner Waffe auf den Eingang der im Schatten liegenden Höhle.

Tatsächlich lagen schon am Eingang mehrere Tierknochen verstreut. Er bückte sich mit Sharp. Beide richteten die Strahlen ihrer Lampen hinein und beleuchteten weitere über den Erdboden verteilte Gebeine. Als Fischer das Licht schwenkte, fand er keine Anzeichen von frischem Abartigenkot.

»Das muss ein alter Tunnel sein«, meinte er.

Sharp deutete zu der Gruppe, die ausgeschert war, um eine andere Höhle zu überprüfen. Zwei seiner Soldaten kauerten vor dem Eingang, um hineinsehen zu können.

Als Fischer die Stelle erreichte, hatten sie den Tunnel bereits geduckt betreten. Der Rest der Gruppe wartete draußen, die Waffen auf den Eingang gerichtet.

Ein Funkgerät knisterte. Tran zog es aus seiner Tasche.

»FF1, hier FF2, hörst du mich?«, ertönte eine Stimme.

Fischer wartete gespannt auf den Bericht seines Teams am anderen Standort.

»Höre dich FF2, hier FF1. Was habt ihr gefunden?«, gab Tran zurück.

»Nichts, FF1, nur tote Tunnel. Habt ihr mehr Glück als wir?«

»Auf Empfang bleiben, FF2«, sagte Tran. Er steckte das Funkgerät zurück in die Tasche und bewegte sich zu Fischer, um einen besseren Blick in den Tunnel zu werfen.

Die Soldaten befanden sich bereits auf dem Rückweg und trugen etwas.

Fischer brauchte seine Taschenlampe nicht, um zu erkennen, dass sich unter den Gegenständen ein Helm mit dem FF-Logo befand. Die Männer krochen mit der Ausrüstung und einigen Knochen des letzten vermissten Bohrlochtechnikers aus dem Loch.

»Sieht nach einem alten Nest aus«, meldete der Soldat. Er blickte auf den Helm hinab. »Wenigstens haben wir endlich seine Überreste gefunden.«

Fischer nickte, froh darüber, dass die Familie des Mannes nun damit abschließen konnte, aber enttäuscht, dass er sein TNT nicht verwenden konnte.

Er spuckte auf den Boden, drehte sich um und betrachtete das tote Terrain.

»Wohin zum Teufel seid ihr Drecksäcke verschwunden?«, murmelte Fischer.

15

Beckham hasste es fast genauso sehr wie Horn, sich herauszuputzen. Dennoch trug er an diesem Tag einen eleganten marineblauen Anzug mit roter Krawatte. Anzüge waren etwas für Geschäftsleute und Politiker, hatte man ihm als jungem Mann eingebläut.

Du wirst jetzt selbst Politiker, dachte er. *Daran wirst du dich gewöhnen müssen.*

Er war nicht der Einzige, dem nicht gefiel, was er anhatte. Präsidentin Ringgold hatte sich fürchterlich über die kugelsichere Weste beschwert, die sie auf Beckhams beharrliches Verlangen an diesem Tag tragen musste.

Sie saß in einem Hotel im Außenposten New Boston auf einem Stuhl neben dem Vizepräsidenten, um einer Reporterin ein Interview zu geben. Es fand auf der anderen Seite der Lobby statt, nicht weit vom Schauplatz des Anschlags entfernt. Die Präsidentin hatte darauf bestanden, die Kundgebung hierher zu verlegen.

Vermutlich erzählte Ringgold der Reporterin dasselbe, was sie zu Beckham gesagt hatte.

»Ich lasse mich nicht einschüchtern«, waren ihre Worte gewesen. »Ich lasse mich von diesen Feiglingen nicht abschrecken.«

Beckham wartete an einem Fenster in der Nähe des Hoteleingangs. Draußen hatten sich Hunderte auf der Straße versammelt. Die meisten hielten Schilder der Neuen Koalition Amerikas, aber nicht alle wirkten enthusiastisch.

Mit seiner üblichen paranoiden Einstellung betrachtete er prüfend die Gesichter.

Jeder dieser Menschen konnte ein Feind sein.

Ein Plünderer oder Überläufer.

Diese Arschlöcher hatten mehrere Außenposten infiltriert, unter anderem diesen, und Beckham fürchtete, sie würden es erneut versuchen.

Er ließ den Vorhang vor das Fenster zurückfallen und trat den Weg zurück in die Lobby an. Präsidentin Ringgold und Vizepräsident Lemke sprachen noch mit einer Reporterin vom *New Boston Globe*.

Der *Globe* gehörte zu den Medieninstitutionen, die in den vergangenen Jahren ein Comeback erlebt hatten. Da Fernsehen und ziviler Mobilfunk immer noch der Vergangenheit angehörten, bildeten gedruckte Nachrichten eine der wenigen Möglichkeiten für Durchschnittsbürger, sich zu informieren.

Dadurch wurde dieses Interview umso wichtiger.

Beckham wartete geduldig, bis es endete, dann ging er hinüber.

»Da sind Sie ja, Captain«, sagte Ringgold. »Ich muss mit Ihnen reden.«

Beckham trat zu ihr. Die Reporterin mittleren Alters schien ihn mit einem abwägenden Blick zu mustern, bevor sie schließlich mit ihrer Tasche davonging.

Ringgold erhob sich vom Stuhl und bedeutete Lemke und Beckham, ihr in einen an die Lobby grenzenden

Besprechungsraum zu folgen. Zwei Agenten des Secret Service begleiteten sie bis zur Tür, wo sie Wache standen.

»Bitte machen Sie zu«, sagte Ringgold.

Beckham schloss die Tür und wappnete sich für weitere schlechte Neuigkeiten.

»Team Ghost hat sich spät gestern Nacht gemeldet«, sagte Lemke. »Man glaubt, das Epizentrum der Abartigenaktivitäten zu kennen.«

»Minneapolis in Minnesota«, warf Ringgold ein.

»Wirklich?«, fragte Beckham. »Das ist verdammt weit weg von einigen der Außenposten, die von den Abartigen angegriffen wurden.«

Er verstummte kurz, um nachzudenken, bevor er fragte: »Was hält man beim SOCOM davon?«

»Wir sind uns offen gestanden nicht sicher, aber wir finden es heraus«, gab Lemke zurück.

»Operation Shadow wird mit dem Einsatz von sechs Teams fortgesetzt, darunter auch Team Ghost. Das Ziel ist, herauszufinden, womit wir es zu tun haben«, sagte Ringgold. »Bisher haben alle Teams ähnliche Funde im Umfeld der angegriffenen Außenposten gemeldet. Die Abartigen haben Tunnel benutzt, um unter den Verteidigungsanlagen hindurchzugelangen.«

»Wenn unsere Teams den Tunneln nach draußen folgen, verschwinden sie irgendwann, und es bleiben nur Reste von diesem Gespinst zurück, denen sie weiter folgen können«, fügte Lemke hinzu.

»Jetzt schicken wir Team Ghost nach Minneapolis und die anderen Teams zu fünf anderen Zielen, zu denen dieses Gewebe zu führen scheint«, fuhr Ringgold fort.

Lemke reichte Beckham einen Ordner. Er enthielt die Namen der Ziele: Minneapolis in Minnesota; Chicago in

Illinois; Lincoln in Nebraska; Kansas City in Missouri; Indianapolis in Indiana; und Columbus in Ohio.

»Das sind die anderen wahrscheinlichen Aufenthaltsorte der von den Außenposten entführten Zivilisten«, erklärte Lemke. »Wenn die Menschen an einen dieser Orte gebracht wurden, könnte es Hunderte weitere unter diesen Städten geben.«

»Die Teams brechen in Kürze auf, und ich wollte, dass Sie Bescheid wissen«, erklärte Ringgold. »Aber ich werde das niemandem da draußen gegenüber erwähnen. Vorerst bleibt die Mission geheim. Ich will nicht riskieren, dass irgendetwas zu Überläufern durchsickert.«

Die Andeutung verstärkte Beckhams Anspannung. In der Vergangenheit hatten vielleicht Wahlkampfgegner ihre Spione geschickt, um sich Reden anzuhören. Nun mussten sie sich den Kopf über verräterische menschliche Überläufer zerbrechen, die mit den Abartigen zusammenarbeiteten.

»Allerdings rechne ich damit, dass sich ein Leck auftut«, sagte Ringgold. »Ich bin sicher, dass Cornelius davon erfährt und noch vehementer für die Vernichtung dieser Orte eintreten wird. Unabhängig davon, wie viele unschuldige Leben wir dadurch verlieren könnten.«

»Ein Atomschlag gegen eine Stadt ist nicht mal eine Garantie für die Zerstörung der Nester«, ergänzte Beckham. »Die Kreaturen sind widerstandsfähig. Schlimmer als Kakerlaken. Würde mich nicht überraschen, wenn diese Tunnel verdammt tief unter den Städten verlaufen.«

»Genau«, pflichtete Ringgold ihm bei. »Und natürlich ist das den meisten Menschen nicht klar, die das Programm von Cornelius' Freiheitspartei unterstützen.«

»Ich versuche auch, mehr Aufmerksamkeit darauf zu lenken, wie viele Menschen immer noch außerhalb der Außenposten in Städten wie Minneapolis ihr Leben bestreiten«, sagte Lemke.

»Ja, aber die sind Cornelius egal«, erwiderte Beckham. »Er und seine Anhänger sehen das so, dass die Menschen außerhalb der Außenposten ihre Wahl getroffen haben. Sie sind lediglich Kollateralschäden.«

»Oder Überläufer«, fügte Lemke hinzu. »Das ist ihre neue Linie. Jeder, der hinter den Linien lebt, arbeitet automatisch mit den Abartigen zusammen.«

»Was für ein beschissener Schwachsinn.« Gleich darauf zuckte Beckham zusammen. »Entschuldigen Sie die Ausdrucksweise.«

»Ist schon in Ordnung.« Ringgold grinste.

»Hoffentlich haben Sie diese Punkte in Ihrem Interview mit dem *Globe* erwähnt«, merkte Beckham subtil an.

Lemke nickte und warf Ringgold einen Blick zu.

»Eigentlich wollte ich darüber mit Ihnen sprechen«, sagte sie, bevor sie kurz verstummte. »Ich hatte gehofft, dass Sie heute reden würden. Nicht nur vor den Menschen, sondern auch mit den Reportern.«

»Sie sind ein Nationalheld«, warf Lemke ein.

Da wusste Beckham, warum die Reporterin ihn so aufmerksam gemustert hatte. Sie wollte ihn für ein mögliches Interview einschätzen.

»Bei allem Respekt, ich bin nicht gut darin, vor Menschenmengen zu reden. Und Journalisten hab ich noch nie gemocht«, erwiderte Beckham. »Nichts gegen den Beruf, aber als Soldat bin ich gewohnt, eher weniger als mehr zu sagen.«

Ringgold seufzte und schaute zu Lemke.

Beckham widerstrebte zutiefst, dass seine Vergangenheit für die Wahl genutzt werden sollte. Aber er wusste, es war notwendig, um Leben zu retten.

Vor allem wenn dadurch die atomaren Schläge auf die Städte verhindert werden könnten.

»Sehen Sie sich Seite fünf Ihrer Informationsmappe an«, forderte Lemke ihn auf.

Beckham blätterte zu den jüngsten Umfrageergebnissen.

»Das Blatt wendet sich.« Ringgold fing unbewusst an, mit dem Fuß zu tappen. »Die Bürger geben uns die Schuld daran, was in den Außenposten passiert.«

Sie trat vor und legte Beckham eine Hand auf die Schulter. »Ich kann mir vorstellen, was Sie vielleicht denken, aber Sie sind kein politischer Spielball. Sie sind Patriot, und Ihr Land braucht Sie und Ihre Frau noch einmal.«

»Und wir werden bis zum letzten Atemzug dienen«, gab Beckham zurück.

»Ich weiß.« Ringgold schenkte ihm ein freundliches Lächeln. »Wir gehen besser wieder raus.«

»Danke, Captain«, sagte Lemke.

Beckham zögerte, bevor er der Präsidentin und dem Vizepräsidenten zurück in die Lobby folgte. Seine Gedanken überschlugen sich. Als er sich ihnen anschloss, waren James Soprano und Elizabeth Cortez bereits eingetroffen.

»Bereit?«, fragte Cortez unbeschwert.

»Immer«, antwortete Ringgold mit einem Lächeln.

Soprano reichte der Präsidentin ihre Rede, dann machten sie sich mit einem Agententeam des Secret Service auf den Weg. Kaum befanden sich die Präsidentin und der Vizepräsident draußen, bildeten die Agenten einen schützenden Ring um sie, ergänzt um weitere, auf dem Bürgersteig postierte Kollegen.

Gebäude aus Backstein und Stein säumten die historische Straße, wo Ringgold ihre Rede halten und um die Unterstützung der Menschen bitten würde. Beckham bemerkte auf Dächern postierte Scharfschützen, und er wusste, dass es hinter verdunkelten Fenstern noch mehr gab, die er nicht sehen konnte.

Auch das Militär war mit einem gesamten Zug Marines allein in diesem Block präsent. Die Sicherheitsvorkehrungen waren streng. Jeder, der gekommen war, um die beiden Anführer der Nation reden zu hören, musste durch Metalldetektoren.

Allerdings gab es andere Wege herein und andere Waffen als Schusswaffen.

Beckham fingerte an den Knöpfen seines Anzugs, fluchte leise vor sich hin und bemühte sich, ruhig zu bleiben, als er den Oberhäuptern des Landes folgte.

Vor Menschen zu sprechen jagte ihm mehr Angst ein, als sich einem Abartigen zu stellen. Da seine Nerven zusätzlich wegen möglicher Bedrohungen in der Menge blank lagen, schwitzte er wie ein Schwein.

Elizabeth Cortez betrat die Bühne als Erste und ging zu einem Podium mit dem Logo der Neuen Koalition Amerikas. Sie klopfte auf das Mikrofon. Aus den Lautsprechern drang ein statisches Knistern.

Die Menge verstummte.

»Guten Tag und danke, dass Sie heute gekommen sind«, begann Cortez. »Präsidentin Jan Ringgold und Vizepräsident Dan Lemke sind hier, um darüber zu sprechen, was die Regierung bisher erreicht hat und in vier weiteren Jahren der Neuen Koalition Amerikas noch zu erreichen hofft.«

Beckham spürte die Anspannung in der sonst so souveränen Stimme der Frau. Daraus konnte er ihr keinen Vorwurf machen. Nur etwa die Hälfte des Publikums reagierte positiv in Form von Applaus.

Cortez lächelte und fügte nach einer Pause hinzu: »Aber Sie sind nicht hergekommen, um mich reden zu hören. Daher ohne lange Worte: Präsidentin Jan Ringgold.«

Beckham klatschte und stellte erleichtert fest, dass fast alle Anwesenden mitmachten. Er beobachtete, wie die Präsidentin die Bühne betrat und zum Rednerpult ging.

»Guten Tag, meine Damen und Herren, und danke, dass Sie sich die Zeit nehmen, Teil unserer Bewegung zu sein«, begann Ringgold. Sie legte ihr Redemanuskript auf dem Pult ab und ließ den Blick über die versammelten Menschen wandern.

»Ich möchte heute eine Vision für unsere Zukunft skizzieren. Eine Vision, die auf unserer Geschichte voller Errungenschaften und Siege aufbaut. Eine Vision, die Sie alle einbezieht«, sagte sie. »Ich weiß, dass viele von Ihnen Angst haben. Sie haben von den jüngsten Angriffen gehört und fragen sich vielleicht, wie ich in so schwierigen Zeiten hier stehen und über Erfolge sprechen kann.«

»Verdammt richtig!«, rief jemand.

Ringgold nahm den Zuruf mit einem Nicken in die Richtung des Mannes zur Kenntnis. »Ich habe Verständnis für Angst und Wut. Ich habe alles in meiner Macht Stehende getan, um unser Land zu schützen, und ich werde es auch weiterhin im Angesicht der Bedrohung tun.«

Ein anderer Mann brüllte aus der Ferne: »Sie haben uns im Stich gelassen!«

Lautes Stimmengewirr brach in der Menge aus.

Ringgold wartete, bis sich die Leute beruhigten.

»Bitte«, sagte sie eindringlich. »Schenken Sie mir ein paar Minuten Ihrer Zeit. Wenn ich fertig bin, bleibe ich noch und beantworte persönlich Ihre Fragen.«

Die Bürger schienen sich zu beruhigen, und Ringgold fuhr nach einer kurzen Pause fort.

»Die Bedrohung durch Abartige ist nach wie vor nicht gebannt. Wir vermuten, dass sie etwas planen. Dennoch glaube ich zum derzeitigen Zeitpunkt nicht daran, unsere Städte zu zerstören und die dort lebenden Menschen oder die Gefangenen der Abartigen zu töten.«

Jemand rief: »Werft Atombomben auf die Städte!«

Ein anderer brüllte: »Wir müssen es tun!«

»Nein, müssen wir nicht«, widersprach Ringgold. »In wenigen Augenblicken stellen wir Ihnen jemanden vor, der Ihnen erklären wird, warum wir es nicht tun und warum es weit mehr schaden als nützen würde.«

Beckham wusste, dass sie in seine Richtung schaute. Er selbst jedoch hatte zwei Männer in dunkelbraunen Jacken im Blick. Einer hatte einen schmuddeligen Bart, das Gesicht des anderen verunstaltete eine lange Narbe. Ihre emotionslosen Mienen sprangen ihm ins Auge.

Keiner der beiden schien auf Ringgolds Rede in irgendeiner Weise zu reagieren, weder positiv noch negativ. Ihre Gesichter blieben verkniffen, während andere um sie herum entweder in frenetischen Jubel oder zorniges Johlen ausbrachen.

Beckham bewegte sich den Gehweg entlang, um sie besser ins Blickfeld zu bekommen. Die Hand behielt er dabei in der Nähe der Sig Sauer, die er unter dem Jackett im Holster trug. Die nächsten Minuten blendete er Ringgolds Rede aus und konzentrierte sich mit allen Sinnen auf die Menschenmenge.

Vizepräsident Lemke schloss sich Ringgold auf der Bühne an und stellte dabei ein Lächeln zur Schau, bei dem seine Grübchen zur Geltung kamen.

Die Gesichter der beiden verdächtigen Zuschauer blieben unverändert.

Beckham bewegte sich weiter, bis er sehen konnte, dass sie schlammverschmierte Stiefel und Hosen mit Rissen in den Seiten trugen. Verdächtig, aber nicht viel anders als die Kleidung vieler der Anwesenden.

Lemke begann mit seiner Rede und sprach über seine neuen Vorschläge zum Ankurbeln der Wirtschaft in den Sicherheitszonen und zur Wiederbelebung des Welthandels, aber Beckham hörte kaum zu.

Stattdessen setzte er sich in die Menge in Bewegung, bahnte sich vorsichtig den Weg um die Familien herum, die gekommen waren, um die Präsidentin und den Vizepräsidenten zu sehen. Mehrere Personen mit Schildern der Neuen Koalition Amerikas verlagerten die Position und versperrten ihm die Sicht auf die beiden Verdächtigen.

Beckham manövrierte sich an den Wahlkampfschildern vorbei und hielt dann inne, als die zwei Männer ihn sichteten. Der Bärtige gab dem anderen mit dem Kinn ein Zeichen. Plötzlich wandten sie sich ab und traten den Weg nach draußen an.

Die Menge jubelte bei Lemkes Rede, als Beckham die Schritte beschleunigte. Als er den Bürgersteig auf der anderen Straßenseite erreichte, rannten die beiden Männer praktisch.

»Ich verspreche, dass unsere tapferen Männer und Frauen diese neue Bedrohung durch die Abartigen aufdecken und beseitigen werden!«, rief Lemke in das Gebrüll der Menge.

Beckham gab zwei Agenten des Secret Service einen Wink und zeigte auf die beiden Verdächtigen. Einer der Agenten rief über Funk Verstärkung, um die Männer aufzuhalten, bevor sie fliehen konnten.

Hinter ihnen beruhigte sich die Menge.

»Nun möchte ich Ihnen einen weiteren tapferen Mann vorstellen, der seit dem ersten Tag der Bedrohung durch die Abartigen allen Widrigkeiten zum Trotz für unser Land gekämpft hat«, sagte Lemke.

Beckham blieben stehen, als zwei Agenten des Secret Service und zwei Marines am Ende des Blocks um die Ecke bogen und die beiden Flüchtenden zum Anhalten aufforderten.

Der Bärtige fasste in die Jackentasche und zog ein Plastikbehältnis der Größe einer Wasserflasche heraus. Der andere preschte davon.

»Fallen lassen!«, brüllte ein Soldat und zielte mit dem Gewehr.

Der andere Marine verfolgte den Flüchtenden zusammen mit einem Agenten um die nächste Ecke.

Die Leute im hinteren Bereich der Menge drehten sich um und starrten hin, aber Lemke sprach mit dröhnender Stimme weiter. Die meisten Anwesenden vorn und in der Mitte hatten nicht mitbekommen, was vor sich ging.

»Es ist mir eine Ehre, Captain Reed Beckham anzukündigen, Träger der Medal of Honor«, sagte der Vizepräsident. »Bitte begrüßen Sie mit mir diesen Helden!«

Beckham setzte sich in die entgegengesetzte Richtung der Bühne in Bewegung.

»Captain Reed Beckham!«, wiederholte Lemke.

Ein Raunen breitete sich in der Menge aus, doch Beckham achtete nicht darauf. Entsetzt beobachtete er, wie der Bärtige den Inhalt seines Kanisters in die Richtung des Soldaten spritzte. Flüssigkeit traf den Mann ins Gesicht, und er schrie vor Schmerz auf, bevor er auf die Knie fiel. Schüsse fielen, als der Agent des Secret Service den Angreifer mit mehreren Schüssen niederstreckte.

Beckham zog die Waffe.

Überall brach Geschrei los. Als Beckham über die Schulter spähte, sah er, wie die Präsidentin und der Vizepräsident hastig vom Sicherheitspersonal von der Bühne geholt wurden.

Nachdem er sich davon überzeugt hatte, dass sie sich in Sicherheit befanden, steuerte er auf das Epizentrum der Gewalt zu, indem er sich durch die Menge rempelte, bis er den zu Boden gegangenen Soldaten erreichte. Der Mann zuckte auf dem Rücken, während sein Gesicht knisternd und zischend von Abartigensäure aufgelöst wurde.

Neben ihm lag der Körper des Überläufers in einer Blutlache. Die Augen des Mannes zuckten hin und her. Als sich Beckham näherte, hefteten sie sich auf ihn.

Der Sterbende holte durch geschwärzte Zähne hindurch ein letztes Mal Luft.

»*Adiós,* Reed«, stieß er hervor.

Dann war er tot. Die Augen rollten nach oben, die Brust senkte sich und erstarrte.

16

Die C-27J Spartan erzitterte, als das Flugzeug in eine weitere Blase heftiger Turbulenzen geriet. Fitz hielt sich am Kabel über seinem Kopf fest und stützte sich ab. Die Geräusche von ächzendem, sich verbiegendem Metall hallten zusammen mit dem kehligen Dröhnen der Triebwerke durch die Kabine. Fitz ließ den Blick über den Rest von Team Ghost wandern. Die anderen wurden gerade damit fertig, sich mit dem Zeug einzureiben, das ihren Geruch hoffentlich vor den Abartigen verbergen würde.

Mendez schloss die Augen. Seine Lippen bewegten sich in einem stillen Gebet. Dohis Kieferpartie wirkte angespannt, sein Gesichtsausdruck streng. Er erinnerte an eine Marmorstatue. Rico ließ eine Kaugummiblase platzen, Ace und Lincoln überprüften ihre Waffen.

Fitz konnte das Knistern der Spannung in der Luft fühlen. Bald würden sie mitten in der Nacht in einer Höhe von über 5000 Metern über Minneapolis aus dem Heck der Spartan springen. Bei der Mission würden sie für mehrere Tage und Nächte in Feindgebiet auf sich allein gestellt sein.

Nicht Fitz' erster brenzliger Einsatz, doch er konnte sich des Gefühls nicht erwehren, dass diese Mission gefährlicher und anders als alle anderen sein würde.

»Noch fünf Minuten bis zum Absprung«, meldete der Mannschaftsleiter von der Nähe der hinteren Tür. Eine an seinem Gurtzeug befestigte Leine verankerte ihn an einer am Schott angebrachten Öse aus Metall.

»Also gut, Leute«, ergriff Fitz das Wort und sah nacheinander die um ihn verteilten Mitglieder des Teams an. »Die Rufnamen sind wie üblich. Ich bin Ghost 1 und leite Team Alpha mit Ace und Lincoln. Sie sind Ghost 4 und 5. Ace bedient unser R2TD. Rico, du bist Ghost 2 und leitest Team Bravo mit Dohi und Mendez. Sie sind 6 beziehungsweise 3.«

Das Team antwortete mit grunzenden Lauten und nickenden Köpfen.

»Das wird ein HALO-Sprung«, fuhr Fitz fort. »Wir lösen die Fallschirme also erst frühestens bei 900 Metern aus. Es lässt sich unmöglich abschätzen, was uns da unten erwartet. Lautlos und unauffällig – das ist entscheidend, um nicht entdeckt zu werden. Bewahrt einen kühlen Kopf und bewegt euch verstohlen.«

Bei den letzten Worten sah er Rico an, die nickte und ihm zuzwinkerte. Damit ließ sie ihn wissen, dass sie verstanden hatte, was zwischen ihnen unausgesprochen blieb: *Sei vorsichtig.*

Das Flugzeug bäumte sich erneut auf.

»Falls wir Zivilisten begegnen, markieren wir die Koordinaten und gehen weiter«, sagte Fitz. »Unser Ziel besteht darin, Informationen zu gewinnen, nicht darin, Menschen zu bergen.«

»Was, wenn wir ’nen ganzen Arschvoll Leute finden?«, fragte Lincoln mit hochgezogenen Brauen.

»Dann werden auch die Koordinaten markiert, du Schwachmat«, antwortete Ace.

»*Pendejo*«, gab Mendez zurück. Fitz hatte inzwischen gelernt, dass sich das Wort grob als Schwachkopf oder Idiot übersetzen ließ. Allmählich hatte er genug von dem scherzhaften Gezänk zwischen Ace und Mendez.

»Hört endlich auf mit dem Scheiß!«, herrschte Fitz sie an.

»Er hat recht«, stärkte Rico ihm den Rücken. »Hört auf zu flachsen und konzentriert euch.«

Fitz wartete einen Moment, bevor er fortfuhr. Als er ihre volle Aufmerksamkeit hatte, sagte er: »Unsere Landezone ist ein Softballfeld. Der Sammelpunkt liegt 100 Meter östlich, ein Ort namens Bohemian Flats Park. Wenn ihr aus der Landezone geratet, geht ihr direkt zum Sammelpunkt.«

Das Team nickte bestätigend.

»Unsere beiden Hauptziele sind die University of Minnesota und die Innenstadt von Minneapolis«, fügte er hinzu. »Satellitenbilder bestätigen kürzliche Aktivitäten von Abartigen an beiden Orten. Also bewahrt unten Funkstille außer im absoluten Notfall.«

»Nähern uns dem Zielgebiet«, meldete der Mannschaftsleiter. »Sauerstoff ein!«

Rico spuckte den Kaugummi in ihre Handfläche und klatschte ihn an ihren Helm. Bevor sie die Sauerstoffmaske aufsetzte, zögerte sie und sah Fitz an. »Pass gut auf dich auf, Fitzie!«, sagte sie.

Ich liebe dich, bildeten Fitz' Lippen.

Ricos Grübchen kamen deutlicher hervor. »Ich liebe dich auch.«

»Was für süßer Scheiß!«, rief Ace.

Rico verdrehte die Augen und stülpte sich die Sauerstoffmaske übers Gesicht. Fitz tat es ihr gleich und sicherte sein Visier.

»Tür auf!«, kündigte der Mannschaftsleiter an und betätigte den Mechanismus zum Öffnen.

Luft fegte stürmisch herein und erfasste das Team. Fitz konnte außer dem Tosen im Passagierraum kaum etwas hören.

Mit einem Handzeichen winkte der Mannschaftsleiter sie zur hinteren Tür. Fitz bewegte sich schwerfällig auf ihn zu. Das Gewicht der umfangreichen Ausrüstung für die mehrtägige Mission und der schwere, auf seinen Rücken geschnallte MC-5-Fallschirm zogen ihn nach unten. Ace hatte es mit dem R2TD über der Brust, seiner Schrotflinte und dem schallgedämpften M4A1 am schwersten.

Dohi stand als Erster in der Reihe und umklammerte mit verkrampften Fingern das Gurtzeug an seiner Brust. Der Mannschaftsleiter hielt den Arm am Ellbogen angewinkelt und führte eine Hackbewegung aus.

Zeit zum Aussteigen, dachte Fitz.

Dohi trat hinaus und verschwand sofort in der Dunkelheit. Als Nächste folgten Ace und Lincoln. Rico sprang nach Mendez, bis nur noch Fitz an der Tür zurückblieb. Kurz zögerte er.

Unter der lichten Wolkendecke breitete sich ein pechschwarzer Teppich aus. Keine Lichter in der Stadt, keine Feuer. Keinerlei Anzeichen von Leben. Selbst mithilfe seiner Nachtsichtbrille sah Fitz nur Dunkelheit, abgesehen von den blinkenden Blitzlichtern der IR-Tags seines Teams weit unten.

Der Mannschaftsleiter bedeutete Fitz auszusteigen, und Fitz trat über die Kante in den freien Fall. In den ersten Augenblicken spürte er nur das Gewicht seines Rucksacks und seiner Ausrüstung. Dann erfasste ihn der Wind, zog an ihm, zerrte an ihm, rüttelte an seinem Körper wie ein zorniger Geist.

Fitz setzte sich zur Wehr, kämpfte gegen die Kräfte an, die seinen Körper peitschten, bis es ihm gelang, die Arme eng an die Seiten zu legen. Kaum hatte er sich in Sturzflughaltung manövriert, beschleunigte er wie eine Rakete zur Endgeschwindigkeit.

Das durch seinen Körper brandende Adrenalin schien nachzulassen und Instinkte übernahmen die Kontrolle. Das war der Teil bei Sprüngen, den er normalerweise genießen konnte. Das Gefühl von Schwerelosigkeit und Freiheit.

Allerdings gab es bei einem Sprung wie diesem durch das Wissen, worauf sie zusteuerten, rein gar nichts Erfreuliches.

Als Fitz das Visier schwenkte, sichtete er die letzten zwei blinkenden IR-Tags. Sie zeigten Rico und Lincoln an, die zu ihm aufschlossen. Die Spartan setzte den Flug fort, überließ sie der Schwerkraft und den Abartigen.

Die IR-Tags unten bewegten sich allmählich näher zueinander, wie sie es bei der Ausbildung gelernt hatten. Nach ein paar Hundert weiteren Metern schaffte es Fitz zu Dohi, Ace und Lincoln, die bereits stabile Bauchlage eingenommen hatten, um ihren Fall zu verlangsamen.

Wenig später stießen Rico und Mendez zu ihnen, brachen den Sturzflug ab und gingen ebenfalls in Bauchlage. Vorläufig blieb das Team mit gestreckten Körpern in Formation, Arme und Beine gerade genug angewinkelt, um sie durch die Luft zu führen.

Wenn alles gut ging und ihnen das Glück hold war, würden die Abartigen nichts von ihrer Gegenwart mitbekommen.

Fitz verlagerte das Handgelenk gerade so weit, dass er den Höhenmesser ablesen konnte. Nur noch wenige Hundert Meter, bevor sie die Fallschirme auslösen würden. Die NAVAID genannte Navigationshilfe zeigte an, dass sie sich noch auf Zielkurs befanden.

Solche Absprünge mit niedriger Öffnungshöhe verziehen kaum Fehler. Sobald sie auf 900 Metern waren, würde nur wenig Zeit zum Entfalten der Fallschirme und zum Landen bleiben, ohne sich die Knochen zu brechen, vor allem angesichts des Gewichts der Ausrüstung.

Fitz beobachtete, wie die Werte des Höhenmessers herunterrasten. Nur noch Sekunden trennten sie vom Öffnen der Fallschirme.

Er bedeutete dem Team, sich weiter zu verteilen. Anmutig trieben sie auseinander und verschafften sich gegenseitig genug Platz, um die Fallschirme zu entfalten, ohne dass sich die Leinen verheddern oder sie miteinander kollidieren würden.

Als Fitz mit dem Abstand zufrieden war, griff er nach oben und riss an der Leine. Sein Fallschirm öffnete sich explosiv hinter ihm, und ein heftiger Ruck ging durch seinen Körper. Das Gurtzeug spannte sich um seine Schultern, als hätten sich von hinten die Hände eines Riesen auf sie gelegt.

Die dunklen Schirme der anderen Mitglieder von Team Ghost erblühten nacheinander um ihn herum.

Alle außer dem von Mendez. Sein Fallschirm fuhr wie eine wild rotierende Schlange aus. Irgendwo hatte sich irgendwie irgendetwas gerade so sehr verheddert, dass sich der Fallschirm nicht vollständig entfalten konnte.

Mendez wurde herumgewirbelt, als wäre er in einem Zyklon gefangen.

Fitz steuerte seinen Fallschirm näher zu seinem Kameraden. Allerdings wurde Mendez vom Wind jäh weggerissen.

»Ich krieg ihn nicht unter Kontrolle!«, brüllte Mendez über den Funkkanal.

»Nimm die Reserve!«, brüllte Fitz zurück.

Mendez streckte sich, um den Reserveschirm auszulösen. Durch die Fehlfunktion des Hauptfallschirms war er jedoch weit von der auf Fitz' NAVAID angezeigten Landezone abgetragen worden.

Eine feindliche Welt aus Weiß- und Grüntönen geriet in Sicht. Ihre Stiefel näherten sich dem Betondschungel, der von Sekunde zu Sekunde größer wurde. Fitz befand sich nahe genug, um von ausgebrannten Fahrzeugen übersäte Straßen zu erkennen und skelettartige Gebäude, in Stücke gesprengt bei der gescheiterten Operation Liberty.

Fitz schlug das Herz bis in den Hals. Wenn Mendez' Reserveschirm nicht bald aufging, würde er als Klecks auf dem Beton enden.

»Zieh!«, rief Fitz.

In der Ferne schoss der Reserveschirm aus Mendez' Rucksack. Mittlerweile schwebte er weit vom Mississippi entfernt und steuerte auf die 35 West Interstate zu, die sich in Richtung der Innenstadt schlängelte.

Erleichtert seufzend atmete Fitz durch.

Allerdings währte die Erleichterung nur kurz.

»Heilige Muttergottes!«, entfuhr es Mendez. »Ich hab Feindkontakt in der Landezone!«

Fitz warf einen Blick auf das NAVAID. Der Rest des Teams visierte noch die Landezone nahe dem Bohemian Flats Park an. Sie würden auf offenem Gelände eintreffen und sich den Weg zum Park am Fluss bahnen. Unterwegs würden sie genug Platz haben, um die Fallschirme loszuschneiden und sich davon zu befreien.

Mendez hingegen trieb mitten hinein in die urbane Hölle.

Der Boden näherte sich zu schnell. Fitz konnte es unmöglich rechtzeitig zu Mendez schaffen.

»Ghost 3, sieh zu, dass du so nah wie möglich an den Gold Medal Park rankommst. Der ist anderthalb Kilometer westlich unserer Landezone«, sagte Fitz. »Gib uns von dort Bescheid, falls die Straßen nicht sicher sind.«

»Verstanden«, meldete Mendez zurück.

Sein Fallschirm verschwand hinter einer Gruppe von Gebäuden entlang der Autobahn.

Vor Fitz breitete sich das verwilderte Gras der alten Softballfelder aus. Er betrachtete die Landezone und bereitete sich auf ein zweistufiges Abbremsmanöver vor. Sekunden später trafen seine Prothesen auf den Boden. Während er den Schwung ausrannte, suchte er die Umgebung nach Bewegung ab.

Sein Fallschirm schwebte hinter ihm her, als er auslief und langsamer wurde. Als er zum Stehen kam, befreite er sich rasch vom Gurtzeug samt Fallschirm.

Um ihn herum schloss Team Ghost die Landung ab. Die Fallschirme fielen zu Boden wie leere Ballons und schienen vom Gras angesaugt zu werden. Fitz nahm geduckte Haltung ein und hob das Gewehr, während sich seine Mannschaft des Gurtzeugs und der Schirme entledigte. Dann sammelten alle die Sprungausrüstung ein, und Fitz hielt Ausschau nach einem Platz zum Verstauen. Zunächst dachte er, der Boden vor dem Stamm eines Baums am Spielfeldrand könnte funktionieren, aber etwas in seinem Hinterkopf riet ihm davon ab. Er wünschte, sie hätten Zeit, die Ausrüstung ordentlich zu vergraben. Da dem nicht so war, gab er das Signal zum Aufbruch in Richtung des Bohemian Flats Parks.

Bäume säumten den Park wie eine Mauer, außer an einer Stelle, an der sich ein Fußgängerweg über den Fluss in Richtung des Universitätscampus erstreckte. Der gesamten Vegetation schien das Leben ausgesaugt zu sein. Alles war vertrocknet und braun.

Sogar das wuchernde Gras war abgestorben und knirschte unter ihren Stiefeln.

Am Rand des Parks neben dem Fußgängerweg stand ein mobiles Baustellenbüro. Die Tür hing offen und schief auf den Angeln, sämtliche Fenster waren zerbrochen. Nicht perfekt, aber es würde als Lagerort für die Sprungausrüstung reichen. Außerdem könnte Fitz drinnen die Funkstille unterbrechen, um herauszufinden, wie es Mendez ging.

Fitz drehte sich um und ließ prüfend den Blick über die Schatten des bewaldeten Gebiets wandern. Nichts rührte sich in der Dunkelheit. Er sah nach dem Team. Die anderen verstauten gerade ihre Ausrüstung.

Ihre vom Wind erfassten Fallschirme raschelten über das Gras, flatterten und erschufen ein gedämpftes Kratzgeräusch. Aber das war nicht das Einzige, was Fitz hörte.

Ein entferntes Stöhnen und Klicken hallte durch den Park.

Irgendwo dort draußen jagten die Abartigen.

Plötzlich kreischte hinter den Bäumen eine Bestie und ließ Fitz jäh erstarren. Als er suchend zwischen die Kiefern spähte, wusste er, dass sich die Monster in der Nähe herumtrieben. Er fragte sich, ob sie das Öffnen der Fallschirme in der geringen Höhe gehört hatten.

Fitz gab den anderen das Zeichen, sich um ihn zu formieren, dann wies er Dohi und Ace mit Gesten an, die Führung zu dem Baustellenanhänger zu übernehmen. Team Ghost setzte sich in Bewegung. Rasch hoben sich Gewehre, deren Läufe durch die Dunkelheit schwenkten.

Durch die sperrige HALO-Ausrüstung kamen sie langsam voran. Mit schwerfälligen Schritten bemühten sie sich, es zum Baustellenwohnwagen zu schaffen. Nichts von diesem Kram war dafür vorgesehen, nach der Landung getragen zu werden.

Ace zog die Tür weiter auf, sicherte den Innenraum und winkte das Team dann hinein. Als alle eingestiegen waren, schloss Lincoln die Tür, und das Team verstaute die Fallschirme und Sauerstofftanks unter den Schreibtischen im Anhänger.

Fitz wies die anderen an, durch die Fenster nach Feindkontakt Ausschau zu halten. Sogar im Inneren des Anhängers widerstrebte es ihm, Geräusche zu verursachen, aber er musste wissen, ob Mendez noch lebte.

»Ghost 3, hier Ghost 1, hörst du mich?«, flüsterte er in sein Mikrofon.

Ein statisches Knistern drang aus seinem Ohrstöpsel.

»Ghost 3, Ghost 1, hörst du mich? Over.«

Der Kanal blieb stumm.

Fitz stellte sich vor, wie Abartige Mendez in Stücke rissen. Das Kopfkino erfüllte ihn mit Grauen. Er konnte nichts tun, um seinem Teamkameraden zu helfen.

»Ghost 3, wiederhole, hörst du mich?«, flüsterte Fitz ein letztes Mal.

Keine Reaktion, nur der Wind, der durch die Jalousien des Baustellenbüros rauschte, und die konstanten Geräusche der entfernten Abartigen.

Dohi und Lincoln warfen Fitz einen Blick zu. Rico signalisierte ihm, dass sie Feinde gesichtet hatte, die auf die offenen Flächen zuhielten.

Plötzlich ertönte eine Stimme im Funkkanal.

»Ghost 1, Ghost 3. Hab mich versteckt, aber ich glaube, sie wittern mich«, flüsterte Mendez zurück.

»Standort?«, fragte Fitz.

»Eigentumswohnung an der Ecke 11th und South Washington.«

»Schaffst du's zum Gold Medal Park?«

»Negativ. Zumindest noch nicht. Wenn ich jetzt 'nen Fuß nach draußen setze, bin ich im Arsch.«

»Bleib, wo du bist. Wir kommen zu dir.«

Rico zeigte zur Baumreihe.

Fitz hörte das Klicken von Gelenken und schaute aus dem Fenster, als Abartige aus der Dunkelheit auftauchten. Das Rudel durchstreifte den Bereich auf allen vieren. Die Zungen leckten über die Sauglippen.

Ein großes Monster führte sie den Hang hinunter zum Zaun entlang des Flusses.

Team Ghost war umzingelt, genau wie Mendez.

Beklommenheit breitete sich in Fitz aus, als er über ihre Möglichkeiten nachdachte. Sie würden sich aufteilen müssen, um Mendez zu retten.

Und das bedeutete, Rico mit Dohi loszuschicken.

Fitz fluchte seine Wut hinaus, aber es gelang ihm wie all die anderen Male, wenn sie auf solche Probleme gestoßen waren, seine Emotionen in den Griff zu bekommen.

»Rico«, flüsterte er. »Sobald wir hier raus sind, will ich, dass Dohi und du zu Mendez geht. Dann durchsucht ihr die Innenstadt und haltet Ausschau nach Hinweisen auf den Ursprung der Tunnel und dieses Gespinsts.«

Als Nächstes wandte er sich Ace und Lincoln zu.

»Wir gehen direkt zur Universität. Aber zuerst schalten wir dieses Rudel aus«, sagte Fitz.

Die Abartigen durchforsteten das Gebiet, änderten die Richtung und näherten sich dem Anhänger, während ein anderes Rudel am Rand des Parks erschien. Die Schlinge zog sich enger.

Das vorderste Monster steuerte auf das mobile Büro zu, hielt etwa 100 Meter entfernt an und schnupperte. Der knochige Rücken versteifte sich wie der einer wütenden Katze und bestätigte, dass die Bestie ihre Witterung aufgenommen hatte.

Der Abartige stieß einen schrillen Schrei aus, der die anderen Ungeheuer in Rage versetzte.

Die Kreaturen preschten auf den Anhänger zu. Wenn Team Ghost sofort feuerte, könnten sie sich die Monster vielleicht eine Weile vom Leib halten, aber sie würden weitere zu ihrem Standort locken.

Eine Idee formte sich in Fitz' Kopf.

Er schnappte sich einen Sauerstofftank von ihrer HALO-Ausrüstung, bewegte sich zu einem der zerbrochenen Fenster und warf den Zylinder der Größe eines Footballs hinaus, so weit er konnte.

Geräuschlos flog er über die Köpfe der Abartigen hinweg, bevor er mit einem dumpfen Laut auf dem Boden aufschlug.

Das Geräusch erregte ihre Aufmerksamkeit. Mehrere Kreaturen galoppierten hin.

Fitz holte tief Luft, hob das Gewehr an und legte den Finger auf den Abzug.

»Alle runter«, flüsterte er.

Das Team kauerte sich hin, und Fitz feuerte.

Ein Projektil raste aus dem schallgedämpften Lauf, traf sein Ziel, durchdrang den Sauerstofftank und schlug an der Metallhülle Funken. Das genügte, um den Inhalt zu entzünden.

Der Tank explodierte.

Ein dumpfer Knall hallte durch den Park. Ein Feuerball stieg auf. Flammen wogten über die Körper der Abartigen und verbrannten ihr Fleisch.

»Feuer frei«, sagte Fitz.

Team Ghost richtete die schallgedämpften Gewehre aus dem Fenster und schlachtete den Rest der Bestien ab. Als die letzten Abartigen zu Boden gingen, bedeutete Fitz dem Team, ihre Zuflucht zu verlassen.

»Gebt einfach alles, was ihr habt«, sagte Fitz. »Viel Glück, Team Bravo.«

»Viel Glück«, erwiderte Rico.

Unverhofft überkam Fitz dasselbe bange Gefühl wie bei jeder Mission, bei der sie sich aufteilen mussten. Rico ohne ihn in feindliches Gebiet vordringen zu sehen, gehörte zu den härtesten Prüfungen bei jedem Einsatz.

Obwohl die meisten Soldaten nicht an ihre Fähigkeiten im Kampf heranreichten, wäre lediglich ein einziger Fehler nötig, ein übersehener Klauenhieb eines Abartigen, und alles wäre vorbei. Fitz konnte nur auf das Beste hoffen und darauf vertrauen, dass sie es lebend zu ihm zurück schaffen würde.

»Auf geht's«, sagte Lincoln.

Fitz nickte und brach mit Ace und Lincoln in die entgegengesetzte Richtung von Rico und Dohi auf. Das war nicht ideal, aber hoffentlich würde es Mendez das Leben retten.

Ein altes militärisches Sprichwort tauchte aus Fitz' Gedächtnis auf, während er auf seinen Kohlefaserprothesen rannte.

Kein Plan überlebt den ersten Feindkontakt.

»Wenn das mal nicht stimmt«, flüsterte er.

17

Normalerweise roch es im unterirdischen Labor auf Peaks Island stark nach keimtötenden Reinigungslösungen und frischer, gefilterter Luft, aber nicht an diesem Tag.

Stattdessen herrschte ein fast würziger Wildgeruch vor. Kate kam sich in ihrem weißen Vollschutzanzug vor, als betriebe sie eine Metzgerei in einem Fertigungsreinraum.

Eine Chirurgenmaske bedeckte ihr Gesicht, eine Schutzbrille drückte gegen ihre Stirn. Sie stand über einen Labortisch im Zellkulturraum gebeugt. Neben ihr befand sich Dr. Carr.

Der Wissenschaftler druckste herum, während er den Acrylzylinder mit fast 30 Zentimetern Durchmesser zwischen ihnen betrachtete. Ein Haufen kleinerer Röhrchen hing am Ende des durchsichtigen Zylinders und lieferte das nährstoffreiche Medium, mit dem das Gewebe im Inneren am Leben erhalten wurde.

Für ein ungeschultes Auge hätte die rote Masse wie zerhacktes Hamburgerfleisch ausgesehen. Für jemanden wie Big Horn vermutlich ein grausiger Anblick, Kate hingegen fand ihn faszinierend.

»Glauben Sie, der Bioreaktor reicht für dieses Gewebe aus?«, fragte Carr und deutete auf die Acrylröhre.

»Noch ist nichts ausgetreten«, erwiderte Kate. »Und es ist ja nicht so, als hätte das Gewebe einen eigenen Verstand.«

»Aber es wächst außerordentlich schnell. Wie lange noch, bis es den Bioreaktor sprengt?«

Kate warf einen Blick zum Fenster, das den Zellkulturraum vom Hauptteil des Labors trennte. Dort arbeitete die Handvoll Techniker, die Carr mitgebracht hatte. Einige spähten durch Mikroskope. Andere füllten mit Pipetten Proben in Röhrchen für PCR-Tests oder andere quantitative Analysen.

»So schnell die Zellen auch wachsen, sie gehorchen trotz allem den grundlegenden Gesetzen der Physik und der Natur«, sagte Kate. »Sie wachsen nur so lange, wie wir sie füttern. Wenn ich ihnen die Nährstoffzufuhr abdrehe, werden sie inaktiv.«

»Inaktiv?«, fragte Carr. »Nicht nur seneszent?«

»Meinen Beobachtungen nach ist das bei diesen Zellen nicht der Fall. Anscheinend tun sie nichts lieber als sich zu teilen, und sie sind verdammt schwer abzutöten.«

»Seltsam. Fast so, als wären sie krebsartig.«

Kate hielt einen Finger an die Acrylröhre mit den darin pulsierenden Zellen.

Das Material fühlte sich warm an. »Mein ursprünglicher Verdacht wurde von allen phänotypischen Analysen bestätigt, die ich vor Ihrer Ankunft durchgeführt habe. Diese Zellen sind eine Mischung aus weißen Blutkörperchen, Nerven- und Muskelzellen.«

»Haben Sie auf Krebsmarker getestet?«

»Nein«, antwortete Kate. »Dafür hatte ich allein nicht die Bandbreite.«

Carr runzelte unter der Schutzbrille die Stirn. Er wirkte aufgewühlt. »Ich könnte jemanden aus dem Team darauf ansetzen, sich das mal anzusehen.«

»Das wüsste ich zu schätzen. Zu wissen, mit was für Zellen wir es zu tun haben, ist zwar hervorragend, aber wir müssen, abgesehen vom Zellphänotyp, noch etwas herausfinden.«

»Ich bin Ihnen einen Schritt voraus, Dr. Lovato.«

Carr schob einen Handwagen aus einer Ecke des Zellkulturraums herüber. Er zog ein blaues Laken weg, das den Wagen bedeckte.

»Das stammt von der Autopsie«, sagte Carr.

Er schwenkte eine Hand über einen langen Gewebeschnitt auf einem Metalltablett. Das Material war von einem der dünnen, aus der Wirbelsäule des Alphas ragenden Gewächse isoliert worden.

»Ausgezeichnet«, sagte Kate. »Bis jetzt hat jede Zellkultur, die ich gezüchtet habe, so ausgesehen.«

Sie deutete auf die chaotische Masse im Bioreaktor.

»Sobald ich die Zellen eigenständig wachsen lasse, wuchern sie unweigerlich zu einem unorganisierten Gewebeklumpen, sogar dann, wenn der Ausgangspunkt eine intakte Probe des Originalgewebes ist.«

»Dieses tumorartige Ungetüm sieht überhaupt nicht nach Nervenzellen oder dem ursprünglichen Gespinst aus«, meinte Carr. »Ich vermute, es hat etwas mit dem Mangel an externen Anreizen zu tun.«

»Das ist mir auch schon durch den Kopf gegangen.« Kate drehte den Bioreaktor, um das darin herumschwimmende, klumpige Gewebe zu betrachten. »Normalerweise sind die Zellen in unserem Körper von Hinweisen ihrer Mikroumgebung abhängig, die das Zellverhalten steuern. Die Zellen, die ich hier drin züchte, haben keine solchen Hinweise.«

»Jaja, das ist ziemlich grundlegende Biologie.« Carr ergriff das Tablett mit dem Fortsatz des Alphas und stellte es neben den Bioreaktor. »Und das ist alles richtig. Hier habe ich den Schlüssel zu diesem Dilemma.«

Carr hielt ein kleines, kastenförmiges Gerät mit Reglern hoch. Aus den Seiten ragten an Metallklammern befestigte Drähte.

»Hoffentlich kann ich Ihnen zeigen, wie wir diesen netzartigen Wucherungen den externen Reiz zuführen können, der Ihren Zellkulturen fehlt«, sagte er.

»Und wie das?«, fragte Kate.

Carr brachte die Metallklammern an den freigelegten Nerven des Alpha-Fortsatzes an. Dann führte er einen elektrischen Draht zwischen einen weiteren Nervenstrang. Das freie Ende reichte er Kate.

»Verbinden Sie das mit den Gewebeproben in Ihrem Bioreaktor«, wies er sie an. »Es sollte ein elektrisches Signal stimulieren.«

Kate schlängelte den Draht in ein Ventil und schob ihn durch das flüssige Medium, bis er mit der Gewebemasse im Inneren des Bioreaktors in Berührung kam. Sie hätte schwören können, dass sich das Gewebe beim Kontakt zurückzog.

Aber das war unmöglich.

Diese Masse konnte weder fühlen noch reagieren, richtig?

Es handelte sich nur um einen Haufen hirnloser Zellen.

»Ist der Draht in das Gewebe eingebettet?«, fragte Carr.

Kate rüttelte leicht daran. Durch Carrs Anweisungen kam sie sich mehr wie eine Assistentin vor als wie eine vollwertige Wissenschaftlerin.

»Jetzt machen Sie's nicht so spannend und sagen Sie einfach, was Sie denken«, forderte sie ihn auf.

Carr fing an, die Regler der kastenförmigen Vorrichtung zu betätigen. »Das hier ist ein Controller. Ich habe Elektroden an einem Ende des Alpha-Fortsatzes angebracht. Ich hoffe, einen elektrischen Reiz darauf anwenden zu können.«

Plötzlich erkannte Kate klar und deutlich, worauf er damit hinauswollte. Ihr Blick heftete sich auf den Fortsatz und folgte von dort dem Draht, der in den Bioreaktor verlief. »Sie wollen eine Nervenreaktion vom Alpha in das Gewebe übertragen.«

»Genau.« Carr lächelte selbstbewusst. »Ich glaube, dass die Alphas die elektrischen Reize ausstrahlen, die nötig sind, um das richtige hierarchische Wachstum des Gespinsts zu steuern. Die aus der Wirbelsäule ragenden Fortsätze dienen wahrscheinlich als Antennen.«

Carr initialisierte den Controller. Summend erwachte er zum Leben.

»Ich glaube, dass der Alpha über diese Antennen ein Signal verbreitet, das dieses Gespinst wachsen lässt, um es für die Kommunikation mit Abartigen in seiner Nähe zu benutzen«, erklärte er.

»Wie haben Sie das alles aus einer einzigen Obduktion herausbekommen?«, fragte Kate, die ihre Skepsis gegenüber dieser simplen Lösung nicht verhehlen konnte.

Wenn sie etwas über die Abartigen gelernt hatte, dann: Je mehr man über sie zu wissen glaubte, desto weniger wusste man tatsächlich.

Trotzdem hoffte sie, dass Carr recht hatte. Herauszufinden, wie dieses Gespinst funktionierte, und vor allem wofür die Abartigen es benutzten, wäre eine riesige Hilfe für Team Ghost und alle anderen im Außeneinsatz bei den Monstern.

»Wenn es funktioniert, sollten wir sehen, wie das Gewebe so zu pulsieren beginnt, wie es aus den Tunneln berichtet wird«, sagte Carr. »Und danach sollte das Gewebe anfangen, sich zu netzartigen Formationen anzuordnen.«

»Lassen Sie es uns versuchen.«

Carr drehte den Regler am Controller. Der Alpha-Fortsatz zog sich zusammen. Offensichtlich erzielte das elektrische Signal eine Wirkung.

Schon bald begann der Fortsatz so wild zu zittern, dass Carr das Tablett festhalten musste, damit es nicht vom Labortisch auf den Boden holperte.

»Das ist nicht unbedingt, womit ich gerechnet habe. Die Muskeln in dem dünnen Fortsatz reagieren viel heftiger, als man erwarten würde. Eigentlich hatte ich auf der Grundlage der Aufnahmen, die wir vom Alpha haben, bei richtigen Verbindungen mit gar keiner Reaktion gerechnet.«

Kate beobachtete die Zellen im Bioreaktor. Dort schien sich nichts zu tun.

»Sind Sie sicher, dass Sie den Draht richtig verbunden haben?«, fragte Carr.

Kate bewegte den Draht, um sich zu vergewissern, dass er sich tief in die Gewebemasse eingebettet hatte. Sie spürte Widerstand, als sie versuchte, ihn durch die robusten Zellen zu drücken.

»Er steckt eindeutig fest drin.« Kate bückte sich auf Augenhöhe mit dem Bioreaktor. »Warten Sie, ich sehe was.«

»Und was? Bildet sich schon etwas Netzartiges?«

Kate verengte die Augen. Das Gewebe pulsierte. Aber die Zellen bildeten kein netzartiges Gespinst. Stattdessen schien es sich zu bauschen. Fast wie ein sich anspannender Muskel.

»Es wird nicht dünner, und es bildet keine spinnennetzartige Struktur«, meldete Kate. »Tatsächlich sieht es eher nach dem Gegenteil aus. Irgendetwas stimmt da nicht.«

»Wahrscheinlich der elektrische Reiz. Ich regle ihn höher.«

»Nein«, widersprach Kate. »Ich glaube …«

Doch es war zu spät. Carr hatte den Regler bereits gedreht und die Spannung erhöht. Der Fortsatz des Alphas zuckte wie eine Schlange mit abgeschlagenem Kopf. Er hüpfte aus der Metallpfanne, als der Strom durch ihn und weiter in den Bioreaktor floss.

Das Gewebe darin spielte verrückt. Teile davon schwollen an und ab, drückten gegen die transparenten Acrylwände, die sie gefangen hielten. Andere Teile des Gewebes bildeten ungleichmäßige Stacheln. Sie schoben sich in die Röhrchen, aus denen die Zellen mit flüssigem Medium versorgt wurden.

Kate schaltete die Pumpe aus, weil sie fürchtete, der zusätzliche Druck könnte das System sonst zerreißen. Aber das Gewebe schien das nicht zu kümmern. Ein Teil davon wanderte in die Röhren, die zum Hauptbioreaktor führten.

Die Röhrchen platzten ab, hielten dem intensiven Druck des Gewebes nicht stand, das der Flüssigkeit entgegenstrebte. Rosa Nährlösung spritzte über den Labortisch und auf den Boden.

Risse breiteten sich durch das Acrylglas aus. Bevor Kate etwas unternehmen konnte, gab der Kunststoff nach, und die pulsierende Masse roten Gewebes dehnte sich aus.

»Schalten Sie den Controller ab!«, brüllte Kate.

Carr reagierte zu langsam.

Das Gewebe im Bioreaktor explodierte. Rote, kugelförmige Klumpen spritzten überallhin. Die fleischigen Brocken klatschten gegen die Wände und sprenkelten die beiden Wissenschaftler.

Kate konnte sich nicht rühren, starrte nur fassungslos hin. Dann hob sie die Hand, um die Brocken von ihrer Schutzbrille und der Vorderseite ihres Anzugs zu wischen.

Carr tat es ihr gleich und fluchte dabei.

»Nächstes Mal sollten Sie vielleicht etwas vorsichtiger sein und auf mich hören«, sagte Kate leicht verärgert.

Sofern Carr sie gehört hatte, reagierte er nicht.

»Doktor?«

Als sie sich umdrehte, sah sie, wie Gewebebrocken von ihm tropften.

»Ich überlege gerade, wo ich mich geirrt habe«, sagte er leise.

»Ich denke, Sie hatten schon die richtige Idee, aber Wissenschaft lässt sich nicht hetzen. Das sollten Sie eigentlich wissen.«

Einige der Labortechniker glotzten sie durch das Fenster zum Zellkulturraum an. Carr winkte sie herein und befahl ihnen aufzuräumen. Kate und Carr verließen den Raum, um ihre Laborkleidung gegen saubere Anzüge, Schutzbrillen und Handschuhe einzutauschen, während die Techniker arbeiteten.

Als sich Kate und Carr umgezogen hatten, kehrten sie in den Zellkulturraum zurück.

»Statt gleich groß auf die Pauke zu hauen, müssen wir klein anfangen und uns nach oben vorarbeiten«, schlug Kate vor. »Mit dem elektrischen Signal ist definitiv etwas passiert, und ich will herausfinden, ob wir es kontrollieren können.«

Carr schob ihr den Controller auf dem Tisch zu. »Diesmal überlasse ich Ihnen den Regler.«

Kate bereitete kleinere Plastikschalen mit Gewebe vor, um das Experiment herunterzuskalieren. Wenn es diesmal einen Unfall gäbe, würde nicht mehr als ein winziger Spritzer auftreten. Sie verband den Fortsatz und den elektrischen Draht mit den kleinen Gewebeproben.

Langsam gingen sie zusammen die Proben durch, testeten verschiedene Spannungen und Stromstärken. Aber sofern das Gewebe überhaupt reagierte, wurde es jedes Mal in den Schalen gegrillt.

»Irgendwas stimmt da nicht«, meinte Kate, nachdem sie ein weiteres erschöpfendes Experiment durchlaufen hatten. »Uns fehlt eine entscheidende Komponente. Keine einzige Gewebeprobe hat irgendeine Art von Netz gebildet. Und tatsächlich scheinen sie alle eher negativ auf äußere Reize zu reagieren.«

»Ich muss zugeben, dass ich im Augenblick völlig ratlos bin«, gestand Carr.

Kate starrte auf die letzte Plastikschale mit zerstörtem Gewebe. Die winzigen Zellen bargen so viele Geheimnisse, und sie konnte sie immer noch nicht lüften.

Da sich Team Ghost im Außeneinsatz befand und die Gefahr weiterer Angriffe der Plünderer und Abartigen drohte, wusste sie, dass sie sich den Luxus von Zeit nicht mehr leisten konnte. Sie musste dieses Rätsel lösen.

Ob langsam oder schnell, es musste getan werden.

Die Frage war nur: Wie?

Fischer hatte den größten Teil des Tages draußen verbracht und mit seinen Männern bei der Jagd auf die Abartigen geschwitzt. Als er zum Abendessen zurückkam, fand er brandaktuelle Nachrichten auf seinem Laptop vor. Der Internetzugang hatte ihn ein kleines Vermögen gekostet, trotzdem war es jeden Cent wert, über das Geschehen im Land auf dem Laufenden zu bleiben.

Der versuchte Angriff auf die Kundgebung der Neuen Koalition Amerikas im Außenposten New Boston war ungeachtet der anderen Angriffe auf Außenposten in Sicherheitszonen schockierend. Der vereitelte Attentatsversuch am helllichten Tag war das Dreisteste, was er seit Langem erlebt hatte.

Für Fischer bewies ein solcher Vorfall einmal mehr, dass Präsidentin Ringgold und Vizepräsident Lemke nicht mal die eigene Sicherheit im Griff hatten. Wenn sich Überläufer zu einer solchen Veranstaltung einschleichen konnten, war Fischer nicht sicher, ob es überhaupt noch einen sicheren Ort im Land gab.

Zumindest nicht unter der Führung der Neuen Koalition Amerikas.

Er schloss den Laptop und griff sich eine Zigarre. Nachdem er zu den Fenstern geschlendert war, blickte er hinaus auf den sternenübersäten Nachthimmel.

Auf seltsame Weise überraschte ihn, dass es in seiner kleinen Ecke von Texas in dieser Nacht genauso schön aussah wie in all den Nächten vor dem großen Krieg gegen die Ausrottung. Schon damals musste der nächtliche Himmel nicht gegen die Lichtverschmutzung einer Großstadt ankämpfen, die Fischers Blick auf den Großen Wagen und all die anderen Konstellationen beeinträchtigt hätte.

Nun musste er gegen gar nichts mehr ankämpfen.

Es gab nur noch Fischer, Mutter Natur und die Monster.

Der Ölmagnat zündete sich die Zigarre an und nahm den ersten Zug, als mehrere Pick-ups vom Gelände fuhren. Ihre Scheinwerfer vertrieben die Dunkelheit. Chase und Tran brachen mit Sergeant Sharp auf, um die Infrarotscanner für einen letzten Versuch zu verwenden, die Monster aufzuspüren.

All das für verwertbare Informationen über den Verbleib der Abartigen bezahlte Geld hätte Fischer genauso gut auf offenem Feld verbrennen können.

Die lästigen Biester schienen das sinkende Schiff verlassen zu haben. Die Fischer Fields hatten reichlich Wachpersonal und Arbeiter an die Bestien verloren, ganz zu schweigen von der kostspieligen Ausrüstung. All das hatte den Betrieb beträchtlich zurückgeworfen.

Fischer blies eine Rauchwolke aus und hoffte, die Kreaturen wären vielleicht klug genug, um zu begreifen, dass mittlerweile er sie jagte. Und dass sie vielleicht um ihr Leben rennen würden.

Aber das war vermutlich zu optimistisch.

Optimismus hatte weder ihm noch seinen Feldern je gute Dienste erwiesen. Realismus fand er wesentlich besser.

Auf das Beste hoffen, auf das Schlimmste vorbereitet sein, dachte er.

Deshalb ließ er den Whiskey zur Zigarre an diesem Abend ausfallen. Bis seine Mannschaften mit einer Entwarnung zurückkehrten, wollte er keine Flasche köpfen. Die Abartigen waren ebenso hinterhältig wie tödlich, und er würde nicht davon ausgehen, dass sie einfach kampflos davongelaufen waren.

Als es an seiner Tür klopfte, drehte er sich um und sah Maddie mit einem Teller und einem Glas Wasser in der Hand. Die 50-jährige Haushälterin fungierte zugleich als Köchin, Dienstmädchen und Freundin. Sie hatte sich in den letzten zwei Jahren verdammt gut um ihn gekümmert.

»Guten Abend, Mr. Fischer«, sagte sie. »Möchten Sie hier essen oder im Esszimmer?«

Fischer deutete zum Schreibtisch. »Ich esse heute hier. Vielen Dank, Maddie.«

Er aß fast immer an seinem Schreibtisch, wenn er keine Gesellschaft hatte. Allein im großen Esszimmer fand er es zu deprimierend, denn es erinnerte ihn daran, wie sehr er seine Frau vermisste.

Maddie stellte das Essen ab, und Fischer nahm am Schreibtisch Platz.

»Danke«, wiederholte er.

Sie nickte und schloss leise die Tür hinter sich.

Obwohl er an diesem Abend keinen großen Appetit hatte, machte er sich über die warme Mahlzeit aus Kartoffelbrei und Brathähnchen her. Essen diente nicht nur zum Vergnügen. Es war auch Treibstoff. Und wenn er es mit Abartigen zu tun hatte, brauchte er eine Menge Treibstoff, damit er weiterkämpfen konnte.

Während er kaute, las er weitere Berichte über Angriffe auf andere Außenposten.

»Heilige Scheiße«, flüsterte er dabei.

Als er mit dem Essen fertig wurde, hatte er von sechs Angriffen gelesen.

Er stand auf und schaute hinaus.

Was zum Teufel geht da draußen vor?

Fischer brachte seinen Teller zurück in die Küche und stellte ihn in die Spüle.

»Danke«, sagte er zu Maddie, die gerade den Rest des Geschirrs abwusch.

»Gern geschehen, Sir.«

Die Neuigkeiten über die Abartigen machten ihn nervös. Er nahm sich eine weitere Zigarre aus dem Humidor und schaute aus dem Fenster.

Mondlicht breitete einen silbrigen Teppich über die Felder und die Stallungen mit Vieh am östlichen Rand seines Grundstücks aus. Fischer öffnete das Fenster, zündete die Zigarre an und nahm einen tiefen Zug. Dann blies er den Rauch nach draußen. Die Brise ließ seinen schweißfleckigen Tarnanzug flattern. Grillen zirpten und vereinten ihre Stimmen zu einem steten Chor.

Er liebte dieses Geräusch.

Fischer nahm auf seinem Ledersessel Platz und legte die Füße hoch, als die Insekten durch einen Schuss jäh verstummten.

Er erstarrte.

Zwei weitere Schüsse peitschten durch die Nacht.

Irgendetwas stimmte nicht.

Vom Wachposten an der Südseite des Grundstücks ertönte eine schrille Sirene. Fischer erhob sich aus dem Sessel und ging mit der qualmenden Zigarre zu den Fenstern.

Das Funkgerät auf seinem Schreibtisch knisterte hinter ihm.

»Mr. Fischer, hier Tran. Hören Sie mich?«

»Was zum Geier ist da los?«, gab Fischer zurück.

»Wo sind Sie, Sir?«

»In meinem gottverdammten Arbeitszimmer. Was ist los?«

»Sie müssen so schnell wie möglich in den Bunker«, erwiderte Tran. »Wir glauben die Abartigen gefunden zu haben, Sir.«

Bevor Fischer antworten konnte, fügte Tran hinzu: »Sie waren die ganze Zeit unter der Erde.«

»Unter der Erde? Wo?«

»Hier, Sir! Die Wachen in den Viehställen haben es gemeldet, und jetzt antworten sie nicht mehr.«

»Scheinwerfer einschalten«, befahl Fischer.

Die Lichter gingen nacheinander an. Fischer fiel beim sich offenbarenden Anblick des Kampfgeschehens die Zigarre aus dem Mund.

Nein …

Ein Gemetzel.

Dutzende Abartige strömten durch eine aufgebrochene Seitentür einer Scheune und jagten die Kühe ins Gras. Die Schreie des Viehs erfüllten die Nacht, als die Monster es in Stücke rissen und sein gemästetes Fleisch verschlangen.

Andere Bestien zerfetzten die Wachen, die draußen patrouillierten. Die Männer hatten nicht mit einem Angriff aus den Stallungen gerechnet und wurden völlig überrumpelt.

Ein Mann zog sich in die östliche Ecke der Elektrozäune zurück. Er bewegte sich rückwärts und versuchte sein Gewehr nachzuladen.

»O mein Gott«, flüsterte Fischer.

Ein Abartiger ließ sich auf alle viere fallen und preschte hinter ihm her. Der Mann kletterte über den Stacheldrahtzaun. Er schaffte es darüber, aber der Abartige auch.

Da der Söldner nirgendwohin konnte, zog er den Elektrozaun den Klauen der Kreatur vor. Der heftige Stromschlag schleuderte ihn rückwärts in den Viehzaun.

Die Bestie fiel über das qualmende Fleisch her.

»Sir, wir sind fast zurück!«, meldete Tran über Funk. »Falls Sie noch nicht im Bunker sind, müssen Sie dorthin. Sofort!«

Fischer stieg Rauch in die Nase. Er schaute nach unten und stellte fest, dass die Zigarre ein Loch in den Teppich brannte. Er hob sie auf und dämpfte sie in einem Aschenbecher aus Glas aus. Dann eilte er los, um sich seinen M4 zu holen. Er warf sich den Karabiner über den Rücken und ging zum Schrank. Fischer öffnete die Türen und holte seine doppelläufige Remington 3200 Kaliber 12 heraus.

Seine 357er steckte bereits im Holster. Er war bereit zum Aufbruch.

Draußen hielten schlitternd zwei Pick-ups. Männer sprangen heraus und feuerten auf die Bestien in der Nähe der Stallungen.

»Verdammte Scheiße«, fluchte Fischer. Er eilte aus seinem Arbeitszimmer in den Flur.

»Maddie!«, brüllte er.

Die Frau stolperte in den Gang. »Sir, diese Kreaturen sind da draußen!«

»Ruf den Rest des Hauspersonals zusammen und bring alle sofort in den Bunker!«

Sie nickte und lief schon den Gang entlang in Richtung Keller. Der Bunker dort war darauf ausgelegt, einen chemischen, biologischen oder nuklearen Angriff zu überstehen. Er enthielt genug Proviant und Wasser für sein gesamtes Personal für ein Jahr oder mehr.

Fischer hatte selbst fast ein Jahr darin verbracht, als die Abartigen das Land ursprünglich überrannt hatten. Der Gedanke, dorthin zurückzukehren, gefiel ihm ganz und gar nicht.

Auf halbem Weg den Flur hinunter blieb Maddie stehen und drehte sich um.

»Kommen Sie nicht mit?«, fragte sie.

Fischer zog eine weitere Zigarre aus seiner Brusttasche.

»Nein, ich komme nicht«, gab er zurück. »Ich hab mit diesen Drecksviechern noch eine Rechnung offen.«

»Aber Sir!«, rief sie.

»Geht in den Bunker und bleibt drin, bis ihr Entwarnung bekommt!«, brüllte er über die Schulter zurück.

Damit setzte er sich in Richtung der Schüsse in Bewegung. Das Geheul der Sirene, das Knattern automatischer Waffen und die Knalle von Pistolen erinnerten ihn an die ersten Tage des großen Krieges gegen die Ausrottung.

Er gelobte sich, dass er nicht weglaufen und sich verstecken würde, falls sich das wiederholte. Wenn er sterben musste, wollte er es aufrecht tun, nicht kauernd wie ein Feigling.

Mit der Schrotflinte im Anschlag rannte er durchs Wohnzimmer zur Hintertür. Er öffnete sie mit einer Hand und trat hinaus auf die Veranda. Kampfgeräusche bestürmten seine Ohren.

»Sir, was machen Sie da?«, rief jemand.

Chase rannte die Holztreppe herauf. Blut hatte seine Baseballmütze bespritzt. Tran folgte unmittelbar hinter ihm mit aufgeschlitztem Bizeps. Der Rest der Männer hielt die Stellung in der Nähe der Pick-ups.

»Mr. Fischer, wir *müssen* in den Bunker«, sagte Tran. »Es sind zu viele.«

»Ich soll diese Männer und mein Vieh hier draußen zum Sterben zurücklassen? Scheiße, *nein*«, entgegnete Fischer. Er ging zum Geländer der Veranda und lehnte die Schrotflinte daran. Dann zog er den M4-Karabiner vom Rücken und legte ein Magazin ein.

»Rückzug!«, brüllte er. »Alle Mann zurück auf die Veranda!«

Tran und Chase luden die Waffen nach und wollten ihn dazu bringen, seine Meinung zu ändern. Aber nichts, was sie sagen konnten, würde funktionieren.

Die anderen Männer rannten die Stufen herauf und schlossen sich ihnen auf der Veranda an. Fischer richtete sein Zielfernrohr aus und vergrößerte die Ansicht auf den nächstgelegenen umzäunten Bereich, der etwa 400 Meter entfernt lag. Eine ziemlich große Entfernung, aber er war ein guter Schütze, und es gab so viele Ziele, dass er schon irgendetwas treffen würde.

Er nahm eine Bestie ins Visier, die das Maul im Bauch einer sich windenden Kuh vergraben hatte. Fischer drückte den Abzug und feuerte eine Salve ab. Eines der Projektile schlug in den Hals der Kreatur ein.

Das Monster huschte ein paar Meter weit weg, bevor es erschlafft zu Boden stürzte. Zwei andere Abartige versuchten, ein Kalb wegzuschleifen. Fischer tötete einen mit einem Kopfschuss, bevor er auf den anderen zielte.

Einen Herzschlag später bekam er ihn ins Visier und drückte ab. Der zweite Abartige sackte zu Boden. Das

Kalb rappelte sich auf und kauerte sich hinter eine andere Kuh.

Fischer richtete das Zielfernrohr auf ein drittes Monster und brachte es mit einem Schuss ins Bein zu Fall. Er erledigte es mit Schüssen in den Rücken und in die Seite.

Die Männer neben ihm schalteten einige weitere Bestien aus, aber der Rest der Abartigen, die seine Männer und sein Vieh hinter der ersten Scheune in Stücke rissen, befand sich zu weit entfernt.

Die Monster zogen sich mit ihrer erlegten Beute in die Scheune zurück. Die Männer um Fischer herum gaben noch einige Schüsse ab, aber sie wurden sporadischer und endeten schließlich ganz. Nach einigen Sekunden stammte das einzige Geräusch von der heulenden Sirene.

»Schaltet das Ding aus«, befahl Fischer.

Tran hob sein Funkgerät an und nahm Verbindung mit ihrem Kommandoposten auf. Der Lärm schwoll noch ein letztes Mal an und ab. Fischer hob sich das Zielfernrohr ans Auge und vergrößerte die Ansicht auf die weiter entfernten Zäune. Auch dort zogen sich die Abartigen zurück.

Bald verstummten die Schreie der massakrierten Tiere und Männer, und das Zirpen der Grillen setzte wieder ein.

»Sieht noch irgendjemand diese Scheißer?« Fischer suchte den Bereich weiter ab.

Alle meldeten, dass sie nichts mehr sahen.

»Glaubt ihr, die sind zurück unter die Erde?«, fragte Chase in die Runde.

»Wir müssen ein paar Kundschafter losschicken, um das rauszufinden«, meinte Tran.

»Wo sind alle anderen?«, fragte Fischer und sah sich um. Er sichtete weder Sergeant Sharp noch einen der anderen Soldaten der Regierung. Auch von den Fährtenlesern, Galinsky und Welling, fehlte jede Spur.

»Die sind los, um beim Löschen der Brände zu helfen«, sagte Tran. »Die Abartigen haben auch mehrere Bohrtürme angegriffen.«

»Und du bist nicht auf die Idee gekommen, das schon früher zu erwähnen?« Fischer schnaubte frustriert.

»Tut mir leid, Sir, aber meine Hauptaufgabe besteht darin, für Ihre Sicherheit zu sorgen«, rechtfertigte sich Tran.

Chase nickte. »Wir dachten, Sharp hätte es unter Kontrolle.«

»Das bezweifle ich stark«, entgegnete Fischer.

Er wollte es zwar nicht glauben, aber es musste da draußen noch einen Alpha geben. Eine Kreatur, die klug genug war, um diesen Angriff auf mehrere Standorte gleichzeitig zu koordinieren. Zähneknirschend fluchte er, während er überlegte, was er tun sollte.

Das Vieh war offensichtlich verloren, aber vielleicht konnte er die Bohrtürme noch retten. Etwas jedenfalls stand fest: Wenn er nichts unternahm, würde Fischer Fields die Nacht nicht überstehen.

18

Dohi hatte den Großteil der Nacht damit verbracht, sich mit Rico langsam in Richtung des Gold Medal Park in Minneapolis vorzuarbeiten. Der letzte Bericht von Mendez bestätigte, dass er sich nach wie vor in der Wohnung versteckt hielt.

Allmählich jedoch war Dohi besorgt. Von Team Alpha hatte er bisher nichts gehört. Die anderen sollten sich den Weg zur University of Minneapolis auf der gegenüberliegenden Seite der Stadt bahnen.

Die gute Nachricht war, dass sich das Team darauf vorbereitet hatte, mindestens zwei bis drei Tage hier draußen zu verbringen. Sofern es nicht länger dauerte, würden sie klarkommen.

Er trank einen Schluck Wasser und folgte Rico durch eine ausgebrannte Kneipe mit unverputzten Ziegelsteinmauern. Verkohlte Hocker und Tische übersäten den Boden. Unter den Trümmern verbargen sich Scherben von zerbrochenen Flaschen und vom Spiegel der Bar, wodurch jeder Schritt gefährlich war.

Bis zu diesem Lokal waren sie qualvoll langsam vorangekommen. Sie hatten einen Umweg viel weiter nach Süden eingeschlagen, als Dohi lieb war, bevor sie wieder nach Norden schwenken konnten. Herumstreunende

Abartige hatten sie in die Kneipe gezwungen. Sogar von ihrem Versteck aus konnte er ihre klickenden Gelenke und ihr Geheul bei der Jagd hören.

Dohi versuchte, die Geräusche und Gerüche zu ignorieren.

Der Mief von fauligem Obst war nicht das Einzige, das zur modrigen Atmosphäre der zerbombten Stadt beitrug. Schimmel wucherte aus Pfützen abgestandenen Wassers die Wände entlang hoch.

Im hinteren Teil des Lokals lag ein offener Kühlschrank. Der Inhalt war zu einem Chaos aus schwarzem Belag und stacheligen Gewächsen verkommen. Zerdrückte Bierdosen klebten in Lachen einer unkenntlichen braunen Schmiere auf dem Boden.

Auf Ricos Befehl ging Dohi in der Nähe einer Hintertür in Position und setzte seine Nachtsichtbrille wieder auf. Laut seiner Karte führte der Ausgang in eine Gasse. Die Hauptverkehrsadern waren zu gefährlich. Team Bravo hoffte den Monstern zu entgehen, indem sie auf ihrem Weg zu Mendez von Schatten zu Schatten schlichen.

Rico setzte ihr M4A1 an der Schulter an und nickte ihm zu. Dohi legte die behandschuhte Hand um den Türknauf, drehte ihn und drückte die Tür ein paar Zentimeter auf.

Das entfernte Knurren von Abartigen drang herein, aber keine der Bestien hörte sich nahe an. Sicherheitshalber wartete er, zählte die verstreichenden Sekunden und rührte sich dabei nicht. Er spähte nur mit der Nachtsichtoptik in die Dunkelheit draußen und studierte die grün und weiß dargestellte Umgebung der Gasse.

Auf der Straße hinter den Karosserien von Autos und Lastwagen bewegten sich mehrere Schemen.

Dohi gab Rico ein Zeichen, und sie wies ihn mit einer Geste an hinauszugehen. Behutsam öffnete er die Tür weiter, trat in die Gasse und sicherte beide Seiten, bevor er Rico bedeutete, ihm zu folgen.

Sie setzte sich in Bewegung, dann bahnten sie sich Seite an Seite den Weg durch die Trümmer verwüsteter Gebäude. Ein kühler Wind wehte ihnen entgegen. Irgendwo in der Ferne heulte ein weiterer Abartiger. Immer mehr Bestien antworteten auf den Ruf. Die schrillen Schreie stiegen in die Nacht auf wie ein Vogelschwarm, der sich in die Lüfte erhebt.

Dohi sträubten sich sämtliche Nackenhaare. Ein einziger Fehler, und sie hätten die Horden auf dem Hals. Und das könnten Rico und er unmöglich überleben.

Er schluckte seine Angst hinunter und rückte weiter vor, zwängte sich zwischen einem umgestürzten Müllcontainer und einer Ziegelsteinmauer hindurch. Auf der anderen Seite lagen geschwärzte, gebrochene Knochen verstreut.

Als er das Ende der Gasse erreichte, kniete er sich hinter die Stoßstange eines Autos, das in eine nahe Mauer gekracht war. Auf dem Vordersitz sah Dohi ein abgenagtes Skelett.

Überall um ihn herum hörte er das Kratzen und Schrammen anderer Bestien, die den trostlosen Autofriedhof durchsuchten. Die meisten der Kreaturen wirkten hungrig und verzweifelt, wodurch sie nur noch gefährlicher waren.

Rico zeigte auf einen verrosteten Humvee. Dohi brauchte einen Moment, bis er den Abartigen sichtete. Die Kreatur kauerte in der Nähe und hielt die von Warzen bedeckte Nase in die Luft gestreckt.

Dohi drehte sich so, dass er das Monster ins Visier nehmen konnte. Sogar ein schallgedämpfter Schuss würde die Stille der Nacht durchbrechen, wenn er nicht zeitgleich mit einem Heulen abgegeben wurde. Sonst würde er jeden Abartigen innerhalb der umliegenden Häuserblocks zu ihrer Position locken.

Dohi wartete, in der Hoffnung, das Ungetüm würde einfach achtlos in die Nacht davonziehen.

Aber so viel Glück hatte er nicht. Die Kreatur schien irgendetwas zu wittern und ließ sich auf alle viere fallen. Dohi legte den Finger auf den Abzug und wartete auf einen Schrei oder Geheul, um seinen Schuss zu tarnen.

Die Kreatur sprang in seine Richtung los, und er bereitete sich darauf vor, den Abzug zu drücken, aber der Abartige schien durch die Straße zu fallen.

Dohi entfernte den Finger vom Abzug.

Er brauchte einen Moment, um zu begreifen, was passiert sein musste.

In der Mitte der Straße befand sich ein offener Schachteinstieg. Ein animalischer Schrei explodierte daraus hervor. Das Klicken von Gelenken wurde lauter, Schreie anderer Abartiger reagierten auf den ersten Ruf.

Die ausgehungerten, verdreckten Bestien strömten aus den Läden ringsum und kletterten an den Seiten der Gebäude herab. Weitere sprangen durch zerbrochene Fenster heraus.

Sie rempelten sich gegenseitig an, als sie auf den offenen Kanaleinstieg zustürmten. Einer nach dem anderen zwängten sie sich durch das Loch und verschwanden in der Dunkelheit.

Dohi und Rico konnten sich nur an die Mauer hinter dem Auto pressen, während die Stampede den Boden erschütterte. Vielleicht dauerte es nur eine Minute, die sich jedoch für Dohi wie eine Ewigkeit anfühlte.

Schließlich schaffte es das letzte Ungetüm in die unterirdische Hölle.

Dohi merkte sich ihre Position. Nachdem er sich vergewissert hatte, dass die Luft vor ihnen rein war, führte er Rico weg.

Sie bahnten sich im Zickzack den Weg über den Bürgersteig, wichen Leichen aus und zwängten sich zwischen verunfallten Fahrzeugen hindurch. Das Gebiet war hart getroffen worden. Die meisten Gebäude glichen nur noch ausgebrannten Hüllen oder verfallenen Trümmerhaufen.

Ein Bauwerk stand allerdings noch. In der Ferne ragte das U. S. Bank Stadium über den Block auf. Es stand zwischen Mendez und ihnen. Gezackte Scheiben aus schwarzem, von Ruß verdrecktem Glas bildeten die Spitze des einst geschlossenen Stadions.

Das Dach war vollständig weggesprengt worden. Aus der Öffnung ragten Teile geschmolzener Gerüste heraus. Aus dem Stadion schien ein leises Stöhnen zu dringen, als würde das Gebäude selbst gequälte Laute von sich geben.

Dohi ballte die Hand zur Faust, um Rico anhalten zu lassen. Er lauschte.

Die Geräusche schienen eindeutig aus dem Inneren des Stadions zu kommen.

»Klingt nach Menschen«, sagte Rico leise.

Bilder von den Tunneln am Außenposten Turkey River tauchten vor Dohis geistigem Auge auf.

Diese Geräusche klangen allzu vertraut. Der Lärm unzähliger Stimmen, vermengt zu einem makabren Gewirr. Die Schreie von Menschen, die derartige Schmerzen litten, dass sie um den Tod bettelten.

Rico trat den Weg zu den verrosteten Autos, Bussen und Militärlastern auf dem Parkplatz an. Das Stöhnen wurde lauter, fast so, als näherten sie sich einem Wasserfall im Dschungel.

Auf der anderen Seite der zurückgelassenen Fahrzeuge befand sich ein Quarantäne- und Evakuierungskontrollpunkt. Verrottender Stoff flatterte noch an riesigen, eingestürzten Zeltstangen. Die Bezüge der rostigen Feldbetten auf dem Parkplatz hatten sich größtenteils zersetzt. Daneben lagen längst geplünderte Erste-Hilfe-Kästen.

Dohi schlich durch den Bereich, bis er eines der weit offenen Tore des Stadions erreichte. Rico trat neben ihn, schwenkte das Gewehr, hielt Ausschau nach Feindkontakt.

Drinnen wichen sie Geröll aus, das die Korridore übersäte. Dohi stellte sich vor, wie der breite Gang mit Verkaufsständen für kaltes Bier und Hotdogs einst ausgesehen haben musste. Er konnte beinahe Popcorn und Erdnüsse in der Luft riechen und das fröhliche Geplapper von Menschengruppen hören, die zu einem Spiel der Vikings pilgerten.

Mittlerweile strahlte der Ort überhaupt nichts Fröhliches mehr aus.

In den finsteren Gängen herrschte ein bedrückendes Zwielicht. Große dunkle Flecken prangten an den Wänden. Wohin Dohi auch blickte, entdeckte er Anzeichen dafür, dass die Zivilisation, in der er aufgewachsen war, nicht mehr existierte.

Das Stöhnen und Wehklagen wurde lauter.

Rico bedeutete Dohi, sich zu beeilen.

Leise bewegten sie sich eine Treppe hinauf, die sie zu den Sitzreihen mit Blick auf das Spielfeld führen sollte.

Als sie fast oben angekommen waren, ließ das plötzliche Klicken von Krallen auf Beton sie beide in den Schatten huschen.

Ein Abartiger mit bleicher Haut zog an ihnen vorbei.

Dohi eilte in ein Treppenhaus und folgte den Stufen zum Eingang eines mit 211 gekennzeichneten Sitzbereichs. Im offenen Gang blieb er stehen. Das Stöhnen hallte von den Wänden wider.

Rico übernahm die Spitze und ging am Ende in die Hocke. Dohi folgte ihr. Sein Herz setzte einen Schlag aus, als er einen Blick aufs Spielfeld warf.

Ein großer Teil des Dachs war eingestürzt. Verbogene Gerüste waren auf das Footballfeld herabgerutscht. Löcher, die zu unterirdischen Tunneln führten, übersäten den Bereich wie überdimensionierte Ameisenhaufen. Über die schwarzen Ränder strömten Dutzende Abartige heraus.

Sie benutzten das vom Dach in die Mitte des Stadions gefallene Gerüst als Leiter, um sich durch das Stadion zu bewegen.

Rotes Gespinst überzog die Metallplattformen. Die pulsierenden Ranken erstreckten sich aus dem Netzwerk der Tunnel und geradewegs die Gerüste hinauf. Die von den Wucherungen verhüllten Menschen hingen an dem spinnennetzartigen Metall.

Dohi vergrößerte durch das Zielfernrohr seines Gewehrs die Ansicht auf das aus Augenhöhlen, offenen Mündern und praktisch jeder sonstigen Körperöffnung wuchernde Gespinst. Die meisten Menschen wirkten völlig ausgetrocknet, ähnelten braunen, ledrigen Mumien.

Andere hatten noch etwas gesunde Farbe in der Haut. Sie atmeten und wanden sich kaum merklich.

Alphas wie jener, den Dohi in den Tunneln gesehen hatte, kletterten das Netzwerk hinauf. Ihre Fortsätze schleiften dabei über die organischen Kabel. Sie kratzten an den Menschen, öffneten neue Wunden. Aus den Verletzungen der schwächeren Gefangenen erstreckten sich ebenfalls rote Gespinste.

Dohi schluckte die Galle hinunter, die ihm in den Hals stieg. Er kniete sich hinter die Sitze und versuchte krampfhaft, sich nicht zu übergeben. Es war wie am Außenposten Turkey River, nur noch schlimmer. Angesichts der albtraumhaften Szene hätte er sich am liebsten irgendwo verkrochen.

Jemand tippte ihm auf die Schulter, um seine Aufmerksamkeit zu erlangen. Rico zeigte auf seinen Helm, und er nickte.

Sie richteten sich beide auf, um die Szene mit ihren Kameras festzuhalten. Dohi drehte den Kopf hin und her, um einen umfassenden Blick auf den Ort zu bieten, bevor sie sich zu den äußeren Korridoren zurückzogen.

Der um das Stadion herum verlaufende Gang führte sie zur Nordseite, wo sie die Suche nach Mendez fortsetzen würden. Obwohl Dohi wusste, dass er sich auf den vor ihm liegenden Weg konzentrieren musste, gingen ihm die Geräusche und Bilder nicht aus dem Kopf. Sie waren wie Tätowierungen in seine Gedanken geprägt.

Wir werden sie retten, versuchte Dohi, sich zu trösten.

Tief im Herzen jedoch wusste er, dass es für die meisten dieser Menschen keine Rettung mehr gab. Das Stadion zu bombardieren wäre gnädiger als sie aus dem Netz des roten Gespinsts zu befreien.

Schließlich gelang es ihm, sich zusammenzureißen, und sie schafften es zur Nordseite des Stadions, ohne auf eine der Bestien zu treffen. Nur noch ungefähr ein Häuserblock trennte sie von dem Wohngebäude, in dem Mendez wartete.

Der Gedanke an seinen Bruder half Dohi zwar dabei, sich davon abzulenken, was er gerade gesehen hatte, dennoch hatte er bei jedem Schritt vom Stadion weg das Gefühl, ein Magnet zöge an seinen Knochen.

Die Verbindung, die er zu diesem Ort empfand, ließ sich nicht leugnen. Obwohl er es sich nur einbildete, fühlte er sich genauso gefangen von dem grauenhaften Geflecht wie die Menschen im Stadion.

Plötzlich riss Rico an seinem Arm und zog ihn hinter ein Auto. Kaum hatten sie sich geduckt, sah Dohi den Grund.

Am nächsten Häuserblock scharte sich eine Horde der Monster vermutlich um frisch erlegte Beute. Er benutzte das Zielfernrohr seines Gewehrs für einen näheren Blick. Angesichts der Möglichkeit, dass es Mendez sein könnte, hämmerte sein Herz wie wild. Durch die Masse der verseuchten Bestien kamen die Körper mehrerer Menschen zum Vorschein.

An den spärlichen Resten der Kleidung, die sie noch trugen, erkannte Dohi, dass es sich nicht um Soldaten handelte. Wahrscheinlich weitere Gefangene, die diese Abartigen aus dem Gespinst geholt hatten. Ihn überraschte, dass sie davon nicht mehr gesehen hatten.

Die Abartigen verteilten sich, kämpften um die Brocken und rissen die drei Menschen wild in Stücke. Ein schrilles Kreischen übertönte den Lärm der Bestien, aber es kam nicht von vorn.

Dohi schaute über die Schulter.

»O Scheiße«, murmelte er.

Rico drehte sich um, wollte sehen, was ihn erschreckt hatte.

Hunderte Abartige strömten aus dem Stadion und durch den Quarantänebereich. Ihre Anzahl war so gewaltig, dass der Boden unter ihnen erzitterte, als ihre klauenbewehrten Hände über den rissigen Beton pochten.

»Wir müssen uns Deckung suchen«, flüsterte Rico.

Dohi nickte und folgte ihr zum nächstgelegenen Gebäude. Sie huschten hinein und hinter die Theke einer alten Bar. Die Stampede wurde lauter. Dohi hob den Kopf, um einen Blick auf die Bestien zu erhaschen. Als er ihre gepanzerten Körper sah, erstarrte er.

Der Anblick dieser Monster löste eine Erinnerung aus. Das waren keine gewöhnlichen Abartigen ... sondern junge Monster, eine neue Generation.

Aber wie konnte das sein?

Seit Jahren hatte es keine Berichte oder Sichtungen von mehr als einer Handvoll von Jung-Abartigen gegeben.

»Was zum ...«, flüsterte er.

Rico zog an ihm. Tief geduckt hasteten sie zu einer Toilette, während der Boden weiter unter den dick gepanzerten Beinen der Jung-Abartigen vibrierte.

»Was hast du gesehen?«, flüsterte sie.

Dohi schüttelte den Kopf. Dieser Albtraum wurde schlimmer und schlimmer. Die Sichtung der Nachkommen der Monster bedeutete, dass die Bestien etwas taten, das niemand mehr für möglich gehalten hatte: Sie vermehrten sich in großem Stil.

»Dohi«, flüsterte Rico.

»Jung-Abartige«, sagte er. »Das waren alles Jung-Abartige.«

Ricos Kinnlade klappte herunter. »Bist du sicher?«

Er nickte. »Sollen wir die Funkstille brechen und Fitz Bescheid geben?«

»Wahrscheinlich weiß er es schon«, sagte Rico. Sie zog den Kaugummi von ihrem Helm, steckte ihn in den Mund und kaute, während die Fliesen unter ihnen bebten.

»Jetzt ist Mendez nicht mehr der Einzige, der gerettet werden muss«, murmelte sie. »Wir sind auch im Arsch.«

Präsidentin Ringgold änderte die Meinung über ihr Ziel, als sie an Bord der Marine 1 von Boston zum Greenbrier ging.

»Bringen Sie uns stattdessen nach Peaks Island«, befahl sie.

Stabschef Soprano warf ihr einen verwirrten Blick zu, war aber nach fast acht Jahren im Dienst so klug, nicht zu widersprechen. Die Agenten des Secret Service hingegen protestierten sehr wohl gegen die Planänderung und argumentierten, es wäre zu schwierig, den Bereich rechtzeitig zu sichern.

»Ich denke, das ist in Ordnung«, warf Beckham ein. »Wir haben Lieutenant Niven und die Iron Hogs vor Ort. Sie werden dafür sorgen, dass die Landezone gesichert ist.«

Der leitende Agent des Secret Service genehmigte den Plan, nachdem Ringgold zugestimmt hatte, ein zweites Team von Marines zu holen. Danach hob der VH-60N White Hawk zur Insel ab.

Nach den Ereignissen in New Boston wollte Ringgold ein paar freundliche Gesichter sehen und mehr über die Arbeit im Labor auf der Insel erfahren. Wenn jemand herausfinden konnte, was für seltsame biologische Phänomene sich in diesen Tunneln ereigneten, dann Kate Lovato.

Ringgold versuchte während des Flugs, sich zu entspannen, aber ihre Gedanken und ihr Herz waren bei den Männern und Frauen auf gefährlichen Missionen im ganzen Land. In sechs Großstädten waren Teams im Einsatz, um Informationen zu sammeln. Und falls sich die Geschichte wiederholte, würden viele nicht zurückkommen.

Ringgold betete für ihre sichere Rückkehr. All diese Männer und Frauen besaßen zwar die Fähigkeiten und Erfahrungen, um ihre Aufgaben zu erfüllen, dennoch konnte die Präsidentin die Sorge nicht abschütteln, sie könnte sie auf eine Selbstmordmission geschickt haben.

Wenige Minuten nach elf Uhr abends erhielten die Piloten die Entwarnung. Sie hatten vor der Küste von Peaks Island geschwebt, nun senkte sich Marine 1 vom Himmel.

Einige Minuten später landeten sie auf einem offenen Feld. Ringgold schaute hinaus und sah die Umrisse von Marines, die einen Schutzring gebildet hatten. Wahrscheinlich lagen weitere Soldaten im Gestrüpp und zwischen den Bäumen und hielten ihre Scharfschützengewehre bereit, um auf etwaige Bedrohungen zu schießen.

Beckham sprang als Erster hinaus und streckte ihr die Prothesenhand entgegen, um ihr beim Aussteigen zu helfen. Ringgold nahm die Hand und folgte ihm und dem Rest ihres Teams geduckt über die Wiese.

Mehrere Humvees erwarteten sie. Ringgold stieg mit Beckham und drei Agenten des Secret Service in einen davon. Der Konvoi bretterte über eine unbefestigte Straße zum Gesundheitszentrum, das zugleich als Bunker und Labor diente. Wenn sie sich recht erinnerte, hatten die Plünderer ihren Angriff darauf konzentriert.

»Haben die Einrichtungen überlebt?«, fragte Ringgold.

»Größtenteils«, erwiderte Beckham. »Alle Vorräte, die wir verloren haben, sind inzwischen ersetzt. Nur die Leben, die wir verloren haben, können wir nicht ersetzen. Jake Temper ist beim Versuch gestorben, die Menschen hier zu schützen.«

»Das tut mir leid, Reed«, sagte Ringgold.

Sie hatte den ehemaligen New Yorker Polizisten und seinen Sohn Timothy einige Male getroffen. Beim Gedanken an all die Toten in der vergangenen Woche zog sich ihr Herz schmerzhaft zusammen. In der Vergangenheit hatte sich Kummer als gute Motivation erwiesen. Allerdings konnte ihr alterndes Herz nicht mehr viel davon ertragen, ohne den Dienst zu quittieren.

»Wir sind da«, verkündete der Fahrer. Er parkte das Fahrzeug vor dem Gesundheitszentrum. Eine Gruppe Marines schwärmte aus und bildete einen neuen Schutzring.

Als die Umgebung gesichert war, öffnete ein Agent des Secret Service Ringgolds Tür und führte sie zum Gebäude. Ein anderer Agent ging neben ihr und schwenkte den Blick konstant in alle Richtungen. Beckham schloss sich ihnen mit schnellen Schritten an.

Neben der Seitentür des Gebäudes stand ein großer Mann mit einem Maschinengewehr auf der Schulter und einer Zigarette im Mund.

»Deine erste politische Kundgebung ist wohl nicht so gut gelaufen, was, Boss?«, sagte er zu Beckham.

»Hätte schlimmer sein können«, antwortete Beckham.

Der Mann tippte in Ringgolds Richtung an seine Baseballmütze. »Madam President, ich freu mich sehr, Sie heute Abend zu sehen.«

Erst da erkannte sie das Gesicht von Master Sergeant Parker Horn.

»Freut mich auch, Sie zu sehen, Master Sergeant«, gab sie mit einem matten Lächeln zurück, als sie an ihm vorbeigingen.

Horn klopfte Beckham auf die Schulter, blieb aber draußen, rauchte seine Zigarette weiter und hielt in der umliegenden Dunkelheit Ausschau nach Bedrohungen.

Die beiden Agenten setzten den Weg ins Gebäude fort und führten Ringgold und Beckham in einen hell beleuchteten Flur. Diese Etage diente als Befehlsstand für Team Iron Hogs von den Army Rangers. Im Gang standen ordentlich gestapelte Kisten und Kartons.

Ringgold passierte einen Raum, den man in eine Einsatzzentrale verwandelt hatte.

Sie bewegte sich einige Schritte zurück und blieb an der Tür stehen. Das ehemalige Büro war vollgestopft mit Funk- und Überwachungsausrüstung. Der blaustichige Schimmer von Bildschirmen fiel auf die Gesichter der davor sitzenden Soldaten. Sie gingen so konzentriert ihrer Arbeit nach, dass es einen Herzschlag dauerte, bis einer der Offiziere sie bemerkte, aufsprang und stramme Haltung einnahm. Die anderen folgten seinem Beispiel und standen steif wie Bretter da.

»Alle rühren«, sagte Ringgold. »Ich möchte Ihnen danken. Ich weiß aufrichtig zu schätzen, dass Sie heute Nacht Überstunden machen, um für die Sicherheit der Insel zu sorgen.«

»Danke, Madam President«, antwortete ein weiblicher Sergeant.

»Wie sieht's aus, Ruckley?«, fragte Beckham die Frau.

»Die Insel ist abgeriegelt, Captain«, gab sie zurück. »Niemand kommt an unserer Verteidigung vorbei.«

Ringgold war an die müden Blicke von Kämpfern gewöhnt, aber in einigen entdeckte sie in dieser Nacht unverkennbar einen gewissen Groll. Woraus sie den Leuten keinen Vorwurf machen konnte. Was sich überall im Land abspielte, erinnerte zu sehr an die letzten, albtraumhaften Phasen des großen Krieges gegen die Ausrottung.

Fast ebenso erschreckend fand sie, dass die Hälfte der Rangers in diesem Raum Anfang 20 sein musste. Was bedeutete, dass sie während jenes ersten Krieges noch kaum Teenager gewesen waren.

Der erste Krieg, dachte sie.

Ringgold wich aus dem Raum zurück. Soprano und einer der Agenten betraten das Büro, aber sie folgte Beckham und dem Rest des Sicherheitspersonals die Treppe hinunter zum Labor.

Bis New Boston war ihr die Möglichkeit eines weiteren Krieges nicht in den Sinn gekommen.

Diese neue Realität in Betracht ziehen zu müssen, versetzte ihr einen Stich ins Herz.

Sie musste herausfinden, was vor sich ging, und es aufhalten, bevor es zu spät wäre.

»Hier entlang, Madam President«, sagte Beckham. Er deutete durch eine offene Stahltür in den Bunker und einen Wohnbereich. Sie durchquerten den Raum und betraten einen Gang. An dessen Ende boten Glaswände einen ungehinderten Blick auf ein voll ausgestattetes Labor.

Kate arbeitete mit Carr und den Technikern hinter dem Schutzglas. Ringgolds Blick heftete sich sofort auf ein Aquarium, gefüllt mit etwas, das an einen lebendigen Fleischklumpen in einem rosa Flüssigkeitsbad erinnerte.

Das rote, sich windende Gewebe sah aus wie das Herz eines Monsters.

»Was in Gottes Namen ist das?«, wollte sie wissen.

»Gute Frage«, sagte Beckham. »Kate hat versucht, es mir zu erklären, aber ich glaube, ich versteh's immer noch nicht ganz.«

Er drückte einen Knopf an der Gegensprechanlage zum Labor.

Bei dem summenden Laut drehten sich alle drinnen zur Glaswand um. Kate lächelte hinter ihrem Visier und hob einen Finger, um anzuzeigen, dass sie kurz warten sollten.

Ringgold beobachtete weiter das Geschehen im Labor. Die Techniker arbeiteten an allen möglichen Geräten und gingen völlig in ihren jeweiligen Aufgaben auf. Die Mikroskope erkannte sie. Weniger vertraut war sie mit den Vorrichtungen, aus denen Schläuche ragten, oder mit den großen Gestellen voll blinkender Lichter, die zu summen schienen.

An einer Transportliege in einer Ecke des Labors schnitt eine Frau in die freigelegte Muskelmasse der abgetrennten Gliedmaßen eines Alphas. Die Technikerin entnahm daraus eine Gewebeprobe und deponierte sie in einem Glasgefäß.

Schritte hallten durch den Gang des Bunkers. Als sich Ringgold umdrehte, erblickte sie Soprano, der sich mit forschem Tempo näherte.

»Madam President«, stieß er atemlos hervor. »Ich habe Neuigkeiten über den Überläufer, den wir bei der Kundgebung gefangen genommen haben.«

»Was für Neuigkeiten?«

»Er hat uns den potenziellen Aufenthaltsort anderer Überläufer verraten.«

»Wo?« Beckham drehte sich dem Gespräch zu.

»Die Luray-Höhlen in Virginia«, sagte Soprano. »Beim SOCOM wird bereits ein Einsatzteam zusammengestellt, um der Sache auf den Grund zu gehen.«

Beckham sah Ringgold an. »Ich will in dieses Team. Der Drecksack hat mich namentlich angesprochen. Wenn das was Persönliches ist, muss ich dabei sein, um es zu beenden.«

»Das ist zu gefährlich«, entgegnete Ringgold. »Und es könnte eine Falle sein. Diese Höhlen könnten vor Abartigen oder wer weiß was strotzen.«

Beckham straffte die Schultern und atmete tief durch.

»Madam President, Sie haben mich gebeten, für den Senat zu kandidieren, um mein Land zu schützen«, sagte er. »Das kann ich nicht, ohne zu wissen, wer diese Überläufer sind.«

»Das können andere Soldaten übernehmen, Reed. Sie haben bereits mehr als genug von sich geopfert«, sagte Ringgold.

»Bitte, ich verspreche, dass ich nicht aktiv ins Kampfgeschehen eingreife. Ich will nur zur Unterstützung dabei sein. Und ich nehme Big Horn mit.«

Ringgold hatte noch nie erlebt, dass Beckham so beharrlich auf etwas bestand.

Was nur ihr Gefühl verstärkte, dass es sich um eine schlechte Idee handelte. Andererseits vertraute sie ihm.

Wenn es um militärische Angelegenheiten ging, wusste er, was er tat.

»Na schön«, willigte sie ein.

Am Ende des Flurs ertönten weitere widerhallende Schritte und lenkten ihre Aufmerksamkeit auf ein wahrscheinlich weiteres Problem. Zwei andere Rangers stießen zu ihnen, darunter Sergeant Ruckley.

»Madam President, wir haben Vizepräsident Lemke für Sie in der Leitung«, sagte sie und streckte ein Satellitentelefon vor.

Müde nahm Ringgold es entgegen. Ein weiterer Anruf so kurz nach dem ersten konnte unmöglich bedeuten, dass der Vizepräsident bloß plaudern wollte.

»Reden Sie mit mir, Dan«, sagte sie.

»Ich habe weitere schlechte Nachrichten. Die Fischer Fields werden gerade angegriffen.«

Ringgold schaute zurück zum Labor, während sie die Neuigkeit verarbeitete. Sie hatte auf die Unterstützung des Tycoons gehofft, die sie nun wohl abschreiben musste.

»Was ist mit der Verstärkung, die wir hingeschickt haben?«, fragte Ringgold.

»Ich bin mir nicht sicher, ob sie ausreicht«, antwortete Lemke. »Klingt ziemlich übel.«

»Halten Sie mich auf dem Laufenden.«

»Ja, Madam President.«

Ringgold schüttelte den Kopf und gab Sergeant Ruckley das Telefon zurück.

Sie musste aufhalten, was da draußen vor sich ging, bevor es sich überall in den Alliierten Staaten ausbreitete und sie alles verloren, was sie in den letzten acht Jahren wiederaufzubauen versucht hatte.

19

Die Sonne versank am Horizont und verschwand hinter den wuchernden Bäumen entlang des Mississippi. Fitz schaute aus dem Fenster der Walter Library auf dem Campus der University of Minnesota und beobachtete die draußen jagenden Rudel der Abartigen.

Vor Stunden waren die Kreaturen über die Straßen ausgeschwärmt und hatten Team Alpha gezwungen, sich Deckung zu suchen. Er richtete Wachschichten ein, damit alle etwas Schlaf bekamen, während sie warteten. Fitz selbst jedoch fand keine Ruhe. Wie es aussah, ging es seinen Männern kaum besser.

Ace lehnte an der Wand neben dem Fenster und hatte sichtlich Mühe, die Augen offen zu halten, während er Ausschau nach möglichen Bedrohungen hielt. Lincoln lag in der Nähe auf dem Boden, den Kopf auf die verschränkten Hände gebettet.

Fitz war alles andere als erfreut darüber, sich in diesem von Schimmel verseuchten Gebäude voller verrottender Bücher zu verstecken. Sie mussten hier weg und herausfinden, wo sich die Masse der Abartigen und etwaige Gefangene aufhielten. Aber die umherziehenden Rudel verhinderten, dass sie ihren Unterschlupf verlassen konnten.

Hinzu kam, dass Fitz auf Nadeln saß, weil er nicht wusste, wie es Team Bravo erging. Er hatte keine Ahnung, ob Rico und Dohi schon mit Mendez zusammen waren – oder ob sie überhaupt noch lebten.

Das war der schwierigste Teil daran, mit Rico liiert zu sein: nicht zu wissen, wie es ihr ging oder ob sie verletzt war. Manchmal gelang es ihm, die Sorgen zu verdrängen, indem er sich beschäftigte. Aber wenn er als einzigen Begleiter im Kopf Langeweile hatte, konnte er nicht anders als sich all die schrecklichen Dinge auszumalen, die ihr widerfahren konnten.

In jeder verstreichenden Sekunde spielte er mit dem Gedanken, die Funkstille zu brechen. Aber er entschied, darauf zu vertrauen, dass Rico es in einem Notfall ihrerseits tun würde.

Als er wieder aus dem Fenster spähte, rückte gerade das letzte Rudel aus der Gegend ab. Ace nickte an seinem Platz an einem anderen Fenster.

Zeit, sich in Bewegung zu setzen.

Fitz stieß Lincoln mit dem Stiefel. Sie sammelten ihre Ausrüstung ein und traten den Weg zum Eingang des Computerraums an. Ace führte sie in den Hauptkorridor der Bibliothek, vorbei an umgestürzten Regalen, aus denen sich feuchte, schimmlige Bücher ergossen hatten. Von der Decke tropfendes Wasser platschte auf den Boden.

Von irgendwo vor ihnen kam ihnen das Kratzen und Knurren von Abartigen entgegen. Der Gestank von verfaultem Obst überlagerte den Modergeruch der schimmligen Bücher.

Ein Schauder durchlief Fitz, und er hob eine Faust.

Plötzlich überkam ihn das Gefühl, dass er einen entscheidenden Beurteilungsfehler begangen hatte und sie von dem Abartigenrudel eingekesselt worden waren. Schatten erstreckten sich über den Boden der Bibliothek, als mehrere Bestien schnüffelnd in den Raum vorrückten.

Lincoln und Ace gingen neben Fitz hinter einem stehenden Bücherregal in Deckung. Er beobachtete durch eine Lücke zwischen den Büchern, wie drei der dünnsten Abartigen, die er je gesehen hatte, auf der Suche nach etwas zu fressen zwischen den Regalen umherstreiften.

Noch hatten sie das Team nicht gewittert.

Fitz bedeutete Lincoln und Ace, nicht zu schießen.

Eine der Kreaturen hob ein Buch auf, warf es beiseite und traf damit eine andere Bestie. Die schnappte zurück und knurrte. Ein Auge schien aus der tief liegenden Höhle zu quellen.

Das dritte Ungetüm hatte angehalten und kaute an einem Arm, der von offenen Wunden übersät war, die Blut und Eiter absonderten. Alle Kreaturen wiesen etliche Biss- und Kratzspuren auf.

Die fressen sich gegenseitig, dachte Fitz.

Als er das Gewicht verlagerte, um mehr zu erkennen, verursachte seine rechte Beinprothese ein leichtes Knarren.

Der mampfende Abartige schaute auf. Die Sauglippen zogen sich zu einem Knurren zurück, Speichel glänzte an Reihen nadelspitzer Zähne.

Fitz wartete einen Herzschlag lang und hoffte, das Monster würde das Geräusch vergessen und sich abwenden. Aber so viel Glück hatte er nicht.

Der knurrende Abartige bewegte sich schleichend auf das Team zu. Fitz suchte nach einem schnellen Fluchtweg, aber die Bestien umzingelten sie. Es gab keinen.

Keinen Ausweg aus diesem Schlamassel, außer …

Fitz gab Lincoln ein Zeichen.

»Scheiß drauf«, brummte Lincoln. Er trat aus dem Versteck hervor und feuerte eine Salve ab. Projektile schlugen in die Brust der Kreatur ein, schleuderten sie herum und zurück. Sie ging als Gewirr von Gliedmaßen zu Boden.

Die beiden anderen sprangen über ihren toten Gefährten hinweg und stießen jeweils einen zornigen Schrei aus. Lincoln beendete ihren kurzlebigen Sturmangriff mit zwei weiteren Salven.

Alle drei Bestien bluteten in die Lache aus Regenwasser und die nassen Seiten von Romanen, die nie wieder jemand lesen würde.

Aber der Schaden war bereits angerichtet.

Die schallgedämpften Schüsse und die gellenden Schreie hatten die Aufmerksamkeit eines anderen Rudels erregt. Fitz brauchte seinem Team nicht zu sagen, dass Flucht auf dem Programm stand. Ein Kampf in diesen beengten Verhältnissen käme Selbstmord gleich. Wenn sie sich zur Wehr setzen wollten, brauchten sie eine bessere Ausgangsposition.

Oder wir könnten uns verstecken, dachte Fitz.

Zwei Abartige stürmten vor Ace durch eine Türöffnung.

Also Kampf.

Der ältere Veteran blies ihnen mit perfekt gezielten Schrotflintenschüssen die Köpfe weg. Weitere schrille Schreie drangen aus dem Gang hinter ihnen. Lincoln sorgte für anhaltendes Deckungsfeuer.

Aus dem Gang ertönte ein metallisches Krachen. Fitz folgte Lincoln und Ace hinaus und sah, wie drei weitere Abartige durch eine Türöffnung gesprungen kamen.

Fenster zerbrachen im hinteren Teil der Bibliothek, als weitere Kreaturen hinter ihrer Position auftauchten.

Team Alpha war bereits umzingelt.

Ace kümmerte sich um die Abartigen vor ihnen, während sich Lincoln mit Fitz auf die hinten konzentrierte. Einige gelangten nahe genug heran, um ungezielte Prankenhiebe anzubringen. Kugeln bohrten sich in das verseuchte Fleisch der Monster und fällten sie mühelos.

Als alle niedergestreckt waren, erfüllte ein weiterer Chor von schrillen Schreien die Gänge.

»Magazinwechsel«, kündigte Fitz an.

Lincoln rammte ein neues Magazin in seine Waffe, Ace lud sein Gewehr nach.

Als Fitz sein Gewehr lud, bemerkte er durchbrochene Deckenplatten und das rote Gespinst, das sie in den Tunneln gesehen hatten. Er gab Lincoln und Ace das Zeichen, den Weg eine Treppe hinunter fortzusetzen.

Die Gruppe steuerte auf das Untergeschoss der Bibliothek zu, wo von Menschen angelegte Tunnel zu anderen Gebäuden auf dem Campus führen würden. Sie hatten nichts mit den Abartigen zu tun, waren lange vor ihnen für Studenten gebaut worden, damit sie in den frostigen Wintern von Minnesota in warmer Umgebung von einem Gebäude zum anderen konnten.

Das rote Gespinst bedeckte unten die Wände, und der Aasgeruch verstärkte sich. Die Abartigen hatten sich hier eingenistet.

Fitz lief in einen von Erde bedeckten Gang und schaute über die Schulter zur Treppe. Sie mussten die Leuchten an ihren Waffen einschalten, um die erdrückende Dunkelheit zu durchdringen. Das Gebrüll der Abartigen dröhnte aus den oberen Stockwerken der Bibliothek. Er wirbelte herum und suchte das Untergeschoss ab.

Knurrende, grunzende Laute kamen von der anderen Seite des dunklen Raums. Die Geräusche klangen, als triebe sich in dem Bereich etwas anderes als herkömmliche Abartige herum. Er hörte die bekannten, hohen Stakkato-Töne und das durchdringende Klicken der Alphas heraus.

Plötzlich fragte er sich, ob der von ihnen verursachte Lärm die Rudel angelockt hatte und diese Kreatur sie wie ein verrückter Dirigent befehligte.

Wenn dem so wäre, würden sie dem ständigen Ansturm der Angriffe nicht entkommen können, bis der Alpha tot wäre. Sie mussten ihn ausschalten.

Fitz deutete auf den von Menschenhand geschaffenen Tunnel, der vom Untergeschoss der Bibliothek zu den benachbarten Universitätsgebäuden führte. Das Gespinst wucherte hier dicht. Ein Teil davon erstreckte sich über den Durchgang.

Andere, von Abartigen angelegte Tunnel zweigten vom Hauptgang ab. Mehr von dem eigenartigen Geflecht beschichtete die Wände aus Erdreich und Fels wie Spinnweben. Das Klicken von Gelenken ertönte widerhallend und verhinderte, dass Fitz den Standort der anderen Rudel abschätzen konnte. Etwas jedoch wusste er: Sie hatten es auf Team Alpha abgesehen.

Die Spezialisten für Sondereinsätze drangen tiefer in einen anderen Gang vor, wo Fitz schließlich Bewegung wahrnahm. Eine massige Gestalt stapfte den dunklen Korridor entlang davon.

»Das ist der Alpha«, flüsterte Fitz seinen Teamkameraden zu.

Lincoln zielte mit dem Gewehr, aber das Monster bog um eine Ecke.

Plötzlich stürmte eine Flutwelle kleinerer Abartiger heran, um die Flucht ihres Anführers zu decken.

Lincoln sank auf ein Knie, Ace presste sich an die Wand.

Fitz trat zwischen sie, um in den beengten Verhältnissen freies Schussfeld zu haben. Die sehnigen Monster brachen unter dem Kugelhagel zusammen und verstopften den Tunnel mit Kadavern.

»Spart Munition!«, rief Fitz. Er hatte bereits mehrere Magazine verbraucht und nur noch vier übrig, dazu seine Pistole. Und sie hatten nach wie vor nicht die Informationen gesammelt, die sie an das Oberkommando weiterleiten sollten.

Sie mussten hier weg.

Er drehte sich um und erblickte weitere Schatten, die sich in den Gang bewegten.

Ein mulmiges Gefühl breitete sich in ihm aus.

Beim Versuch zu entkommen hatte er sie hier unten in einem von Abartigen verseuchten Tunnelnetzwerk in die Falle geführt.

Scheiße, Scheiße … Bleib konzentriert, bleib ruhig. Gib einfach alles, was du hast, Fitz.

Als der Alpha entkam, schien er Team Ghost weitere Abartige auf den Hals zu hetzen. Plötzlich sprang eine der Kreaturen aus einem abzweigenden Tunnel und rammte Lincoln. Er ging zu Boden und schob die Bestie von sich, die ihre wulstigen Lippen zurückzog. Speichel tropfte von den Zähnen auf Lincolns Gesicht.

Fitz packte den Schädel und riss ihn mit einem brutalen Ruck herum. Die für Lincolns Gesicht bestimmten Krallen kratzten über den Boden und zerrissen die pulsierenden Gewebebahnen.

»Danke«, sagte Lincoln, als er sich mit Fitz' Hilfe aufrappelte.

Als sie sich zum Schießen umdrehten, fegten Schrotladungen in weitere anrückende Abartige.

Kaum hatten sie diese Horde erledigt, stürmte eine weitere Kreatur aus der Dunkelheit hervor. Lincoln mähte sie mit einer Salve um, die sie über den von Gespinst überzogenen Boden schlittern ließ.

Fitz winkte die anderen in einen abzweigenden Tunnel. Er wollte versuchen, einen Weg nach draußen zu finden, bevor der Alpha eine weitere Angriffswelle schicken konnte.

Sie mussten irgendwie aus diesem Muster ausbrechen. Sein Verstand brauchte ein paar Minuten, bis er an den Außenposten Turkey River zurückdachte. Das brachte ihn auf eine Idee.

Dort hatte das R2TD-System den Alpha angelockt, der damals interessierter daran gewesen war, das Gerät zu zerstören, als die Menschen in seiner Umgebung zu töten.

Soweit Fitz wusste, benutzte die Bestie Echolotung, um durch ihre Umgebung zu navigieren. Diese riesigen, fledermausähnlichen Ohren reagierten extrem empfindlich auf Schall. Und die Pings des R2TD-Geräts mussten in einem Frequenzbereich liegen, in dem das Monster sie aufschnappte.

Aus den angrenzenden Tunneln vor ihnen stürmten weitere Abartige, und Fitz hielt an, um sie niederzustrecken. Während er schoss, brüllte er: »Setz das R2TD-System ein.«

»Was?«, rief Ace zurück.

»Schalt es ein!«, schrie Fitz. »Lincoln und ich geben dir Feuerschutz.«

»Bist du verdammt noch mal verrückt?«

»Wenn du hier rauswillst, dann tu's!«

Ace nahm das Gerät ab und schaltete es ein. Während sie auf das nächste Rudel der Monster warteten, ging von dem Gerät ein leises Summen aus.

Statt der hohen, grunzenden Laute dröhnte Gebrüll aus einem der nahen Tunnel. Schritte hallten wider, als die Kreatur von dem Gerät angezogen wurde wie ein Insekt vom Licht.

»Woher kommt das?«, fragte Lincoln.

Fitz drehte sich um und sah, wie eine riesige Gestalt den breiten Korridor füllte.

»Hinter uns«, sagte er.

Der Alpha rannte geduckt. Die fledermausähnlichen Ohren standen zu beiden Seiten des Kopfs ab. Die muskulösen Arme schwangen auf und ab, die aus der Wirbelsäule ragenden Gewebefortsätze streckten sich der Oberfläche des Gespinsts an allen Seiten des Tunnels entgegen.

Die drei Männer eröffneten das Feuer auf ihn. Die Projektile rissen Brocken aus dem Leib und verlangsamten das anstürmende Monster. Es stolperte unter dem Bleihagel und stieß eine Reihe gequälter Schreie aus.

Nach ein paar weiteren Schritten brach es auf dem Boden zusammen. Mit den Klauen zog es den verheerten Körper weiter auf sie zu.

Fitz richtete das Fadenkreuz auf den knolligen Schädel der Kreatur aus. Ein gezielter Schuss sprengte Knochen und Fleisch aus dem blinden Gesicht.

Kurz dachte Fitz, sie hätten sich eine Verschnaufpause verschafft. Aber es dröhnten bereits neue Geräusche durch die Tunnel.

Weitere Alphas.

Wieder wurde ein Rinnsal von Adrenalin in seinem Kreislauf freigesetzt. Fitz bedeutete Ace, das

R2TD-System hinzulegen. Das Gerät würde alle Alphas in der Nähe anlocken. Eigentlich hatte er nur vorgehabt, dieses eine Monster zu eliminieren, aber wenn sie mehr davon erledigen könnten, wollte er sich die Gelegenheit nicht entgehen lassen.

Offen blieb, wie viele sie noch ausschalten mussten und ob sie dafür genug Munition hatten.

Eine weitere Bestie stapfte mit den Händen über den Ohren in den Tunnel. Sie stieß ein gequältes Geheul aus, auf das Ace' Schrotflinte mit einem dröhnenden Knall antwortete.

Die Ausgeburt der Hölle ging nicht weit von der ersten zu Boden.

Ein weiterer Alpha schloss sich dem Kampf an, dann ein dritter und ein vierter.

Heilige Scheiße, ging Fitz durch den Kopf. Er hatte nicht damit gerechnet, dass so viele der Ungetüme durch diese Tunnel unter Minneapolis streifen würden. Das bewies, dass dieser Ort wichtig sein musste, zweifellos ein Epizentrum der Abartigenaktivitäten.

Als Fitz den Befehl erteilte, das R2TD auszuschalten, verstopften sieben Kadaver die Tunnel. Das Klicken von Gelenken und die kreischenden Laute anderer Abartiger schienen sich zurückzuziehen.

»Nichts wie weg hier«, flüsterte Lincoln.

Ace hob das ausgeschaltete R2TD auf, und Fitz wischte sich mit dem Handrücken Blutflecken aus dem Gesicht. Er übernahm die Spitze und führte das Team zurück zum Haupttunnelsystem.

Andere Tunnel kreuzten die Seiten des Hauptgangs. In mehreren davon entdeckte Fitz die ausgetrockneten Überreste von Tieren. Alles Mögliche von groß bis klein hing darin, ereilt vom selben Schicksal wie die Rehe, die sie in Duluth gesehen hatten.

In einigen Fällen sichtete Fitz sogar tote Abartige in dem roten Gespinst.

Was auch immer dieses Zeug sein mochte, hier pulsierte es noch heftiger.

Fitz konnte die Elektrizität, die davon ausging, praktisch auf der Haut fühlen. Je tiefer sie in das Haupttunnelsystem vordrangen, desto schneller schlug sein Herz, als wüsste sein Körper vor seinem Bewusstsein, worauf er sich zubewegte.

Nach dem Einsatz des R2TD als Lockmittel war er überzeugt davon, dass sie alle Alphas in einem großräumigen Gebiet um ihren Standort ausgeschaltet hatten.

Wenn er sich recht erinnerte, näherten sie sich dem Northrop Performing Arts Center. Die Luft wurde feuchter, je weiter sie vorrückten.

Der Marsch durch die Tunnel fühlte sich wie ein Gang durch die Blutgefäße einer riesigen Bestie an. Fitz erkannte, dass er damit gar nicht so weit von der Wahrheit entfernt war.

In gewisser Weise stellten die Tunnel einen Teil eines atmenden Monsters dar, und die Sondereinsatzspezialisten der Delta Force glichen Parasiten. Über diese Wucherungen aus lebendem Gewebe schienen sich die Kreaturen zu organisieren und eine Art Netzwerk für eine kollektive Intelligenz zu erschaffen.

Er wusste nicht genau, wie es funktionierte, aber nach den heftigen Verteidigungsbemühungen der Abartigen, auf die sie gestoßen waren, beschlich ihn das Gefühl, dass sie kurz davorstanden, das Geheimnis zu lüften.

Fitz ballte die Hand zur Faust, um die Truppe anhalten zu lassen, als in der Ferne ein tiefes Gebrüll ertönte. Die donnernde Stimme vibrierte durch seine Knochen und versetzte sein Mark in Schwingungen.

Lincoln und Ace hielten sich die Hände an die Helme und taumelten, bis das Geräusch verstummte.

Fitz hob das Gewehr und versuchte, die Sternchen wegzublinzeln, die vor seiner Sicht tänzelten.

»W-was war das?«, stammelte er.

Ace schüttelte den behelmten Kopf. »Keine Ahnung, und ich will's auch nicht herausfinden.«

Lincoln zuckte mit den Schultern und brachte das Gewehr in Anschlag. »Wenn uns hier unten noch was allemachen will, bring ich die Scheiße lieber hinter mich.«

Kate rollte sich im Bett herum, streckte instinktiv die Hand nach Beckham aus und ertastete nur Laken. Jäh setzte sie sich auf, dann fiel ihr ein, dass er kurz nach Mitternacht zur USS *George Johnson* aufgebrochen war.

»Ich werd die Mission nur überwachen und erst reingehen, wenn das Team bestätigt hat, dass es sicher ist«, hatte er versprochen.

Horn hatte ihn begleitet und ihre Sicherheit und die der Kinder Sergeant Ruckley und ihren Army Rangers sowie den Marines anvertraut.

Kate stand auf und ging zum Fenster, atmete tief die frische Morgenluft ein, die in ihre vorübergehende Unterkunft strömte.

Nach einem ausgiebigen Gähnen begab sie sich zu ihrem Kleidersack. Sie hatte zwar geschlafen, allerdings nicht gut, weil Beckham weg war.

Seit dem Ende des großen Krieges gegen die Ausrottung hatte sie sich daran gewöhnt, ihn jeden Tag zu sehen und nachts die Wärme seines Körpers zu spüren.

In den letzten Wochen hingegen hatte sie ihn kaum zu Gesicht bekommen, und sie fürchtete, daran würde sich in nächster Zeit nichts ändern. Vor allem angesichts der neuen wissenschaftlichen Studien, die sie in Angriff nahm, und seiner Entscheidung, eine Rolle in der Regierung zu übernehmen.

Offenbar war ihr ruhiger Lebensstil auf der Insel zu Ende.

»Ma«, sagte Javier und rieb sich an der Tür die Augen. »Musst du wieder arbeiten?«

»Ja, Schatz, tut mir leid.«

Javier runzelte die Stirn. »Wann kommt Dad zurück?«

»Bald.«

»Ich will nach Hause.« Javier seufzte. »Mir gefällt's hier nicht.«

»Verbringst du nicht gern Zeit mit den anderen Kindern?«

»Irgendwie schon, aber Timothy scheint echt wütend zu sein, und Bo auch.«

»Ich könnte mir vorstellen, dass es für Timothy noch eine Weile sehr schwer sein wird. Versuch einfach weiter, für ihn da zu sein, okay?«

Javier nickte. »Er spielt gern mit Ginger und Spark.«

»Gut. Dann solltet ihr heute mit ihnen in den Park gehen und spielen.«

»Okay«, erwiderte Javier. Seine Stimmung schien sich zu bessern. »Wenn Tasha und Jenny damit einverstanden sind. Vielleicht wollen sie mit mir Soldat spielen.«

Kate zuckte beinahe zusammen.

»Warum spielt ihr nicht stattdessen Wissenschaftler?«, fragte Kate. »Weißt du, manch einer ist als Wissenschaftler recht glücklich.«

Javier schob die Hände in die Hosentaschen. »Wenn ich nicht Soldat werde, dann werde ich Wissenschaftler«, räumte er ein. »Ich will den Menschen einfach nur helfen, wenn ich älter bin.«

Darüber lächelte Kate.

»Du kannst damit beginnen, Timothy zu helfen, indem du in dieser für ihn so schweren Zeit für ihn da bist.«

»Ich weiß, und das mach ich.«

Damit kehrte Javier in sein Zimmer zurück, um sich für den Tag vorzubereiten.

Als Kate angezogen war, setzte sie eine Kanne Kaffee auf. Während sie darauf wartete, beobachtete sie Javier beim Frühstücken und fragte sich, wie seine Zukunft aussehen könnte. Ihr Bauchgefühl besagte, dass sowohl Wissenschaftler als auch Soldaten in den nächsten Tagen darüber entscheiden würden.

Ein Soldat erwartete sie vor ihrer Tür.

»Guten Morgen, Doc«, grüßte Michael. Der fitte junge Soldat hob die Hand und machte mit Javier die Gettofaust.

»Hey, Mikey«, sagte Javier.

»Was geht, Champ?«

»Nicht viel. Bloß wieder ein langweiliger Tag, der vor uns liegt.«

»Das kenn ich.« Michael sah Kate an. »Nichts für ungut, Doc.«

Mit einem Lächeln ging Kate zu Donnas Zimmer und klopfte an. Dann drehte sie sich um, gab Javier einen Schmatz und umarmte ihn.

»Hab einen schönen Tag, Schatz.«

Donna trat aus ihrem Zimmer und richtete ein Lächeln auf Kate. »Keine Sorge«, sagte sie. »Ich werd gut auf ihn aufpassen.«

»Weiß ich. Danke, Donna«, antwortete Kate.

Michael ging die Treppe hinunter voraus. Unten in der Lobby des Hotels wartete eine vollständige Eskorte. Seit den Angriffen auf Peaks Island und Portland waren die Sicherheitsvorkehrungen verschärft worden. Da Ringgold sowohl Carr als auch Kate als VIPs eingestuft hatte, konnten sie kaum zur Toilette gehen, ohne sich davor bei jemandem abzumelden.

Ein Humvee brachte sie zu den Piers, ein Privatboot nach Peaks Island zu ihrem Labor. Carr arbeitete bereits, hatte die Augen an einem Mikroskop im Zellkulturraum.

Kate zog einen weißen Schutzanzug an und setzte eine Maske und eine Schutzbrille auf, bevor sie das Labor betrat. Der vertraute Chor piepender und summender Laborgeräte nahm sie in Empfang.

Labortechniker gingen ein und aus. Das Team, mit dem Carr eingetroffen war, genügte, um den Betrieb rund um die Uhr aufrechtzuerhalten. Das steigerte einerseits die Produktivität und ermöglichte Kate andererseits die so dringend benötigte Nachtruhe, ohne dass sie sich deswegen schuldig fühlen musste.

Einer der Techniker reichte Kate eine Zusammenfassung der Experimente, die während der Nacht durchgeführt worden waren.

»Irgendwas besonders Interessantes, das ich mir ansehen sollte?«, fragte Kate, als sie begann, den Bericht zu überfliegen.

»Der Test der Zellen auf Krebsmarker ist positiv ausgefallen«, antwortete der Techniker.

»Ah. Das erklärt das ungehemmte Wachstum der Zellen und warum die Gefäße, die das Gewebe versorgen, so lückenhaft sind.«

Der Techniker nickte und ging davon.

Kate nahm den Bericht mit zu Carr und versuchte unterwegs, die Auswirkungen dieser neuen Erkenntnis zu verarbeiten. Bei Tumoren wuchsen Blutgefäße oft zu schnell, um sich richtig zu bilden. Durch Blutgefäße in einem Tumor floss Blut nicht normal wie durch einen Gartenschlauch, sondern eher wie durch Sprinklerschläuche mit winzigen Löchern zur Bewässerung von Rasenflächen.

Aber das half ihr nicht zu verstehen, warum sie die Gewebemassen in ihren Bioreaktoren und Zellkulturschalen nicht dazu bringen konnten, die gleichen organisierten Netzstrukturen zu bilden, die Team Ghost in den Tunneln gesehen hatte.

»Guten Morgen, Dr. Lovato«, grüßte Carr, als sie sich am Mikroskop neben ihn stellte. »Ich nehme an, Sie haben sich die neuesten Daten angesehen.«

»Habe ich, und sie sagen mir, dass wir noch einen weiten Weg vor uns haben.«

»So ist es.« Seufzend drehte er sich um und sah sie an. »Ich habe versucht, schlau aus den phänotypischen Daten im Vergleich zu diesem abscheulichen Wucherungsverhalten des Gewebes zu werden, aber es passt einfach nichts zusammen.«

»Was haben Sie ausprobiert, während ich weg war?«

Carr zog die Zellkulturschale heraus, die er auf dem Mikroskoptisch untersucht hatte. »Ich inkubiere

Gewebeproben vom autopsierten Alpha mit den Gespinstproben.«

»Darf ich mir das mal ansehen?«

»Nur zu.«

Carr setzte die Zellkulturschale wieder ein, und Kate senkte das Gesicht an die Okulare. Die Nerven- und Muskelzellen von dem Gespinst bildeten ein unorganisiertes Durcheinander. Sie erinnerten eindeutig an die krebsartige Masse, die sie laut dem Techniker waren.

Aber auf der anderen Seite der Schale, getrennt durch eine dünne, semipermeable Membran, wuchsen die aus dem autopsierten Alpha-Fortsatz isolierten Zellen. Sie wirkten ordentlich, organisiert, erstreckten sich in lang gezogenen Netzwerken wie die Nerven- und Muskelzellen, die Kate bei reifem, gesundem Gewebe erwartet hätte.

Die Zellen schienen genau das zu tun, was sie tun sollten. Als ob etwas ihr Wachstum lenkte. Kate kam der Gedanke, dass vielleicht genau das passierte. Wenn ja, hatte sie die Dinge bisher rückwärts aufgezäumt betrachtet.

»Lassen wir das Team GTPase-Aktivitätsprüfungen an diesen Proben durchführen«, sagte Kate. »Ich will herausfinden, wie hoch die Signalaktivität in beiden Zellpopulationen ist.«

»Ich weiß nicht, ob …«

»Wir haben Ihre Experimente mit dem Alpha-Fortsatz durchgeführt, und sie haben nicht funktioniert«, fiel Kate ihrem Kollegen ins Wort. Sie sah Carr an, der an ihrer Schulter stand. »Es ist an der Zeit, etwas anderes auszuprobieren.«

Carr erteilte den Technikern den Auftrag. Sie begannen die Durchführung der Tests im anderen Teil des Labors. Wenn die Ergebnisse ihren Instinkten recht gäben, würden sie ihr Verständnis der zellulären Interaktionen anpassen müssen, denn bisher hatten sie gedacht, sie würden das Verhalten des Gewebes bestimmen.

Es dauerte ein paar Stunden. Als die Experimente abgeschlossen waren, studierten Kate und Carr die Ergebnisse auf einem Computermonitor. Die Techniker hatten die Daten bereits analysiert und in Diagramme übertragen, die genau die Beziehung zeigten, mit der Kate gerechnet hatte.

»Meine Güte, das … ist nicht, was ich erwartet hätte«, gestand Carr.

»Erhöhte GTPase-Aktivität deutet auf ein erhöhtes Maß an Zellkommunikation hin. Besonders hoch ist die Konzentration in den Gespinstzellen«, stellte Kate fest.

»Das sehe ich. Merkwürdig finde ich, dass in den Fortsatzzellen viel weniger Kommunikation stattfindet.«

»Genau«, sagte Kate. »Ich vermute, die Zellkommunikation ist im Gespinst stärker, weil die Alpha-Fortsätze anders funktionieren, als wir denken. Die Fortsätze ähneln eher der Antenne eines alten Fernsehers als der Antenne eines Radiosenders.«

»Sie meinen, sie sind zum Empfang von Signalen gedacht statt zum Senden?«

»Ja. Die GTPase-Aktivität ist im Gespinst in Schalen mit Fortsatzzellen gleich hoch wie in Schalen ohne Fortsatzzellen«, fuhr Kate fort. »Betrachtet man eine Zellkultur, die nur Fortsatzzellen hat, liegt sehr wenig GTPase-Aktivität vor. Das bedeutet, die Alpha-Fortsatzzellen haben ohne Signale von den Gespinstzellen nichts zu tun.«

»Das stützt auf jeden Fall Ihre Hypothese.« Carr deutete auf einen der größeren Bioreaktoren mit den darin wuchernden Gewebemassen. »Es ist wohl an der Zeit, die Tests auf die nächste Stufe zu heben.«

Kate nickte und half dabei, einen der footballgroßen, durchsichtigen Behälter mit Gespinstgewebe zu einem Tisch in der Mitte des Zellkulturraums zu tragen. Carr richtete einen der Fortsätze des Alphas so ein wie beim letzten Mal, mit einem Regler, um das Gewebe unter Strom zu setzen. Diesmal jedoch brachte er die Elektrode so an, dass ein elektrisches Feld am Gespinstgewebe statt am Alpha-Fortsatz entstehen würde.

»Bereit?«, fragte er.

Sie nickte.

Er schaltete den Controller ein.

Kate hielt den Atem an, während sie bang abwartete, ob sie recht hatte.

Der unsichtbare elektrische Strom floss durch die Masse des Gespinstgewebes. Anders als bei den bisherigen Tests blubberte es nicht und schwoll nicht an. Stattdessen pulsierte es gleichmäßig wie ein Herzschlag. Am anderen Ende des Bioreaktors befand sich der durch eine Öffnung mit dem Gespinst verbundene Alpha-Fortsatz.

Der Fortsatz zog sich geschmeidig zusammen, zitterte nicht und zappelte nicht herum wie ein gestrandeter Fisch. Auch als Carr ihr Glück auf die Probe stellte und die Stromspannung erhöhte, blieb das Verhalten der Gewebe unverändert. Es schien kaum Unterschiede in der Reaktion der beiden Gewebearten zu geben.

»Es funktioniert«, stellte Carr fest. Langsam breitete sich ein Lächeln in seinem Gesicht aus. »Sie haben recht.

Was an Signalen durch das Gespinst übertragen wird, läuft durch den Alpha-Fortsatz. Und dieses Mal scheint nichts verrücktzuspielen.«

»So *sollen* sich die Gewebe verhalten.«

»Der Alpha nimmt also Signale vom Gespinst auf, aber das Gespinstgewebe hat seine Form überhaupt nicht verändert. Es ist immer noch ein Chaos, statt sich zu netzartigen Strängen zu organisieren.«

Kate runzelte die Stirn. »Genau das hatte ich befürchtet. Wir haben nur die Hälfte der Gleichung.«

»Es muss noch etwas anderes geben, das Befehle durch das Gespinst überträgt …« Carr wirkte eine Weile nachdenklich, bevor er Kate ansah. »Ich glaube, die Alphas sind nicht an der Spitze der Nahrungskette, Dr. Lovato.«

»Und ich glaube, damit haben Sie recht. Das alles erinnert mich an die Monster aus Europa, die sich in Käfer und reptilienähnliche Kreaturen verwandelt haben. Sie hatten ziemlich komplexe soziale Strukturen.«

Wenn es da draußen etwas gab, das die Alphas kontrollieren und sowohl Abartige als auch menschliche Überläufer koordinieren konnte, musste es intelligenter und furchterregender sein als alles, was ihnen bisher untergekommen war.

Ihr Magen krampfte sich zusammen.

Team Ghost befand sich in Feindgebiet. Womöglich würde das Team von Angesicht zu Angesicht mit diesem Monstrum konfrontiert werden. Und diesmal war das Einzige, was Kate tun konnte, davor zu warnen. Sofern es nicht schon zu spät dafür war.

»Kommen Sie«, sagte sie und wandte sich dem Ausgang zu. »Wir müssen das Oberkommando benachrichtigen.«

20

Zwei Teile eines Zugs von SEAL-Team 3 saßen im Besprechungsraum an Bord der USS *George Johnson* und lauschten aufmerksam, während General Souza und sein Verbindungsoffizier, Lieutenant Festa, die als Operation Renegade bezeichnete Mission erläuterten.

Beckham und Horn lehnten mit den Rücken am Schott und beobachteten das Geschehen aus dem hinteren Bereich des Raums.

Die acht SEALs saßen kerzengerade da, die Gesichter mit schwarzer Tarnfarbe bemalt. Man sah nur das Weiße in ihren Augen. Horn hingegen lümmelte in lascher Haltung und starrte ins Leere. Beckham stieß ihm den Ellbogen in die Seite und erzielte damit die gewünschte Wirkung.

Sein Freund richtete sich auf und verschränkte die Arme vor der Brust.

»Die Drohne, die wir über das Zielgebiet geschickt haben, zeigt keine kürzlichen Aktivitäten der Abartigen«, sagte General Souza.

Beckham hatte sich die Karten und Satellitenbilder bereits genau angesehen. Das neue Bild auf dem an der Wand montierten Monitor jedoch war wesentlich aktueller. Er betrachtete das schillernde Blätterdach der Bäume und den größtenteils leeren Parkplatz vor den Gebäuden der Luray-Höhlen.

»Bei Infrarotscans wurden weder Menschen noch Abartige erkannt«, fügte Souza hinzu. »Allerdings können solche Scans unzuverlässig sein. Erfahrungen aus der Vergangenheit beweisen, dass die Abartigen ihre Wärmesignatur verschleiern können. Und es gibt deutliche Hinweise auf menschliche Aktivitäten in letzter Zeit.«

Lieutenant Festa rief ein anderes Bild auf. Es zeigte zwei Straßen, die zu den Höhlen führten.

»Frische Spuren weisen auf Fahrzeugbewegungen sowohl auf dem Highway 340 als auch auf der Cave Hill Road hin«, sagte er.

»Wenn unsere Quelle die Wahrheit sagt, könnte das eine der wichtigsten Missionen werden, um die Verbindung zwischen den Überläufern und den Abartigen und die Angriffe auf die Außenposten zu verstehen«, ergänzte Souza.

Malcom Winters, der für das SEAL-Team verantwortliche Chief Petty Officer, räusperte sich. »Was ist mit anderen menschlichen Gruppen in der Region?«, wollte er wissen. »Irgendwelche Verbündete, von denen wir wissen sollten?«

»Das ist Abartigenterritorium. Jeder da draußen lebt unter dem Radar und sollte als feindlich angesehen werden, bis das Gegenteil feststeht«, antwortete Souza.

»Verstanden«, bestätigte der Chief.

»Sonst noch Fragen?«, erkundigte sich Souza.

Die SEALs schüttelten die Köpfe.

»Beckham, Horn?« Souza schaute nach hinten.

»Nein, Sir«, antwortete Horn.

»Im Augenblick nicht, Sir«, fügte Beckham hinzu.

»Gut, dann ab nach oben. Ich will diese Penner vor Sonnenuntergang erledigt und eingetütet haben.«

Die SEALs verließen den Raum. Beckham und Horn setzten dazu an, ihnen zu folgen, aber bevor sie den Ausgang erreichten, rief Souza sie zurück.

»Warten Sie, Captain«, sagte er.

Der General wies seinen Verbindungsoffizier an, die Luke zu schließen. Ein deutliches Zeichen dafür, dass nicht gut sein würde, was er zu sagen hatte. Beckhams Gedanken kreisten sofort um Team Ghost.

»Unmittelbar vor diesem Briefing haben wir eine Nachricht von Dr. Lovato erhalten«, gab Souza bekannt.

Beckhams Herz zog sich schmerzhaft zusammen. Er stellte sich einen weiteren Angriff auf Peaks Island vor, bei dem Kate, Javier und die anderen Kinder entführt wurden.

»Was ist los?«, brachte Horn heraus, bevor Beckham es konnte.

»Auf dem Außenposten ist alles in Ordnung. Es geht um etwas, das Dr. Lovato im Labor herausgefunden hat. Sie glaubt entschlüsselt zu haben, wozu das rote Gespinst gut ist.«

Beckham hatte gewusst, dass sie es schaffen würde.

»Es ist eine Art Kommunikationsnetz«, erklärte Souza. »Vermutlich benutzen es die Abartigen, um die Angriffe zu koordinieren, indem sie Signale an die Alphas senden, die wir gesehen haben.«

»Wenn das stimmt, sind die Überläufer vielleicht in dieses Netzwerk eingebunden«, meinte Beckham.

»Es ist noch unklar, ob Menschen dieses Netzwerk anzapfen können oder ob sie sich auf die Kommunikation über Abartige verlassen müssen. So oder so, wir brauchen eine sofortige Antwort darauf«, sagte Souza und verschränkte die Arme vor der Brust. »Deshalb begleitet Festa diese Mission.«

»Sir …« Beckham verstummte, als ihm klar wurde, dass es unangemessen wäre, dem Befehlshaber des SOCOM vorzuwerfen, es sei eine schlechte Idee, seinen Verbindungsoffizier mitzuschicken.

Stattdessen sagte er: »Haben Sie etwas von Team Ghost gehört?«

»Negativ. Seit dem HALO-Absprung herrscht Funkstille«, erwiderte Souza. »Hoffentlich hören wir bald etwas.«

»Das hoffe ich auch, Sir.«

»Ich muss zurück zum Befehlsstand, um Operation Shadow zu überwachen«, kündigte Souza an. »Viel Glück da draußen.«

Festa öffnete die Luke, und Souza eilte in die entgegengesetzte Richtung davon. Die anderen stiegen über Niedergänge hinauf zum Deck des Zerstörers. Die SEALs beendeten die Überprüfung ihrer Ausrüstung vor dem offenen Passagierraum einer V-22 Osprey.

Wolken zogen über den morgendlichen Himmel und verdunkelten die Sonne. Beckham gefiel es nicht, bei Tageslicht in Feindgebiet einzudringen, aber sie hatten keine andere Wahl.

Es galt, keine Zeit zu verlieren.

Eine Gruppe von zehn Marines kam in voller Kampfmontur und mit schallgedämpften M4A1-Sturmgewehren durch die Luke. Die Männer stiegen geradewegs in die Osprey.

»Schließen sich der Party da draußen noch mehr Leute an?« Horn war nicht besonders gut darin, die Skepsis in seiner Stimme zu verbergen, und Beckham warf ihm einen scharfen Blick zu.

»Sie helfen bei der Informationsbeschaffung und bei der Evakuierung von Gefangenen«, erklärte Festa. »Und sie sorgen dafür, dass ich nicht zu Abartigenfutter werde.«

Beckham setzte ein verhaltenes Grinsen auf, als er sich seinen M4-Karabiner schnappte. Horn hob sein M249 auf. Sie folgten dem Lieutenant in den Passagierraum, wo sie Platz nahmen und auf die SEALs warteten.

Wenn alles gut ginge, würde die Unterstützungsmannschaft keinen einzigen Schuss abfeuern müssen, während die SEALs aufräumten.

Horn ließ sich auf dem Sitz neben Beckham nieder.

»Erinnert mich an den Tag, an dem alles angefangen hat und wir mit so 'nem Ding nach San Nicholas geflogen sind«, sagte er.

Beckham schluckte und blickte auf seinen Stiefel und seine Prothese hinab. Die Erinnerungen rüttelten körperliche und emotionale Schmerzen wach.

»Entschuldige, Boss. Ich weiß, du denkst nicht gern daran zurück.« Horn legte Beckham eine Hand auf die Schulter. »An dem Tag haben wir viele unserer Brüder verloren.«

»Kaum zu fassen, was seither alles passiert ist.«

»Kannst du laut sagen. Ich denke jeden verdammten Tag an Sheila und daran, was hätte sein können.«

»Sie wäre verflucht stolz darauf, wie du eure Mädchen großziehst.« Beckham schaute auf. »Du bist ein höllisch guter Vater. Der beste.«

Horn atmete tief ein und zwang sich zu einem Lächeln.

Die SEALs betraten den Passagierraum und setzten sich. Einige wechselten Blicke mit Beckham, aber niemand sprach ein Wort. Die Triebwerke der V-22 erwachten mit einem Grollen zum Leben, das durch die Schotten vibrierte. Beckham setzte sein Headset auf und schloss die Augen. Der Flug würde dreieinhalb Stunden dauern. Genug Zeit für eine dringend benötigte Ruhepause.

Einige Zeit später weckte ihn ein Stupsen gegen den Arm. Er blinzelte seine Benommenheit weg.

»Wach besser auf, Boss«, sagte Horn. »Die Zentrale meldet Kontakt in der Landezone.«

Horn tippte an sein Headset. Beckham war schlagartig hellwach, als er einen der Piloten über den Funkkanal hörte.

»Bitte um Anweisungen«, sagte der Pilot.

»Bereithalten für Befehle«, antwortete Chief Winters.

Auf der anderen Seite des Passagierraums sprach Festa auf einem anderen Kanal.

Durch den Triebwerkslärm konnte Beckham nicht hören, was der Verbindungsoffizier sagte. Als er aus den Fenstern schaute, sah er nur Wolken.

»Noch zehn Minuten bis zum Ziel«, sagte einer der Piloten über Funk.

»Alle Mann herhören«, ergriff Festa das Wort. »Unsere Drohnenspezialisten melden Bewegung im Zielgebiet. Zwei Pick-ups und ein Lieferwagen.«

»Unterwegs zum Ziel oder weg davon?«, fragte Winters.

»Zum Ziel«, antwortete Festa.

»Wenn sie uns nicht kommen hören sollen, setzen wir besser weit außerhalb der Landezone auf«, meinte Winters.

Beckham musste ihm recht geben.

»Zu Fuß reinzugehen ist riskant, aber es ist Ihre Entscheidung, Chief«, gab Festa zurück und sah Winters an.

»Warum landen wir nicht einfach aus allen Rohren schießend?«, brummte Horn.

»So machen wir das nicht, Master Sergeant«, widersprach der Chief der SEALs.

»Er hat recht«, meldete sich Beckham zu Wort. »Wir haben noch nicht mal bestätigt, ob es Überläufer sind.«

»Wer zum Teufel sollte es denn sonst sein?«, konterte Horn. »Du hast doch General Souza gehört. Jeder da draußen ist als Feind zu betrachten, bis das Gegenteil bewiesen ist.«

»Ich bin voll dafür, den Drecksäcken die Hölle heißzumachen, wenn sie Überläufer sind. Aber ich will keine gestrandeten Überlebenden töten«, stellte Winters klar.

»Ich auch nicht«, pflichtete Festa ihm bei. »Außerdem brauchen wir die Überläufer lebend, um Informationen aus ihnen herauszuholen.«

Die Stimme eines der Piloten ertönte über den offenen Kanal. »Sir, wir müssen bald eine Entscheidung treffen.«

»Gehen wir runter und überfliegen sie«, schlug Beckham vor. »Mal sehen, ob wir sie zum Anhalten bringen. Auch wenn es keine Überläufer sind, könnten sie gute Informationen für uns haben.«

Nach einer kurzen Pause stimmte Winters zu.

»Tun wir's.« Festa nickte.

Er ging ins Cockpit, um mit den Piloten zu reden, während Winters den Plan an sein Team und die Marines weitergab. Die nervös klingenden Geräusche von Dehnungen vor dem Einsatz und einem letzten Überprüfen der Ausrüstung erfüllten den Raum, als die Maschine durch den bewölkten Himmel in den Sinkflug überging.

»Das gefällt mir nicht, Boss«, kam von Horn. »Was, wenn's Überläufer sind und sie zu ballern anfangen?«

»Dann schalten wir sie aus«, antwortete Beckham nüchtern.

Horn schaute zum M240 in der Nähe des Hecks der Maschine.

»Ziele in Sicht«, meldete der Hauptpilot. »In nördlicher Richtung unterwegs auf der Cave Hill Road.«

Die Osprey sank weiter, und die hintere Tür öffnete sich. Ein Mannschaftsleiter schnappte sich das M240, richtete es ein und bemannte die Waffe.

»Sie haben uns gesichtet«, bestätigte einer der Piloten. »Ein Pick-up ist gerade auf einen Feldweg durch den Wald abgebogen, aber der Lieferwagen und der andere Pick-up fahren immer noch Richtung Norden.«

»Weg abschneiden«, gab Festa zurück.

»Von wegen gestrandete Überlebende.« Horn schnaubte.

Die Osprey beschrieb einen Bogen am Himmel, als sie in Position ging, um die Fahrzeuge abzufangen. Beckham erhaschte einen flüchtigen Blick auf das Meer des orangefarbenen und roten Blätterdachs. Eine braune Straße schlängelte sich durch den Wald wie ein verschmutzter Fluss.

Der Mannschaftsleiter am M240 zielte mit dem Lauf nach unten. Horn ging hinüber und tippte ihm auf die Schulter.

»Geh zur Seite, Jungchen.«

Der Mannschaftsleiter warf ihm einen Blick zu, aber ein Nicken von Festa ließ ihn der Aufforderung nachkommen.

Horn übernahm die Waffe.

»Beide Fahrzeuge sind gerade von der Straße abgebogen«, berichtete der Hauptpilot. »Sie sind immer noch auf dem Weg zum Zielgebiet.«

Das Flugzeug drehte erneut und flog tief über den Bäumen. Mittlerweile befanden sie sich nahe genug, dass Beckham den Pick-up und den Lieferwagen in rechtem Winkel zur Flugbahn der Osprey fahren sehen konnte.

»Geben Sie einen Warnschuss ab«, wandte sich Festa an Horn.

Der ehemalige Sondereinsatzspezialist der Delta Force feuerte eine Salve vor den Pick-up. Statt anzuhalten, streckten zwei Männer Gewehre aus den Fenstern und eröffneten das Feuer.

Brüllend erwachte das M240 in Horns Griff richtig zum Leben.

Als die Osprey dem Weg der Fahrzeuge folgte, bekam Beckham einen besseren Blick darauf, wohin sie steuerten.

Sie rasten zu einem Parkplatz vor den verschiedenen Gebäuden, die einst als Ausgangspunkt für Höhlenführungen genutzt wurden. Beckham vermutete, dass die Überläufer sie nun als Unterkunft verwendeten.

Horn gab mit dem M240 eine weitere Salve ab. Funken und Rauch kamen nun aus der Vorderseite des Pick-ups. Ein Ruck ging durch das Fahrzeug, dann kam es mit geplatzten Reifen zum Stehen. Der Lieferwagen scherte aus, um den Pick-up zu umfahren, und landete im Straßengraben.

»Bringen Sie uns runter«, ordnete Festa über Funk an. »Alle Mann bereithalten.«

Die Tragflächen des Flugzeugs neigten sich nach oben, als die Maschine langsamer wurde, und die Osprey trat den vertikalen Sinkflug zur Straße an. Pochend setzten die Räder auf dem Asphalt auf.

»Los, los, los!«, brüllte Winters.

Die SEALs stürmten die Rampe hinunter und schwärmten mit den Waffen im Anschlag aus. Beckham ging zu Horn, der mit dem M240 auf den Lieferwagen zielte.

Sobald die SEALs ausgestiegen waren, hob die Osprey wieder ab und kreiste über dem Geschehen. Die SEALs verteilten sich in einem weitläufigen Halbkreis um die Fahrzeuge, und gleich darauf knallten Schüsse.

Mehrere Projektile schlugen ins Schott ein. Unwillkürlich duckte sich Beckham.

»Nehmt das, ihr Arschlöcher!«, brüllte Horn, als er auf die Fahrzeuge feuerte. Beckham richtete sich auf und sah, dass mehrere Feinde aus dem Pick-up und dem Lieferwagen gesprungen waren. Die Männer scharten sich um die beschädigten Fahrzeuge und schossen auf die SEALs.

Schüsse fielen über die Straße hinweg, und Horn entfesselte einen weiteren Kugelhagel auf zwei im Straßengraben kniende Männer. Beide brachen zusammen. Blut färbte das Gras rot.

»Gut geschossen, Big Horn«, lobte Beckham.

Die Überläufer mochten den SEALs zahlenmäßig überlegen sein, trotzdem waren sie den Kriegern und Horn am M240 nicht gewachsen.

Einer nach dem anderen gingen die Mistkerle zu Boden.

»Fox 1, hier Eagle Eye 1, alle Feinde ausgeschaltet«, meldete Winters über den Funkkanal. »Erbitte Erlaubnis, zum Ziel vorzurücken.«

»Erlaubnis erteilt, Eagle Eye 1«, antwortete Festa. Er befahl den Piloten, sie in sicherer Entfernung zu den Fahrzeugen wieder runterzubringen. Die Räder setzten erneut auf dem Asphalt auf. Diesmal stiegen die meisten Marines aus, um beim Sichern des Bereichs zu helfen.

Die SEALs rückten in Richtung der Höhlen und Gebäude vor. Dabei teilten sie sich in zwei kleinere Einheiten auf, um beide Orte zu erkunden. Horn überließ das M240 wieder dem Mannschaftsleiter.

»Mir nach«, sagte Festa.

Beckham, Horn und zwei Marines begleiteten den Lieutenant die mittlerweile gesicherte Straße entlang. Innerhalb von fünf Minuten war der gesamte Schauplatz abgeriegelt.

Einer der Marines lief zu Festa.

»Neun Feinde tot, einer am Leben, Sir.«

Festa deutete mit dem Daumen zur Osprey. »Bringen Sie den Schweinepriester in den Passagierraum.«

Zwei Marines schleiften einen Mann aus dem Graben. Seine Hose hatte sich aus einer Wunde rot gefärbt. Ein lückenhafter Bart prangte in dem verdreckten Gesicht. Über die Schultern hingen Rastalocken.

Der Überläufer knurrte wie ein Abartiger, als die Marines ihn abtransportierten. Sogar aus sicherer Entfernung nahm Beckham den widerlichen Geruch des Mannes wahr.

Festa bedeutete Beckham und Horn, ihm und ihrer Eskorte aus Marines zu folgen. Sie traten den Weg zu dem Parkplatz an, den die SEALs überquert hatten, und steuerten auf den Eingang zu den Höhlen und auf die umliegenden Gebäude zu.

Die Osprey hob wieder ab und zog sich zurück, um potenziellem feindlichem Beschuss auszuweichen. Beckham behielt das Gewehr in der Armbeuge und suchte den Wald, die Gebäude und die umliegenden Bereiche nach Feindkontakt ab.

Die frische Herbstluft wehte durch die unter seinem Helm hervorlugenden Haare. Er füllte sich die Lunge, als in der Ferne schallgedämpfte Schüsse ertönten.

»Eagle Eye 1, Kampf gegen zwei Feinde«, berichtete Winters.

Festa ballte die Hand zur Faust, um die Truppe anhalten zu lassen. Beckham ging mit Horn hinter einem zurückgelassenen Auto in Deckung und wartete, während die SEALs die Gebäude auf der anderen Seite des Parkplatzes stürmten.

Hausputz, dachte er.

Und wie sie das Haus säuberten.

Wenig später ertönte Winters' Stimme über Funk. »Fox 1, Eagle Eye 1. Alle Feinde eliminiert. Suchen jetzt nach Sprengfallen.«

»Fox 1, Eagle Eye 2, Gebäude gesichert«, meldete der SEAL, der das zweite Team anführte. »Das ist 'ne verdammte Goldgrube. Sollten Sie sich besser mal ansehen, Fox 1.«

Festa stand auf und nickte. Die Marines übernahmen mit gezückten Waffen die Spitze. Sie betraten das Gebäude und fanden den Raum, in dem das SEAL-Einsatzteam wartete.

Computer, Funkgeräte und Kisten mit Vorräten stapelten sich an den Wänden gegenüber von Etagenbetten.

»Alles in die Osprey schaffen«, befahl Festa.

»Schätze mal, der Gefangene hat nicht gelogen«, murmelte Horn.

»Ja. Aber woher hat er meinen Namen gekannt?« Beckham trat an einen Tisch mit Landkarten, um nach Hinweisen auf eine Verbindung zu Kate oder ihm zu suchen.

»Packt das alles ein«, sagte Horn zu einem der Marines.

»Fox 1, Eagle Eye 1, wir haben in den Höhlen etwas von dem roten Gespinst gefunden«, meldete Winters.

»Verstanden, Eagle Eye 1. Bin unterwegs«, erwiderte Festa.

Beckham sah die Karten und Unterlagen durch, so schnell er konnte.

»Captain, ich möchte, dass Sie mich begleiten«, sagte Festa.

»Big Horn, sieh du das weiter durch«, wandte sich Beckham an seinen Freund.

»Was, ich soll den ganzen Spaß dir überlassen?« Horn schnaubte. »Ihr habt das doch unter Kontrolle, oder?«

Die Marines nickten.

»Dann komm halt mit«, gab Beckham nach.

Ein SEAL führte sie aus dem Gebäude und zum Eingang der Höhlen. Sie stiegen eine Treppe hinunter in das unterirdische Versteck. Ein Ziegelsteinpfad führte sie in einen feuchten offenen Bereich mit riesigen Stalaktiten.

Sie brauchten weitere zehn Minuten, um zu den anderen SEALs zu gelangen.

»Hier sollte es sein«, sagte ihr SEAL-Begleiter.

Beckham untersuchte die roten Ranken, die sich über die Wände erstreckten und von der schartigen Decke hingen. Er setzte den Weg um eine Ecke fort und entdeckte Winters und einen weiteren SEAL mit nach oben gerichteten Waffen.

»Sehen Sie sich diese Scheiße an«, rief Winters.

Festa blieb vor Beckham stehen. Beide schauten auf.

In dem Gespinst hingen vier Abartige mit verschrumpelter Haut und eingesunkenen Augen. Sogar die

Sauglippen sahen lasch aus, aber die Brustkörbe hoben und senkten sich langsam.

Sie lebten noch.

»Was um alles in der Welt machen die da oben?«, fragte Horn.

»So was hab ich noch nie gesehen«, murmelte Winters.

Beckham verstand es zwar nicht ganz, aber vielleicht kommunizierten die Überläufer auf diese Weise mit den anderen Standorten. Durch die Monster.

»Ich glaub, ich hab 'ne Idee ...« Weiter kam er nicht, weil er von einem entfernten, gedämpften Knall unterbrochen wurde.

Alle drehten sich in die Richtung, aus der sie gekommen waren.

»Was zum Teufel war das?«, fragte Horn.

»Eagle Eye 2, hier Eagle Eye 1, was ist da oben los?«, sprach Winters in sein Headset.

»Der Lieferwagen!«, lautete die Antwort. »Er ist explodiert!«

»Winters, kümmern Sie sich um die Abartigen und stoßen Sie dann oben zu uns«, befahl Festa.

Winters zielte mit dem schallgedämpften Gewehr und feuerte Salven in die Köpfe der einzelnen Bestien ab, während Beckham, Horn und Festa mit dem SEAL aufbrachen, der sie in die Höhle geführt hatte.

Sie brauchten zehn Minuten zurück zur Straße. Als sie ankamen, erwartete sie wallender Rauch mit dem Geruch von ätzender Säure.

Die chaotische Szene ließ Beckham den Atem anhalten.

Ein Marine humpelte von der Straße. Das Fleisch schmolz ihm von den Knochen. SEALs kamen angerannt, um die Verletzten von dem zerstörten Fahrzeug wegzuziehen. Es war nicht nur randvoll mit Sprengstoff gewesen, sondern hatte auch eine beträchtliche Menge Abartigensäure enthalten.

Die zischende Flüssigkeit hatte vier Marines getroffen. Ihre Haut blubberte und löste sich von den Muskeln, während sie sich auf dem Boden krümmten. Ein SEAL half dabei, einen bewusstlosen Marine ins Gras zu schleifen. Kaum angekommen ließ er den Körper plötzlich los, hob die Hände und schrie entsetzt, als seine Handschuhe schmolzen.

Beckham und Horn rannten hin, um zu helfen.

»Wir brauchen eine Evakuierung, Lieutenant!«, rief Horn.

Er bückte sich mit Beckham neben einem Marine, dem die Explosion die Beine weggefetzt hatte. Beckham brachte sofort Druckverbände um die zerfetzten Oberschenkelstümpfe des Mannes an, während der Schwerverletzte etwas über seine Mutter murmelte.

»Schon gut, wir holen dich hier raus«, beruhigte Beckham den Unglücklichen. Er schaute auf und suchte nach Festa. Der Lieutenant befand sich einige Meter hinter ihnen und wirkte wie gelähmt.

Beckham erteilte den Evakuierungsbefehl in sein Headset, aber die Piloten wollten nicht ohne Festas Genehmigung landen.

»Reißen Sie sich zusammen, Lieutenant! Wir brauchen Ihre Genehmigung!«, brüllte Beckham.

Horn packte den Verbindungsoffizier am Arm und drückte ihn. Das erregte die Aufmerksamkeit des Mannes. Er sprach ins Funkgerät, und die Osprey senkte sich zurück auf den Boden.

SEALs, Marines und die beiden Mannschaftsleiter halfen, die Verletzten in den Passagierraum zu hieven. Andere schleppten Ausrüstung und Kisten mit Unterlagen aus dem Gebäude.

Beckham und Horn trugen den Mann, der die Beine verloren hatte. Behutsam setzten sie ihn auf dem Deck ab.

Die Schreie der Verletzten hallten wider, als sich die Tür klickend schloss. Ein Sanitäter eilte herbei und stellte einen Rucksack ab.

»Durchhalten, Bruder«, sagte Beckham. Er schaute über die Schulter, wo der Sanitäter daran arbeitete, Wunden zu verbinden und Beckhams hastig angewandte Maßnahmen zu verbessern.

Im hinteren Teil des Flugzeugs wiegte sich der an das Schott gekettete Überläufer vor und zurück. Der verdreckte Mann betrachtete das Chaos ringsum mit einem zufriedenen Lächeln hinter dem verkrusteten Bart.

Winters stürmte zu ihm hin und wischte ihm das Grinsen mit einem Kinnhaken aus dem Gesicht. Dann zog er sein MK3-Messer. Horn ging hinüber und krempelte unterwegs die Ärmel hoch.

»Der Drecksack hatte einen Zünder bei sich«, sagte der Sanitäter. »Hat den Lieferwagen in die Luft gejagt, als wir ihn durchsuchen wollten.«

Beckham ergriff die Hand des verletzten Marines, drückte sie und versuchte, ihn bei Bewusstsein zu halten, während der Sanitäter daran arbeitete, die Blutung zu stoppen.

»Wo verstecken sich die Anführer der Abartigen?«, brüllte Winters. »Sag mir den verdammten Ort.«

Der Überläufer spuckte dem SEAL Blut ins Gesicht und lächelte wieder.

»Ich hol dir die beschissenen Augen aus der Visage!«, schrie Winters und richtete das Messer auf einen der Augäpfel des Mannes. Der Überläufer drehte den Kopf weg. Horn packte ihn am Kinn und drehte sein Gesicht zurück in Richtung der Klinge.

»Sag uns, wo die Abartigenanführer sind!«, brüllte Horn.

Winters drückte die Klinge so fest an die Wange des Mannes, dass Blut floss. Sein Blick schnellte von Horn zu Winters.

»Captain, können Sie mir helfen?«, fragte der Sanitäter.

Beckham ging ihm dabei zur Hand, einen Verband um einen der blutigen Stümpfe anzubringen, aber ein dumpfer Knall ließ ihn kurz aufschauen.

Horn hatte den Gefangenen am Hals gepackt, drückte zu und drosch den Schädel des Überläufers erneut gegen das Schott.

Die Augen des Mannes quollen vor, die Lippen zogen sich zurück und offenbarten geschwärzte Zähne. Er sagte etwas, und Horn lockerte den Griff.

Der Mann hustete und schaute mit blutunterlaufenen Augen in Beckhams Richtung.

»Sie sind überall!«, stieß er hervor. »Ihr könnt ihre Abrechnung nicht aufhalten!«

21

Dohi trank einen Schluck Wasser, bevor er das Fernglas hob und auf die Wohnung richtete, in der sich Mendez versteckte.

»Siehst du ihn?«, flüsterte Rico.

»Negativ«, gab Dohi leise zurück.

Auf dem Parkplatz, der sie vom Gebäude trennte, trieben sich zwei verwahrloste Abartige zwischen den zurückgelassenen Autos herum. Im Gebäude selbst konnte er ebenfalls Aktivitäten ausmachen.

Dohi fürchtete, sie würden Mendez vielleicht nie finden. Jedenfalls nicht lebend. Allein dafür, es hierher zu schaffen, hatten sie einen Tag und eine Nacht gebraucht. Den vergangenen Abend hatten sie in einer Toilette verbracht, nachdem die Horden junger Abartiger aus dem Stadion geströmt waren, um die Menschen zu verschlingen, die ihnen die älteren zum Fressen gebracht hatten.

Dohi hatte Rico noch nie zuvor beten gesehen, und irgendwie hatte er das Gefühl, dass Mendez gerade dasselbe tat.

Die Abartigenaktivitäten waren schlimmer als Kakerlakenbefall in einem Slum. Und die Gegenwart der jungen Monster änderte alles. Aber zumindest waren sie vorerst alle ins Stadion zurückgekehrt und ließen nur die kranken, verhungernden älteren Monster draußen zurück.

Rico gab Dohi das Zeichen, über die Straße vorzurücken. Er schlich sich zwischen die Autos und hinter einen Bus, der auf platten, verrotteten Reifen stand. Der Eingang zum Wohngebäude lag nur wenige Meter entfernt. Hinter den aufgebrochenen Türen befand sich eine Lobby mit Ziersäulen und einem vertrockneten Springbrunnen.

Dohi nahm die Eingangshalle durch die Optik des Zielfernrohrs ins Visier. Zwei ausgehungerte Abartige schlichen um ein Treppenhaus herum. Abgesehen davon sah die Luft rein aus. Diese sterbenden Bestien würden kein Hindernis darstellen. Er gab Rico ein Zeichen, bevor er begann, zum Eingang des Gebäudes zu schleichen, vorbei an mehreren Fahrzeugen.

Ein Zischen durchbrach die Stille. Dohi wirbelte nach links herum, allerdings zu spät. Der Abartige sprang mit um die Sauglippen baumelnder Zunge aus einem Fahrzeug. Dohi wich dem Angriff mit knapper Not aus und riss das Gewehr hoch, um einen Klauenhieb zu parieren.

Von oben ertönte ein Knall. Blut spritzte Dohi ins Gesicht und an den Helm. Blinzelnd wischte er sich den Glibber mit einem Ärmel aus dem Gesicht, als die Kreatur zu seinen Füßen zusammenbrach. Er sichtete einen Gewehrlauf, der aus einem Fenster einer Wohnung im vierten Stock ragte.

Schätze, das beantwortet, ob Mendez noch lebt.

Dohi verlor keine Zeit. Er stürmte in die Eingangshalle und schaltete die beiden lethargischen Abartigen mit Einzelschüssen aus. Rico folgte ihm die Treppe hinauf, aber ein Rudel ausgemergelter Abartiger sprang auf den Treppenabsatz.

»Aus dem Weg«, sagte Rico.

Dohi sprang zur Seite, als sie zwei kurze Salven abfeuerte und die Wand mit Blut bemalte.

Vier weitere Abartige wankten auf den Flur im vierten Stock und stöhnten wie Untote. Man hätte sie für Zombies halten können. Ihre Körper ähnelten bloßen Skeletten.

Dohi setzte sie alle mit gezielten Kopfschüssen außer Gefecht, bevor sie nahe genug kamen, um die Klauen zum Einsatz zu bringen.

Am Ende des Flurs öffnete sich eine Tür. Mendez trat heraus, warf einen Blick auf die Kadaver und setzte dann sein hübsches Grinsen auf.

»Hat ja lang genug gedauert«, sagte er. »Ich dachte schon, ihr hättet mich als tot abgeschrieben.«

»War die Hölle, sich hierher durchzuschlagen«, gab Rico zurück und beschleunigte die Schritte auf ihn zu.

Dohi klang erleichtert, als er sagte: »Schön, dich zu sehen, Bruder.«

»Du hast ja keine Ahnung, Bro«, erwiderte Mendez. »Ich dachte schon, ich schaffe es nie aus diesem Drecksloch.«

»Ehrlich gesagt wird's auch zu dritt nicht einfach werden«, sagte Dohi.

»Ich denke, wir sollten die Funkstille jetzt brechen«, meinte Rico und griff sich ihr Funkgerät. »Mal sehen, wo Team Alpha steckt.«

Dohi nickte. »Bin ganz deiner Meinung.«

»Lass dich von mir nicht aufhalten.« Mendez und Dohi standen Wache, während sie in die Hocke ging, um eine Botschaft zu übermitteln.

»Ghost 1, hier Ghost 2«, sagte Rico. »Ghost 3 ist in Sicherheit und wohlauf. Over.«

Die Antwort kam wenige Herzschläge später.

»Schön, deine Stimme zu hören, Ghost 2«, meldete sich Fitz über den Kanal.

Rico lächelte über seine Antwort.

»Sammelpunkt ist das Northrop-Gebäude auf dem Universitätsgelände. Wir treffen uns …« Fitz verstummte. Kurz darauf sprach er weiter: »Wir treffen uns in Klassenzimmer B2 im Untergeschoss.«

Rico sah auf die Armbanduhr. »Verstanden, Ghost 1. Sind unterwegs. Geschätzte Ankunft in zwei bis drei Stunden, wenn alles wie geplant läuft.«

Sie seufzte erleichtert und klopfte Dohi auf die Schulter.

In dem Moment beneidete er Rico und Fitz um das, was sie hatten. Eine Beziehung, an der sie sich festhalten und in der sie Trost finden konnten. Liebe in einer Welt voller Schrecken und Verlust.

Andererseits wollte Dohi die Sorgen einer Beziehung nicht. Er sah, wie sehr Fitz und Rico sich liebten. Allerdings sah er auch, wie sie sich umeinander sorgten.

Die einzige Frau, die er je geliebt hatte, war während des Krieges vor acht Jahren gestorben. Seither hatte er nie wieder jemanden nahe an sich herangelassen. Aus Angst, noch einmal jemanden zu verlieren.

Ein weiterer Schluck Wasser, ein Handzeichen von Rico, und Dohi machte sich wieder an die Arbeit, übernahm beim Weg durch den Hintereingang des Gebäudes die Spitze. Sie schlichen die Treppe hinunter und hinaus in eine Gasse, die sie direkt zum Flussufer führte.

Sobald Dohi die Tür geöffnet hatte, stieg ihm der Geruch von faulendem Obst in die Nase.

Eine größere Gruppe von Abartigen, die den überall verstreuten Müll durchwühlte, schaute von ihrer Suche auf. Jedes Knurren offenbarte ein Maul voller Zähne, die sich eigens dafür weiterentwickelt hatten, Fleisch zu zerreißen.

Dohi und Rico marschierten hinaus und entfesselten schallgedämpfte Schüsse in die Reihen der Bestien. Mendez schloss sich dem Kampf an ihrer linken Flanke an.

Die meisten Kreaturen gingen schnell zu Boden, die gesünderen jedoch bewegten sich schnell.

Eine sprang an die Wand der Gasse, stieß sich davon ab und hechtete durch die Luft. Dohi traf sie mit einer Salve in die Brust und tötete sie noch vor der Landung.

Die übrigen Abartigen preschten auseinander. Einzelschüsse wurden schwierig. Dohi schaltete auf Automatik, um sie aufzuhalten. Bis sie tot waren, hatte er zwei wertvolle Magazine verbraucht.

»Wie viel Munition hast du noch?«, wollte er von Mendez wissen.

»Ich hab nur den Schuss abgefeuert, der dir den Arsch gerettet hat.«

»Gut. Wir werden noch jede Patrone brauchen«, sagte Rico.

Das Trio trat den Weg zwischen den rostenden Fahrzeugen und den Trümmerhaufen der von Bomben beschädigten Gebäude an. Sie blieben erst stehen, als sie die Stahlzäune des Besucherzentrums der Saint-Anthony-Fälle erreichten.

Das Zentrum bot einen Blick auf die tosenden Wasserfälle in der Mitte des Mississippi. Mendez und Rico setzten sich hin, beide schweißgebadet. Sie hob das Fernglas an die Augen und betrachtete die inaktiven schwarzen Schornsteine des Dampfkraftwerks der University of Minnesota auf der anderen Seite des Flusses.

Nach einer kurzen Pause übernahm Dohi wieder die Spitze der Gruppe. Er überquerte eine Bogenbrücke aus Stein und führte Mendez und Rico zum gegenüberliegenden Ufer. Auf halbem Weg überzogen dunkle Blutflecken die Brücke.

Die Überquerung an der Stelle ohne Deckung empfand er ohnehin schon als gefährlich. Der Beweis, dass andere beim Versuch gestorben waren, ließ ihn noch nervöser werden. Die Gruppe lief den gesamten Weg hinüber und rannte anschließend in den Schutz der Bäume des Parks auf der anderen Seite. Von dort durchquerten sie die Grünzone und nutzten deren Deckung, um am Rand einer rauen Asphaltstraße entlang vorzurücken.

Entferntes Geheul störte die Stille des Morgens.

Dohi ballte die Hand zur Faust, und alle drei Soldaten kauerten sich im wogenden Gras hin. Mehrere Minuten lang wartete Dohi und lauschte dem Wind. Er spürte, dass sich irgendetwas in der Nähe befand.

Aber weit und breit rührte sich nichts.

Durch das Herumschleichen in Abartigenterritorium stand er ständig unter Anspannung. Den Preis bezahlten seine ausgefransten Nerven.

Dohi richtete sich auf und bedeutete dem Team, dass es weiterging. Sie liefen auf von Schlamm und Laub bedeckten Eisenbahnschienen entlang, bis die Gebäude auf dem Campus der University of Minnesota in Sicht gerieten. Ausgebrannte Gerippe von Fahrzeugen verstopften die Straßen zwischen den Ziegelsteinfassaden. Abartige kletterten über halb entwurzelte Bäume, die sich schräg über die Fahrbahnen neigten. Unter normalen Umständen wären die Äste unter dem Gewicht eines der Monster abgebrochen, aber nicht bei diesen ausgehungerten Kreaturen. Ihre warzigen Gesichter wirkten eingefallen, die Augen quollen aus den Höhlen, während sie in den Ruinen verzweifelt nach Nahrung suchten.

Durch das Fernglas sichtete Dohi in der Ferne mehr von den dünnen roten Strängen, die aus den Trümmern ragten. Geröll säumte die Fahrbahn, ein Teil davon lag über den Asphalt verstreut. In der Mitte der Straße wölbten sich rote Ranken aus einem offenen Kanaleinstieg.

Der Anblick des oberirdischen Gespinsts vermittelte ihm das Gefühl, dass sie mehr von dem entdecken würden, was er im Stadion gesehen hatte, als sie sich unter die Erde begeben hatten.

Dohi führte das Team um mehrere Abartige herum, die um Ratten kämpften. Einige der Bestien gingen sogar so weit, dass sie an ihrem eigenen Fleisch nagten. Die Vielfalt der Gerüche trug dazu bei, Team Ghost auf dem Weg zum Treffpunkt mit Team Alpha zu tarnen.

Ein Abartiger hockte wie eine Statue vor dem Theater. Dohi spielte mit dem Gedanken, ihn auszuschalten. Stattdessen entschied er sich für Verstohlenheit und für den Seiteneingang. Er bahnte sich den Weg zu den Laderampen, wo zwei Sattelschlepper parkten. Die hinteren Türen standen offen, als würde noch jemand Waren in das Gebäude und nach draußen transportieren.

Er blieb stehen und lauschte, bevor er den anderen das Zeichen gab, zu ihm aufzuschließen. Sie eilten um die Lastwagen herum, eine Rampe hinauf und in das Northrop-Gebäude.

Dort durchquerten sie einen Lagerraum voller durchnässter, zusammengefallener Kartons und von Termiten fast vollständig zerfressener Holzkisten. Durch eine offene Tür betrat Dohi einen Flur, wo sich die Härchen an seinen Armen aufrichteten. Das rote, an den Wänden wuchernde Gespinst strahlte praktisch spürbar Energie ab.

Er stieg auf einen Strang des merkwürdigen Gewebes und ging weiter. Skelettartige Überreste hingen an den Wänden. Dem Aussehen nach waren diese Tiere und Menschen schon lange tot.

Plötzlich vibrierte ein Beben durch das Gebäude. Dohi brachte das Gewehr in Anschlag, gewappnet für einen Angriff. Aber nach wenigen Sekunden endete das Beben. Das Gespinst zog sich zusammen und entspannte sich. Es schien im Einklang mit seinem Herzschlag zu pulsieren.

Das Knacken von Gelenken hallte zusammen mit dem Klacken von Krallen auf Fliesen durch die Korridore. Intensive Wellen eines widerlichen Geruchs strömten in den Gang.

Die Geräusche verstummten nach und nach. Dohi gab den anderen das Zeichen, sich zu ducken. Sie fanden Deckung hinter einer Tür, die zu einem Ankleidebereich mit zertrümmerten Stühlen und Puderflecken führte. Zerbrochene Spiegel lagen inmitten eines Haufens verrottender Kostüme. Das Gespinst wucherte über die einst farbenprächtigen Aufmachungen.

Einige weitere Sekunden lang herrschte Stille.

»Was machen wir jetzt?«, fragte Mendez.

Dohi konnte nicht erklären, warum er hier in Deckung gegangen war. Irgendetwas fühlte sich falsch an, und sein Bauchgefühl riet ihm dringend, abzuwarten. Rico wollte weiter, aber Dohi hielt sie zurück.

»Moment noch«, flüsterte er.

Mendez und Rico gingen in die Hocke und brachten die Gewehre in Anschlag, beide sichtlich nervös. Sie verharrten für mehrere Minuten und lauschten, aber die Bestien blieben still.

Schließlich entschied Dohi, dass er paranoid war. In dem Moment, als er das Zeichen zum Vorrücken geben wollte, dröhnte explosionsartig wildes Gebrüll durch die Korridore. Die donnernde Stimme schien durch das Gespinst zu vibrieren und geradewegs durch Dohi zu fahren. Sie erweckte Gefühle von animalischer Wut und Hunger in ihm. Adrenalin raste durch seine Blutgefäße.

Was passiert mit mir?

Das Gebrüll legte sich zusammen mit den Vibrationen.

Dohi blinzelte Schweiß weg, der ihm in die Augen lief. Dieses unnatürliche Gebrüll musste etwas mit dem zu tun haben, was Fitz hier unten entdeckt hatte.

Rico gab ihnen das Zeichen zum Vorrücken. Sie schlichen an mehreren Gängen mit schlafenden Abartigen vorbei. Schließlich bogen sie um eine letzte Ecke in einen breiteren Korridor und passierten eine letzte Tür zum Treffpunkt.

Sie betraten ein Klassenzimmer, in dem Fitz, Ace und Lincoln in der Dunkelheit kauerten. Die Männer richteten sich alle auf. Fitz durchquerte den Raum, schlang die Arme um Rico und zog sie an seine Brust. Die anderen hießen sich gegenseitig mit lächelnden Mienen willkommen.

Nach der kurzen Begrüßung zeigte Fitz an, dass er die Führung übernehmen würde.

»Warte«, flüsterte Dohi. »Weißt du von den Jungen?«

Fitz zog eine Augenbraue hoch. »Von was für Jungen?«

»Jung-Abartige. Wir haben sie gestern Abend im Stadion gesehen«, flüsterte Rico. »Hunderte.«

Lincoln und Ace kamen näher.

»Scheiße, nein«, murmelte Lincoln. »Das glaub ich jetzt nicht. Die verseuchten Pisser können sich unmöglich wieder vermehren.«

»Ist aber so«, entgegnete Dohi. »Ich hab's gesehen.«

Lincoln schüttelte den Kopf, Ace auch.

»Ganz sicher?«, hakte Ace nach.

Dohi und Rico nickten.

»Habt ihr Filmmaterial für die Zentrale?«, fragte Fitz aufgeregt.

»Nein, wir sind gerade so davongekommen«, antwortete Rico.

»Aber ihr wisst, dass sie im Stadion sind?«, hakte Fitz nach.

»Ja«, antwortete Dohi.

»Fuck«, fluchte Fitz. »Ich denke, dafür lohnt es sich, die Funkstille zu brechen. Aber zuerst will ich euch zeigen, was wir gefunden haben. Wir können es auch gleich an die Zentrale schicken.«

»Was habt ihr denn gefunden?«, wollte Rico wissen.

»Etwas noch Unglaublicheres als Jung-Abartige. Das müsst ihr mit eigenen Augen sehen.«

Er führte Team Ghost aus dem Klassenzimmer und über eine Treppe in den Hauptsaal. Das Kratzen der Krallen von Abartigen drang aus allen Richtungen zu ihnen. Kreischende und krächzende Laute erfüllten das Zentrum für darstellende Kunst.

Team Ghost schlich hinter die hinterste Sitzreihe und blieb tief in den Schatten. Netze bedeckten die Bühne, schlängelten sich von der Decke herab und streckten sich von den Balkonen über ihnen zu einem Monstrum auf der Bühne.

Durch Löcher in der Decke erhellte spärliches Mondlicht ein Ungeheuer, wie Dohi es noch nie gesehen hatte. Hunderte von Ranken mündeten in ein knolliges rotes Grauen auf der Bühne.

Der Körper sah annähernd menschenähnlich aus, wenngleich mit Gliedmaßen so groß und breit wie ein Mammutbaum. Fleisch hing in riesigen rosa Lappen über den Körper und verlieh ihm das Aussehen eines gigantischen Gehirns.

Dohi vermutete, dass sich das echte Gehirn der Kreatur irgendwo in dem gedrungenen, flachen Kopf befand. Die starren Augen waren groß wie die eines Riesenkalmars.

Die Kreatur bewegte sich, zog an den Hunderten roten Fasersträngen und spannte sie wie Kabel. Sie stieß ein langes Stöhnen aus, während sich die an ihrer Brust befestigten Gewebestränge zusammenzogen. Die Bewegung verursachte eine Kettenreaktion unter den Ranken, die sich in den Zuschauerraum erstreckten.

Plötzlich stürmten Abartige auf die Bühne und scharten sich um den Körper des Ungetüms wie Arbeiterameisen um eine Königin. Sie schoben Fleischbrocken in den gewaltigen, offenen Schlund mit Reißzähnen.

Dohi kam ein altes indianisches Sprichwort in den Sinn.

Kein Fluss kann zu seiner Quelle zurückkehren, und doch müssen alle Flüsse einen Anfang haben.

Den Anfang dieses Flusses hatte er in den Tunneln unter dem Außenposten Turkey River gefunden, und nun sah er, dass die Quelle schrecklicher war, als er sich hätte vorstellen können.

Diese Abscheulichkeit schien die ultimative Evolution der Alpha-Abartigen zu sein, eine Kreatur so mächtig und seltsam intelligent, dass sie sich durch die Wucherungen dieser Netze über das gesamte Land ausgebreitet und unterwegs jedes Lebewesen verschlungen hatte.

»Dafür sind wir hergekommen«, flüsterte Fitz. »Wir müssen diese Information an die Zentrale und Kate Lovato weitergeben.«

»Scheiß drauf, ich sage, wir machen das Ungetüm alle«, gab Ace leise zurück.

»Wie sollen wir es denn allemachen?«, flüsterte Lincoln. »Es wird von 'ner gottverdammten Armee beschützt.«

Dohi musste Ace diesmal recht geben. Aber er wusste, wenn sie es töteten, würde Team Ghost auf keinen Fall lebend hier wegkommen.

Ein Schuss peitschte durch den Himmel über Texas, und ein Abartiger auf dem Weg in die Hügel stürzte mit einer aufstiebenden Staubwolke und aufspritzendem Blut in den Dreck.

Fischer senkte das Gewehr und atmete verrauchte Luft ein.

»Das war der Letzte«, meldete Tran.

Fischer suchte den Bereich um den Bohrturm ab, um sich zu vergewissern, dass es stimmte. Dann bedeutete er seinen Männern, sich um ihn zu versammeln. Sie hatten die Bestien von diesem Bohrturm ferngehalten und ihn die letzten Stunden lang beschützt, während die Sonne über den brennenden Ölfeldern in Texas aufging.

Das erschöpfte Team von elf Männern kauerte auf dem Boden wie eine Footballmannschaft, die gerade ein Spiel in der Verlängerung verloren hatte. Ruß und Blutschlieren von der zehnstündigen Schlacht zeichneten alle Gesichter.

Fischer hob die Hand und wischte sich die Wange ab. An seiner Hand blieb Blut zurück. Er war sich nicht sicher, ob es von einem Menschen oder einem Monster stammte. Der Kampf hatte auf beiden Seiten viele Tote gefordert.

Wenngleich seine Männer diesen Bereich gesichert hatten, trieben sich immer noch etliche Abartige herum und bedrohten die anderen Bohrtürme. Er fürchtete, es könnte seinen Ingenieuren zwar gelingen, die Ölbrände zu stoppen, aber die Bestien könnten nachts zurückkehren und sie erneut angreifen.

Sofern die Ingenieure überhaupt bereit wären, ihr Leben aufs Spiel zu setzen.

Er machte seinen Leuten keinen Vorwurf mehr daraus, wenn sie die Flucht ergriffen.

Fischer ließ den Blick über die Toten wandern, die um den geretteten Bohrturm herum über die Erde und das Gras verstreut lagen. Diesen einen Bohrturm zu schützen, war sie teuer zu stehen gekommen. Zwischen den Kadavern der Bestien befanden sich mehrere Menschen, die ihren Wunden erlegen waren. Fischer und seine Männer konnten nicht an sie heran, um Hilfe zu leisten.

Einer von Sergeant Sharps Männern lag auf dem Rücken, die Hände noch um den Hals gelegt, wo ihm ein Abartiger die Schlagader aufgerissen hatte. Leblose Augen starrten zu den öligen schwarzen Wolken am hellblauen Himmel hoch.

Fischer bückte sich, um dem Mann die Lider zu schließen.

Dann richtete er sich auf und drehte sich nach einem leisen Seufzen den anderen zu. Die erschöpften, verletzten Männer warteten auf seine Anweisungen. Seiner Ansicht nach hatte er zwei Möglichkeiten.

Er konnte den Rückzug zur Ranch anordnen oder die Jagd auf die Bestien fortsetzen lassen. Wenn sie sich für Letzteres entschieden, würden sie ab sofort wahrscheinlich auf sich allein gestellt sein. Sergeant Sharp hatte tapfer gekämpft und Fischer mit seinem Engagement für die Ölfelder beeindruckt. Aber sein Ersuchen um Verstärkung hatte das Oberkommando mehrfach aufgeschoben, obwohl er die Hälfte seiner Männer verloren hatte.

»Irgendwas Neues über die Verstärkung?«, fragte Fischer sicherheitshalber nach.

Sharp zog verkniffen die Augenbrauen zusammen. »Die sagen, sie arbeiten daran, aber es geht wohl gerade überall drunter und drüber.«

Fischer hatte schon mit einer solchen Antwort gerechnet.

Wir sind definitiv auf uns allein gestellt.

»Was machen wir jetzt, Sir?«, fragte Tran.

Fischer nahm sich einen weiteren Moment Zeit zum Nachdenken, bevor er antwortete.

»Das sind keine willkürlichen Angriffe«, sagte er. »Das wissen wir schon länger. Aber ich dachte, wir hätten den Alpha erledigt, der unsere Probleme verursacht hat. Mittlerweile bin ich mir sicher, dass es mehrere Alphas gibt. Wenn wir Fischer Fields retten wollen, müssen wir sie alle ausschalten.«

Niemand erwiderte etwas. Sogar Chase, der sonst Begeisterung für alles zeigte, was Fischer vorschlug, richtete den Blick auf den Boden. Die beiden mit Waffen statt mit Werkzeug ausgerüsteten Ingenieure mieden jeden Blickkontakt.

»Ich kann's verstehen, wenn ihr euch zurückziehen wollt«, fuhr Fischer nach einer Weile fort. »Aber ich geh da raus, suche sie und mach sie alle. Ich habe nicht Blut, Schweiß und Tränen für dieses Land geopfert, um es mir jetzt von den Bestien wegnehmen zu lassen.«

Damit marschierte er zum Pick-up los, ohne auf die gedämpften Gespräche hinter ihm zu achten. Wenn niemand mitkäme, wäre er weder überrascht noch wütend.

Diese Männer hatten ihre Loyalität und Tapferkeit bereits unter Beweis gestellt, indem sie ihm die letzten zehn Stunden beigestanden hatten.

»Ich lasse nicht zu, dass meine Männer umsonst sterben«, ertönte eine Stimme.

Fischer drehte sich zurück zu den Versammelten.

Sergeant Sharp trat vor. »Ich kämpfe weiter, aber wir müssen schmutzige Tricks auspacken, wenn wir diese Alphas finden wollen.«

Mehrere andere Männer wechselten Blicke.

Tran wischte sich mit dem Ärmel Dreck aus dem Gesicht. »Ich bin dabei, Sir. Ich hab nichts mehr zu verlieren.«

»Bin auch dabei«, schloss sich Chase an.

»Wahrscheinlich brauchen Sie auch unsere Hilfe«, warf jemand aus dem hinteren Teil der Gruppe ein. Das von Fischer engagierte Zwei-Mann-Team der Fährtensucher trat ebenfalls vor.

»Das heißt, solange Sie weiterhin bezahlen«, fügte Eric Welling hinzu. Er wischte sich das lange Haar aus den Augen und warf seinem Partner einen Blick zu, Aaron Galinsky.

Der ehemalige israelische Soldat kaute Tabak. Er spuckte auf den Boden aus. »Wir finden die Bestien in den Tunneln«, erklärte Galinsky.

»Scheiße, ja«, raunte Fischer gedehnt.

Er zog eine Zigarre aus seiner Westentasche. Eigentlich wollte er sie für den Sieg aufsparen. Aber er entschied, sie sich für den Fall zu genehmigen, dass er nie aus den Tunneln zurückkehren würde. Die Chancen, die Jagd heil zu überstehen, standen schlecht, das wusste er.

»Schnappt euch Proviant, Wasser und Munition«, sagte Tran. »Wie wär's, wenn wir in 15 Minuten ausrücken, Sir?«

Fischer nickte, als er sich die Zigarre anzündete und daran paffte. Er verstaute den Großteil seiner Ausrüstung auf der Ladefläche des Pick-ups, behielt nur die Körperpanzerung und die Weste. Dann stopfte er frische Magazine in die Taschen.

Sein Blick fiel auf die Kiste mit TNT hinten auf der Ladefläche. Fischer verstaute ein paar der Stangen in seiner Weste. Chase folgte seinem Beispiel.

»Hier, Sir, trinken Sie besser was«, schlug Tran vor. Er bot ihm eine Flasche Wasser an, und Fischer leerte die Hälfte.

»Danke.«

Die Männer luden die Leichen der Gefallenen auf die Ladefläche eines der anderen Pick-ups. Fischer ging los, um Sharp und zwei seiner Soldaten zu helfen, den Private mit dem zerfetzten Hals hochzuheben. Sie betteten ihn behutsam hinten auf einen Pick-up.

»Ruhe in Frieden, Junge«, murmelte Sharp. Dann bekreuzigte er sich und schaute zum Himmel, bevor er zu seinem Humvee hinüberging.

Fischer verharrte noch einen Moment und blickte auf den jungen Mann hinab, der sein Leben im Kampf um die Ölfelder gegeben hatte.

»Es tut mir leid«, flüsterte Fischer.

Sharp klopfte gegen die Seite seines Humvee, um anzuzeigen, dass er bereit zur Abfahrt war.

»Also gut, auf geht's!«, rief Chase.

Welling und Galinsky stiegen in ihren von Rost zerfressenen Toyota. Die überdimensionalen Reifen ließen Erde aufspritzen, als sie davonbretterten.

Fischer folgte ihnen in seinem Pick-up, ließ den grausigen Schauplatz der Schlacht hinter sich. Er schaute erst zu Tran, dann zurück zu Chase.

»Ich weiß zu schätzen, dass ihr Jungs zu mir haltet«, sagte er. »Ihr könnt euch darauf verlassen, dass eure Loyalität belohnt wird.«

»Danke, Sir, aber was ich mir wirklich wünsche, ist Urlaub«, erwiderte Tran mit einem verhaltenen Lächeln.

Chase grinste über den Vorschlag. »Die Karibik würde sich grad unheimlich geil anhören.«

»Ach Scheiße, ich wär überall froh, wo's keine Monster gibt«, sagte Tran.

»Sobald wir sie hier losgeworden sind, nehm ich euch auf eine schöne Reise im Privatjet an den Strand mit.«

»Einen Strand, wo's was zu trinken gibt?«, fragte Tran.

Fischer schmunzelte.

»Jetzt tun mir die Bestien fast leid«, meinte Chase. »Jedes Monster, das sich zwischen weichen Sand zwischen meinen Zehen und ein eiskaltes Bier in meiner Hand stellt, landet schneller auf dem Rücken als 'ne Zehn-Dollar-Nutte.«

Fischer lachte erneut. Diesmal jedoch verstummte er schneller.

Er umklammerte das Lenkrad fester und bog auf eine andere Straße. Der vorderste Pick-up raste auf die Viehställe zu.

Die Wagen fuhren an der Ranch vorbei, und Fischer scheute sich beinahe davor, einen Blick zu seinem Haus zu werfen. Aber es schien keinen Schaden erlitten zu haben.

Er würde später im Bunker nach Maddie und dem Rest seines Personals sehen. Wenn sie dringeblieben waren, würde ihnen nichts passiert sein. Zumindest dafür war er dankbar. Aber seine wertvollen Rinderherden und anderes Vieh waren mittlerweile vermutlich allesamt tot.

Die drei Wagen parkten auf dem Feldweg vor den eingezäunten Stallungen. Fischer sprang hinaus und schnappte sich von der Ladefläche sein Gewehr. Sharp ging zum Zaun und starrte auf das blutbefleckte Gras auf der anderen Seite.

Nichts war dort noch zu sehen, kein einziges Tier, kein einziger Mensch.

»Wo sind die ganzen Leichen hin?«, fragte Tran und schaute zurück.

»Die Abartigen haben sie natürlich alle unter die Erde mitgenommen«, meldete sich Galinsky zu Wort.

»Gehen wir«, sagte Fischer. Er steuerte auf die offenen Tore zu und visierte die erste Scheune an. Die aufgebrochene Tür des Seiteneingangs lag im Dreck.

Chase und Tran setzten die Waffen an den Schultern an und schlichen in das dunkle Gebäude. Fischer folgte als Nächster und verscheuchte mit einer Hand einen Fliegenschwarm. Das laute Summen hallte durch den heißen Raum. Fischer zog sein Halstuch hoch, um sich gegen den Gestank von verwesendem Fleisch zu schützen.

Es half kaum.

Rote Spritzer überzogen die Fußwege, überall auf dem Erdboden hatte sich Blut zu Lachen gesammelt.

Genau wie draußen sah Fischer keinen einzigen Leichnam.

Welling und Galinsky überholten die Gruppe auf dem Weg zur Tunnelöffnung auf der anderen Seite des Stallgebäudes. Sie passierten mehrere Pferche, die Tröge rot vor Blut, das Heu gesprenkelt von trocknendem Fleisch.

Galinsky bückte sich am Rand des Tunnels und spuckte einen weiteren Pfropfen Tabak aus. Dann schaute er auf und gab Fischer ein Zeichen.

Fischer behielt das Halstuch vor dem Gesicht, als er an den Rand des schräg in die Tiefe führenden Tunnels trat. An den Wänden wucherte rotes Gespinst. Aber zurückschrecken ließ ihn der Anblick der Gliedmaßen, der Fleischbrocken und eines ganzen Kalbs, die darin klebten.

»Heilige Scheiße!«, entfuhr es Tran.

Chase bückte sich und hielt sich einen Ärmel vors Gesicht, um sich vor dem Gestank zu schützen.

»Herr im Himmel«, murmelte Sergeant Sharp.

Fischer blickte auf die roten TNT-Stäbe in seiner Weste hinab. Sein Bauchgefühl drängte ihn dazu, sie einfach hineinzuwerfen und das Loch zu sprengen. Allerdings wusste er, dass er weitere solche Gräuel nur verhindern könnte, indem er die Alphas fände und sie dafür bezahlen ließe.

»Mr. Fischer.« Sharp sah ihn an, bevor er ihm eine Nachtsichtbrille zuwarf. »Das werden Sie brauchen, Sir.«

Fischer zog das Halstuch fester ums Gesicht, setzte die Nachtsichtbrille auf, holte die 357er aus dem Holster und betrachtete kurz den Lauf. Es war an der Zeit, Monster zu jagen.

22

Ringgold war ins Weiße Haus zurückgekehrt, nachdem sie Peaks Island verlassen hatte. Den Großteil des vergangenen Tages hatte sie mit ihren Mitarbeitern im PEOC verbracht, um Operation Shadow und die Angriffe im ganzen Land an Orten wie Fischer Fields zu beobachten.

Es gab einfach nicht genug Soldaten oder Ressourcen, um jeder Bitte um Verstärkung nachzukommen.

Diese Gesuche nahmen viel von ihrer Aufmerksamkeit in Anspruch, da die meisten Teams von Operation Shadow nach wie vor Funkstille bewahrten, darunter auch Team Ghost. Die einzigen guten Neuigkeiten stammten bisher von SEAL-Team 3. Die Mission in den Luray-Höhlen in Virginia war soeben beendet worden. Aber sogar diese Mission hatte ihren Preis gehabt.

Sie nahm den Aufzug vom PEOC nach oben, um sich mit Captain Beckham und Lieutenant Festa zu einer ausführlichen Nachbesprechung des Einsatzes zu treffen. Anscheinend hatte man eine Menge Verwundete und einen Gefangenen mit zurückgebracht.

Sie konnte es kaum erwarten zu erfahren, was man sonst noch in den Höhlen gefunden hatte.

Die Fahrstuhltüren öffneten sich.

Zum Vorschein kam Vizepräsident Lemke, der mit seiner Stabschefin Elizabeth Cortez im Flur wartete.

»Guten Tag, Madam President«, grüßten beide.

»Gehen Sie ein Stück mit mir«, erwiderte Ringgold.

Lemke und Cortez reihten sich links und rechts von ihr ein, während sie durch den mit Teppichboden ausgelegten Flur gingen.

»Die Osprey ist soeben gelandet«, sagte Lemke. »Die Verwundeten werden gerade verarztet, aber wir haben einen Marine während des Flugs und drei weitere am Zielort verloren.«

Die Neuigkeit versetzte Ringgold einen Stich ins Herz.

»Was wissen wir noch?«, fragte sie.

Lemke schüttelte erneut den Kopf. »Nicht viel, aber Captain Beckham und Lieutenant Festa treffen in Kürze zu einer Besprechung ein.«

Stabschef James Soprano kam zügig durch eine Kreuzung am Ende des Gangs.

»Der Lagebesprechungsraum ist bereit«, sagte er. »Elizabeth, ich könnte deine Hilfe bei etwas gebrauchen.«

»Wir kommen gleich nach.« Ringgold blieb an der Reihe kugelsicherer Fenster im Flur stehen. Durch sie sah man zur Rasenfläche auf der anderen Seite der Gärten, wo die Osprey gelandet war. Ein Sanitätsteam transportierte die Verwundeten mit Tragen ab.

Zwei Marines schleiften einen Mann in brauner Kleidung und mit hinter dem Rücken gefesselten Händen heraus. Lemke trat neben sie, um besser hinauszusehen.

»Das muss der Überläufer sein«, merkte Ringgold an.

»Das Team hat auch Kommunikationsausrüstung und weitere Informationen sichergestellt«, teilte Lemke ihr mit.

Ringgolds Blick folgte der Richtung seines Fingers zu einer Gruppe von Marines, die Kisten aus dem Passagierraum luden.

»Vielleicht findet sich darin der Schlüssel dazu, wie die Überläufer und die Abartigen miteinander verbunden sind«, meinte die Präsidentin.

Sie wandte sich von den Fenstern ab und eilte in den Lagebesprechungsraum. Sie konnte es kaum erwarten zu hören, was das Team in den Höhlen entdeckt hatte. Die meisten ihrer Mitarbeiter saßen bereits am langen Tisch. Brigadier General Lucas Barnes und der nationale Sicherheitsberater Ben Nelson traten einen Moment später ein.

»Irgendwelche Neuigkeiten über Operation Shadow?«, fragte Ringgold.

»Noch hat sich keines der sechs Teams gemeldet«, antwortete Barnes. »Ich will ehrlich sein. Eigentlich hätte ich erwartet, dass es zumindest eines davon inzwischen aus dem Gefahrenbereich geschafft hätte.«

Die Tür öffnete sich erneut, und ein kleiner Mann in Tarnanzug mit bauschigem, schütterem Haar trat ein.

»Lieutenant Festa«, begrüßte sie ihn.

»Madam President«, erwiderte er höflich.

Beckham und Horn folgten ihm in den Raum, beide in blutverschmierten Tarnanzügen. Ringgold übersprang die Formalitäten und kam gleich zur Sache.

»Was ist passiert?«, verlangte sie zu erfahren.

Beckham und Horn schauten beide zu Festa.

»Die Überläufer haben mit den Abartigen von den Luray-Höhlen aus zusammengearbeitet«, begann er. »Aber es war nicht wie bei anderen Überläuferverstecken, die wir in der Vergangenheit aufgespürt haben, Ma'am.«

»Ich glaube, wir wissen endlich, wofür das rote Gespinst benutzt wird. Aber wir müssen erst mit Kate reden, um es zu bestätigen«, sagte Beckham. Seine harten Gesichtszüge wiesen neue Falten auf, was Ringgold Sorgen bereitete.

»Sehen Sie zu, dass wir sie ans Telefon bekommen«, wies sie Soprano an. Der Stabschef nickte und verließ den Raum.

»Wir sind unterwegs einige der Informationen durchgegangen, aber der Überläufer rückt mit wenig heraus«, berichtete Festa.

»Hat er denn irgendetwas Hilfreiches gesagt?«, fragte Lemke.

»Nur dass die Abartigen überall sind, und irgendetwas über eine Abrechnung«, antwortete Festa. »Was immer das heißen mag.«

Beckham schaltete sich ein. »Wir wissen inzwischen aus den sichergestellten Karten und Plänen mehr über die Überläufer, und es sieht nicht gut aus, Madam President.«

»Die planen das alles schon eine ganze Weile«, fügte Horn hinzu.

»Was genau planen sie?«, fragte Ringgold. »Meinen Sie die Angriffe auf die Außenposten?«

Sie konnte an den Mienen der Männer ablesen, dass dem nicht so war.

»Die Überfälle auf die Außenposten waren erst der Anfang«, sagte Beckham.

»Der Lieferwagen, den wir vor den Höhlen angehalten haben, war randvoll mit Sprengstoff und Abartigensäure«, ergänzte Festa. »Wir haben eine Karte sichergestellt. Der Außenposten Norfolk ist darauf eingekreist.«

»Dort findet meine nächste Kundgebung statt«, sagte Ringgold.

»Hätte stattfinden sollen«, korrigierte Beckham. »Wir blasen sie ab.«

»Heilige Scheiße«, rutschte es Barnes heraus. »Sind Sie ganz sicher?«

Festa nickte erneut. »Definitiv, General. Auf einem an die Karte geklebten Zettel haben Uhrzeit und Datum der Kundgebung gestanden. Das ist kein Zufall.«

Barnes zupfte sichtlich nervös an seinem Kragen. »Madam President, wenn das stimmt, empfehle ich dringend, *alle* künftigen Wahlkampfveranstaltungen abzusagen und in den Untergrund zu gehen, bis wir mit Sicherheit wissen, was die Abartigen und ihre Marionetten planen.«

»Auf keinen Fall«, widersprach Ringgold. »Ich werde meine letzten Monate im Amt nicht damit verbringen, mich in einem Bunker zu verstecken. Das mache ich nie wieder.«

Sie dachte an die Anlage von Raven Rock zurück, als sie noch Außenministerin gewesen war. Damals hatte sie an manchen Tagen gedacht, sie würde die Sonne nie wiedersehen.

Nein, sie würde nicht in einen dunklen Bunker zurückkehren, um auszusitzen, was auch immer die Abartigen vorhatten.

»Ich werde nicht tatenlos zusehen, wie sie alles zerstören, was unsere Regierung mit so viel harter Arbeit wiederaufgebaut hat.«

»Bei allem Respekt, Madam President, sie zerstören es bereits«, warf Barnes ein. »Wir müssen uns eine neue Strategie überlegen, je nachdem, was die Teams finden … vorausgesetzt sie überleben ihre Missionen.«

Beckham sah Ringgold mit bangem Blick an.

»Eher genehmige ich den Einsatz von Atomwaffen mit geringer Sprengkraft, als dass ich dieses Land untergehen lasse«, verkündete Ringgold. »Ich werde nicht zulassen, dass die Abartigen uns noch einmal zerstören, aber ich bin noch nicht bereit, zu diesem Mittel zu greifen. Vor Atomwaffen will ich eine Option B, C, D, E und so weiter.«

Stille senkte sich über den Raum.

Dass sie sogar Atomwaffen in Betracht zog, überraschte alle, auch sie selbst. Sie atmete tief ein und erkannte, dass ihre Worte die Wirkung eines Tritts in den Schritt erzielt hatten.

»Wenn wir Atomwaffen einsetzen, sind wir nicht besser als Cornelius«, ergriff schließlich Lemke das Wort. »Damit will ich nichts zu tun haben. Tut mir leid, Madam President. Ich werde unser Land nicht atomar verseuchen. Es muss eine bessere Möglichkeit geben.«

»Ich weiß nicht«, schaltete sich Barnes ein. »Ich denke, es könnte an der Zeit sein, das als Option A in Betracht zu ziehen.«

»Dem stimme ich zu«, sagte Festa. »Besonders nachdem wir von diesem Überläufer gehört haben, dass die Abartigen überall sind.«

»Sie können unmöglich überall sein«, warf Lemke ein.

»Nein, aber vielleicht sind es mehr, als wir dachten«, kam von Nelson. »Wenn sie alle Tunnel gegraben und sich unter der Erde versteckt haben, könnten unsere Zählungen völlig unzuverlässig sein. Vielleicht ist es an der Zeit, Hilfe aus Europa anzufordern.«

»Dort ist man nicht in der Lage zu helfen«, sagte Lemke. »Auf dem halben Kontinent gibt es nicht mal elektrisches Licht.«

Die Debatte wurde zunehmend hitziger, bis Ringgolds Stab praktisch untereinander stritt. Sogar Cortez stieg Röte ins sommersprossige Gesicht. Auch sie wollte eindeutig ihre Meinung einwerfen.

Eine Meinung jedoch respektierte Ringgold mehr als jede andere. Sie schaute zu Beckham, der im hinteren Teil des Raums stand, die Handprothese an der Seite.

»Ruhe alle miteinander«, verlangte Ringgold mit Nachdruck. »Ich will hören, was Captain Beckham zu sagen hat.«

Der plötzliche Aufruf hatte ihn vielleicht überrascht, dennoch zögerte er nicht, an den Tisch zu treten.

»Ich weiß nicht genau, was vor sich geht, aber ich denke, wir sollten noch keine voreiligen Schlüsse ziehen«, erklärte Beckham. »Lassen Sie Team Ghost und die anderen Teams ihre Arbeit erledigen, bevor wir überhastete Entscheidungen treffen.«

Cortez und Lemke nickten zustimmend.

»Was wir wissen, ist, dass dieses rote Gespinst ein Bestandteil eines biologischen Kommunikationsnetzwerks sein könnte«, fuhr Beckham fort. »Wir müssen vor der nächsten Phase einen Weg finden, es zu unterbrechen. Bevor sie es für etwas noch Schlimmeres einsetzen.«

»Was zum Beispiel?«, fragte Barnes.

»Ich glaube, die Abartigen bereiten eine umfassende Invasion vor. Auf den Karten waren weitere Außenposten gekennzeichnet. In dem Versteck wurde jede einzelne Sicherheitszone dokumentiert. Die haben sogar Routen zu unseren Stützpunkten eingezeichnet. Für mich riecht das nach einem Angriffsplan. Einem Plan, den wir nie hätten erahnen können. Und wenn dem so ist, werden Atombomben sie nicht aufhalten.«

Neben Barnes klingelte ein rotes Telefon. Er hob den Hörer ab und hielt einen Finger hoch.

»In Ordnung«, sagte er. »Danke, General.«

Barnes legte den Hörer auf und richtete den Blick direkt auf Ringgold.

»Madam President, wir haben gerade von Team Ghost gehört, dass in der University of Minnesota etwas entdeckt wurde«, sagte er. »Eine Art Superhirn-Kreatur.«

Nelson schaute auf seinen Computerbildschirm. »Ich habe das Bildmaterial hier.«

»Ich auch«, bestätigte Soprano.

»Legen Sie es auf den Hauptbildschirm«, sagte Ringgold und drehte sich um.

Horn und Beckham brachten sich in Position, um den Monitor besser zu sehen. Aber bevor die Bilder angezeigt wurden, fügte Barnes etwas hinzu.

»Master Sergeant Fitzpatrick hat gesagt, das Team habe da draußen noch etwas gefunden, Madam President.«

Mit zusammengezogenen Brauen sah sie den General an.

»Was?«, fragte Lemke.

Barnes schluckte, bevor er antwortete. »Jung-Abartige.«

Das Videomaterial von Team Ghost bewog Kate, sich zu fragen, ob sie in einem Albtraum lebte. Jedenfalls lenkte es sie von Beckham und der Frage ab, ob er sicher von seiner Mission zurückgekehrt war.

Allerdings ging es nicht nur um die auf dem Monitor angezeigte Bestie, sondern auch um die Meldung, dass sich die Kreaturen wieder vermehrten. Kate konnte sich nicht erklären, wie. Aber sie wusste, dass Team Ghost nicht lügen würde.

Sie ging einen Schritt näher zum Bildschirm, um die neu entdeckte Kreatur in Augenschein zu nehmen. Carr und einige der Labortechniker drängten sich um sie, genauso gebannt wie Kate.

»Sie hatten recht«, sagte Carr. »Es gibt also tatsächlich etwas anderes, das über das Netzwerk dieses Gespinsts Signale an die Alphas und Abartigen sendet.«

Kate konnte nur spekulieren, was General Souza und Präsidentin Ringgold durch den Kopf gehen mochte. Es überraschte sie, dass sie noch keinen Anruf von ihnen erhalten hatte.

»Wir haben zwei Probleme«, sagte Kate. »Wir wissen jetzt, dass sich die Abartigen an ausgewählten Orten vermehren und Tunnel graben. Es lässt sich unmöglich abschätzen, wie viele von ihnen sich unter der Erde herumtreiben.«

Carr nickte.

Er sah aus, als wäre ihm übel, während das Video weiter auf dem Monitor abgespielt wurde. Abartige kletterten um das riesige, mit allen Ranken des Gespinsts verbundene Ungetüm herum.

»Konzentrieren wir uns zuerst auf dieses neue Monster und darauf, was wir wissen«, schlug Kate vor. »Wir wissen, dass dieses Gespinst Signale ähnlich weiterleitet wie die Nerven im menschlichen Körper. Diese Signale können von den Alphas über ihre Fortsätze direkt empfangen werden. Und die Alphas können sich ihrerseits mit den minderen Abartigen abstimmen.«

»Es ist ein kompliziertes hierarchisches System«, ergänzte Carr. »Sehr ähnlich der Funktion im menschlichen Körper. Die Nerven senden Signale an Muskelzellen, die dann entsprechende Signale an andere Zellen und Gewebe weiterleiten. In dieser Konstellation eben in das Netzwerk der Abartigen.«

Kate tippte auf den Computermonitor. »Das ist wie ein monströses Gehirn. Der Drahtzieher hinter all den Angriffen von Abartigen und Überläufern.«

Carr nickte. »Ein Superhirn.«

»Sogar die rosa Falten überall am Körper erinnern an einen menschlichen Kortex.«

»Sie vergrößern drastisch die Oberfläche des Monsters, falls es tatsächlich so etwas wie ein zentraler Verarbeitungsknoten ist. Vielleicht ist dieses Exemplar wie ein riesiger, lebender Computer.«

»Ein Monster, das Angriffe im ganzen Land mit Abartigen und Überläufern koordiniert, würde definitiv eine gewaltige Menge an Verarbeitungsleistung brauchen.«

»Wenn das so ist, würde seine Zerstörung das gesamte Nervensystem zusammenbrechen lassen«, mutmaßte Carr.

Kate nickte. »Wir müssen sofort mit Präsidentin Ringgold sprechen.«

Als Kate ihren weißen Kittel ablegte und auf den Ausgang des Labors zusteuerte, hoffte sie, auch etwas über ihren Mann zu erfahren. Carr folgte ihr zur Tür hinaus, während ihnen die Techniker nachschauten. Zusammen nahmen die beiden die Treppe hinauf zur Kommandozentrale der auf der Insel stationierten Soldaten.

Sergeant Ruckley saß mit einer Gruppe rekrutierter Männer und Frauen um eine Reihe von Funkausrüstung.

»Dr. Lovato«, sagte Ruckley und drehte sich um.

»Ich muss sofort mit Präsidentin Ringgold reden«, teilte Kate der Frau mit.

Ruckley legte die Stirn in Falten. »Ich kann Sie im Greenbrier mit jemand anderem verbinden, aber Ringgold ist wahrscheinlich ...«

»Ringgold. Es muss Ringgold sein.«

Die Offizierin schien zunächst erneut protestieren zu wollen, erkannte aber offenbar das Feuer in Kates Augen.

»Sie haben Dr. Lovato gehört«, sagte Ruckley. »Funken Sie die Leitung für Notfälle an.«

Die Soldatin reichte Kate ein Handgerät.

»Lassen Sie hören, Doktor«, meldete sich Ringgold. »Vorzugsweise gute Neuigkeiten.«

»Madam President, ich fürchte, damit kann ich nicht dienen. Ich glaube, diese Kreatur ist – in Ermangelung eines besseren Begriffs – ein Gehirn und koordiniert die Angriffe im ganzen Land.«

»Ich hatte den gleichen Gedanken. Und vor allem nach der Entdeckung der Jung-Abartigen fürchte ich, dass etwas noch Größeres geplant ist.« Kurz verstummte die Präsidentin, bevor sie hinzufügte: »Ich nehme an, Sie haben noch nicht mit Ihrem Mann gesprochen, oder?«

Die Frage überrumpelte Kate. »Nein, warum? Geht es ihm gut?«

»Ja, es geht ihm gut. Aber was ich Ihnen gleich sagen werde, muss unter uns bleiben, in Ordnung?«

»Selbstverständlich«, antwortete Kate.

»Operation Renegade hat Informationen zutage gefördert, die mich vermuten lassen, dass die Abartigen eine größere Offensive starten könnten. Größer als alles Bisherige. Möglicherweise eine umfassende Invasion. Und ich habe das Gefühl, dieses Monster wird sie koordinieren und die Horden der Jung-Abartigen entsenden.«

Kates Magen krampfte sich zusammen. Ihre Gedanken rasten zu Javier, Donna und Bo, Timothy, Tasha und Jenny. Zu all den Menschen, die gerade erst die Hölle hinter sich hatten und erkennen mussten, dass ihre Welt vielleicht schon bald erneut auf den Kopf gestellt würde.

»Operation Renegade bestätigt auch Ihre Theorie, dass dieses Gespinst wie ein Kommunikationsnetzwerk funktioniert«, fuhr Ringgold fort.

»Nach diesem Filmmaterial von Team Ghost bin ich mir noch sicherer, dass es so ist.« Kate verstummte, um zu überlegen, zweifelte aber nicht daran, dass sie präzise Informationen weitergab.

»Vor ein paar Wochen hätte ich noch nichts davon geglaubt, aber …«

Kate spürte die auf ihr ruhenden Blicke der Männer und Frauen in der Kommandozentrale, aber sie konzentrierte sich auf die Funkausrüstung und bemühte sich, ihre Atmung zu beruhigen.

»Die Studien, die Carr und ich durchgeführt haben, sind ziemlich schlüssig«, sagte Kate. »Wir haben es mit Nerven- und Muskelzellen zu tun, die sich schneller als selbst die bösartigsten Krebsarten vermehren.«

»Wächst das Gespinst deshalb so rasant?«

»Ja. Und aus unseren Studien der Zellen wissen wir außerdem, dass für das Wachstum eine erschreckende Menge an Energie nötig ist. Die Ausweitung des Netzwerks erfordert gewaltige Massen an Kraftstoff.«

»Von wie viel reden wir?«

»Da bin ich mir nicht sicher. Aber Team Ghost hat berichtet, dass die meisten Abartigen in Minneapolis anscheinend am Verhungern sind, und das trotz der Zahl der Zivilisten, die sie entführt haben«, erwiderte Kate.

»Abartige von frischer Beute fernzuhalten, erfordert ein gewaltiges Maß an Kontrolle. Das Gespinst und dieses Superhirn müssen mehr Macht besitzen, als wir uns hätten vorstellen können.«

»Wenn wir dieses Gehirn töten, bricht dann Ihrer Meinung nach das gesamte Netzwerk zusammen?«, wollte Ringgold wissen.

Die Präsidentin war eine kluge Frau. Sie kam damit ziemlich schnell auf dieselbe Theorie, die Kate selbst eben erst aufgestellt hatte. Dennoch zögerte sie und dachte über ihre Antwort nach. Was sie als Nächstes sagte, konnte unzählige Leben kosten oder retten, das wusste sie.

Kate dachte an das Gespinst im Stadion in Minneapolis und anderswo im Land zurück. Sie hatte so viele schreckliche Bilder von Menschen und Tieren gesehen, die darin festhingen. Viele noch am Leben.

»Leider kann ich das ohne biologische Proben von diesem Superhirn und einige lebende Abartige für Tests nicht mit Sicherheit sagen. Wenn unsere Theorie stimmt, wäre die Vernichtung des Superhirns so, als würde man einer Schlange den Kopf abschlagen«, erklärte Kate. »Die Abartigen würden jegliche Koordination verlieren, und alles, was an das Gespinst angeschlossen ist, würde sterben.«

»Aber würde das die Invasion verhindern?«

»Ich denke, schon«, antwortete Kate.

Ringgold ließ kein Zögern erkennen. »Dann müssen wir es tun. Ich weiß, das ist spekulativ, aber haben Sie irgendwelche Empfehlungen, wie man etwas zerstören kann, das aus den von Ihnen untersuchten Geweben besteht?«

»Auch das ist schwer zu sagen, aber dieses *Ding* abzufackeln, ist ein todsicherer Weg, das Gewebe zu zerstören«, erwiderte Kate. »Und ich würde auch nicht lange damit warten. Wir haben keine Ahnung, ob es sich bewegen kann oder ob es die Aktivitäten von Team Ghost in Minneapolis bemerkt hat. Es könnte durchaus in der Lage sein, die Tunnel zur Fortbewegung zu nutzen.«

»Verstanden«, erwiderte Ringgold. »Wir brauchen eine bestätigte Tötung. In diesem Fall sieht es so aus, als hätten wir nur eine gute Option.«

»Team Ghost«, sagte Kate.

»Richtig. Wir werden auch Bomber in Bereitschaft versetzen. Aber wenn dieses Ding nur halb so mächtig ist, wie Sie sagen, dann will ich unwiderlegbare Beweise dafür, dass wir es getötet haben, bevor wir die Mission als Erfolg bezeichnen.«

»Und was ist mit den Jung-Abartigen?«, fragte Kate. »Laut Team Ghost könnten sie in dem Stadion leben. Das Team hat dort Hunderte menschliche Gefangene entdeckt.«

Am anderen Ende der Leitung entstand eine Pause.

»Mein Bauchgefühl empfiehlt mir, das Stadion in die Hölle zu bomben. Aber ich habe mich noch nicht entschieden. Ich muss zuerst mit meinen Generälen und meinem Stab sprechen, vielleicht auch mit Ihrem Mann.«

»Okay«, gab Kate zurück. »Tut mir leid, dass ich keine besseren Neuigkeiten habe.«

»Mir auch, Doktor. Aber so ist nun mal die Realität. Wir müssen uns ihr stellen und dürfen keinen Zentimeter nachgeben. Viel Glück bei Ihrer weiteren Forschung.«

»Auch Ihnen viel Glück, Madam President.«

Damit endete das Gespräch. Kate hielt noch das Handgerät, während Carr und die anderen sie beobachteten.

Sie betete, dass sie mit ihrer Vermutung über diese Kreatur und damit recht hatte, was passieren würde, wenn Team Ghost sie vernichtete. Und wie schon in der Vergangenheit hingen Tausende unschuldige Leben von ihrem wissenschaftlichen Urteil ab.

23

Fitz betrachtete die von Dreck und Ruß verschmierten Gesichter von Team Ghost. Die Gruppe hatte Zuflucht in einem Gebäude gesucht, das einen Block vom Northrop Performing Arts Center entfernt lag.

Noch vor einem Jahrzehnt war das Center ein Ort der Kultur und des Lernens gewesen. Die Menschen hatten sich weit genug entwickelt, um im Leben Dinge zu schätzen, die über das bloße Überleben hinausgingen – Dinge wie Kunst und Wissenschaft.

Wege zur Erforschung und Erklärung des Lebens.

Die Abartigen hatten sich auf ihre eigene Weise weiterentwickelt, um genau das zu zerstören. Aber Team Ghost erhielt eine weitere Chance, den Spieß gegen die Monster umzudrehen.

»Ghost 1, Sie sollen das Ziel ausschalten und bestätigen, dass es vernichtet ist«, ertönte über Funk die Stimme von General Souza.

»Verstanden«, gab Fitz zurück. »Wird erledigt.«

Das Herz schlug ihm bis in den Hals, als ihn eine Erkenntnis überkam.

Es würde keine Bomber geben, die auf das Northrop Performing Arts Center die Hölle herabregnen lassen würden. Das Oberkommando wollte, dass Team Ghost diese Bestie ausschaltete und anschließend ihren Tod bestätigte.

»Ich glaub die Scheiße einfach nicht«, brummte Lincoln. »Warum zum Teufel müssen wir das übernehmen?«

»Wir sind die Garantie«, sagte Rico.

»Wenn ihr mich fragt, ist das ’ne Selbstmordmission«, brummte Ace.

Dohi äußerte seine Meinung nicht, aber Fitz merkte ihm an, dass die Sache auch ihm nicht gefiel. Verdammt, Fitz gefielen die Befehle selbst nicht. Aber er verstand, warum Team Ghost die Bestie ausschalten musste.

Sie konnten nicht riskieren, dass dieses seltsame Ungetüm den Standort wechselte und neue Wurzeln schlug. Wenn sie auf einen Bombenangriff warteten, könnte das Monster einfach in die Tunnel verschwinden. Es war wie ein Krebsgeschwür, das sie aufhalten mussten, bevor es bösartig wurde und sich weiter ausbreitete.

»Reißt euch zusammen«, ergriff Fitz das Wort. »Dies ist unsere Chance, das gesamte Netzwerk einzureißen und eine totale Invasion zu stoppen, die das Land und alles zerstören könnte, woran wir gearbeitet haben. Wir *dürfen* dieses Monster nicht weiterleben oder entkommen lassen.«

»Du weißt, dass ich immer hinter dir stehe, Fitzie.« Rico rang sich ein hübsches Lächeln ab.

»Gilt für mich auch«, kam von Mendez.

Die anderen nickten.

»Wie viel Munition habt ihr noch?« Fitz führte eine Bestandsaufnahme der wenigen verbliebenen Magazine durch und verteilte sie anschließend gleichmäßig. Alle bekamen zwei für ihre Primärwaffe. Nicht viel, aber diese

Mission diente zur Aufklärung und sollte nicht in ein vollwertiges Feuergefecht ausarten.

Fitz hatte vor langer Zeit gelernt, dass Improvisation das beste Werkzeug für einen Soldaten war.

Für diese Nacht nahm Improvisation die Form von Granaten an. Insgesamt hatten sie sechs. Fitz nahm sich zwei, Mendez und Lincoln die restlichen.

»Esst etwas und trinkt Wasser«, sagte Fitz. »Ich gehe den Plan durch, dann brechen wir auf.«

Rico schob sich eine rosa Strähne zurück unter den Helm, während sie aus ihrer Flasche trank. Ace biss von einem Energieriegel ab. Dohi schloss die Augen und meditierte. Mendez bekreuzigte sich betend, Lincoln kaute geräuschvoll.

»Also, wie sieht der Plan aus, Boss?«, fragte Lincoln mit vollem Mund.

»Der Plan ist ganz einfach. Mendez, Lincoln und ich sprengen dieses Ungetüm mit Granaten zurück in die Hölle. Der Rest von euch hält uns vom Steg über der Bühne aus die Abartigen vom Leib. Sauber, schnell, fehlerlos. Dann kommen wir alle nach Hause. Alles klar?«

»Moment«, meldete sich Dohi zu Wort. »Ich bin mir nicht sicher, ob die Granaten reichen werden. Vielleicht brauchen wir was anderes.«

»C4 wäre nett«, meinte Ace.

»Woran denkst du, Dohi?«, wollte Rico wissen.

»Diese Sattelschlepper, die wir an den Laderampen gesehen haben. Ich könnte versuchen, den Diesel abzuzapfen. Selbst schlechter Diesel brennt noch. Und kommt ein Dieselbrand erst mal in Schwung, ist er ziemlich heftig und hält lange an.«

Lincoln schüttelte den behelmten Kopf. »Damit wir alle dort verbrennen? *Scheiße,* nein.«

»Und womit willst du ihn überhaupt abzapfen?«, fragte Mendez.

Dohi benutzte ein Messer, um den Strohhalm von seiner Trinkflasche abzuschneiden. »Ich brauch nur etwas, in das ich den Treibstoff reinfüllen kann.«

Fitz gefiel die Idee. »Ich denke, dafür finden wir etwas.«

Lincoln grunzte und wandte sich ab.

»Dann gehen wir's an«, schlug Mendez vor.

Alle außer Lincoln nickten bestätigend, aber auch er kriegte sich am Ende wieder ein. Zusammen trat Team Ghost den Weg zu demselben Eingang an, den sie beim ersten Mal benutzt hatten, um ins Gebäude zu gelangen.

Unterwegs fanden sie in einem Müllhaufen, den Fitz zuvor bemerkt hatte, mehrere Plastikgefäße. Dohi nahm sie mit und ging damit zu den Lastern, während der Rest des Teams Wache hielt.

Ein einziger Abartiger sichtete sie, während er die Behältnisse füllte. Lincoln warf ein Messer, das in den Schädel der Bestie einschlug, bevor sie mit einem Schrei Alarm geben konnte. Sie sackte auf den Bordstein zusammen, und Mendez half Lincoln, sie wegzuschleifen.

»Ich trag die hier, du übernimmst die Führung«, sagte Ace. Er hob die mit Kraftstoff gefüllten Behältnisse auf.

Hineinzugelangen erwies sich als einfach. Dohi führte sie wohlbehalten zurück in den Umkleideraum, in dem sie ursprünglich Zuflucht gesucht hatten. Fitz nahm sich einen Moment Zeit, um sich zu orientieren und auf Feindkontakt zu lauschen. Danach dirigierte er das Team zum Zuschauerraum.

Unterwegs hallten die Geräusche von klickenden Gelenken und krächzenden Kehlen durch die von Gespinst überzogenen Gänge. Abartige huschten durch die Schatten, aber das Team nutzte das Gewirr der von den roten Ranken hängenden Körper und morsche Möbel als Deckung, um langsam vorzurücken.

Nachdem sie 15 Minuten geschlichen und teilweise sogar gekrochen waren, erreichten sie die Treppe. Fitz gab Handzeichen. Zu den Eingängen des Zuschauerraums hin teilten sie sich auf. Rico, Ace und Dohi setzten den Weg die Treppe hinauf fort.

Wieder einmal musste Fitz dabei zusehen, wie sich Rico von ihm entfernte.

Pass auf dich auf, dachte er.

Bevor sie außer Sicht verschwand, schaute sie zurück und winkte ihm verhalten zu. Gerade genug, um ihn wissen zu lassen, dass auch sie gerade an ihn gedacht hatte.

Als sie weg war, betrat Fitz von hinten das Theater, um auf das Zeichen der anderen zu warten. Er ging auf seinen Prothesen in die Hocke und zeigte Mendez und Lincoln an, dass sie sich verteilen sollten.

Dann griff er zu seinem Helm, um sich zu vergewissern, dass die daran angebrachte Kamera richtig positioniert war. Er wollte jede einzelne Sekunde dessen festhalten, was sich gleich abspielen würde.

Fahles Mondlicht kämpfte sich durch die Löcher des Verfalls im Dach und erhellte schwach den gesamten Raum. Eine Gruppe von zehn Abartigen trieb sich auf der Bühne herum, einige liegend, andere hockend wie Vögel.

Die riesige Bestie, die sie bewachten, verharrte an derselben Stelle. Netzartige Gewebetentakel rankten sich aus dem gigantischen Körper und erstreckten sich quer durch den Zuschauerraum. Mehrere Abartige benutzten die Stränge, um wie bizarre Kinder in einer Kletterhalle aus einem Albtraum darauf herumzuturnen.

Ein anderes Rudel betrat die Bühne von hinten und bewegte sich mit verwesenden Leichenteilen auf die massige Ausgeburt der Hölle zu. Sie brachten das Fleisch im Gänsemarsch, warfen die Brocken nacheinander in den Schlund des Ungetüms, bevor sie wieder gingen, um vermutlich Nachschub zu holen.

Dohi würde in denselben Schlund eine Ladung Diesel kippen, danach würde Fitz eine Granate hineinwerfen. Er schaute mit der Nachtsichtbrille zur Bühne und sichtete auf dem Steg darüber die Infrarotmarker der anderen drei Mitglieder von Team Ghost.

Er ließ den eigenen Infrarotmarker an seiner Nachtsichtbrille in ihre Richtung aufblitzen, bevor er eine seiner Granaten ergriff.

Die Show würde gleich losgehen.

Ein weiterer Abartiger kletterte über die roten Ranken in der Nähe der Decke herab, und Fitz duckte sich tiefer. Durch die ungesund wirkende, von Warzen übersäte Haut des Monsters zeichneten sich deutlich die Knochen ab. Der Abartige ließ sich mit einem abgekauten menschlichen Arm auf die Bühne fallen und schob ihn ins Maul des scheußlichen Ungetüms.

Knirschende Laute hallten laut durch den Raum, als es kaute.

Ace und Dohi standen auf dem Steg über der Bühne auf und schütteten den Diesel nach unten, als die letzten Abartigen die Fütterung beendeten. Die Flüssigkeit lief an den Seiten des rosa Gewebes herab und sammelte sich um das riesige Monster zu einer Lache.

Sofort hoben zwei Abartige, die Wache hielten, die Köpfe und starrten suchend nach oben.

Ihre Blicke hefteten sich auf ein angezündetes Streichholz in Ricos Fingern.

Einer der Abartigen stieß einen schrillen Alarmschrei aus.

»Friss das, du Scheißer!«, rief Rico und ließ das Streichholz fallen.

Das abscheuliche Ungetüm schaute ebenfalls auf, als das Streichholz auf die rosa Falten seines Körpers traf und beim Aufprall den Diesel entzündete. Die Flammen tauchten den gesamten Raum in einen gespenstischen, orangen Schein. Vom Feuer erhitzte Nervenstränge schrumpften und zerrissen, während Dohi und Ace die restlichen Behältnisse leerten.

Aus dem Ungetüm explodierte ohrenbetäubendes Gebrüll hervor.

Um ein Haar wäre Fitz vor dem überwältigenden Lärm zurückgeschreckt.

»Jetzt!«, sagte er zu Mendez und Lincoln. »Geht in Deckung!«, brüllte Fitz zu den anderen.

Sie schleuderten die Granaten auf die Bühne, während sich Dohi, Rico und Ace hastig auf dem Steg entfernten.

Die drei Männer unten duckten sich, als die Detonationen die Bühne erschütterten und Splitter quer durch den Zuschauerraum schwirrten. Fitz richtete sich mit einer weiteren Granate auf, musste aber zum Gewehr wechseln, als Abartige die Stufen herauf in Richtung seiner Position stürmten.

Von oben ertönten schallgedämpfte Schüsse. Rico, Ace und Dohi feuerten, um die Bestien zurückzuhalten und den Männern unten die Chance zu verschaffen, die Granaten zu werfen.

Fitz gab eine Salve ab und erhaschte durch den entstandenen Rauchvorhang einen flüchtigen Blick auf das brennende Monster. Es hatte einen der gehäuteten Arme zurückgezogen, wodurch weitere der dünnen Gewächse gerissen waren. Für ein so riesiges, massiges Geschöpf wirkte es ziemlich beweglich, als es mit seiner unförmigen Pranke nach den Flammen schlug.

Der Raum füllte sich mit dem Gestank von verkohltem Fleisch, und das gewaltige Ungetüm brüllte erneut. Weitere Abartige fluteten den Zuschauerraum, kletterten die Wände und das Gespinst hinauf zum Ende des Stegs.

Dohi, Rico und Ace hielten die Stellung und gaben gezielte Einzelschüsse ab.

Das Feuer breitete sich über die Bühne zu den Sitzen aus. Die Luft wurde erstickend vor Rauch. Ihnen lief die Zeit davon, und die Bestie war immer noch nicht tot.

Fitz sichtete den ersten Abartigen, der dazu ansetzte, von der Wand auf den Steg zu springen. Ein Projektil schlug in das Fleisch des Monsters ein und schleuderte es zu Boden. Flammen von den lodernden Sitzen verschlangen den Kadaver.

Dohi und Ace folgten mit Feuerschutz und schalteten die vorrückenden Bestien eine nach der anderen aus. Mendez warf in hohem Bogen eine weitere Granate. Das Geschoss traf seitlich den Schädel des Ungetüms. Die riesige Klaue schlug es weg, und die Explosion zerfetzte mehrere Abartige in der Nähe.

Brennendes Fleisch brutzelte und knisterte auf der Bühne.

Die Ausgeburt der Hölle stemmte sich auf die Beine. Fitz' anfänglicher Eindruck von einer Art fauler Königin, die sich von ihren Arbeitern versorgen ließ, verflüchtigte sich beim Anblick des aufrecht stehenden Ungetüms.

Von Lincolns Position stieg eine weitere Granate auf und flog durch die Luft.

Die Bestie schlug sie mit einer brennenden Hand weg. Die Granate segelte direkt auf die Sitze vor Mendez und Lincoln zu.

»Zurück!«, brüllte Fitz.

Sie hechteten zu Boden. Fitz ging hinter einer Säule in Deckung. Die Schallwelle der Detonation raste an ihm vorbei. Der Knall fiel so laut aus, dass seine Trommelfelle zu platzen drohten. Er taumelte hinter der Säule hervor, hob mit zittrigen Händen das Gewehr und feuerte auf Monster, die über die Stufen heraufsprangen.

Alles schien zu erstarren, als der Rauch Fitz zum Husten brachte.

Mendez und Lincoln lagen am Boden, rührten sich kaum. Wahrscheinlich hatten Granatsplitter ihre Körper gespickt. Teile des Stahls vom Steg unter der Decke fielen auf die Bühne, einige Halteseile rissen.

Der Rest der Plattform neigte sich. Dohi rutschte aus und schlitterte nach unten. Das riesige Monster darunter streckte eine lodernde Hand nach seinen Stiefeln aus.

Fitz schnappte sich die letzte Granate, konnte sie aber nicht werfen, solange sich Dohi mitten im Detonationsbereich befand. Also hob er stattdessen das Gewehr und schoss auf zwei Bestien, die auf Mendez und Lincoln zusteuerten.

Er landete zwei Kopfschüsse und zielte anschließend auf das Grauen auf der Bühne, das sich noch immer nach

Dohi streckte. Fitz richtete das Fadenkreuz aus und feuerte auf einen der großen Augäpfel der Kreatur.

Die Bestie stieß ein wildes Gebrüll aus, stolperte rückwärts und fasste sich ans Gesicht. Dutzende Abartige hatten ihren Anführer umzingelt und fingen mit ihren Körpern die Kugeln von Rico und Ace ab.

Noch mehr Kreaturen strömten in den brennenden Zuschauerraum, rasten hinter der Bühne heran und fielen aus den Löchern in der Decke. Einer der Abartigen benutzte den sich windenden Anführer als Leiter, um zum herabbaumelnden Dohi hochzuklettern.

Rico streckte sich vorwärts, und der Steg sackte unter ihrem Gewicht leicht ab.

Der Abartige schien bereit zu sein, beiden entgegenzuspringen. Eine Dreiersalve mitten in den Rücken der Kreatur ließ sie abstürzen, und Fitz wandte sich einem anderen Ziel zu. Er drückte den Abzug, aber das Magazin erwies sich als leer.

Rico streckte die Hand aus, packte die von Dohi und zog ihn in Sicherheit. Ace schoss, um die über die Wände kletternden Monster aufzuhalten, trotzdem würde es nicht lange dauern, bis sie überwältigt wären.

Team Ghost hatte schlichtweg nicht genug Munition, und in wenigen Minuten würden das Feuer und der Rauch zu intensiv sein, um zu entkommen. Sie mussten sofort raus.

»Mendez, Lincoln, steht auf!«, brüllte Fitz. Hustend rannte er zu ihnen hinüber. Mendez hatte sich hochgestemmt und schaffte es, das Gewehr zu heben, Lincoln hingegen lag nach wie vor schlaff auf dem Boden.

Das Superhirn auf der Bühne hielt eine Pranke auf die blutende Augenhöhle gepresst. Während es sich wand, spannten sich weitere Nervenstränge und fielen schließlich von dem Ungetüm ab.

»Mendez, knall es ab!«, rief Fitz.

Die Bestie brüllte vor Schmerz und riss das Maul weit auf, als Projektile in die unförmige Gestalt einschlugen. Fitz nutzte die Gelegenheit, um seine letzte Granate wie einen Baseball in das schwarze Loch des Schlunds zu werfen.

»Runter!«, warnte Fitz. Er schirmte Lincolns Körper mit seinem ab, als die Explosion von der Bühne dröhnte. Mit klingelnden Ohren und Rauch in der Lunge stemmte sich Fitz hoch, um sich zu vergewissern, dass die Bestie tot war.

Der Rest des Zuschauerraums glich einer Höllenlandschaft. Mittlerweile hatte das Feuer die verrotteten Vorhänge auf der Bühne und die verwahrlosten Sitzreihen erfasst. Fitz brauchte mehrere sengende Wimpernschläge, um das kopflose, brennende Monster auf den Bodenbrettern zu entdecken.

Um das Ungetüm herum zersprangen Ranken des Gespinsts, schmolzen und wurden von den Flammen verkohlt. Die Kreatur selbst schien zu schrumpfen, als das Feuer ihre fleischigen Hautlappen verzehrte.

Fitz vergewisserte sich, dass seine Helmkamera alles übertrug. Das Oberkommando sollte sehen, dass dieses Monstrum tot war. Nachdem er den Anblick einen Herzschlag lang festgehalten hatte, half er Mendez, Lincoln hochzuheben.

Kaum hatte Fitz ihn ergriffen, spürte er, wie Blut in seine Handschuhe sickerte.

»Ab zum Evakuierungspunkt!«, rief Fitz in die Funkverbindung.

Dohi, Rico und Ace verschwanden vom Steg, aber Fitz konnte schallgedämpfte Schüsse hören, als sie die Treppe herunter flüchteten.

Ein Teil der Decke stürzte in den Zuschauerraum und lieferte dem knisternden Feuer weitere Nahrung. Funken stoben auf, als eine Säule umkippte und einer der Balkons auf den Körper des Superhirns fiel.

Abartige kreischten, als die Flammen sie erfassten.

Fitz und Mendez trugen Lincoln in die Lobby, wo Ace und die anderen warteten.

»Der Vogel ist unterwegs«, verkündete Rico. »Ich hab Meldung erstattet.«

Fitz nickte, als die Flammen durch die Türen zum Theater herauszüngelten. Ein brennender Abartiger schlitterte über den Teppich und krümmte sich vor Schmerzen.

»Los, los, los!«, rief Fitz, als weitere lodernde Bestien durch die Flammen herausstürmten.

Dohi und Ace führten sie durch den Vordereingang hinaus auf einen überwucherten Rasen, gesäumt von Gebäuden mit Backsteinfassaden. Löcher von den Tunneln der Abartigen übersäten den Bereich.

Team Ghost hatte es nicht weit zum Evakuierungspunkt, dennoch mutete es wie ein Marsch um die halbe Welt an. Die Löcher spien weitere der Bestien vor dem Team aus. Noch mehr stürmten aus den Gebäuden und umzingelten Team Ghost.

Der Black Hawk, der sie abholen sollte, würde in der Mitte der nahen Wiese landen. Fitz lauschte mit den malträtierten Ohren auf das unverkennbare Wummern von Rotoren, hörte aber außer den feindlichen Monstern nichts.

Er lud sein letztes Magazin ins Gewehr und begann, die Bestien auf dem Rasen unter Beschuss zu nehmen. Rico und Mendez hatten nur noch ihre Handfeuerwaffen und schossen auf die Monster, die aus dem Northrop Performing Arts Center kamen.

Ace und Dohi verbrauchten ihre letzten Patronen für die Abartigen, die aus den angrenzenden Gebäuden fluteten. Mehrere warfen sich durch Fenster. Glasscherben spritzten umher. Andere pflügten auf allen vieren durch das wuchernde Gras wie Haie durch eine Brandung.

Fitz arbeitete sich von einem Ziel zum nächsten, bis der Schlagbolzen auf das leere Patronenlager fiel. Er ließ das Gewehr am Riemen vor seiner Brust baumeln und zog seine Beretta M9.

Flammen aus dem Performing Arts Center griffen auf ein Nachbargebäude über. Fitz schaute an den Rauchsäulen vorbei, die den Himmel verstopften, und hielt Ausschau nach dem Helikopter, von dem jedoch immer noch jede Spur fehlte.

»Wo bleibt er?«, rief Fitz zu Rico.

»Keine Ahnung«, brüllte sie zurück. »15 Minuten haben sie gesagt!«

Plötzlich erbebte der Boden heftig unter seinen Stiefeln, und er feuerte weiter mit der Pistole. Säulen an der Vorderseite eines Gebäudes kippten. Gleich darauf fielen Ziegelsteine und erschlugen eine Handvoll Abartiger.

»Was ist das?«, schrie Rico.

Ein Teil des Rasens brach ein. Weitere Schluchten entstanden entlang der älteren Löcher.

»Die Tunnel stürzen ein!«, rief Fitz zurück. Er wechselte das Magazin der Pistole. Sein Herz schlug schneller, als die Abartigen aus allen Richtungen näher rückten.

Lincoln blutete auf dem Boden vor sich hin. Mittlerweile waren beide Hosenbeine völlig durchtränkt.

»Scheiße, Scheiße, Scheiße!«, fluchte Fitz. Das Team scharte sich um Lincoln, bildete einen Kreis, um den verwundeten Kameraden zu schützen.

»Hinter uns!«, brüllte Dohi.

»Drei Uhr!«, rief Rico.

Die Bestien kamen von überall.

»Keine Munition mehr!«, meldete Ace. Er wechselte zu seiner Schrotflinte und feuerte auf eine Bestie, die in hohem Bogen auf sie zusprang. Der Kadaver landete vor Fitz auf dem Boden und schlitterte das letzte Stück direkt vor seine Beinprothesen.

Plötzlich blitzte am Himmel etwas auf. Fitz hörte das unverkennbare Gebrüll eines M240. Noch nie hatte er den Lärm von Schüssen als schöner empfunden.

Ein Black Hawk sank aus der Dunkelheit herab. Ein Mannschaftsleiter schwenkte die an der Tür montierte, großkalibrige Waffe und feuerte auf Abartige, die über Kadaver sprangen, um Team Ghost zu erreichen.

»Los!«, befahl Fitz.

Das Team behielt einen Schutzkreis um Lincoln bei, als Ace und Dohi den verwundeten Soldaten zum Hubschrauber trugen. Mithilfe eines zweiten Mannschaftsleiters stiegen sie nacheinander ein und betteten Lincolns schlaffen Körper behutsam auf das Deck.

Fitz fürchtete sich davor, seinen Puls zu fühlen.

»Nichts wie weg hier!«, brüllte Dohi.

Der Helikopter hob ab, als ein weiteres Gebäude der bebenden Erde zum Opfer fiel. Fitz bückte sich neben Lincoln und drückte einen Finger an die Halsschlagader.

Der Puls war schwach, aber vorhanden.

Rico durchwühlte bereits ihren Erste-Hilfe-Rucksack und Dohi brachte einen Druckverband um eine Wunde an Lincolns Oberschenkel an, der sich vor Arterienblut dunkel verfärbt hatte. Rico reichte Dohi eine Schere zum Wegschneiden der Hose.

»Was ist mit den Abartigen los?«, rief ein Mannschaftsleiter.

Fitz schaute zurück, hinunter auf die Wiese. Sämtliche Bestien hatten innegehalten. Sie legen die Köpfe schief, als hielten sie nach etwas Ausschau oder lauschten auf etwas.

Der Hubschrauber stieg weiter auf. Trotzdem konnte Fitz noch beobachten, wie die Abartigen unten jäh zu den Löchern stürmten und einen Massenexodus antraten.

»Wo wollen die alle hin?«, fragte der Mannschaftsleiter. »Ist beinahe so, als hätten sie gerade einen Befehl zum Rückzug erhalten. So was hab ich noch nie gesehen.«

Fitz konzentrierte sich wieder auf Lincoln und versuchte, nicht darüber zu grübeln, was unten vor sich ging. Team Ghost hatte bei Operation Shadow direkt vor dem Abgrund gestanden und es gerade noch lebend aus der Stadt geschafft.

Der Helikopter drehte am Himmel bei.

»Er hat eine Menge Blut verloren«, sagte Rico. »Wir müssen ihn so schnell wie möglich in ein Feldlazarett bringen.«

»Wir transportieren ihn zum nächstgelegenen Außenposten«, kam von einem der Piloten.

Fitz ergriff Lincolns blutnasse, behandschuhte Hand, während Dohi die Hose fertig abschnitt und die Wunden freilegte. Er beugte sich mit dem Rest des Teams vor, um bei der Arbeit an Lincoln zu helfen.

»Halt durch, Bruder«, murmelte Fitz.

Trotz des angebrachten Druckverbands hatte Lincoln bereits unheimlich viel Blut verloren. Die Flüssigkeit sammelte sich auf dem Deck.

Mendez schluckte schwer und schaute zu Fitz auf.

»Irgendwas stimmt da nicht«, rief einer der Piloten. »Ich seh keinen einzigen Abartigen auf den Straßen unten.«

Fitz blieb auf Lincoln konzentriert.

Bei der Mission sollte die Königin dieses Bienenstocks der Abartigen getötet werden. Dadurch sollte die gesamte Kolonie in ein heilloses Chaos gestürzt und zerstreut werden. Aber das passierte nicht, und plötzlich konnte Fitz das Gefühl nicht abschütteln, dass Team Ghost lediglich das Nest aufgescheucht hatte.

»Fitz«, sagte Rico.

Als er aufschaute, sah er ihre glasigen Augen. Sie hatte einen Finger an Lincolns Hals.

»Ich fühle keinen Puls mehr«, sagte sie.

24

»Wie weit erstrecken sich diese verfluchten Tunnel eigentlich?«, murmelte Chase und deutete in die Schwärze des von Gespinst überzogenen Einstiegs hinab.

»Ruhen wir uns ein paar Minuten aus«, schlug Fischer vor.

Das Team hielt an, trank Wasser und aß Proteinriegel aus den Rucksäcken. Fischer hatte erfahrene Kämpfer dabei, von seinem persönlichen Sicherheitsteam über die von ihm engagierten Fährtensucher bis hin zu Sergeant Sharp. Dennoch jagte ihm der Anblick des Tunnels einen Schauder über den Rücken.

Er nutzte die Momente der Ruhe, um das Gespinst in der grünstichigen Ansicht seiner Nachtsichtbrille zu studieren. Zwei Hörner ragten aus der Masse. Er trat näher an die Wand und untersuchte, was von einem seiner Stiere übrig geblieben war. Rote Ranken überzogen den Rest des abgetrennten Schädels, wucherten aus den leeren Augenhöhlen und den Nasenlöchern des Tieres.

»Herr im Himmel«, flüsterte er.

Du musst hier raus, flüsterte eine Stimme.

Fischer drehte sich nicht den anderen zu, um zu sehen, wer gesprochen hatte. Niemand reagierte.

Diese Stimme war nicht echt. Sie begleitete ihn weiter, als sie tiefer in die feuchte Dunkelheit vordrangen. Eine Stimme, die er zuletzt vor dem großen Krieg gegen die Ausrottung gehört hatte.

Die Stimme seiner toten Frau.

Er ignorierte sie. Dieser Ort trieb ihn in den Wahnsinn, und seine Erschöpfung war wenig hilfreich dagegen.

Fischer zog das Halstuch runter, um tief die schwüle Luft einzuatmen. Als ihm der Geruch ungefiltert in die Nase stieg, musste er ein Würgen zurückdrängen. Er zwang sich, einen Schluck Wasser zu trinken. Schweiß tropfte vermischt mit schwarzem Ruß und Erde von seiner Stirn. Er wischte ihn mit dem Handrücken weg.

Seit mittlerweile Stunden durchforsteten sie die Tunnel und tauchten dabei immer tiefer in das weitläufige Netzwerk ein, das sich unter seinen Ölfeldern erstreckte. Er hatte nicht damit gerechnet, dass diese von den Abartigen angelegten Gänge dermaßen umfangreich sein würden. Und in all der in der Dunkelheit verbrachten Zeit hatten sie immer noch keinen Alpha oder sonstigen Abartigen gesichtet.

Die einzigen Lebewesen, die sie entdeckt hatten, waren seine armen Tiere, die von diesen unersättlichen Bestien massakriert und zerstückelt worden waren.

Die Regierung von Präsidentin Ringgold hatte ihn, seine Männer und seine Tiere hier draußen zum Sterben durch die Klauen der Abartigen zurückgelassen. Wenn er wieder auf seiner Ranch wäre, würde er Ringgold anrufen und ihr mitteilen, dass sie mehr als nur seine Stimme verloren hatte.

Falls du hier je wieder rauskommst.

Schon wieder diese verdammte Stimme.

»Bleiben wir in Bewegung«, kam leise von Galinsky.

»Hey, seht euch das an«, sagte Chase und zeigte auf ein kleines Loch am oberen Ende des Tunnels vor ihnen. Es wirkte kaum groß genug, dass sich ein Abartiger hindurchzwängen könnte.

Ein Strahl schwindenden Tageslichts fiel durch die Öffnung herein. Anscheinend ging die Sonne allmählich unter.

Fischer graute bei der Vorstellung, nachts hier unten zu sein.

»Sir, wir müssen weiter«, flüsterte Tran.

Fischer nickte und setzte sich mit dem Team in Bewegung.

Welling übernahm die Spitze, dicht gefolgt von Galinsky. Die beiden Fährtensucher bewegten sich langsam mit den Gewehren im Anschlag den Tunnel hinunter. Tran und Chase blieben an Fischers Seiten, während Sergeant Sharp die Nachhut bildete. Der Rest der Männer hatte sich vor mehreren Stunden unter Führung von zwei überlebenden Soldaten des Sergeants entfernt, um einen anderen Bereich des Netzwerks unterirdischer Gänge abzusuchen.

Ihre Berichte deckten sich mit dem, was Fischer selbst erlebte – tote Tiere und keinerlei Anzeichen von Alphas.

Die Gruppe marschierte weitere zehn Minuten und hielt erst an, als Sharps Funkgerät knisterte. Er regelte die Lautstärke herunter und flüsterte eine Antwort.

»Hat das andere Team etwas gefunden?«, fragte Fischer mit gedämpfter Stimme.

Sharp schaute auf und schüttelte den Kopf. »Ich glaube, es ist die Zentrale, aber ich kann die Übertragung nicht verstehen.«

Sie gingen weiter und ignorierten das Funkgerät. Fischer hatte das Gefühl, dass es sich bloß um weitere schlechte Neuigkeiten von draußen handeln würde. Für ihn zählte nur, was bei Fischer Fields vor sich ging, nicht dort, wo die derzeitige Regierung und die obersten Militärs das Geschehen aus der Sicherheit ihrer Bunker und Kriegsschiffe verfolgten.

Allmählich fing er an, Präsidentin Ringgold und die Elite im Osten förmlich zu hassen. Die ersten Monate des Krieges hatte Ringgold genau wie er unterirdisch in einem Bunker verbracht. Und wieder befanden sie sich beide unter der Erde.

Diesmal jedoch unter völlig anderen Umständen. Nur einer von ihnen setzte sein Leben aufs Spiel, um die Abartigen zu töten. Ringgold weilte gut geschützt in einem Bunker, umgeben von bis an die Zähne bewaffneten Männern und Frauen und versorgt mit allem, was dem Land zur Verfügung stand. Fischer hingegen riskierte Leib und Leben, um die Bestien auszulöschen, die seine Felder verwüsteten.

Galinsky hielt an und gab Sharp ein Zeichen. Der Sergeant drängte sich an Fischer und seinen beiden Leibwächtern vorbei. Nahe am Ende der Kolonne zu sein, verursachte ihm eine Gänsehaut.

In den Tunneln war es nicht nur dunkel und heiß – es stank auch so penetrant nach verwesendem Fleisch, dass sein Halstuch dem Geruch nicht gewachsen war. Hinzu kam, dass ihm allmählich die Müdigkeit zu schaffen machte, und die Stimme seiner toten Frau setzte dem Ganzen die Krone auf.

Du musst hier raus, wiederholte sie.

Eine andere Stimme ertönte, diesmal eine echte.

Sharp sprach leise mit Galinsky und Welling, bevor er zurück zu Fischer und seinen Bodyguards kam.

»Und?«, fragte Tran.

»Da vorn ist eine Art Kammer, und die Fährtensucher glauben einen meiner Männer gesehen zu haben«, berichtete Sergeant Sharp. »Wir haben zwei bestätigte Abartige.«

»Alphas?«, hakte Fischer nach.

»Vielleicht. Galinsky sieht sich das mal an«, sagte Sharp. »Ich begleite ihn. Sie bleiben hier bei Welling.«

Fischer überlegte kurz, ob er dagegen protestieren sollte. Aber er beschloss, die Jagd den besten Jägern zu überlassen. Vor allem da er allmählich den Verstand zu verlieren schien. Ein kluger Mann kannte seine Grenzen, ein starker Mann scheute sich nicht, sie sich einzugestehen.

Er hob das Gewehr an und wartete, während die Männer den Gang hinunter zu einer Verzweigung schlichen. Galinsky bog um die Ecke, Sharp folgte ihm geduckt. Sie verschwanden um die Kurve.

»Das gefällt mir nicht«, sagte Tran leise.

Auch Chase wirkte nervös. Immer wieder schaute er zurück und überprüfte den Tunnel hinter ihnen. Als er sich umdrehte, taumelte Chase leicht.

Sieht so aus, als wäre nicht nur ich erschöpft, ging Fischer durch den Kopf.

»Scheiße, ich brauch frische Luft«, murmelte Chase.

»Hoffentlich sind wir hier bald raus«, sagte Tran.

Nahe am Ende des Gangs blitzte eine Bewegung auf. Fischer hob das Gewehr, senkte den Lauf aber schnell, als er erkannte, dass es sich um Sharp und Galinsky handelte, die zwischen sich einen verletzten Soldaten schleppten.

Als Fischer zu ihnen eilte, um zu helfen, merkte er auf Anhieb, dass der Mann kaum noch lebte. Tiefe Schnitte, aus denen Eiter sickerte, verliefen kreuz und quer über sein Gesicht. Das linke Bein war eindeutig gebrochen. Ein Knochensplitter ragte aus der Hose.

»Ich muss ihn nach oben bringen«, sagte Sharp. »Ich nehme die Passage ein paar Biegungen zurück, aber ich werd Hilfe brauchen.«

Fischer sah Chase an. »Du gehst mit Sergeant Sharp.«

Chase zögerte zuerst. »Nein, Sir, ich …«

»Du brauchst frische Luft, Junge«, fiel Fischer ihm ins Wort.

»Ja, aber die brauchen Sie auch, Sir.«

»Mir geht's gut.« Fischer klopfte Chase auf die Schulter, dann nickte er Sharp zu.

Das Team teilte sich erneut auf. Fischer und Tran folgten den beiden Fährtensuchern um die nächste Ecke, wo sie den Soldaten aus dem roten Gespinst geschnitten hatten.

Verschwinde von hier, ertönte die Stimme seiner Frau. *Verschwinde sofort!*

Fischer ignorierte sie. Salziger Schweiß brannte ihm in den Augen. Nach der Kurve geriet die Kammer in Sicht. Den breiten, halbrunden Raum überzog rotes Gespinst, in dem Tiere hingen. Ein Abartiger im hinteren Bereich der offenen Fläche kaute auf etwas, das aussah wie …

O verflucht, nein, schoss es Fischer durch den Kopf.

Viel war von dem Kadaver nicht übrig, dennoch erkannte er, dass es sich um eines seiner Kälber handelte. Die Bestie zog einen Streifen Fleisch von einem Bein.

Eine andere Kreatur vergrub das Gesicht im aufgerissenen Bauch des toten Tieres, zerrte die Eingeweide wie Spaghetti heraus und schlürfte sie durch die grausigen Lippen. Als sich das Monster für einen weiteren Happen vorbeugte, entblößte es den Rücken aus verhärteter Haut.

Beide Abartige waren kaum größer als das tote Kalb.

Heilige Scheiße, das sind Kinder!, erkannte Fischer.

Jung-Abartige hatte er seit Jahren nicht mehr zu Gesicht bekommen.

Welling hob ein schallgedämpftes Gewehr an, aber Fischer legte die Hand auf den Lauf.

»Die übernehme ich«, flüsterte Fischer. Er schlich zum Eingang der Kammer. Knapp vor der Öffnung setzte er das Gewehr an die Schulter und zielte auf den Hinterkopf eines der Schädel. Die Erfahrung der Vergangenheit hatte ihn gelehrt, dass die Panzerung der jungen Abartigen zwar dick war, trotzdem würde sie aus dieser Entfernung keine Kugel aufhalten.

Er drückte den Abzug und feuerte einen Schuss in den Kopf der Bestie ab, die am Bein kaute. Auf das Pfeifen des Projektils folgte ein widerhallendes Krachen beim Durchschlagen des Schädels. Mit einem weiteren Kopfschuss schaltete er das zweite Monster aus.

Es klatschte mit einem nassen Laut auf den Kadaver.

Fischer suchte nach weiteren Zielen. Als er keine fand, rückte er in die Kammer vor und betrachtete die toten Abartigen mit grimmiger Genugtuung. Welling folgte dicht hinter ihm.

Die Genugtuung währte nur kurz.

Hinter ihm brach Erde aus der Lehmwand. Aus dem Gespinst pflügte eine wuchtige Gestalt mit krallenbewehrten Klauen der Länge von Jagdmessern. Das war kein Alpha, wie Fischer ihn je zuvor gesehen hatte. In dem affenartigen Gesicht prangten riesige Nasenlöcher und große, fledermausartige Ohren, die seitlich von den spitzen Zügen abstanden.

Fischer schwenkte das Gewehr auf das Ungeheuer zu, als es durch die Kammer angriff und Welling an einem Arm packte. Mit einem Ruck zog es den Arm aus der Gelenkpfanne. Welling schrie vor Schmerz gellend auf. Dann riss ihm das Monster den Arm vollkommen ab und warf ihn nach Galinsky, der bereits auf den Angreifer feuerte.

Die Schüsse hallten in dem geschlossenen Raum dröhnend wider, als die Projektile in die Brust des Monsters einschlugen. Fischer schaltete auf Automatik und eröffnete ebenfalls das Feuer. Für Disziplin beim Schießen blieb keine Zeit, während dieses Monstrum durch die Kammer wütete.

Blut spritzte aus Wellings Armansatz, als er auf die Knie fiel. Der Fährtensucher schaute zu Fischer auf, bevor der Alpha seinen Kopf packte und wie einen Korken vom Rumpf riss. Ein Geysir aus Blut spritzte an die Lehmdecke.

Die gesamte Kammer begann zu vibrieren. Erde rieselte von der Decke.

Ein weiterer Alpha stürmte durch den Tunnel heran, durch den sie die Kammer betreten hatten. Tran drehte sich zum Feuern um und gab eine Salve direkt in das Gesicht des Ungetüms ab. Ein Brocken vom spitzen Kiefer des Alphas spritzte mit einem roten Sprühnebel davon. Die entstellten Überreste des Kieferknochens hingen nur noch an wenigen Knorpelsträngen.

Die Bestie schlug Tran in die Brust und schleuderte ihn an Fischer vorbei. Das Gewehr des Bodyguards flog in die entgegengesetzte Richtung.

Der andere Alpha, der Welling getötet hatte, lag mittlerweile auf dem Boden und blutete aus mehreren Schussverletzungen, während sich Galinsky mit wild feuerndem Gewehr näherte.

»Gefällt dir das, Arschloch?«, brüllte er.

Stöhnend schlug die Bestie vom Boden aus nach ihm, während weitere Kugeln ihr Fleisch zerfetzten.

Fischer zog sich in Trans Richtung zurück und feuerte weiter auf das Monster mit dem halben Unterkiefer. Mehrere Treffer in die Brust brachten es zum Taumeln.

Die Kreatur am Boden schlug erneut nach Galinskys Stiefeln, während er mehrere Schüsse in die Fleischlappen am Rücken abgab. Endlich erschlaffte das Monster mit einem letzten, lang gezogenen Stöhnen.

Fischer bückte sich zu Tran.

»Alles in Ordnung?«, fragte er.

Der jüngere Mann nickte, und Fischer half ihm auf die Beine. Er feuerte eine Reihe von Schüssen ab, um die Bestie auf der anderen Seite der Kammer in Schach zu halten. Sie packte den losen Kieferlappen, der am Gesicht baumelte, und krümmte sich. Dabei kreischte sie so laut, dass Fischer vor Schmerzen zusammenzuckte.

Tran zog seine Pistole und schoss.

Fischer holte ein frisches Magazin aus seiner Weste und rammte es in die Waffe.

Galinsky stieß der anderen Bestie mit dem Gewehrlauf gegen den Kopf, während Fischer das deformierte Gesicht des zweiten Monsters ins Visier nahm. Er leerte den Großteil des Magazins in den Alpha, indem er den Abzug gedrückt hielt. Der Kugelhagel ließ das Monster gegen eine Wand voll Gespinst stolpern. Zwischen den Schüssen ertönte ein menschlicher Schrei.

Du musst hier raus!, ertönte die Stimme seiner Frau.

Erst wenn ich diese Bastarde erledigt habe, dachte er.

Der zweite Alpha, den Galinsky für tot gehalten hatte, biss ihm das Bein unterhalb des Knies ab. Vor Schmerz kreischend stürzte der zweite Fährtensucher zu Boden und umklammerte die Wunde, aus der das Blut nur so sprudelte.

Als er sich umdrehte und wegkriechen wollte, packte das Monster sein anderes Bein. Mit einem Ruck zog es ihn zurück und biss knirschend mit den gezackten Zähnen auf sein Fußgelenk.

Ein weiterer kehliger Schrei entrang sich dem Fährtensucher. Fischer schwenkte das Gewehr auf die Kreatur, hatte aber kein freies Schussfeld. Dem ehemaligen israelischen Soldaten gelang es, sein Jagdmesser mit einem Übelkeit erregenden Laut in den Schädel des Monsters zu rammen. Wieder brach es zusammen, und Blut strömte zwischen den zuckenden Kiefern hervor.

Fischer feuerte den restlichen Inhalt des Magazins in die Bestie an der Wand, bevor er seine 357er zog. Er ging quer durch die Kammer auf den Alpha zu. Obwohl aus etlichen Wunden Blut sickerte, lebte das Ungetüm immer noch und schaffte es, die Hand nach Fischer auszustrecken. Er schoss eine Kugel durch die Handfläche.

Die Pranke wurde weggeschleudert, und Fischer feuerte in die Höhlen, in der sich bei einer normalen Kreatur Augen befunden hätten.

Damit erzielte er die gewünschte Wirkung.

Mit einem dumpfen Aufprall landete das Monster auf dem Boden. Sicherheitshalber jagte er noch eine Kugel in den Schädel und pustete ein dickes Loch in eines der Fledermausohren, bevor er zu Galinsky eilte.

Als er den Fährtenleser erreichte, war dieser bereits tot. Ein regelrechter Tümpel von Blut umgab ihn und den Alpha. Trotz des Messers im Schädel hob und senkte sich der Rücken der Kreatur nach wie vor unter flachen Atemzügen, während die Gliedmaßen zuckten.

Tran humpelte herüber und zielte mit der Pistole auf das Monster. Er und Fischer feuerten zusammen ihre restlichen Patronen in das hässliche Gesicht des Alphas.

Fischer ließ den rauchenden Lauf der *Monsterkiller* sinken. Beim grausigen Anblick der verstümmelten Leichen der Männer, die er engagiert hatte, um diese Bestien zu finden, drehte sich ihm der Magen um. Falls sie Familien gehabt hatten, würde er sie finden und ihnen das Geld geben, das er ihnen für ihre Dienste schuldete.

»Es tut mir leid«, sagte Fischer und bückte sich. Er schloss Galinskys Augen, bevor er die Reservemunition aus der zerrissenen Weste des Mannes zog.

Tran wechselte das Magazin seiner Pistole und humpelte zu seinem fallen gelassenen Gewehr.

»Geht's?«, fragte Fischer.

Tran zuckte zusammen, nickte aber.

Sie traten den Weg durch die Kammer und in den Gang an, durch den sie gekommen waren. Das Gespinst an den Wänden schien zu pulsieren, als sie weitermarschierten. Auf halbem Weg zu dem Ausgang, durch den Sharp zurück nach oben gewollt hatte, erzitterten erneut der Boden und die Wände.

»Noch ein Alpha?«, fragte Tran.

Diesmal fühlte es sich anders an. Fischer schüttelte den Kopf. Es erinnerte ihn an etwas aus seiner Kindheit, doch zunächst hatte er Mühe, es einzuordnen. Das Beben wurde heftiger.

Dann traf ihn die Erkenntnis wie ein eiskalter Regen. Als Junge war er mal lange nach Sonnenuntergang noch draußen auf der Ranch gewesen. Das Vieh hatte sich irgendwo in der Ferne herumgetrieben und er war unter den Sternen eingedöst.

Dann hatte ihn ein Zittern des Bodens wach gerüttelt. Das Vieh war in Panik geraten und direkt auf ihn zugerannt. Aufgescheucht von einer Gruppe Kojoten. Der nicht enden wollende Donner Tausender über den Boden trampelnder Hufe war damals über ihn hinweggerollt.

»Stampede!«, brüllte er. »Lauf!«

Sie hasteten den schwindenden Sonnenstrahlen entgegen, die durch die Öffnung des Tunnels einfielen. Als sie dort ankamen, war das Grollen des Bodens zu einem vollwertigen Erdbeben angeschwollen. Lehmbrocken lösten sich von der Decke, das Gespinst wurde von den Wänden gerüttelt. Das gesamte Tunnelsystem fiel in sich zusammen.

Fischer half Tran, zur Öffnung hinaufzuklettern, und stieß ihn hinaus. Kaum waren seine Stiefel weg, schob sich Fischer die Nachtsichtbrille von den Augen, packte das Gespinst und begann zu klettern.

Auf halber Höhe erstarrte er, als urplötzlich etwas in seinen Augenwinkeln erschien. Von beiden Seiten des Tunnels rasten Abartige heran wie eine Flutwelle aus bleichem Fleisch.

»Lieber Herr im Himmel«, murmelte er.

Mühsam strampelte sich Fischer durch das Loch und landete auf einem von Unkraut überwucherten Feld. Nur ein blutroter Streifen der Sonne ragte noch über den Horizont.

Über dem Geschrei der Abartigen hörte er ein Geräusch, das wie ein Hubschrauber klang.

»Hier drüben!«

Fischer hielt Ausschau nach dem Sprecher. Sergeant Sharp und Chase winkten neben dem verletzten Soldaten. Sie befanden sich in der Nähe einer Baumgruppe.

Tran humpelte auf die Männer zu, und Fischer folgte ihm. Er schaute über die Schulter zurück, als das wummernde Geräusch lauter wurde. Drei Hubschrauber flogen auf ihre Position zu. Der Abwind von den Rotoren plättete vertrocknetes Gras und wirbelte Staubwolken auf. Statt der Insignien der Alliierten Staaten sichtete Fischer an den Helikoptern blaue Kreise mit Orcas darin.

Einen Moment lang fragte er sich, ob sie real waren oder ein Hirngespinst wie die Stimme seiner Frau.

Fischer blinzelte mehrmals heftig, aber die Hubschrauber verschwanden nicht. Er verlangsamte die Schritte, als er sich Sharp näherte, der keuchend angerannt kam.

»Wo sind Galinsky und Welling?«

Fischer schüttelte den Kopf.

»Was *zum Teufel* ist hier passiert?«, fragte Chase in die Runde.

»Die Alphas …«, begann Tran.

»Sind tot«, beendete Fischer den Satz. Er schaute zu den Helikoptern.

Nicht nur Fischer und sein Team hatten den Auftritt der Fluggeräte bemerkt. Abartige tauchten aus den Löchern überall auf dem Feld auf.

»Linie bilden!«, brüllte Sharp.

Die Männer brachten die Gewehre in Anschlag, um sich zu verteidigen. Doch anstatt in ihre Richtung zu rennen, stoben die Kreaturen davon und verteilten sich wie ein Heuschreckenschwarm. Logik erkannte Fischer darin keine, aber er wollte ihr Glück nicht infrage stellen, wenn sie diese Nacht überlebten.

»Also hat uns Präsidentin Ringgold endlich Hilfe geschickt. Besser spät als nie.«

»Das sind keine Soldaten von Ringgold!«, brüllte Sharp, um den Lärm zu übertönen.

Zwei der Vögel scherten aus, und die an den Türen montierten Maschinengewehre erwachten mit Gebrüll zum Leben. Der dritte Hubschrauber setzte den Weg vorwärts fort und senkte sich auf Fischer und seine Männer zu.

Die Soldaten, die heraussprangen, trugen blaue Armschleifen mit demselben Orca-Symbol wie an den Seiten der Helikopter.

»Die Funkübertragung, die ich unter der Erde nicht verstehen konnte, kam von einem Zug unter dem Kommando von General Cornelius!«, fügte Sharp hinzu. »Das sind seine Männer!«

Fischer beobachtete, wie die Helikopter einen Kugelhagel über seinen Feldern entfesselten und die Monster abschlachteten, bevor sie entkommen konnten. So sollten seine Steuergelder und Spenden eingesetzt werden. Gern hätte er sich an dem Anblick erfreut, allerdings konnte er der gegenwärtigen Lage nichts Erfreuliches abgewinnen.

Die Fischer Fields hatten überlebt, aber es hatte am seidenen Faden gehangen.

»Schätze, das erleichtert mir die Entscheidung, wem ich bei der Präsidentschaftswahl meine Stimme gebe«, meinte Fischer.

»Sir, nach allem, was ich gerade gehört habe, bezweifle ich, dass es überhaupt eine Wahl geben wird«, gab Sharp zurück.

25

Am Tisch im PEOC drängten sich Offiziere des Militärs, Kabinettsmitglieder, Stabsmitarbeiter sowie die Präsidentin und der Vizepräsident. Alle reagierten auf die Neuigkeiten von Team Ghost. Beckham ließ den Kopf hängen. Sein Herz schmerzte wegen des Berichts.

Specialist Will Lincoln war auf dem Flug von Minneapolis zum Luftwaffenstützpunkt Scott verstorben.

Ein weiteres Mitglied von Team Ghost, das im Dienst das Leben verloren hatte.

Beckham konnte nachvollziehen, wie sich Fitz dabei gefühlt haben musste. Als früherer Leiter von Team Ghost hatte er dasselbe etliche Male durchgemacht.

»Es tut mir leid um Lincoln, aber sein Opfer könnte dazu beigetragen haben, diese neue Bedrohung durch die Abartigen zu beenden«, sagte Brigadier General Barnes.

»Er war ein guter Mann«, meinte Horn. »Einer der besten Soldaten, die je in Team Ghost gekämpft haben.«

Lincoln war nicht der einzige Tote.

Aus den vorgerückten Einsatzbasen im ganzen Land trudelten die Verlustberichte ein.

In Beckhams Kopf liefen Rückblenden auf Operation Liberty und die anderen groß angelegten Operationen während des Krieges gegen die Ausrottung ab.

Operation Shadow hätte anders ablaufen sollen.

Team Ghost hatte die Bestie vernichtet, von der Kate und Carr glaubten, dass sie das Kommunikationsnetzwerk der Abartigen kontrolliert hatte. Er hatte die Aufnahmen gesehen, die zeigten, wie die Granate das Superhirn der Monster in Stücke sprengte.

Nun hieß es abwarten, ob die drohende Invasion damit *wirklich* abgewendet war. Für den Fall, dass dies nicht zutraf, bereitete sich das Militär darauf vor, sich erneut mit den Bestien auseinanderzusetzen.

Innerhalb von 24 Stunden hatte das Oberkommando Ressourcen zum Schutz der Außenposten umgeschichtet und 12.000 Soldaten auf die 98 Außenposten verteilt. Dennoch brach Beckham angesichts von über 60.000 Abartigen und einer unbekannten Anzahl von Jung-Abartigen der Angstschweiß aus.

»Auch wenn es kein Superhirn mehr gibt, das sie koordiniert, müssen wir für einen vollwertigen Angriff in Alarmbereitschaft bleiben«, warnte er. »Die Abartigen und die Überläufer sind immer noch da draußen, und wir haben keine Ahnung, wie viele Jung-Abartige es gibt.«

»Wir sind bereit, Captain«, sagte Barnes zuversichtlich.

Beckham hoffte, dass der General damit recht behalten würde. Und damit, dass Lincolns Opfer die Invasionspläne vereitelt hatte.

»Ich habe gerade die Bestätigung erhalten, dass die letzten Truppen an ihren Zielen eingetroffen sind«, fuhr Barnes fort. »Die zusätzlichen Streitkräfte in Verbindung mit den bestehenden Befestigungen der Außenposten sollten allem standhalten, was uns die Abartigen entgegenschleudern. Zumal wir jetzt für ihre Tunnel gewappnet sind.«

Nebengespräche wurden fortgesetzt, während sich das Stabspersonal und die Offiziere wieder ihrer Aufgabe widmeten, die Missionen zu überwachen. Beckham saß da und lauschte Berichten. Soweit er es mitbekommen hatte, war Team Ghost bisher als einziges Team aus seinem Zielgebiet zurückgekehrt.

Bei zwei der insgesamt sechs Teams lag die Bestätigung vor, dass sie ausgelöscht waren, bei zwei der verbleibenden drei Teams herrschte Funkstille. SEAL-Team 5 in Chicago hatte sich gemeldet, und Beckham war gespannt auf das Filmmaterial ihrer Helmkameras.

Horn und er mochten seit acht Jahren im Ruhestand sein, dennoch waren sie daran gewöhnt, sich mitten im Kampfgeschehen aufzuhalten. Es wurde nie einfacher, danebenzusitzen, während andere Männer und Frauen die schmutzige, gefährliche Arbeit erledigten.

Schlimmer noch, Beckham widerstrebte zutiefst, dass er *hier* ohne seine Familie wartete. Er versuchte, sich einzureden, dass Peaks Island gut bewacht wurde.

Was seine zum Zerreißen angespannten Nerven jedoch nicht beruhigte.

Die Stimme von General Souza beim SOCOM drang aus dem Lautsprecher des Telefons in der Mitte des Tisches.

»Aufklärungsflugzeuge sind unterwegs zu den folgenden Zielen«, sagte er. »Minneapolis in Minnesota, Chicago in Illinois, Lincoln in Nebraska, Kansas City in Missouri, Indianapolis in Indiana und Columbus in Ohio.«

Präsidentin Ringgold stand auf. Rastlos lief sie auf und ab und fingerte an ihrem Kragen, während sie alle auf Live-Bilder warteten. Beckham hatte sie schon lange nicht mehr so beklommen erlebt. Aber er wusste, es hatte teilweise mit der Entscheidung zu tun, die sie über das U.S. Bank Stadium in Minneapolis treffen musste.

Noch hatte sie den Befehl nicht erteilt, das Stadion zu bombardieren und die Abartigen dort zu vernichten. Wenn sie es täte, unterzeichnete sie damit gleichzeitig das Todesurteil für Hunderte menschliche Gefangene.

Vielleicht wäre es ja ein Gnadenakt für sie. Beckham dachte an das Filmmaterial von Dohi und Rico zurück. Es bestand so gut wie keine Chance mehr, dass die Menschen noch vom Militär gerettet werden konnten, und sie alle litten unvorstellbare Höllenqualen.

Schweißperlen liefen Beckham über die Stirn. Er wischte sie mit einem Ärmel weg.

»Madam President«, sagte Barnes. »Ich habe gerade die Bestätigung der Evakuierung von SEAL-Team 5 aus Chicago erhalten. Wir sollten das Bildmaterial in Kürze haben.«

Beckham wechselte einen Blick mit Horn. Auch sein großer Freund war nervös – sein rechtes Bein wippte unter dem Tisch.

Vizepräsident Lemke erhob sich von seinem Stuhl und stellte sich zu Ringgold, während Barnes über sein Headset sprach. Plötzlich erbleichte der Brigadegeneral.

»Was ist los?«, fragte Ringgold.

Barnes räusperte sich und zeigte auf den an der Wand montierten Bildschirm.

»Wir haben gerade die Aufnahmen von SEAL-Team 5 empfangen.«

Beckham konzentrierte sich auf die Bilder, als sie online gingen. Im Nu erkannte er das hässliche Ungetüm als eines der Superhirne.

»Es gibt noch so eines?«, fragte Horn. Seine Augen wurden groß.

»Wenn es zwei sind, könnten es noch mehr sein«, stellte Barnes fest.

Lemke fluchte und strich sich die Haare zurück. »Das glaub ich jetzt nicht.«

Beckham konnte es auch kaum glauben. Ihr Fehler könnte das Land ins Verderben stürzen. Sie mussten jede einzelne dieser Abscheulichkeiten aufspüren und beseitigen, bevor die Kreaturen mit ihren Horden von Abartigen und Überläufern einen Großangriff koordinieren konnten.

Der Gedanke jagte Beckham Grabeskälte durchs Mark. Er widerstand dem Drang, aufzustehen, um an Bord einer Maschine direkt zurück nach Peaks Island und zum Außenposten Portland zu steigen.

Sie sind dort gut geschützt, hielt er sich vor Augen. *Ihnen passiert nichts.*

»Ich denke, es ist an der Zeit, drastische Maßnahmen in Betracht zu ziehen«, ergriff Barnes das Wort. »Ich kann alle sechs dieser Ziele in 15 Minuten zerstören lassen, Madam President.«

»Es muss einen anderen Weg geben«, warf Beckham ein. »Die Bombardierung der Städte wird nur dazu führen, dass sich unser Land *nie* erholt. Außerdem haben wir gerade Truppen zu den Außenposten in der Nähe dieser Ziele entsandt. Sogar der Fallout von Atomwaffen mit geringer Sprengkraft würde schwere Strahlenvergiftungen verursachen.«

»Welche anderen Optionen habe ich?«, fragte Ringgold.

Beckham war nicht in die gesamte strategische Planung des Oberkommandos eingeweiht, aber er hatte das

Gefühl, Barnes wollte die Grenzen des Schadens ausloten, den sie anrichten könnten.

Er behielt recht.

»Dann MOABs«, empfahl Barnes.

Die Mutter aller Bomben, ging Beckham durch den Kopf. Eine der sprengkraftstärksten nicht nuklearen Möglichkeiten, die ihnen zur Verfügung standen.

»Werfen Sie MOABs auf jeden der Orte ab und schicken Sie diese Monster zurück in die Hölle«, schlug Barnes vor. »Angefangen beim U.S. Bank Stadium. Ist zwar keine so nachhaltige Garantie wie Atomwaffen, könnte aber den Zweck erfüllen.«

»Außerdem könnten wir danach Truppen reinschicken, um die Städte zu sichern. Nur müssten wir sie dafür von den Außenposten abziehen«, meinte Lemke.

»General Souza, hören Sie zu?«, fragte Ringgold.

Die Stimme des SOCOM-Befehlshabers drang knisternd aus dem Lautsprecher in der Mitte des Tisches. »Ja, Madam President, ich höre zu.«

»Was schlagen Sie in Anbetracht dieser neuen Entwicklungen vor?«

»Das Problem ist, dass wir nicht wirklich wissen, wo die anderen Superhirne sind. Aus den Aufnahmen von Team Ghost geht klar hervor, dass sie sich bewegen können. Wüssten wir ihre Aufenthaltsorte, würde ich sagen, wir werfen MOABs ab. Aber ohne dieses Wissen verschwenden wir nur Ressourcen.«

»Gutes Argument«, befand Lemke. »Selbst wenn wir es wollten, wir hätten nicht genug MOABs, um jedes potenzielle Nest dieser Superhirne dem Erdboden gleichzumachen. Ich denke, wir müssen Bodentruppen losschicken, um sie aufzuspüren.«

Barnes grunzte. »Wie viele Spezialeinsatzkommandos stehen uns zur Verfügung?«

Es klopfte an der Tür. Ein Agent des Secret Service trat ein.

»Wir haben ein Problem.«

Beckham umklammerte die Tischkante und setzte zum Aufstehen an.

»Etwas hat die Sensoren etwa fünf Kilometer vor dem Schutzkreis ausgelöst«, meldete er. »Wir schicken ein Team der Marines los, um der Sache auf den Grund zu gehen. Ist wahrscheinlich nichts weiter, trotzdem wollte ich, dass Sie es erfahren.«

Ringgold schaute zu Lemke.

»Wir sind hier sicher«, sagte er. »Keine Sorge.«

Beckham hatte das Gefühl, dass ihr genau wie ihm das Schicksal des Vorgängers des Vizepräsidenten durch den Kopf ging. George Johnson war in ebendiesem Raum durch Abartige ums Leben gekommen.

»Schlagen Sie Alarm«, empfahl Beckham.

Barnes schien die Idee nicht zu gefallen. »Bei allem Respekt, das könnte …«

»Leben retten, falls da draußen etwas ist«, fiel ihm Ringgold ins Wort. »Tun Sie es.«

Der Agent nickte und schloss die Tür. Kaum war er weg, ging die Debatte über die nächsten Schritte weiter.

»Ich seh mir das mal an«, kündigte Horn leise an.

Beckham rutschte rastlos auf seinem Stuhl, als Horn unauffällig den Raum verließ. Sein Bauchgefühl sagte ihm, dass da draußen etwas vor sich ging, das niemand verstand, nicht einmal seine Frau.

»Madam President«, unterbrach Beckham das Gespräch.

Alle Blicke richteten sich auf ihn.

»Ja, Captain?«

»Ich möchte etwas vorschlagen.«

Lemke musterte Beckham neugierig.

»Schießen Sie los«, forderte Ringgold ihn auf.

Bevor er etwas sagen konnte, drang erneut die Stimme von General Souza aus dem Lautsprecher.

»Madam President, unsere Aufklärungsflugzeuge schicken gerade beunruhigendes Bildmaterial.«

Barnes schaltete mit der Fernbedienung wieder den an der Wand montierten Bildschirm ein. Der Monitor war in Abschnitte unterteilt, die jeweils die Ansicht aus einem der Flugzeuge über den Zielstädten zeigten.

»Wir sind zu spät dran …«, murmelte Lemke.

»In diesen Gebieten strömen Abartige aus den Tunneln«, kommentierte Souza. »Wir haben Bomberstaffeln losgeschickt, aber ich brauche Ihre Genehmigung.«

»Es sind so viele …« Alle Farbe entwich aus Barnes' Gesicht. »Wie ist das möglich?«

»Sie haben sich vermehrt«, sagte Beckham. »Sie haben sich die ganze Zeit der Beobachtung entzogen. Unter der Erde. In diesen Tunneln. Wir haben ihre Zahl hoffnungslos unterschätzt.«

»Tun Sie es«, entschied Ringgold. »Werfen Sie Bomben auf die Horden ab und vernichten Sie das U.S. Bank Stadium. Es dürfen nur Geröll und Asche übrig bleiben. Nichts darf dort die Chance haben zu überleben.«

»Verstanden«, bestätigte Souza.

Beckham schluckte schwer und blinzelte Schweiß weg, der ihm in den Augen brannte. In Gedanken sprach er ein Gebet für die Menschen, die gleich sterben würden, doch er wusste, dass die Präsidentin die richtige Wahl traf.

Plötzlich schwang die Tür auf. Horn stürmte mit weit aufgerissenen Augen herein.

»Der Feind bewegt sich auf uns zu. Das Team der Marines ist gerade von einem Abartigenrudel in einen Hinterhalt gelockt worden.«

Barnes sprang auf. »Sie haben ihn gehört! Bewegung!«

Schnell leerte sich der Raum, und alle schlossen sich den Offizieren, den Stabsmitarbeitern und den Soldaten im offenen PEOC-Bereich an.

Beckham ging zu den Monitoren. Draußen trieben sich nicht nur Abartige herum. Mehrere Trucks hatten den äußeren Schutzkreis durchbrochen.

»Überläufer«, brummte Horn. »Wir müssen schleunigst alle von hier wegschaffen, Boss.«

»Hier unten im Schutzraum ist es sicherer«, sagte Barnes.

»Wirklich?«, stellte Beckham infrage.

Auf dem Bildschirm stürmten Hunderte Abartige die Maschinengewehrnester und Wachtürme entlang der Umzäunung. Die Horden pflügten durch den Kugelhagel und rissen die Soldaten an der Front in Stücke.

Barnes wurde still. Die Realität schien ihm bewusst zu werden. Gleich darauf riss er sich zusammen und begann, Befehle zu brüllen.

Ringgold stellte sich mit angespannter Kieferpartie und blassem Gesicht neben Beckham.

»Wie ist das passiert?«, fragte sie mit leiser Stimme.

»Wir haben die ganze Zeit gedacht, sie würden wie Tiere außerhalb unserer Sicherheitszonen leben und kaum über die Runden kommen«, erwiderte Beckham. »Dabei müssen sie sich stattdessen auf diesen Angriff vorbereitet haben. Sie haben sich vermehrt und ihre Kinder im Untergrund vor unseren Drohnen abgeschirmt.«

»Mein Gott. Wie können wir sie aufhalten?«

Darauf wusste Beckham keine einfache Antwort.

»Wir kämpfen«, antwortete Horn mit rauer Stimme.

Barnes eilte zu ihnen herüber. »Die Luftevakuierung steht bereit. Madam President, die Lage hier wird allmählich brenzlig. Wir müssen Sie auf die USS *George Johnson* bringen.«

»Horn, Beckham, ich möchte, dass Sie mich begleiten«, sagte Ringgold.

»So weit raus?«, fragte Horn. »Ist noch irgendwas los, von dem wir nichts wissen?«

»Wir erhalten gerade Berichte, dass Abartige so gut wie jeden Außenposten angreifen«, sagte Barnes. »Im Augenblick ist man auf dem Meer am sichersten vor diesen Tunnel grabenden Mistviechern.«

»Was ist mit dem Außenposten Portland?«, fragte Beckham sofort.

Eine Ader trat an Horns Hals hervor, während er auf die Antwort wartete.

»Noch kein Bericht über einen Angriff«, meldete ein Offizier, der die Funkgeräte überwachte.

»Ich weiß ja nicht, wie du das siehst, Boss«, sagte Horn, »aber ich flüchte nicht auf irgendein Schiff, solange unsere Familien da draußen sind.«

»Madam President«, begann Beckham, »es tut mir leid, aber ich lasse meine Familie nicht im Stich.«

Agenten des Secret Service scharten sich um die Gruppe und warteten darauf, die Präsidentin und den Vizepräsidenten zu evakuieren.

»Wir legen Zwischenstopps auf Peaks Island und am Außenposten Portland ein«, entschied Ringgold.

Barnes schien dagegen protestieren zu wollen.

»Wir müssen Dr. Lovato und Dr. Carr in Sicherheit bringen, wenn wir hoffen wollen, diesen Kampf zu gewinnen«, kam ihm Ringgold zuvor.

»Das sehe ich auch so«, warf Lemke ein. »Ich informiere General Souza und lasse ihn zusätzliche Maschinen schicken, um die Wissenschaftler, ihr Personal und ihre Ausrüstung zu evakuieren.«

»Was ist mit Zivilisten?«, verlangte Horn zu erfahren.

»Die müssen wir von Fall zu Fall evakuieren, aber wir sorgen dafür, dass Ihre Familien in Sicherheit sind«, versprach Ringgold.

Horn lief zu einem der Waffenregale hinten im PEOC und schnappte sich sein M249. Dann ergriff er Beckhams M4 und warf ihm den Karabiner zu. Sie drängten sich durch die Menge, während Offiziere hastig die chaotischen Verteidigungs- und Evakuierungsmaßnahmen organisierten.

Ringgold wartete mit einer aufbrechenden Gruppe vor dem Aufzug. Beckham und Horn stießen dazu.

»Ich halte hier die Stellung, Madam President«, rief Barnes. »Viel Glück!«

»Ihnen auch, General«, gab sie zurück. »Zeigen Sie's diesen Bastarden.«

»Darauf können Sie sich verlassen.« Barnes richtete die Aufmerksamkeit wieder auf die Bildschirme.

Die Türen des Fahrstuhls öffneten sich, und Beckham zwängte sich mit den anderen hinein. Bis sie ausgestiegen waren und den Haupteingang erreichten, hatten die Abartigen und die Überläufer die erste Verteidigungslinie durchbrochen.

Mündungsfeuer blitzte in der Dunkelheit auf wie Glühwürmchen.

Eine LAW-Rakete raste durch die Nacht und explodierte an einem Wachturm.

»Heilige Scheiße!«, entfuhr es Horn.

Ein Team von Marines und Agenten des Secret Service führte sie durch die Gärten des Greenbrier zu Marine 1 und Marine 2.

Die Rotoren drehten sich bereits, als Beckham die Hubschrauber sichtete. Mehrere Marines bildeten einen Schutzkreis um den Bereich.

Flutlichter gingen an und erhellten das Gelände rund um das Weiße Haus. Einer der Marines eröffnete das Feuer in den Wald hinter den Gärten.

Beckham konnte durch das Dickicht der Bäume nichts erkennen und lief weiter, aber Horn blieb plötzlich stehen und brachte sein M249 in Anschlag.

»Sechs Uhr!«, rief er.

Dann nahm er etwas ins Visier, das im Schein der Flutlichter wie Geister aussah. Beckham zielte auf die getarnten Abartigen und drückte den Abzug. Blut spritzte aus Wunden der strauchelnden Monster.

Hinter ihnen dröhnte eine Explosion, aber Beckham feuerte unbeirrt weiter auf die anrückenden Bestien. Ringgold und Lemke rannten mit ihrem Stabspersonal, geschützt von einem Dutzend Marines und Agenten des Secret Service. Die Gruppe feuerte unterwegs und schaltete auf allen vieren aus dem Wald preschende Kreaturen aus.

Beckham rammte ein neues Magazin in die Waffe und warf über die Schulter einen Blick zum Seiteneingang des Weißen Hauses. Ein brennender Pick-up war gegen eine Steinsäule gekracht, und zwei Überläufer lagen schwelend auf dem Asphalt. Mehrere Soldaten verteilten sich, um das Gelände zu sichern.

»Boss, hinter uns!«, rief Horn.

Beckham feuerte zwei Salven auf zwei Monster ab, die es auf den Rasen geschafft hatten. Horn erledigte ihre Gefährten, bevor er sich mit Beckham im Laufschritt in Bewegung setzte.

Sie waren hinter die anderen zurückgefallen. Lemke und die Hälfte des Stabs befanden sich bereits an Bord von Marine 2, während Ringgold und die andere Hälfte in Marine 1 stiegen.

Die Bestien strömten auf die noch am Boden stehenden Hubschrauber zu. Horn bremste ab, um für Feuerschutz zu sorgen. Beckham folgte seinem Beispiel und landete einen Kopfschuss, der einer Kreatur die Schädeldecke wegriss.

»Kommen Sie!«, rief Ringgold. Sie winkte von der offenen Tür des Helikopters, bevor zwei Soldaten sie zurückzogen.

Beckham klopfte Horn auf die Schulter, und sie rannten in Richtung Marine 1 los. Als sie sich noch 15 Meter vom Einstieg entfernt befanden, brach eine Gruppe gepanzerter Abartiger aus dem Gebüsch.

Die Helikopter begannen abzuheben.

Horn feuerte auf das Rudel der Jung-Abartigen.

»Big Horn, komm jetzt!«, brüllte Beckham. Er packte ihn und zog ihn auf die Maschine zu. Eines der jungen Monster schaffte es durch den Kugelhagel und verlor dabei ein halbes gepanzertes Glied. Trotzdem griff es die beiden Männer weiter an.

Ein Kopfschuss aus dem Hubschrauber brachte es zu Fall. Lemke spähte durch die offene Tür heraus und wies seine Leute an, Beckham und Horn Deckung zu geben.

Sie streckten sich, um Beckham und Horn in den Helikopter zu helfen, der bereits ein Stück über dem

Rasen schwebte. Sie krochen in dem Moment hinein, als ein weiteres Rudel Abartiger den gesamten Rasen flutete.

Überall knallten Schüsse. Die Marines und die Agenten des Secret Service feuerten auf die gepanzerten Bestien, die sich mit ihren Klauen nach dem abhebenden Helikopter streckten.

Keuchend rappelte sich Beckham auf die Knie.

»Danke«, sagte er zu Lemke.

Horn lag auf dem Rücken. Seine Brust hob und senkte sich heftig. »Mann, das war zu knapp.«

»Viel zu knapp«, pflichtete Beckham ihm bei.

Das musste er sein, der Beginn der Invasion. Und nach diesem Angriff auf das Weiße Haus zu urteilen, gingen die Abartigen und ihre Überläufer aufs Ganze.

Ein Marine schloss die Tür. Beckham richtete sich auf und stellte sich zu den anderen, um aus den Fenstern zu schauen.

In der ehemaligen Hotelanlage Greenbrier war die Hölle losgebrochen. Mündungsfeuer zuckte durch die Nacht wie Miniaturblitze, ergänzt um den orangen Schein von Explosionen.

»Barnes wird sie aufhalten«, meinte Lemke. »Wir werden das Weiße Haus nicht noch einmal verlieren.«

Beckham hatte zwar Vertrauen in die Männer und Frauen dort unten, aber es würde ein harter und blutiger Kampf werden. Es widerstrebte ihm, sie allein zu lassen, aber seine Familie hatte Vorrang.

»Wohin?«, fragte einer der Piloten.

»Peaks Island!«, rief Ringgold zurück.

»Danke«, sagte Beckham.

»Ja, danke«, fügte Horn hinzu.

Beckham nahm Platz und versuchte, zu Atem zu kommen, um sein wild hämmerndes Herz zu beruhigen. Horn setzte sich neben ihn. Sein muskulöser Arm streifte Beckham.

»Es wird alles gut, Boss«, sagte er. »Wir stehen das durch.«

Beckham wollte es gern glauben, aber eine Meldung von einem der Piloten zerschmetterte seine Hoffnung.

»Ich höre haufenweise Funkverkehr«, sagte der Mann. »Klingt so, als würden die Abartigen gegen praktisch alle Außenposten anstürmen.«

Während des siebenstündigen Flugs zur Insel strömten weiter Berichte herein. Als sie sich dem Ziel schließlich näherten, erstickten die Außenposten um die Städte herum in den Massen von Abartigen, die über sie herfielen.

»Planänderung«, kündigte einer der Piloten an. »Die Wissenschaftler samt Familien wurden von Peaks Island evakuiert und sind im Außenposten Portland. Bisher gelingt es, die Abartigen weiter westlich zurückzuhalten.«

Horns Bein wippte wieder, Beckham schloss die Augen und versuchte, sich zu konzentrieren und ruhig zu bleiben.

Als sie aufsetzten, hatte sich bereits eine Gruppe in der Landezone versammelt. Mittlerweile herrschte Tageslicht am Außenposten. Dutzende Menschen warteten davor, darunter viele Kinder. Noch mehr versuchten, es durch eine Absperrung aus Marines zu schaffen, die sie zurückhielten.

Beckham wusste, dass sie nicht in der Lage sein würden, all diese Leute zu evakuieren. Horn und er sprangen hinaus in die kühle Morgenluft und bahnten sich den Weg zwischen den drängenden Menschen hindurch. Sie eilten zu Sergeant Ruckley und einem Team von Marines, die das Sanitätspersonal umgaben.

Soldaten luden Kisten und Kartons von mehreren Lastwagen. Sie trugen sie zu den Passagierräumen anderer Hubschrauber, die General Souza geschickt hatte. Mehrere Black Hawks und sogar eine Osprey waren gelandet.

»Javier! Kate!«, schrie Beckham.

»Tasha! Jenny!«, brüllte Horn.

»Dad!«, riefen die Mädchen und schlängelten sich zwischen den Leuten hindurch.

Ginger und Spark liefen bellend auf Horn zu und wedelten mit den Schwänzen, ahnungslos angesichts der nahenden Bedrohung.

Dann sichtete Beckham seinen Sohn. Javier kam angerannt und schlang die Arme um ihn. Kate sprach mit einem Marine und zeigte auf die Kisten. Als sie ihre Anweisungen zu Ende erteilt hatte, hastete sie herbei und umarmte sowohl Beckham als auch Javier.

Die ersten Zivilisten stiegen in die anderen Maschinen ein, aber durch die Ausrüstung aus Kates Labor füllten sie sich ziemlich schnell. Weitere Marines verteilten sich, um die wachsende Menge zurückzuhalten, die gegen die Absperrung der Soldaten drängte.

Beckham hielt Ausschau nach Timothy, Bo und Donna. Er entdeckte sie in einer Gruppe auf der anderen Seite der Marines.

»Bring Javier zum Hubschrauber«, sagte Beckham. »Bin gleich wieder da.«

»Wo willst du hin?«, fragte Kate.

Sie folgte seinem Blick zur Menschenmenge.

»Ich werd sehen, ob ich sie in einen der Hubschrauber bekommen kann«, antwortete Beckham.

Kate nickte und zog Javier weg, als Beckham zu den Marines rannte, die versuchten, für Ordnung zu sorgen. Mittlerweile schrien die anstürmenden Menschen und drängten sich den Marines vehementer entgegen.

Im Hintergrund hörte Beckham weiteres Gebrüll. Ein Blick über seine Schulter bestätigte, dass es sich um Horn handelte, der mit einem Marine darüber stritt, Ginger und Spark in die Maschine zu lassen.

»Sie kommen mit!«, tobte Horn. Er hob sich Ginger unter einen Arm und Spark unter den anderen. »Wir halten sie, um Platz zu sparen!«

Die Hunde bellten, klangen verzweifelt. Was nicht nur für sie galt. Tasha und Jenny weinten, als der Marine ihnen allen mit Gesten bedeutete, in den Hubschrauber zu steigen.

Beckham setzte den Weg zur Masse der Zivilisten fort, die von den Soldaten und Marines mit zunehmenden Schwierigkeiten in Schach gehalten wurden.

»Timothy, Bo, Donna!«, rief er.

Sie drängten sich in der Menschenmenge nach vorn.

»Die wollen uns nicht durchlassen!«, klagte Donna.

»Zurück!«, brüllte ein Marine.

»Lassen Sie diese Leute durch«, verlangte Beckham. »Sie gehören zu mir!«

Zwei der Marines schauten zu ihm zurück, schüttelten aber die Köpfe.

»Tut mir leid, Captain«, sagte einer. »Wir haben strikte Anweisungen.«

Hinter Beckham startete ein Motor, und Rotorblätter kreisten durch die Luft. Ihm blieben selbst nur Sekunden, um es in die Maschine zu schaffen. Donna starrte ihn mit nackter Angst in den Augen an.

»Bitte, Reed!«, rief sie. »Wir müssen hier weg!«

»Hier passiert euch nichts. Dieser Außenposten ist sicher …« Er verstummte, denn er wusste, dass es eine Lüge war.

Kein Außenposten war noch sicher.

»Es kommt ein weiterer Hubschrauber«, sagte er. »Tut mir so leid.«

Donna, Bo und Timothy starrten ihn an, als er sich rückwärts entfernte. Sein Herz zog sich gequält zusammen.

»Ich verspreche, ich komme euch holen!«, rief er.

Schuldgefühle loderten tief in seiner Brust. Er hatte das Gefühl, sie im Stich zu lassen und sich wie ein Feigling zu verstecken, als er sich umdrehte und zum Helikopter rannte.

Der Abwind der Rotoren peitschte gegen seinen Körper. Er schaute ein letztes Mal über die Schulter zur anschwellenden Menge der schreienden Zivilisten. Dann stieg er ein, und der Mannschaftsleiter schloss die Tür, versperrte die Sicht auf die Freunde, die Beckham zurückließ.

Er bahnte sich den Weg zu seiner Frau, seinem Sohn, Horn und dessen Mädchen. Die Hunde zappelten in ihren Händen, aber sie auf den Boden zu lassen kam in dem gerammelt vollen Passagierraum nicht infrage.

»Timothy!«, rief Tasha. »Wir können ihn nicht zurücklassen!« Sie packte Horn am Ärmel. »Dad, wir können nicht ohne Timothy und die anderen weg.«

»Warum können die anderen nicht mitkommen?«, fragte Javier.

»Es ist kein Platz mehr«, erklärte Beckham.

Tasha wischte sich eine Träne aus den Augen und wandte sich ab, um einen Blick aus den Fenstern zu werfen.

»Wir holen sie später, versprochen«, sagte Beckham.

»Sind sie hier in Sicherheit, Dad?«, fragte Javier.

»Ja, Schatz«, bestätigte Kate. Sie sah Beckham an, aber er konnte ihr nicht in die Augen sehen und wusste nicht, was er seinem Sohn antworten sollte. Also drehte er sich stattdessen zum Fenster um, während der Helikopter höher in den morgendlichen Himmel stieg und bereits über das Meer flog.

Während sie in Sicherheit flogen, brach das Land zusammen. In der Ferne konnte er ansatzweise die Flammen brennender Außenposten sehen.

Die Monster waren in neuen Scharen aus dunklen Winkeln der Alliierten Staaten aufgetaucht und überrannten und zerstörten, was die Menschheit mit so viel harter Arbeit wiederaufgebaut hatte.

Sie breiteten sich aus wie ein Lauffeuer.

Beckham fürchtete, die Menschheit könnte diesmal nicht in der Lage sein, sie aufzuhalten. Vielleicht hatten sie vor acht Jahren nur das Unvermeidliche hinausgezögert.

Eines stand fest: Die Menschheit war in ein weiteres dunkles Zeitalter der Ausrottung eingetreten.

nicholassansburysmith.com

NICHOLAS SANSBURY SMITH gab vor einigen Jahren seinen Job beim Katastrophenschutz in Iowa auf, um sich ganz seiner wahren Leidenschaft zu widmen: dem Schreiben. Inzwischen hat er mehrere postapokalyptische Romane veröffentlicht. Die Reihe THE EXTINCTION CYCLE erreichte Bestsellerstatus und wird gefeiert als genialer Vorreiter eines neuen Genres.
Wenn er gerade mal nicht seinen Weltuntergangsfantasien nachgeht, verbringt er Zeit mit seiner Familie und reist durch die Welt. Nicholas ist Ironman-Triathlet und lebt mit seiner Frau und einigen Hunden in einem Haus voller Bücher in Iowa.

anthonyjmelchiorri.com

ANTHONY J. MELCHIORRI ist Wissenschaftler mit einem Doktortitel in Bioingenieurwesen. Er lebt in Texas.
Tagsüber entwickelt Anthony Zelltherapien und 3-D-druckbare künstliche Organe, nachts schreibt er apokalyptische Science-Fiction-Thriller, die reale Forschung mit fiktiven Möglichkeiten verbinden.
Ist er nicht im Labor oder an der Tastatur, dann verbringt er seine Zeit mit Lesen, Wandern und Reisen.

Zuletzt erschienen in der Reihe HORROR & THRILLER:

Festa: If you don't mind sex and violence and lots of action

Niemand veröffentlicht härtere Thriller als Festa. Werke, die keine Chance haben, in großen Verlagen veröffentlicht zu werden, weil sie zu gewagt sind, zu neuartig, zu extrem.

Statt der üblichen Matt- oder Glanzfolie haben die Bücher von Festa eine raue, lederartige Kaschierung. Sie symbolisiert die Härte und sexuelle Gewagtheit unseres Programms. Diese »Bücher im Ledermantel« sind auch sehr widerstandsfähig – die Bücher wirken nach dem Lesen noch wie neu.

Unsere erfolgreichsten Buchreihen:

HORROR & THRILLER – Moderne Meister des Genres

FESTA ACTION – Blockbuster zum Lesen

MUST READ – Große Erzähler. Muss man gelesen haben

FESTA EXTREM – Wenn Lesen zur Mutprobe wird …

Wegen der brutalen und pornografischen Inhalte erscheinen die Titel ohne ISBN und werden nur ab 18 Jahre verkauft. Sie können nur direkt beim Verlag bestellt werden.

Festa steht beim Thema harte Spannung für viele Jahre bewährte Qualität. Darauf geben wir sogar eine Zufriedenheitsgarantie. Dieser Service ist für einen Buchverlag einzigartig.

Warum tun wir das?

Frank Festa: »Wir wollen, dass die Leser unsere Bücher lieben. Das geht nur mit Qualität. Und als Spezialist für Horror und Thriller aus Amerika können wir in dem Bereich diese Qualität garantieren – so einfach ist das.«